A Loredana,
con immensa stima e affetto.

A te,
che sulle sponde del Lago di Como
hai amato,
ami, amerai.

GIULIETTA: Allora, finestra, fa entrare il giorno e uscire la vita.
ROMEO: Addio, addio, un ultimo bacio, e scendo.

William Shakespeare

Prologo

Tremezzo, 25 agosto 1848

Era stata avvertita: a furia di parlarne, la bambina si sarebbe presentata. Carlotta si maledisse per essere stata così sciocca e per non aver dato peso alle voci della gente che sul Lago di Como ci abitava e certi meccanismi li conosceva.

Lo spirito della bambina era lì. L'aveva vista in giardino, e adesso percepiva in maniera distinta la sua presenza, fra i boati dei tuoni. I lampi che li precedevano rischiaravano il lago che lei vedeva dalla finestra della villa e che quella notte non poteva essere più nero.

Cercò di dimenticare le parole che aveva sussurrato, quasi per sfida, pochi minuti prima, ma le tornavano alla mente senza che lei potesse far nulla per scacciarle.

Gira, gira in tondo
La bambina che non dorme
Gira e cade a fondo,
segui ancora le sue orme.

«Perché ho recitato quella stupida filastrocca?» si chiese Carlotta.

Prese la lanterna e uscì dalla stanza: pensò per un istante di andare a chiamare sua sorella, infilarsi sotto le coperte con lei e farsi sussurrare che era tutto un sogno, tutta una diceria.

Era già successo che la piccola Maria consolasse la sorella maggiore. Alla residenza di Charlottenburg, molti anni prima, quando Carlotta aveva visto la madre in lacrime e si era sporta a guardare nella sua stanza. Non aveva raccontato a nessuno ciò che aveva scorto e quell'immagine da allora aveva continuato a tormentarla, soprattutto la notte e nei suoi incubi. Per quanto Carlotta intendesse dimenticare, il peso di ciò che aveva visto la perseguitava.

Il temporale infuriava sopra la villa sul lago, mentre Carlotta richiudeva alle spalle la camera e si ritrovava nel lungo corridoio, pieno di ritratti dei conti e delle principesse cui era appartenuta la casa prima che sua madre la comprasse. Le avevano sempre messo una certa inquietudine, con quei volti seri e le mani conserte, per tutta l'estate ogni volta che ci era passata davanti si era sentita osservata.

Un fulmine squarciò il lago e il boato del tuono lo seguì immediatamente.

Le parve che la voce della bambina riecheggiasse nel lungo corridoio, proprio dietro di lei.

«Mamma» diceva, «mamma.»

Carlotta avvertì un brivido lungo la schiena. Non volle girarsi: per raggiungere la stanza di Maria sarebbe dovuta andare proprio nella direzione della voce. Giammai. Si mise a correre dalla parte opposta, arrivò alla fine del corridoio con il fiato corto e scese le scale.

Sarebbe dovuta rimanere in camera sua, non avrebbe dovuto tentare di evocare nessuno spirito, avrebbe dovuto fare come Patrizia o Maria, che a quelle cose non ci credevano. Sapeva che più ci credi, negli spiriti, più loro ti danno quello che chiedi.

Carlotta arrivò in giardino e le parve di rivedere la bambina fra gli alberi. Corse verso l'aranceto, l'unico posto dove si era sentita al sicuro, in quei mesi in Italia.

Percorse il viale alberato, mentre la pioggia le cadeva sul viso e inzuppava la camicia da notte.

Si girò in direzione della villa, le parve che le lancette dell'orologio sulla facciata girassero vorticosamente, percepì il fruscio delle vesti e la statua di donna, all'ingresso del cancello, parve burlarsi di lei.

«Ma cosa ho fatto di male?» si chiese ad alta voce.

Non voleva davvero una risposta. Non le sarebbe piaciuta. Da quando era arrivata sul Lago di Como, si era fatta travolgere da bugie e segreti, aveva messo la curiosità al primo posto, non aveva fatto altro che combinare guai.

Non si era comportata bene con nessuno, non aveva neanche tentato di proteggere la sorella da un amore sbagliato. La giusta punizione che meritava, forse, era quella follia che sentiva nelle vene e quella paura di qualcosa che solo lei vedeva, ma che poteva anche non esistere davvero.

Raggiunse l'aranceto senza più fiato nei polmoni, fece per voltarsi di nuovo, ma inciampò su un sasso che la pioggia aveva spostato nel terreno. Cadde a terra, fece appena in tempo a mettere le mani davanti per proteggere il viso.

Davanti a lei c'erano un paio di stivali scuri. Carlotta alzò la testa e lo vide.

Era l'ultima persona che avrebbe voluto incontrare di notte nel giardino della sua villa.

«Carlotta» mormorò il duca, tendendole una mano.

Stava tremando. Afferrò la mano, sentì la sua stretta possente e si lasciò sollevare. Ebbe l'istinto di gettarsi tra le sue braccia, ma non lo fece.

«Giorgio… tu… cosa ci fai qui?» disse, battendo i denti.

«Carlotta, non è il momento per le domande.»

«No. Devi rispondermi. Perché ti trovi qui?» mormorò.

Carlotta si liberò dalla sua presa.

«Non posso dirti tutto» sussurrò conducendola verso il portico.

«Ho scorto una bambina. Era lì, nel giardino. Non l'hai vista?»

Il duca guardò nella direzione indicata da Carlotta, poi sospirò.

«No» disse, in tono risoluto «non vedo quello che vedi tu. Però forse ci sono cose che dovresti sapere.»

1

Potsdam, sei mesi prima

Di una cosa Carlotta Albrecht era convinta: non avrebbe mai perdonato sua madre.

Mentre camminava per i sentieri del giardino di palazzo Sanssouci sentiva il fastidioso bisbigliare delle contesse, che da dietro il ventaglio puntavano lo sguardo su lei e sua sorella e ridacchiavano. Non era un momento facile. Il re, lo zio Federico Guglielmo, aveva trasferito tutta la corte a Potsdam, per poi tornare a combattere le rivolte popolari a Berlino e anche Carlotta aveva dovuto adattarsi a quella nuova realtà, in un palazzo che era molto sfarzoso, certo, ma nulla aveva a che vedere con la sua Berlino, in cui era nata e cresciuta. Non era stata a Versailles, ma le avevano detto che Potsdam era stata creata per imitare, in qualche modo, la ricca reggia francese. E per fortuna, pensò, con una certa irritazione che *sans souci* significa *senza preoccupazioni*. Tutto le sembrava, quel luogo, meno che privo di gente che si preoccupava dei fatti suoi.

«Perché si comportano così?» chiese Maria, che aveva sedici anni, due meno di Carlotta, ma era già molto sensibile ai pettegolezzi della corte prussiana.

«Non badarci, cammina a testa alta» si limitò a rispondere lei, prendendola sottobraccio, come a volerla proteggere.

Il sole di Potsdam era tiepido e non le scaldava le guance, che tuttavia sentiva ugualmente in fiamme.

Dash, il King Charles Spaniel di Carlotta, regalo del suo diciassettesimo compleanno, battezzato con lo stesso nome di quello della regina Vittoria, aveva già la lingua penzoloni. Carlotta lo rimproverava appena si fermava ad annusare una foglia.

«Guarda tu se una principessa non può neanche uscire a fare quattro passi per prendere un po' d'aria fresca» sospirò Carlotta ad alta voce, rivolta più che altro a se stessa. Era da tre giorni, precisamente dal momento del famigerato scandalo, che non usciva da palazzo, rimanendo a suonare il pianoforte o a guardare fuori dalla finestra della sua stanza con un libro in mano.

«Volete che faccia preparare un tè, al rientro?» chiese Annette, la domestica, che cercava di tenere il passo delle due sorelle.

«Penso che mi ritirerò nella sala delle arti e continuerò il mio dipinto» rispose Carlotta.

Maria sbuffò.

«Che noia, stiamo già rientrando?»

Carlotta si fermò in mezzo al vialetto, proprio davanti alla fontana dove alcune dame si erano accostate per ammirarne i giochi di luce. Le tre accompagnatrici si arrestarono a loro volta a pochi passi di distanza, bloccate dalla sapiente mano di Annette.

«Ascoltami bene, Maria Alessandrina» le disse, piantando gli occhi scuri dentro quelli azzurri della sorella. «Ho lasciato che tu mi accompagnassi a fare questa passeggiata soltanto perché hai tanto insistito e perché la mamma non ti lascia ancora uscire da sola. E vorrei ben vedere. Ma decido io quando si torna, d'accordo? Per quanto mi riguarda possiamo anche rientrare. Sono stanca di questi sguardi.»

Forse aveva alzato un po' troppo la voce: persino la fontana sembrava essersi intimidita a quelle parole e le dame si fecero scudo con i ventagli.

Maria mise il broncio.

«Si fa sempre come vuoi tu. Quando avrò un marito e potrò andarmene, allora deciderò io» brontolò.

«Sarà proprio quando avrai un marito, che cominceranno le vere seccature. Non l'hai ancora capito?»

«Solo perché alla mamma e al papà è andata male, non significa che debba succedere anche a noi, Carlotta.»

«Zitta e cammina. Ti sembrano cose da dire? Queste persone non vedono l'ora di passarsi il prossimo pettegolezzo» rispose Carlotta.

Accelerò di nuovo il passo, trascinandosi dietro la sorella. Quando furono davanti all'ingresso del palazzo, Annette era rossa in viso e senza fiato.

«Una buona passeggiata, lady Carlotta?» chiese la duchessa Luisa, la loro amata nonna.

«Più una gara di corsa, con tanto di scatto finale» rispose Maria.

Carlotta si accorse che Annette annuiva, a quelle parole. Pensò che anche Dash, che nel frattempo era giunto stremato nella sua cuccia, avrebbe approvato, se avesse avuto la capacità di parlare.

«Non essere impertinente» rimproverò la sorella. Ma la duchessa stava ridendo, i guanti bianchi a coprire la bocca. Era una nonna speciale, la contessa Luisa. Conservava ancora un certo portamento, nonostante l'età, e dai numerosi ritratti sparsi ovunque per le sue stanze, qualunque visitatore poteva intuire che era stata una delle più belle donne della sua epoca. Non per niente persino lo stesso Napoleone ne aveva subìto il fascino, quando lei si era presentata per trattare con lui alcuni territori. Amava raccontare quegli aneddoti, soffermandosi sul fatto che lei aveva combattuto per la Prussia più di quanto avesse fatto il suo amato marito.

«Ci vediamo a cena» disse, «abbiamo un annuncio importante per voi.»

Carlotta alzò gli occhi al cielo. Ne aveva avute abbastanza, di sorprese.

Mentre percorrevano la lunga scalinata di marmo in direzione delle loro stanze, Maria non resistette: «Chissà cosa voleva dire, la nonna».

«Spero solo non ci siano altre pesanti novità. Temo proprio che non riuscirei a sopportarlo.»

«Vai davvero a dipingere, ora?» chiese Maria.

«Certo.»

«Che noia. Sei su quella natura morta da una settimana. Tra un po' prenderà vita al posto tuo. Io mi concederò un bagno e poi cercherò di farmi acconciare meglio questi assurdi capelli.»

Carlotta sorrise. Lei e Maria erano sorelle, ma non lo sembravano affatto. Erano estremamente diverse in tutto. Non solo nell'aspetto fisico, nel colore degli occhi e dei capelli, che Carlotta aveva preso dal padre e Maria dalla madre, ma anche nel temperamento. Maria, di una vivacità incontenibile, pareva nata per sguazzare tra merletti e organza, prove d'abito e feste da ballo, mentre Carlotta riusciva a malapena a rimanere fino alla fine di una festa, cercando di evitare gli inviti al ballo. Odiava il valzer, ma se proprio doveva accettare di danzare, era l'unico che le riusciva, e non sopportava di intrattenersi con le coetanee a discorrere delle proposte di matrimonio o dell'ultima tendenza in fatto di acconciature. Non disdegnava le prove d'abito, ma il suo interesse svaniva una volta scelto il colore del vestito, mentre tutto quell'affaccendarsi perché venisse esaltato il suo punto vita le dava subito sui nervi. Preferiva di gran lunga perdersi in contemplazione dei quadri sempre nuovi che la madre, da buona mecenate, faceva arrivare da tutta Europa. Marianne aveva sensibilizzato entrambe le figlie sull'importanza di sostenere l'arte e gli artisti e le aveva cresciute con spirito critico e d'osservazione.

La stessa madre che l'aveva così profondamente delusa.

Carlotta si sedette sullo sgabello, la frutta davanti a sé, in testa le parole del suo maestro di disegno, il giovane Franz: *La tecnica è tutto, Carlotta. Una volta che hai riprodotto un oggetto facendolo tuo, puoi arrivare a dipingere quello che vuoi.* Sentì il rossore salirle alle guance, come ogni volta che pensava a lui. Amava le sue dita affusolate, che andavano a ritoccare le imperfezioni dei suoi disegni. Spesso, mentre lui parlava, si perdeva a fissargli le labbra sotto al pizzetto biondo e si immaginava di baciarle. Franz dipingeva benissimo ed era molto attraente. Da due anni, ormai, era il suo sogno erotico, quello che si concedeva sempre prima di dormire. Non le interessavano conti e principi: erano così noiosi, coi loro discorsi di possedimenti e corse dei cavalli. Franz, invece… Con lui poteva parlare per ore delle opere del Tiepolo o del Correggio, ma anche delle pittrici francesi come Marie Gabrielle Capet, che avevano dato una svolta al modo di concepire l'arte da parte delle donne.

«Quanto vorrei anch'io…» si disse Carlotta, interrompendosi con il pennello per aria. La sua prossima lezione sarebbe stata il giorno dopo e non le riusciva ancora di concentrarsi.

La mente tornò a due giorni prima, quando Annette l'aveva svegliata prima del solito e l'aveva guardata con compassione.

«Che c'è?» aveva chiesto Carlotta, ancora nel dormiveglia.

Annette aveva tirato le tende, lasciando entrare una timida luce.

«Tutte le cattiverie che ascolterà oggi non hanno alcun fondamento» aveva detto, «se lo ricordi bene.»

«Annette, sii più chiara: cosa stai farfugliando?»

La domestica si era sistemata il grembiule e aveva sospirato senza aggiungere altro, lasciando Carlotta in confusione.

Non che avesse mai visto un grande amore, tra loro, ma certo c'era intesa e avevano cresciuto loro due e il fratellino con dedizione e calma. Nonostante le idee poco consone all'etichetta di Marianne, tutti potevano di certo affermare che Carlotta e Maria fossero beneducate. Carlotta, fino a quel giorno, aveva sempre amato sua madre, l'aveva difesa quando qualcuno la definiva eccessivamente libertina, aveva imparato a suonare per lei, inizialmente, e aveva cercato, senza successo, di trasferire la stessa passione alla sorella.

Dopo essersi fatta sistemare i capelli da Annette, era entrata nella sala da pranzo, dove ad attenderla c'era Maria, che invece di divorare uova e bacon come al solito, stava fissando il vuoto.

«Ma che succede?» era sbottata Carlotta. «Qualcuno mi vuole spiegare perché queste facce tanto funeree?»

«Mamma se ne andrà presto» aveva detto Maria e si era messa a piangere.

«Cosa? Che stai dicendo!» aveva chiesto Carlotta, il tono di voce un po' più dolce.

«Sì» era esplosa Maria, sempre più agitata, scuotendo i ricci biondi. «Non ne conosciamo il motivo, ma papà è molto arrabbiato con lei e...»

Le lacrime di Maria avevano rigato il viso pallido. Non era riuscita a terminare la frase. Carlotta aveva ripensato alle settimane precedenti, a come la madre le era parsa più misteriosa, a tratti anche allegra, senza un apparente motivo, date le rivolte e poi il trasferimento da Berlino a Potsdam organizzato di fretta. Aveva udito qualche litigio con il papà, a cui non aveva dato particolare peso, ma ora tutto sembrava chiaro: i suoi genitori si stavano separando. Lei aveva sempre cercato di non ascoltare, perché le era stato detto che spesso i pettegolezzi sono per gente maligna che non ha nient'altro di cui parlare, ma davanti allo sgomento di Maria e alle parole di Annette, aveva dovuto arrendersi all'evidenza.

«Dov'è adesso Marianne?» aveva chiesto Carlotta.

La chiamava così quando era arrabbiata con lei, ma quel giorno il sentimento era molto più forte della rabbia: la gola le si era seccata e le sembrava di non riuscire a respirare. Si sentiva persa. Aveva sempre approvato e ammirato quella madre indipendente, il suo modo di vestire eccentrico, aveva amato che fosse diversa dalle altre donne, che sapesse dipingere e suonare, e adesso in un lampo si ritrovava a disprezzarla. Una dipartita frettolosa, come se fosse una ladra. Una possibile separazione dal marito. E tutto questo così all'improvviso, senza mai parlargliene. Aveva dovuto saperlo dalla sorella minore. Marianne le stava conducendo al disastro, e tutto per il suo egoismo.

«Non lo so.»

Carlotta aveva lasciato la sorella a disperarsi in sala da pranzo e aveva percorso a grandi falcate il corridoio che portava alle stanze di Marianne, seguita ancora una volta da una trafelata Annette.

Non aveva nemmeno bussato, né atteso di essere annunciata: spalancò la porta che dava sul salottino e trovò la madre che sorseggiava qualche strano intruglio che faceva arrivare direttamente dall'India.

«Tesoro, quell'aria imbufalita non ti fa bene alla pelle» osservò Marianne, per nulla sorpresa della presenza improvvisa della figlia.

«Mamma, cos'è questa storia? Cosa è successo con papà?»

Marianne stese le gambe sul divanetto e si sistemò il camice di seta.

«Pensavo l'avessi inteso, almeno tu, che sei la maggiore. Tuo padre finalmente l'ha ammesso: il nostro è stato un matrimonio tra caratteri incompatibili, io chiederò il divorzio e saremo tutti contenti.»

Carlotta era rimasta senza fiato nel sentire con quanta tranquillità la madre parlasse di qualcosa che li coinvolgeva tutti. Non aveva accennato a quanto fosse scandaloso il divorzio per una famiglia reale, non le era venuto neanche in mente. Non aveva aggiunto neanche che le dispiaceva per loro. Sembrava un'altra persona, anche se il suo viso era sempre tranquillo, come se quel gran trambusto non la toccasse.

O era preparata da tempo a tutto ciò, o era impazzita, si era detta Carlotta.

«Non sarai così egoista?» era stata la domanda che non era riuscita a trattenere.

«Carlotta, proprio tu dovresti aver compreso che ho speso la mia vita a non essere egoista. Adesso è ora che inizi a pensare anche alla mia, di felicità. Non trovi?»

Lei aveva serrato i pugni.

«Ma...»

«Non ti preoccupare, ho già dato disposizioni: partiremo dopodomani. Tuo fratello Albert, invece, resterà qui con il padre. Forse ci raggiungerà, ora non è dato saperlo. Ricordi la villa che ho acquistato sul Lago di Como? Trascorreremo lì l'estate. Sarà delizioso, vedrai...»

Carlotta aveva guardato la mamma negli occhi, castani come i suoi.

«Io con te non verrò da nessuna parte, sappilo! Rimango qui anch'io con papà.»

Marianne non aveva battuto ciglio.

«Non ti perdonerò mai per quello che stai facendo alla nostra famiglia.»

Non aveva atteso risposta. Si era messa a correre in direzione opposta, era tornata nelle sue stanze, aveva abbracciato Dash, affondando il naso nel suo pelo morbido – lo faceva sempre quando aveva bisogno di essere consolata – e aveva dichiarato che non sarebbe scesa né per pranzo né per cena e che non avrebbe voluto vedere nessuno. La rabbia per lo scandalo aveva lasciato il posto alla tristezza per la sua famiglia che andava in pezzi. Sembrava quasi che la madre avesse atteso che loro fossero un po' più grandi per riprendersi la vita. Pensava al papà che sarebbe rimasto da solo, dicendosi che non lo meritava. Non era mai stato un padre affettuoso, ma Carlotta era convinta che questo dipendesse più dalla sua posizione, niente smancerie in pubblico, piuttosto che dalla volontà. I momenti più belli, con lui, erano tutti legati alle passeggiate nella natura, alle volte in cui prendeva lei e la sorella per portarle a cavallo. Non servivano grandi parole con lui ed erano mancate le discussioni. Quelle si facevano con Marianne.

Nessuno di loro meritava ciò che stava capitando.

Questo era successo due giorni prima, ma il chiacchiericcio continuo della gente, i pianti di Maria e la strafottenza della madre avevano contribuito all'incessante ruminazione di Carlotta, che non riusciva a distrarsi nemmeno dipingendo. Ripose i colori nella scatola e si accorse che era già ora di cena. Nonostante il rancore verso la madre, moriva dalla curiosità di sapere quale notizia avesse in serbo la nonna: magari aveva fatto ragionare Marianne e non ci sarebbe stato alcun divorzio. Andò a cambiarsi, indossò con l'aiuto di Annette il suo vestito verde salvia preferito, di taffetà, con le maniche a sbuffo e un fiocco di un verde più scuro appena sotto al petto. Quel vestito richiedeva un corsetto che andava allacciato con ancora più forza di altri sulla schiena, ma in quel caso, e solo per quell'abito, Carlotta era convinta che valesse davvero la sofferenza.

Quando entrò in sala da pranzo, trovò già tutti radunati lì.

«Papà non è ancora tornato?»

La duchessa Luisa osservò la nipote e fece una smorfia indecifrabile.

«Mia cara, se c'è una cosa che mio figlio sa fare bene è fuggire dai problemi. L'ha sempre fatto, fin da ragazzino, non credo che questa volta sarà diverso. Vostro padre non tornerà fino a che voi non sarete partite.»

Carlotta sedette, Maria la guardò preoccupata.

«Dobbiamo per forza partire?» domandò.

«Certo, verrete con noi, pensavi che tuo padre vi avrebbe tenute qui?»

«Ma è ridicolo» sbottò Carlotta. «Siamo sempre andati alla residenza estiva, perché quest' anno no? Io poi ho le mie lezioni con Franz! E se non volessimo?»

Luisa sospirò.

«Sareste andate lo stesso, mia cara.»

«Ah, bene. Dobbiamo partire per l'Italia, in un posto sconosciuto, quando non abbiamo nessuna colpa.»

«Nessun luogo è meno sconosciuto del Lago di Como, mia cara. Ormai tutta l'alta società si trasferisce lì, nelle bellissime residenze estive. E io ho non una, bensì due sorprese per te.»

Carlotta bevve un sorso d'acqua. Quelle che la nonna definiva sorprese, potevano essere anche dei potenti attentati.

Marianne, intanto, fissava la suocera con gratitudine. Carlotta odiava che anche in quel momento, Luisa sembrasse capire Marianne e quella che invece si sentiva in totale confusione e in balìa delle decisioni degli altri, fosse lei. Come diamine era possibile?

«Prima di tutto» disse «verrò anch'io con voi, alla villa sul lago. Non ho alcuna intenzione di perdermi questa stagione.»

«Meno male» commentò sottovoce Maria, che era molto affezionata alla nonna. E anche a Carlotta quella sembrò una bella notizia.

«E poi? Che altro?»

Carlotta stava attendendo la lieta novella che il divorzio non ci sarebbe stato. Ci sperava ancora, nonostante tutto.

«Volete dirglielo voi, Marianne?» chiese la nonna, rivolta alla nuora.

«Oh, con estremo piacere. Carlotta, debutterai sul Lago di Como! Dopo quello che tutti qui chiamano scandalo, devi combinare un ottimo matrimonio. Dio solo sa quanto ne abbiamo bisogno. Così quei giornaletti che leggono tutti a corte, sapranno di cosa parlare, invece che impicciarsi dei fatti miei.»

Carlotta si ghiacciò. Aveva sentito bene? Debuttare in Italia, per giunta con quel poco preavviso, e proprio ora che la sua famiglia era chiacchierata da tutti? E con Franz come la metteva? Sapeva benissimo che era un rapporto impossibile e sconveniente, infatti nessuno dei due aveva mai accennato a nulla, ma sentì che non avrebbe potuto fare a meno dei suoi sguardi languidi, gli sfioramenti delle mani, dei pennelli che si incrociavano quando entrambi ritoccavano la tela.

Aprì la bocca per parlare, ma lo sguardo entusiasta della nonna le fece morire la frase in gola.

«Tutte a te le fortune» brontolò Maria.

La nonna rise.

«Arriverà anche il tuo momento, cara. Ora dobbiamo pensare alla nostra Carlotta.»

Non aveva altra scelta. Discutere con nonna Luisa non funzionava mai. Una che aveva messo a tacere lo stesso Napoleone, non aveva certo paura delle lamentele di una ragazzina.

Finse di sorridere alla madre e alla nonna, bevve un altro sorso d'acqua, deglutendo l'amaro che aveva in bocca e strinse i denti. Non voleva partire: preferiva di gran lunga rifugiarsi in mezzo alle chiacchiere della nobiltà, che affrontare un lungo viaggio nella calura allontanandosi dalla sua vita, dai suoi spazi e dal suo maestro di disegno. Poi cambiare alloggio di continuo era una gran seccatura: decidere cosa portare, cosa lasciare, non faceva per lei. L'idea di una villa sul lago la stuzzicava, ma nessuno aveva avuto l'accortezza di descrivergliela, di dirle dove si trovava rispetto al lago: temeva di sentirsi soffocare, se la casa avesse avuto spazi angusti o avesse risentito dell'umidità lacustre. E come l'avrebbero presa, gli abitanti del lago, una principessa prussiana in vacanza? Rabbrividì.

Di una cosa continuava ad avere la certezza, pensò, guardando con astio sua madre: non l'avrebbe mai perdonata.

2

Tremezzina, 30 giugno 1848

Non appena Carlotta, dalla barca, scorse la maestosa villa che la madre aveva acquistato per la loro residenza estiva, si portò una mano alla bocca per soffocare un mormorio di stupore.

Era abituata agli splendori e all'eleganza della corte prussiana, tuttavia nulla poteva prepararla alla meraviglia che provò quando vide l'imponente costruzione, che sembrava voler abbracciare il lago.

Il cancello in ferro battuto si apriva direttamente sul lago e sulla comoda darsena, di loro esclusiva proprietà.

L'edificio, articolato su tre piani, la colpì immediatamente per la sua armoniosa austerità.

Sembra la dimora di una sirena del lago, si disse, cercando di frenare l'entusiasmo.

Insistette affinché il maggiordomo accompagnasse subito lei e sua sorella in una visita completa della villa, mentre i loro bagagli venivano portati nelle rispettive stanze.

Al piano inferiore, ogni pezzo d'arte sembrava raccontare una storia. Il maggiordomo le condusse nella sala di Hayez e lei rimase incantata a guardare il quadro di due giovani che si stavano baciando, lui già avviato verso la porta, tutto ben vestito, lei ancora con una sottile ed elegante veste, che lasciava indovinare una notte d'amore. Carlotta pensò che catturasse l'essenza del dramma e della passione. Il maggiordomo Antonio si accorse che non riusciva a staccare gli occhi dall'opera e le spiegò: «Si tratta de *L'ultimo bacio di Giulietta e Romeo* di Hayez, lady Carlotta».

Lei annuì, pensando a quanti dettagli avrebbe potuto raccontare a Franz al rientro, mentre Maria la tirava per la manica, perché era curiosa di proseguire. L'Italia era la culla dell'arte e il sogno di Franz, che ci era stato solo una volta, poi, le aveva raccontato, aveva finito i soldi ed era tornato a insegnare in Prussia. Ora, dopotutto, avrebbe potuto studiare tutti gli artisti che amava e magari farsi un giro a Firenze, o addirittura a Roma.

Carlotta si soffermò ancora un istante e le venne alla mente la frase che Giulietta diceva a Romeo prima che lui andasse via da lei: *Quella luce non è l'alba, ne son sicura, io. È una meteora, emanata dal sole per illuminarti la strada e scortarti, stanotte, come un servo con la torcia, sino a Mantova. Ecco perché puoi ancora restare.*

«Non è poi così male, eh?» sussurrò la nonna, alle sue spalle. Era apparsa dal nulla, facendola sussultare. «Nonna, mi hai spaventato» brontolò Carlotta, cercando ancora di mascherare l'espressione di meraviglia.

La contessa Luisa si mise a ridere. «Da quando hai visto la villa, hai cambiato espressione» la canzonò. «E ora questo quadro… Non so, ho come l'impressione che ti vedremo qui davanti molto spesso.» Carlotta si sentì avvampare. «Guarda come sono romantici» proseguì la nonna, divertita. «Lui col cappello in procinto di andare, lei ancora in tenuta da notte…»

«Carlotta, proseguiamo» la implorò Maria, che moriva dalla curiosità di vedere il resto. «Ci dovremo stare dei mesi qui, potrai venirci tutti i giorni e rimanere imbambolata in contemplazione.»

«Qualcuno scalpita, vai, bambina mia» commentò la contessa.

Carlotta non aveva lo spirito pragmatico della sorella: fin da piccole, soprattutto a detta della nonna Luisa, che si era divertita a vederle crescere, avevano rivelato due caratteri completamente diversi. Lei era quella riflessiva, che si perdeva davanti ai quadri che ogni tanto la madre comprava ad artisti che voleva aiutare e sostenere. Anche quando c'era da stare in posa per i ritratti, Maria faceva impazzire gli artisti, perché si muoveva in continuazione, mentre Carlotta riusciva a diventare una statua, come loro chiedevano. Si era fatta ritrarre una sola volta da Franz e ci aveva pensato per tutte le sere a seguire, immaginando cose che non erano davvero accadute, ma che l'avevano fatta eccitare.

Era affascinata all'idea di vedersi con gli occhi di un altro, che coglievano sempre qualcosa che a lei sfuggiva, e avrebbe passato ore accanto a un pittore, guardandolo mentre faceva nascere un paesaggio colorato da una tela bianca.

La villa sembrava un museo d'arte e in questo somigliava alla loro abitazione a Berlino, dove Marianne faceva entrare collezionisti da tutto il mondo. Avevano portato anche i loro ritratti, ne avevano in gran quantità, compresi quelli degli antenati della famiglia Albrecht, perché la nonna era molto fiera del suo casato. Ma c'era una differenza: il lago. La luce che filtrava attraverso le ampie finestre e l'azzurro dello specchio d'acqua, facevano risplendere anche l'opera più cupa. Carlotta aveva appreso che la luce era tutto, quando si dipingeva, e che le ombre erano affascinanti tanto quanto le parti illuminate. Davano un senso all'opera.

Non poté fare a meno di soffermarsi davanti alla statua di Palamede, ammirando l'abilità dell'artista nel rendere il marmo quasi vivo.

«Salendo al piano superiore» spiegò il maggiordomo «si trovano la Galleria e la sala dei Tappeti.»

Carlotta e Maria lo seguirono di sopra, lanciando esclamazioni di ammirazione, che Antonio, il maggiordomo, accoglieva con un malcelato sorriso.

Qui, l'atmosfera cambiava: si respirava un'aria più intima e raccolta. Carlotta fu particolarmente incantata dalla sala degli Arazzi, dove le scene rappresentate sembravano prendere vita davanti ai suoi occhi, narrando storie di un'epoca passata con colori vividi e dettagli intricati.

«Qui potrei passarci giorni interi» mormorò.

La sorella si affacciò a una delle grandi finestre che facevano da cornice al Lago di Como.

«Io invece preferirei essere lì, su una barca» le fece eco, sognante.

«Questa è la modesta sala della Musica» continuò il maggiordomo, accompagnandole in una stanza che di modesto non aveva nulla e che Carlotta amò dal primo istante. Sfiorò il pianoforte, il cembalo e non resistette a dare un'occhiata agli spartiti.

«Oh, no» protestò Maria, «prima i dipinti, ora la musica. Questo posto sembra fatto su misura per te!»

Carlotta sorrise: la sorella amava stare all'aria aperta, e con il pianoforte, nonostante gli sforzi della madre, era un disastro. Lei se la cavava, invece, anche se il primo amore rimaneva il disegno.

«Magari lei vuole proseguire in biblioteca?» domandò il maggiordomo. Maria non era molto attratta neanche dai libri, ma visitarono quella stanza e infine procedettero al piano superiore, dove si trovavano i loro alloggi.

Dopo che si furono divise le camere, il maggiordomo propose loro di scendere e visitare i giardini.

Maria annuì e batté le mani. Carlotta stava per esclamare che li avrebbe raggiunti più tardi, quando una scala diversa, in legno, seminascosta dietro a una tenda di velluto rosso, attirò la sua attenzione.

«Dove si va percorrendo questa scala?» chiese, avvicinandosi. «Ci sono gli alloggi della servitù?»

Il maggiordomo si irrigidì.

«Una volta sì» rispose, cauto, «ora abbiamo la dependance, e qualcuno di noi alloggia nei seminterrati, accanto alla cucina. D'estate qui sopra è un forno. Ma non si preoccupi, lady Carlotta, siamo a disposizione a qualsiasi ora.»

«E qui invece cosa...?»

Carlotta mosse pochi passi verso la scala di legno, avvertendo una sorta di richiamo irresistibile.

Era come se le pareti la stessero invitando a proseguire.

«Milady» si scusò il maggiordomo, «la prego, non ho l'autorizzazione per accompagnarla anche... lì.»

Carlotta annuì perplessa, e si apprestò a scendere. Aveva passato tutta la vita a Berlino, poi era stata scaraventata a Potsdam, senza poter portare con sé tutte le opere d'arte che aveva collezionato in quegli anni, tutti gli spartiti che preferiva e soprattutto le tele dipinte da lei. E dopo neanche un mese, si ritrovava in una villa incastonata sul lago, che certo aveva un grande fascino, ma la faceva sentire straniera. Sola. Cercò di convincersi che nonostante il dolore che stava provando per la madre e per il cambiamento, quel posto meritasse almeno un tentativo. Dopotutto, aveva forse scelta? Si disse che la sera stessa avrebbe scritto a Franz, che non era riuscita a salutare, e gli avrebbe chiesto qualche consiglio su un itinerario italiano da seguire per visitare luoghi e apprendere il più possibile. Forse avrebbe potuto allegare anche uno schizzo della villa e chiedergli un commento tecnico. Forse avrebbe trovato il coraggio di rivelargli più di quanto avesse mai osato fare.

«Vi accompagno fuori, con permesso. Il vero cuore della villa è il giardino. Vedrete cosa vi aspetta» esclamò il maggiordomo con fin troppa enfasi. «Ci sono oltre cinquecento specie di piante, non vi basterà un'estate per ricordarvele.»

Uscirono nel parco, e Carlotta restò senza fiato. I pergolati di agrumi, le siepi di camelie, e le centocinquanta varietà di azalee offrivano un grandioso spettacolo di colori e profumi. Carlotta passeggiò tra i rododendri, le palme, i cedri e le conifere secolari e si sentì come trasportata in un mondo incantato. A Potsdam i giardini erano all'inglese, mentre lì, in Italia, tutto brulicava di scoperta, sembrava ci fosse un giardino segreto dietro l'altro.

«Carlotta, guarda, un cavallo!» esclamò Maria.

Quando lei si voltò, un ragazzo dai capelli biondi stava strattonando in malo modo un purosangue dal manto nero, che sembrava spaventato. Non si era accorto di loro e cercava di trascinare il cavallo verso la scuderia, senza curarsi di usare toni meno aggressivi.

«Così gli fate male!» strillò Maria.

Fu allora che il giovane si voltò e divenne rosso in viso.

«Perdonatemi» disse, rivolto a entrambe.

Maria corse ad accarezzare il cavallo.

«Chi sei?» chiese Carlotta, ancora scossa da quel che aveva visto.

«Giovanni, lady Carlotta. Al vostro servizio.»

«Cosa ha fatto quella bestia di tanto sbagliato?» lo rimproverò Carlotta.

Si allontanò insieme al destriero, a testa bassa. Maria lo osservò finché non scomparve dal suo sguardo.

«Quanto vigore, questi italiani» osservò.

Carlotta sorrise alla sorella.

«Già.»

La residenza estiva che Marianne aveva acquistato era un incanto, ma al di là dell'immensa magnificenza Carlotta era attratta soprattutto dall'aura di mistero che sembrava suscitare. Era quasi l'imbrunire, e il lago assunse tonalità violacee con le finestre della villa che sembravano sorridergli. C'erano due statue, poste a sorvegliare il cancello, che a fine giornata parevano scrutare l'orizzonte per proteggere gli abitanti della villa da eventuali pericoli. Carlotta immaginò che fossero dame pietrificate, che un tempo avevano amato quella dimora e si erano congelate davanti all'ingresso e lo vegliavano.

Quando mise piede nella sua stanza per la prima volta, non riuscì a contenere un'esclamazione di stupore. Tutto era straordinariamente sofisticato: dal letto a baldacchino, dalla cassettiera in mogano, dalla grande porta finestra che affacciava proprio sul Lago di Como. Anche se ce l'aveva con Marianne, doveva ammetterlo: la villa era stupenda. Si sdraiò sul letto ancora vestita. Aveva detto ad Annette che non aveva bisogno di aiuto per cambiarsi e dopo la cena consumata in salone con Luisa, Marianne e Maria, aveva sentito la necessità di rimanere sola. Sapeva, però, che il sonno non sarebbe arrivato tanto presto. Aveva iniziato a soffrire d'insonnia quando da Berlino si erano spostati a Potsdam e quell'ulteriore trasferimento a Tremezzo aveva influito ancora di più sul riposo. Chiuse gli occhi senza neanche provare a spogliarsi, cercò di scacciare dalla mente l'immagine che da qualche periodo aveva sempre davanti a sé, la figura di Marianne in un suo ricordo di bambina, e si mise all'ascolto. Dalla finestra ancora aperta si sentiva il rumore delle onde del lago.

Questo è un carillon, si disse, e si alzò di scatto a sedere sul letto. Il suono giungeva ovattato, ma concentrandosi bene forse sarebbe riuscita a individuare da dove proveniva. Si mise ad aprire tutti i cassetti e il grande armadio in mogano della stanza. Guardò sotto al letto, dietro le tende, poi decise di concentrarsi e lasciare spazio all'udito.

Proveniva dal corridoio. Esitò un attimo, prima che la curiosità la vincesse. Aprì la porta e guardò da una parte all'altra: eccolo lì, tra la sua stanza e quella di Maria. Un grazioso portagioie con due vani e uno specchietto, che suonava quella strana melodia nel cuore della notte.

Il fatto che fosse apparso nel bel mezzo del corridoio era inquietante, ma la curiosità di vedere cosa contenesse all'interno la spinse a prenderlo subito e aprirlo con foga. Si aspettava qualche gioiello, delle perle, forse, invece conteneva un foglio ripiegato in quattro, piuttosto sgualcito.

Un messaggio per me?, si chiese lei, aprendo smaniosa il biglietto.

Se già Carlotta aveva i suoi pensieri, ora il sonno le mancava del tutto.

La torcia accesa nel corridoio faceva luce a sufficienza. Carlotta si accorse che la pagina era stata strappata. Si mise a leggere, impaziente, e ringraziò che la calligrafia fosse ordinata anche se non lineare.

Tremezzo, 13 agosto 1845

Ho deciso di tenere un diario.
In questo periodo è difficile trovare il tempo di scrivere, ma zio Mario è tornato da uno dei suoi splendidi viaggi con un quaderno di pelle proprio per me, quindi cercherò di sfruttare ogni minuto libero che ho per esercitarmi con la scrittura. Devo solo trovare il nascondiglio perfetto per il diario, perché mi vergognerei se qualcuno dovesse frugare tra queste pagine.
Da quando ho imparato a scrivere, lo farei in ogni momento. La mamma ha speso tutti i soldi che aveva per far sì che avessi un minimo di istruzione, la stessa che lei non ha mai avuto, e quando ha saputo che c'era una piccola scuola per ragazzine ha voluto mandarmici anche a costo di rimanere senza la farina. Non le sarò mai grata abbastanza per questo.
Lo zio dice che a giudicare dalle lettere che gli ho mandato sono molto portata, ma che devo affinare la grafia e cercare termini più specifici per descrivere le cose che mi stanno intorno. Ho ribattuto che se avessi la possibilità di allontanarmi da Tremezzo, dove sono nata e cresciuta, sarebbe più semplice, per me, perché avrei molti più stimoli.
«Non aver fretta di crescere, Elena» mi ha risposto, «ti renderai conto tu stessa di quanto sia più difficile la vita, quando si hanno certe responsabilità.»
Detto da lui, che fa due o tre viaggi all'anno in posti diversi – ultimamente si è innamorato del Giappone, un po' come tutti – suona poco credibile.
Ho evitato di dirgli che io quelle responsabilità di cui parla me le sento dentro già tutte, che i Valsecchi sono una famiglia difficile da gestire, sia quando non ci sono, sia quando sono presenti.
Da quando hanno affittato la villa a Tremezzo dai Sommariva e

ci hanno scelto per occuparcene come domestici, insieme alla vecchia cuoca, non c'è davvero pace, soprattutto nel periodo estivo.
I Valsecchi si atteggiano ad aristocratici, ma è noto che devono la loro fortuna a un'eredità improvvisa di una zia di cui neanche conoscevano l'esistenza: la grana gli è piombata addosso da un giorno con l'altro e hanno pensato bene di ingraziarsi l'alta società, comprandosi le ville dove soggiornano duchi e contesse. Peccato che non saranno mai come loro: Alfonso Valsecchi ha le mani piene di calli, perché prima di far finta di essere un conte era un costruttore di case, lo sanno tutti qui in paese. Lei, che si finge una gran dama, in realtà è figlia di una lavandaia e ha trasformato il suo nome da Ada ad Adeline solo perché pare sia più alla moda, ma per me è ridicolo, e allo stesso modo è ridicolo il fatto che io debba chiamarla signora Adeline ed eseguire l'inchino prima di rivolgermi a lei.
I loro figli sono sprezzanti, giudicano me e la mia famiglia, lo vedo da come mi guardano mentre pulisco i pavimenti o raduno le foglie davanti alla gradinata principale. Il maschio, Ruben, ha la testa grossa e le mani piccolissime, gli occhi che strabuzzano fuori, deve avere circa la mia età, ma dimostra solo quindici anni, sembra un ragazzino vestito da grande. Lei, l'altezzosa Lorena Valsecchi, è più grande di me, di corporatura robusta e non fa altro che provarsi vestiti e stare davanti allo specchio. Sento madre e figlia che parlano sempre della stagione delle debuttanti, di come Lorena debba trovare un buon partito. Tuttavia i nobili non sono sciocchi, hanno capito che i Valsecchi stanno solo provando a imitarli, ma non sono fatti per stare nell'alta società.
Credo che Lorena sappia a malapena scrivere, cosa che trovo sempre divertente, perché mi chiedo in che modo potrebbe leggere le lettere dei suoi ammiratori.
Quando il papà ha detto che aveva trovato lavoro per tutta la

famiglia, la mamma aveva appena smesso di allattare la piccola Alba, era stanca e sperava in qualcosa di meglio, ma ormai con due figlie femmine si sono dovuti accontentare di diventare la servitù della famiglia Valsecchi. Ci siamo dovuti trasferire nella soffitta della villa, noi, che abbiamo sempre vissuto nella catapecchia di famiglia, da cui però potevo sentire il rumore delle onde del lago. Abbiamo portato tutto su, attraverso i tre piani di scale. La soffitta è quasi confortevole, ha uno spazio per cucinare qualche pasto caldo e un piccolo abbaino da dove riusciamo a vedere il cielo. Nei giorni di pioggia, amo ascoltare le gocce che cadono sul soffitto. Il problema è quando devo scendere a servire i Valsecchi e vedo i loro affacci sul lago, sul mio Lago di Como, e allora mi ricordo che non sono nessuno e che per campare vivo con la mia famiglia in uno spazio ristretto, che non possiedo niente e che per rimanere da sola senza che i miei mi vedano devo tirare una tenda e infilarmi sotto l'angusto sottotetto, dove si trova anche il mio giaciglio. Il pianto di Alba, certe notti, mi impedisce di dormire. Ha quasi due anni, ormai, ma la mamma dice che è diversa da me, sembra più fragile.

Prima andavo a pesca di agoni con il papà, lo aiutavo a intrappolarli nelle reti e poi li vendevamo al mercato. Mi piaceva uscire di notte, accendere la lampada e attenderli. Aveva un che di romantico e, anche se era faticoso. E mi dava la sensazione di essere libera.

Ora, invece, mio compito è quello di cucinarli, gli agoni: misultin e polenta, il piatto preferito della signora Valsecchi, e in questo periodo d'estate fa molto caldo per stare tutto quel tempo accanto al paiolo a mescolare. Qualche volta ci vado ancora, a pesca, ma ci è proibito rivendere il pesce, che se ne va tutto per i Valsecchi e i loro invitati. Ogni volta che c'è un ricevimento, dobbiamo lucidare i mobili, pulire i vetri, persino le maniglie delle por-

te. Poi tocca ai tappeti, che vanno sbattuti e per farlo bisogna arrotolarli uno per uno e portarli in cortile. Il papà coordina il lavoro, alla stregua di un maggiordomo, divide i compiti. Evita di farmi pulire argenteria e porcellane perché sa quanto mi annoi. Preferisco svuotare i camini, ribaltare i materassi, o lavare le tende. Le feste che danno i Valsecchi sono sempre sfarzose, ma io le trovo stucchevoli. Certo, la mia posizione è scomoda, per guardarle: devo arrampicarmi sul fico che dà sull'immensa sala da ballo della villa, piena di statue che la notte sembrano guardiani nel buio. Una volta, per osservare meglio i balli, ho rischiato di cadere e spezzarmi l'osso del collo.

«Te lo saresti meritata» mi ha rimproverato mamma Sofia, che sa di queste fughe e non dice nulla al papà, perché ha paura che si arrabbi.

La mamma si divide tra i panni della famiglia Valsecchi da lavare e la cura della piccola Alba. Mi mancheranno tutti quando me ne andrò.

Questo è un dato di fatto: se non voglio fare la fine di mia madre, devo scappare da questo lago il prima possibile. Non l'ho ancora detto ai miei genitori, perché so che non la prenderebbero bene: ho solo sedici anni e temerebbero il peggio, per me, nel sapermi a vagabondare per qualche paese straniero. Inoltre sono consapevole che gli serva tutto l'aiuto necessario, qui alla villa. Questa casa è maledettamente enorme e il giardino va curato fino allo sfinimento. Ma so anche che, rimanendo qui, quello che mi può succedere è soltanto che trovi un marito, che poi mi metta a lavorare alla stregua di un'asina, esattamente come è successo alla mamma quando ha sposato il mio povero papà. Lui le aveva promesso una vita da ricca signora, pensava davvero di fare la fortuna con il mercato del pesce, ma le cose non vanno mai come devono per noialtri, non bisogna mai aspettarsi troppo dalla vita.

Non l'ho ancora detto a nessuno, ma ho intenzione di chiedere allo zio Mario di portarmi con sé, nel suo prossimo viaggio, magari proprio in Giappone. Lavorerò sodo, imparerò le lingue, metterò da parte i soldi e non tornerò più in Italia. Sento che devo prendere in mano la mia vita e capire cosa voglio davvero, o continuerò per sempre a servire le famiglie ricche, cuffia in testa e secchiello con il sapone di Marsiglia. Non desidero passare la mia esistenza da sguattera.
Troverò il coraggio di dirlo alla mamma. Mi mancherà non poter vedere crescere Alba e forse mi mancherà anche la pesca degli agoni, ma di certo non mi mancheranno i signori Valsecchi, con la loro boria e il loro credersi superiori a tutti gli altri.

Quando Carlotta sentì dei passi che si avvicinavano, si rese conto di essere ancora vestita da giorno, nel bel mezzo della notte, da sola. Ripiegò il biglietto in quattro e prese anche il carillon.

Qualcuno stava correndo. Alzò lo sguardo e vide una sagoma piccola e bianca, che scendeva le scale. Non riuscì a comprendere se fosse qualcuno della servitù o se davvero fosse una bambina. I passi risuonarono nel corridoio.

«Mamma» udì.

Il sangue le si gelò.

«Oh mio dio» mormorò. Stava vedendo un fantasma? Era più che certa che non ci fossero bambini, alla villa.

Una mano le sfiorò la spalla.

Carlotta urlò.

«Carlotta, per l'amor di Dio, sono la nonna!»

La contessa Luisa, in camicia da notte, era apparsa dietro di lei. Da quando erano alla villa, quella donnetta piena di energia sembrava materializzarsi nei momenti più impensabili.

«Nonna, per poco non prendo un colpo. L'hai sentita anche tu?»

La nonna corrugò la fronte.

«Che cosa?»

«Era una bambina» sussurrò Carlotta, ora incerta su quello che stava dicendo.

La nonna la scrutò. Carlotta si sentiva sempre sotto il suo giudizio benevolo, che tuttavia rimaneva il giudizio di una grande donna che l'aveva vista crescere.

«Dammi retta, torna a dormire. Cos'è quello?»

Fu tentata di dirle la verità, ma qualcosa la bloccò.

«Solo uno dei miei carillon, nonna.»

La contessa Luisa annuì.

«Allora buonanotte. Qualsiasi cosa tu creda di aver udito o visto, fidati, non è reale. A volte i nuovi posti, le case che abitiamo, fanno così: ci danno l'impressione di celare più di quel che si vede. Ma sono solo spifferi.»

Carlotta annuì, rassicurata in parte dalle parole della nonna. Anche se qualcosa non le tornava, era sicura di aver visto quella sagoma vestita di bianco, decise che era più confortante credere che si fosse sbagliata. Dopotutto era stanca e doveva ancora prendere confidenza con molte cose: il clima più caldo e umido, le stanze più piccole, i mille angoli del giardino.

Ripensò alle parole di quella ragazza, Elena, alla sua vita proprio in quella villa. Si domandò cosa l'avesse spinta a nascondere il diario, e soprattutto dove. E poi c'era il mistero più grande: chi e per quale assurdo motivo aveva voluto farle trovare quel carillon? La cosa che la inquietava di più era il pensiero che ci fosse un modo per introdursi nella villa senza essere scoperti. Doveva riferire al maggiordomo e ai guardiani di fare più attenzione. Chiuse la porta della sua camera con due giri di chiave. Mentre si cambiava, pensò che anche quella notte, con tutte quelle scoperte, dormire non sarebbe stato per niente semplice.

3

«Carlotta, guarda, le ciliegie sono quasi mature!» esclamò Maria.

I capelli biondi della sorella risplendevano al sole. L'aveva convinta a scendere nel giardino e a cercare il giardiniere, perché mostrasse loro tutte le piante e i fiori del parco. Sua madre le aveva detto che avevano assunto un italiano, che però sapeva anche il tedesco.

Carlotta si disse che non vedeva già l'ora di rientrare: si era addormentata tardissimo e percepiva già i segni di stanchezza dovuti alla notte quasi insonne. Ma l'entusiasmo di Maria era irrefrenabile.

Marianne, che Carlotta ancora non aveva perdonato, si stava occupando della casa, dava ordini perché fosse tutto sistemato come gradiva lei e questo permetteva a Carlotta e a Maria di stare molto tempo da sole, nell'aranceto, luogo che Maria aveva prediletto da subito.

La nonna, invece, quella mattina non si era vista.

«Carlotta, guarda chi c'è!» esclamò Maria, che aveva scorto una sagoma vestita di giallo entrare dal cancello e farsi strada con sicurezza tra le aiuole, protetta dal sole grazie a un ombrellino dello stesso colore del vestito.

Carlotta sospirò. Aveva dimenticato di aver dato appuntamento alla sua amica Patrizia, che si era trasferita nella villa accanto, e l'idea di dover fare conversazione la fece sentire ancora più stanca. Le capitava spesso di doversi intrattenere con persone con le quali le sembrava di avere poco con cui spartire e Patrizia, nonostante le volesse un gran bene, era una di quelle. Erano buone amiche, come si può essere amiche di una persona che ha fatto parte della cerchia di conoscenze da sempre. Da che ricordava, Patrizia aveva sempre frequentato la corte di Berlino e i suoi genitori si erano prodigati perché rimanesse sempre intorno a Carlotta. Patrizia non faceva parte di una nobiltà antica, anzi: il padre aveva fatto carriera nell'esercito, così aveva ottenuto qualche favoreggiamento da Alberto, papà di Carlotta, che da allora si era prodigato per farlo entrare in società. Lo aveva consigliato con qualche giusto investimento e ora Patrizia era a caccia di un buon partito per ottenere anche un titolo nobiliare che avrebbe reso orgogliosa la sua famiglia.

«Patti!» la chiamò.

I boccoli scuri di Patrizia Von Alten sfiorarono il volto di Carlotta, mentre le due si abbracciavano.

«Ma quanto caldo fa, qui in Italia?» disse l'amica, poggiando l'ombrellino e riparandosi sotto l'aranceto.

Dash corse a farle le feste, ma lei non era una grande amante delle bestiole e lo respinse con grazia.

«Lady Patti, volete un po' di succo d'arancia?» domandò Annette, cercando di trattenere l'entusiasmo di Dash, che per tutta risposta la riempì di bacetti sulla bocca.

«Andrà bene un bicchiere d'acqua fresca, grazie.»

«Quando sei arrivata?» chiese Carlotta.

«Ieri sera e sono dovuta sfuggire a mamma, che voleva già andare a fare visita ai suoi amici italiani.»

Carlotta si sedette accanto a lei sulle sedie in vimini.

«Sono contenta che tu sia qui.»

«Anche io. Non posso credere che le nostre due ville siano così vicine! Potremo prepararci per tutte le feste insieme.»

«Saremo un terzetto perfetto» commentò Maria, che temeva di essere esclusa dai giochi.

Carlotta aveva notato quanto Patrizia fosse entusiasta di quel viaggio in Italia. Sapeva, però, che la situazione dell'amica era abbastanza diversa: era alla ricerca di un nobile, dopotutto. Carlotta, invece, sperava che nessuno avrebbe insistito per farla sposare a tutti i costi, anche se sapeva bene che il debutto era finalizzato al matrimonio.

«Debutteremo insieme, non sai come sono felice!» continuò Patrizia, sorseggiando acqua aromatizzata al limone. Aveva del tutto ignorato il commento di Maria, la riteneva ancora giovane e cercava sempre di escluderla dai loro discorsi.

«Non ho così tanta voglia di essere messa in piazza» bisbigliò Carlotta.

«Forse perché non ne hai bisogno» commentò Patrizia, ben consapevole della propria posizione e di quella dell'amica.

«Ragazze, eccolo!» strillò Maria. Aveva finalmente individuato il giardiniere. Mentre avanzava verso di loro, Carlotta notò che si trattava del ragazzo biondo che aveva maltrattato il cavallo, il giorno prima. Era alto e muscoloso Quando fu più vicino, Maria si nascose dietro la sorella, intimidita. Anche lei si ricordava quello che era successo, ma Carlotta decise di dare al giovane una seconda possibilità.

Patrizia non lo degnò di uno sguardo, mentre lei gli sorrise.

«Ho saputo che mi stavate cercando, milady» disse il giardiniere. Carlotta apprezzò lo sforzo di una corretta pronuncia in tedesco.

«Sì, volevamo saperne di più di questo giardino e chi meglio di voi… come vi chiamate? L'ho dimenticato» chiese Carlotta.

Patrizia inarcò un sopracciglio. Per lei il giardiniere non era degno neanche di essere chiamato per nome.

«Giovanni, principessa» rispose lui, con un tono di voce fiero.

«Ora abbiamo visite, ma in un altro momento mia sorella e io gradiremmo visitare il giardino e saperne di più.»

«Certamente, sono sempre a vostra disposizione» rispose Giovanni. Squadrò lei e la sorella in un modo che le sembrò quasi scortese: si sentì nuda e le venne un brivido. Di solito i domestici tenevano gli occhi bassi, parlavano quasi sussurrando, avevano modi accondiscendenti. Quel Giovanni, con la pelle scurita dal sole e lo sguardo ammiccante, sembrava molto diverso.

Carlotta si chiese se avesse mai lavorato per dei nobili e il pensiero volò subito alla pagina di diario che aveva letto quella notte.

Maria guardò entrambe con un sorriso misterioso, poi esclamò: «Ora che siamo tutte e tre insieme, devo rendervi partecipi della scoperta che ho fatto questa mattina frugando nella posta della mamma!».

«Cosa che non dovevi assolutamente fare! Come ti sei permessa? Consegnami quella lettera, non ci appartiene!»

Maria si mise in piedi sulla sedia di vimini, mentre Annette, che aveva ascoltato e temeva di andarci di mezzo per aver lasciato la posta incustodita sullo scrittoio di Marianne, la pregava di scendere e consegnare la lettera.

«Non fare la bambina» rincarò la dose Carlotta.

«Viene da Villa Balbianello» le informò Maria, inarrestabile.

«Non è roba nostra!»

«Nobilissima lady Albrecht» iniziò Maria, decantando il contenuto della lettera «siamo felici di sapere che il viaggio sia andato bene e lieti del Suo invito. Non mancheremo di essere presenti, la contessa, io e nostro figlio, al ballo in maschera di sabato sera. Siamo onorati di essere venuti a conoscenza del debutto in società di vostra figlia. Sempre devoto marchese Giuseppe Arconati Visconti.»

Carlotta era ammutolita e così anche Patrizia.

«*Quel* marchese?» chiese Patrizia. «Posso dare uno sguardo alla sua firma?»

Quasi non ci credeva. Il figlio del marchese, a detta di tutta l'alta società, era in cerca di una moglie.

Maria lasciò cadere nelle sue mani la lettera.

«State organizzando un ballo in maschera?» domandò. Le guance le si erano tinte di porpora.

«Non ne sapevo niente, devi credermi» rispose Carlotta.

«Quindi anche tu devi ancora trovare una sarta?»

«Cielo, no» protestò Carlotta, «ho fatto abbastanza prove di abiti a Potsdam, li hanno fatti arrivare al posto delle mie tele.»

Patrizia apparve visibilmente preoccupata.

«Ma ti accompagnerò volentieri, a provare qualsiasi abito tu desideri» la consolò Carlotta.

«Sempre se mi arriverà un invito.»

«Ma certo» s'intromise Maria. «Vedrai, quando torni a casa lo troverai lì ad aspettarti. Ci divertiremo, tutte insieme.»

«Le nostre madri sono amiche da sempre, non può averti dimenticato» proseguì Carlotta, con meno entusiasmo della sorella «faremo questa… cosa insieme, debutteremo lo stesso giorno.»

«… e saremo annunciate al mondo» continuò Patti, adesso con l'aria sognante.

E ci metteranno sulla piazza come in un grande mercato, pensò Carlotta, ma ebbe il buon senso di non dirlo. Non voleva deludere Patrizia. Le capitava spesso di mangiarsi le frasi che aveva in testa, solo per non far rimanere male le altre persone. Si chiedeva, poi, se fosse vero quello che diceva la nonna, che le frasi che non venivano buttate fuori finivano per corrodere lo stomaco.

«Sta tornando la mamma» urlò Maria, quando sentì gli zoccoli dei cavalli.

«Oggi sei peggio di una vedetta» le fece notare Patrizia.

Le tre risero, ma quando Carlotta incrociò gli occhi della madre, che rientrava in carrozza dopo essere stata a Como, il sorriso le morì sul volto.

4

La villa che Marianne aveva acquistato due anni prima dal diplomatico italiano Gian Battista Sommariva non era mai stata così lucente. Perlomeno, questo era il commento che Carlotta continuava a udire, mentre faceva l'inchino a destra e a sinistra, salutando duchi e altri nobili che non ricordava di aver mai visto a Berlino. Sua nonna era stata chiara: sul Lago di Como si riuniva tutta l'aristocrazia, tanto che ormai era una tappa obbligata del Grand Tour, intrapreso da tutte le famiglie ricche europee, che aveva come meta l'Italia. I giovani rampolli avevano modo di vedere la Sicilia, Napoli, Venezia, e Como era diventata una meta ambita per la fine di quel viaggio, che spesso sfociava nella commissione di un ritratto a un pittore del momento. Per questo motivo, tra l'aristocrazia si mescolavano, in cerca di ingaggi, pittori e artisti di ogni genere, ma anche giovani prostitute a caccia di fortuna, avventurieri di ogni sorta, vedove disperate, contesse annoiate. A peggiorare le cose ci si mettevano le maschere che tutti avevano avuto indicazione di indossare, e che per alcuni invitati coprivano l'intero volto.

«Cielo, mi sembra un incubo» sussurrò Carlotta a Maria, che le stava accanto e sgomitava per ammirare i vestiti delle altre dame, alcuni dei quali provenienti direttamente dalle migliori sartorie di Parigi.

«È una serata stupenda» commentò invece la sorella giovane.

Maria aveva convinto la madre a lasciarle indossare un abito color verde smeraldo con passamanerie oro, aggiungendo un tocco di nero per la maschera, che le copriva anche il naso. In questo modo, sosteneva, sarebbe sembrata più grande e non sarebbe di certo passata inosservata. Carlotta portava un vestito in raso color pesca, con la sottogonna che le procurava un fastidio enorme, perché rispetto al solito era più ingombrante. Marianne l'aveva fatta cambiare per ben tre volte, prima di decretare che quello era l'abito giusto e che si intonava benissimo con i fili dorati dei suoi capelli. Lei non le aveva risposto, aveva accettato passivamente, purché la lasciasse in pace e le procurasse il prima possibile della carta di qualità, nuovi colori, pennelli adeguati alle tele che intendeva dipingere. Non era ancora riuscita a scrivere a Franz, aveva iniziato la lettera, poi si era sentita ridicola perché non si erano promessi di sentirsi e lui avrebbe forse trovato bizzarro quel comportamento, dunque aveva chiuso tutto nel cassetto.

Con tutti i preparativi e l'andirivieni delle domestiche, Carlotta non era ancora riuscita a domandare a una di loro se conoscessero quella Elena. Sperava, ma non poteva esserne certa, che il diario fosse rimasto alla villa. Le frasi di quella domestica l'avevano infervorata al punto da non riuscire a prendere sonno.

Dalla cucina si erano tutti prodigati perché i migliori piatti fossero serviti sui vassoi d'argento nei tempi previsti; la governante aveva stabilito ogni cosa e Annette aveva riferito a Carlotta che in cucina l'agitazione era tale che qualche piatto si era rotto prima ancora di cominciare il servizio. La domestica di Carlotta e Maria non si prendeva spesso quelle confidenze, nonostante fosse la più vicina alle principesse, ma Carlotta ogni tanto la esortava a raccontare ciò che succedeva ai piani bassi, dove stava la servitù, e da qualche giorno la curiosità per i lavori dei domestici, dopo aver letto di Elena, era diventata ancora più forte.

«Come farò a ballare» si disperò. Se la prendeva col vestito, perché accettare di essere alla mercé degli sguardi di tanta gente era semplicemente insopportabile. Sapeva benissimo cosa significava debuttare, aveva dedicato gran parte della sua adolescenza a quel momento, nonostante Marianne ci tenesse a sottolineare che erano solo formalità, che lei avrebbe potuto scegliere diversamente in ogni caso. Che non l'avrebbe costretta a niente. Ma le cose erano cambiate talmente in fretta, che Carlotta temeva che la madre, da quando era più libera, potesse rimangiarsi la parola e forzarla a un matrimonio combinato. Era quello, dopotutto, il vero scopo di quella farsa. Carlotta aveva sempre studiato a casa, con la sorella, con istitutori scelti e approvati dal padre. A differenza delle altre principesse, che venivano sottoposte a diete quasi forzate per mantenersi in forma per il debutto, a Carlotta era stato evitato almeno quell'accorgimento, che a detta di Marianne serviva solo per rendere la donna ancora più infelice. Tuttavia aveva un guardaroba che qualsiasi altra debuttante avrebbe sognato: possedeva più di cinquanta abiti, ciascuno in coordinato con le scarpe, i nastri, le perline da sfoggiare sulle complicate acconciature, che spesso le facevano dolere le tempie.

Osservando le maschere che le stavano attorno, Carlotta trovò incredibile e anche un po' ripugnante l'idea che sotto una di quelle ci dovesse essere "per forza" il suo futuro marito. Eppure, la maggioranza dei nobili scapoli quella sera era lì alla villa, ed era lì, lo sapevano tutti, soprattutto per lei, la principessa nipote del re di Prussia, che finalmente aveva raggiunto l'età da marito.

La maschera continuava a caderle sul naso, che non aveva voluto coprire, e ben presto si ritrovò con una mano occupata a reggerla.

«Sorella, sembri in difficoltà» le disse Maria, ridacchiando.

Il salone si stava riempiendo sempre di più e presto Marianne avrebbe fatto la sua trionfale comparsa. I musicisti stavano già suonando un valzer, ma per via delle chiacchiere e delle risate degli invitati, si sentiva a malapena. I camerieri andavano avanti e indietro, con vassoi colmi di grissini, uova sode, torte fritte, che le donne rifiutavano in continuazione, perlomeno quelle in età da marito, mentre gli uomini si concedevano di arraffare tutto ciò che veniva loro offerto.

«Come si farà a ballare, in mezzo a tutta questa calca?» domandò Maria.

«Non lo sapete?»

Le due si voltarono. Per un attimo rimasero spiazzate nel vedere la duchessa Luisa in abiti da uomo, con un grande mantello nero a ricoprirle tutto il corpo.

«Nonna!» esclamò Carlotta, perplessa.

«Per l'amor del cielo, bambina, non chiamarmi più così. Io questa sera sono un lord.»

Risero entrambe, coprendosi la bocca con la mano.

«Felice che ti sia ripresa» disse Maria, divertita. «Allora, mi farai ballare?»

La nonna rise ancora.

«Solo donne in età da marito, signorina. Ma per il primo ballo farò un'eccezione.»

«Sempre che la pista non si riempia a tal punto da non riuscire a muoversi» si lamentò Carlotta. Per lei la presenza di tutta quella gente sconosciuta era motivo di ansia e preoccupazione. Sentiva gli occhi di tutti su di sé.

«Non sapete proprio un bel niente dei balli in maschera» la rimproverò la nonna. «Un ballo viene considerato di successo quando qualcuno viene schiacciato in pista. Più gente è presente, più saremo felici di aver assistito.»

La nonna afferrò una coppa di champagne e con passo elegante si mischiò in mezzo alle altre maschere.

«Carlotta, so quanto è dura per te, ma cerca anche di provare a divertirti» disse, un attimo prima di scomparire. Ogni tanto si sentiva schiacciata dal peso della fama di sua nonna, ma doveva ammettere che anche lei, sin dalle prime volte in cui aveva sentito quella storia, da bambina, ne era rimasta affascinata. La contessa Luisa aveva avuto un matrimonio d'amore, per sua fortuna: il principe ereditario di Prussia, Federico Guglielmo, s'innamorò perdutamente della sua "carnagione squisita e dei suoi larghi occhi azzurri", come disse poi a chiunque. Si conobbero a Francoforte, dove Luisa si era recata insieme alla sorella e alla nonna per porgere i rispetti al re Federico Guglielmo II. Luisa rimase affascinata dal principe ereditario, e siccome le due casate avevano interessi reciproci, il matrimonio fu combinato per il mese successivo al loro primo incontro, con la felicità di tutti. Federico Guglielmo III chiamava sua moglie la principessa delle principesse e la amò molto, così come tutti i cittadini di Berlino che ebbero modo di conoscerla, trovandola angelica e di buon cuore. Ma Luisa divenne popolare per ben altro che la sua bellezza o i docili modi di fare. Dotata di grande spirito pratico, più del marito, amava seguirlo in tutte le varie occupazioni del regno, così come amava leggere con lui Shakespeare e Goethe. Dopo l'ascesa al trono del marito, la giovane Luisa sviluppò rapporti con i ministri, divenne una figura rispettata nel governo prussiano e qualcuno iniziò pure a considerarla un'icona di stile. Tutto ciò che indossava faceva tendenza. Durante il regime di Napoleone, fu costretta a lasciare Berlino in pieno inverno, malata, e a dormire sulla paglia, in un fienile. Questo non fece altro, a detta sua e di tutti quelli che amavano narrare le sue imprese, che fortificare il suo spirito; e quando Napoleone impose le condizioni di pace, a Tilsit, fu mandata lei a trattare con lui. Nonostante lo chiamasse mostro, accettò per difendere la sua amata Prussia e, anzi, civettò con lui, facendolo quasi capitolare per il suo gran fascino, almeno a quanto dicevano le voci (e lei stessa, ridacchiando nel ricordare). Anche se non riuscì a ottenere migliori condizioni per il suo paese, da quel momento in avanti tutti la amarono ancora di più.

«Ma chi era quel giovanotto?» domandò curiosa Patrizia, alle loro spalle. La maschera bianca che indossava le copriva quasi interamente il volto, e l'abito color cipria la faceva somigliare a un dolce ripieno di crema. Aveva anche messo il seno in bella mostra, ben stretto grazie al corsetto.

«Patrizia, eccoti qui» tagliò corto Carlotta, che non voleva mettere in ridicolo la nonna, «complimenti per l'abito, non passerai di certo inosservata.»

«In effetti è quello che ci siamo dette la mamma e io. Dopotutto, se una ha un seno sodo, lo deve sfoggiare, no?»

Una dama vestita di bianco e con una curiosa parrucca dello stesso colore, si avvicinò.

«Benvenuta, lady Carlotta» le disse, «vi trovate bene alla villa?»

«Certo… ehm… con chi ho piacere di parlare?»

«Una vecchia amica di tua nonna. Abito sul lago da tutta la vita. Ma dite, avete notato niente di strano, in questi primi giorni?»

Carlotta s'indispettì perché la donna non le aveva rivelato

il suo nome, ma il pensiero corse subito al carillon che aveva trovato e alla voce che aveva udito e decise di scoprire qualcosa in più.

«Può darsi» rispose. «Cosa avrei dovuto notare?»

La donna rise da dietro la maschera.

«Credetemi, lady Carlotta, ve ne accorgerete da sola. Ma posso darvi un indizio: qui sul lago, niente è davvero come sembra.»

«Che intendete? Non siate così criptica, per piacere.»

La donna avvicinò le labbra all'orecchio di Carlotta.

«Spiriti» sussurrò, «spiriti nella villa. Uno in particolare, sembra non dia pace a chi vi abita...»

Carlotta provò un brivido lungo la schiena. Le venne in mente la scala che portava a un piano non accessibile, il carillon che aveva cominciato a suonare durante la notte e, naturalmente, la pagina che aveva letto.

Fece per rispondere, ma la donna si scostò.

In quel momento tutti si zittirono e anche i musicisti smisero di suonare. Lady Marianne era entrata nel salone, indossando un abito color borgogna, una collana di perle che Carlotta non le aveva mai visto addosso, reggendo una maschera dorata che le copriva il viso per metà. Questa volta tutti gli occhi erano puntati su di lei, ma Marianne era abituata ad attirare sguardi e commenti: sembrava perfettamente a suo agio nelle vesti di padrona di casa. Carlotta, nonostante tutto, si ritrovò a pensare che fosse ancora una donna attraente e che avesse un fascino che, invece di deteriorarsi con gli anni, andava migliorando.

«Benvenuti, signori e signore» iniziò.

Ci fu qualche cenno del capo, qualcuno accennò una riverenza. Sembravano tutti stregati da lei, eppure erano gli stessi che a Potsdam commentavano con accanimento la sua separazione dal marito. Carlotta era sempre più scioccata perché molti di loro cambiavano opinione in base al luogo dove si trovavano. Forse anche loro, come tutti, subivano il fascino e il calore dell'Italia.

«È un onore avervi qui, miei graditi ospiti, soprattutto in una serata così particolare dove tre donne avranno il piacere di debuttare. Una di queste è la mia figlia maggiore, Carlotta Luisa Guglielmina.»

Marianne fece una pausa studiata e diede una rapida occhiata al foglio che teneva in mano. «... e ve le presento formalmente: la principessa Carlotta Luisa Guglielmina Albrecht, figlia di lady Marianne Nassau Albrecht e del principe Alberto Albrecht di Prussia, miss Patrizia Von Alten, figlia di mrs Agatha Von Alten e mr Carl Von Alten e, infine, miss Miranda Grey, figlia di lady Grey e di lord Grey, di Londra.»

«Di già?» gemette Carlotta. Sentiva le gambe molli e pensò che sarebbe svenuta.

Patrizia si era avviata in mezzo alla sala, camminando con il petto in fuori. Molte dame stavano già commentando, dietro il ventaglio, il suo ingresso e sicuramente anche l'abito, ma soprattutto, Carlotta ne era certa, la mercanzia messa in mostra in maniera piuttosto plateale. Si guardò intorno alla ricerca della terza ragazza che avrebbe debuttato: miss Miranda Grey, un nome che non le diceva niente, che non aveva mai sentito. Era raro non conoscere, almeno per sentito dire, le altre debuttanti, perché alla corte prussiana giravano molti pettegolezzi che le arrivavano sempre all'orecchio. E aveva la netta impressione che, anche lì al lago, ci fosse la stessa smania di commentare e chiacchierare. Eppure, non aveva mai sentito parlare di lei.

Infine la notò. Miranda Grey fece la sua comparsa a testa alta, con un portamento fiero, solo parzialmente nascosto dalla maschera nera che indossava a nasconderle il volto e per l'abito decisamente eccentrico rivestito di piume di struzzo. Carlotta si accorse che non solo l'abito, ma anche l'acconciatura aveva qualcosa di estremamente alternativo: non portava uno chignon alto sopra il capo, come lei e Patrizia, con i boccoli studiati uno ad uno per incorniciare il viso. Aveva invece una sorta di crocchia bassa, stretta alla nuca, da cui venivano liberate due trecce che ricadevano sul petto e coprivano il collo in maniera quasi totale. Non era l'unica ad aver posto l'attenzione su quel dettaglio: alcune nobildonne stavano già sparlando tra loro, e Carlotta colse le parole: "sfacciataggine" e "presunzione". Era tipico, pensò: tutto ciò che non andava d'accordo con i loro canoni veniva denigrato.

Maria spinse la sorella al centro della pista, insieme alle altre due.

Le tre ragazze si misero in fila e fecero l'inchino, seguendo alla lettera l'etichetta. Gli invitati continuavano a parlare tra loro sottovoce. Carlotta tenne gli occhi bassi e sentì che il labbro inferiore le tremava per l'imbarazzo: chissà cosa stavano dicendo su di lei. Poteva quasi indovinarlo anche senza sentirli: la nipote della grandiosa contessa Luisa, che aveva reso onore alla Prussia.

Con una nonna così, pensò Carlotta, *cosa posso sperare di combinare, io?*

Che altro avrebbero potuto sussurrare, gli invitati? Un po' troppo gracilina, forse, sicuramente non rendeva giustizia alla nonna. Del resto era pur sempre figlia di Marianne, nuora di Luisa, che aveva dato scandalo in tutta la corte per la sua bizzarra richiesta di separazione dal marito. Una sfacciata, una donna priva di qualunque buon gusto e pudore. Di certo la principessa Carlotta non partiva avvantaggiata nella ricerca di un buon partito.

Si domandò come facesse Patrizia a stare a testa alta e a lasciare che la guardassero in quel modo, che esaminassero le sue fattezze, l'abito, la carnagione. Benedisse la maschera, che nascondeva almeno in parte il disagio che stava provando.

«Questo primo ballo è dedicato a loro» concluse Marianne, sovrastando le voci. «Che possano passare la loro prima stagione da debuttanti nel più gioioso dei modi.»

Ci fu un applauso, poi l'orchestra iniziò a suonare un valzer viennese.

Carlotta si mise davanti al suo accompagnatore, il cugino Friedrich, con il quale aveva passato mesi a imparare passi di danza e fare inchini. Almeno per quel ballo era certa di avere un accompagnatore che non avrebbe cercato di corteggiarla e non l'avrebbe messa in imbarazzo: Friedrich non era mai stato interessato alle donne e fin da piccoli sapeva come rassicurarla e farla sentire a proprio agio. Lui e Carlotta avevano giocato insieme nei corridoi del palazzo, con le balie che non perdevano una loro mossa e commentavano il carattere mite di entrambi, paragonandolo all'irruenza di Maria.

Naturalmente anche miss Miranda, secondo un copione già scritto, si apprestò a ballare con il suo accompagnatore, ma prima si volse verso di lei e le sorrise, per incoraggiarla.

«Nel ballo vinciamo sempre noi» sussurrò. «Se non altro, perché sono loro a condurre.»

«Quindi se pesto loro un piede, è colpa del ballerino?»

«Sempre» esclamò Miranda. «Non dimenticatelo.»

Carlotta le fu grata per quel gesto di solidarietà e si disse che Miranda sembrava una persona interessante, se non altro perché mostrava quell'abito e quell'acconciatura eccentrici senza vergogna.

Friedrich le sorrise.

«Cugina, sei tesa come una corda di violino, cerca di rilassarti. So che è difficile, ma credimi, qui ti stanno tutti ammirando.»

Gli strinse forte un braccio e si aggrappò a lui, senza nemmeno cercare di rispondere. Era già piuttosto difficile seguire i passi di danza, figuriamoci mettersi a conversare.

Appena terminato il ballo, tutti applaudirono e Carlotta constatò che quella sera non sarebbe potuta rimanere ferma un secondo.

«Posso prenotare il prossimo?» chiese un giovane mascherato, porgendole la mano.

«Ma certo» rispose Carlotta, passandogli il carnet di ballo. Si rese conto che dietro di lui altri giovani nobili aspettavano di prenotarsi e provò sentimenti contrastanti: da un lato ne fu lusingata, ma al contempo si chiese se non ci fosse davvero un modo diverso di dichiarare al mondo la propria intenzione di prendere marito, un modo che non comprendesse il dover saltare dalle braccia di un nobile a quelle di un altro senza provare tutto quell'imbarazzo.

Non fece in tempo a rivolgere il pensiero altrove, che le coppie si disposero per la danza. Carlotta sospirò di sollievo nel constatare che si trattava di un altro valzer.

Non era un ballo così difficile anzi, era quello che preferiva. Afferrò la mano del suo cavaliere, si abbandonò alle note e per qualche giro nessuno dei due parlò.

«Curioso far debuttare una fanciulla in un ballo in maschera» commentò il giovane.

Aveva spalle ampie e un portamento sicuro: le sue braccia l'avvolgevano piacevolmente.

«Mia madre è capace di questo e altre meschinità» rispose Carlotta, sincera.

«Non siate così rigida con lei, sono certo che vi siano molte qualità buone, in vostra madre.»

Carlotta osservò gli occhi scuri del ragazzo.

«Chi siete?»

Lui scoppiò a ridere.

«In un ballo in maschera, bisognerebbe evitare di confidarlo» rispose.

«Ma qui è tutto al contrario» ribatté pronta Carlotta. «Ogni persona a questa festa, grazie all'annuncio di mia madre, adesso sa chi sono io.»

«Mi pare giusto» rispose lui «e dunque non negherò alla principessa di Prussia la mia identità: sono il marchese Filippo Arconati Visconti, da Villa Balbianello.»

Proprio il figlio del marchese Arconati Visconti, che a Patrizia a quanto pare interessava molto, data la sua reazione quando avevano letto la lettera di suo padre rivolta a Marianne. Per un istante Carlotta se ne dispiacque: Filippo sembrava simpatico e attraente, almeno da quello che poteva scorgere da dietro la maschera. Ma, se avesse deciso di frequentarlo, l'amica non glielo avrebbe perdonato con facilità. Non sapeva molto di lui: Patrizia aveva solo detto che era il miglior partito in quanto a titolo nobiliare e che sua madre la stava spingendo in quella direzione. L'idea che Filippo fosse già destinato all'amica le diede un leggero, inspiegabile sollievo.

«Molto lieta.»

«Anche io.»

Il valzer stava per finire. Carlotta si sentiva già affaticata. Si chiese come facessero, le altre donne, a volteggiare tutta la sera.

«Il vostro carnet si riempirà velocemente» disse Filippo. «Spero vogliate conservare per me l'ultimo ballo. Lo ritengo il più importante.»

Nel pronunciare quelle ultime parole, le mise una mano sulla schiena, indugiando un po' più di quanto prevedesse l'etichetta e attirandola a sé con fare sicuro, tanto che il suo petto andò a sfiorare quello del marchese, che fu pronto ad abbassare la testa e sorriderle. L'aveva fatto apposta, ne era quasi certa. L'aveva notato qualcun altro?

Carlotta arrossì.

La musica si fermò e i due si congedarono con un inchino.

«Attendo con ansia il prossimo, lady Carlotta» le sussurrò in un orecchio, prima di sparire in mezzo alla calca.

Carlotta si affrettò a ritirarsi in direzione di Maria, che la stava aspettando appoggiata alla parete del salone.

«Hai ballato con il marchese di Villa Balbianello!» le disse.

«Ma non era una festa in maschera?» protestò Carlotta, alzando gli occhi al cielo. In realtà era ancora turbata da quel tocco, non poteva fare a meno di chiedersi se fosse normale, voluto, studiato. Se facesse parte del corteggiamento.

La sorella ridacchiò.

«Non mi sfugge niente, lo sai.»

«Potrei morire per un bicchiere di limonata» rispose lei.

Maria rise ancora.

«Guarda, non hai che da chiedere!»

Un cavaliere stava arrivando da lei proprio con della limonata, mentre altri due cercavano di attirare la sua attenzione per prenotare un ballo.

Carlotta afferrò il bicchiere, disse di sì a tutti, annotò i nomi nel carnet e bevve un enorme sorso. Sentì che la testa le girava.

«Devo uscire» bisbigliò alla sorella, «ti prego, intrattienili.»

«Cosa?» protestò Maria.

Ma appena Carlotta si fu allontanata, la sentì che iniziava a parlare del lago e di come le sarebbe piaciuto fare una passeggiata lungo la riva e visitare le altre ville.

«Per fortuna c'è Maria» sussurrò, uscendo dalla sala e puntando verso il giardino.

Era riuscita a eludere la madre che, nonostante dovesse sorvegliarla, si lasciava distrarre dai discorsi dei marchesi: conoscevano bene quanto amasse l'arte e non mancavano occasione di pavoneggiarsi riguardo all'ultimo quadro comprato all'asta. Per Marianne quegli argomenti avevano un'attrattiva irresistibile e poteva vantarsi, a ragione, di avere una conoscenza enorme nel campo dell'arte, molto più profonda di diversi uomini che commerciavano opere.

Quando Carlotta fu sola si appoggiò al tronco della grande quercia, in giardino, ben riparata dagli altri invitati, e sospirò. Il viaggio, la villa, il debutto: era troppo. Ed era ciò che desiderava? Lo sguardo si perse verso le luci del lago, forse qualche imbarcazione, forse le stelle che si rispecchiavano sulla superficie.

«Non voglio più rientrare» disse ad alta voce.

Udì dei passi svelti e decisi e poi uno scalpiccio improvviso, che la fece sobbalzare. Prima che potesse voltarsi, si ritrovò davanti un giovane mascherato, in evidente tentativo di nascondersi anch'egli dietro la stessa quercia. Quando si accorse di lei, imprecò.

«Maledizione, fatemi posto!»

Carlotta spalancò la bocca, stupita da quei modi arroganti.

«Scherzate, vero?»

Lui si appiattì al tronco della quercia e insistette: «Andate da un'altra parte!». Sbirciò verso l'ingresso, dove gli invitati sostavano a chiacchierare.

«Andateci voi» sbottò Carlotta, scostandosi leggermente.

«La quercia non nasconde entrambi» replicò lo sconosciuto.

«Mi ci sono nascosta prima io, se permettete!»

«Potete andarvene, adesso?»

«Ma vi pare? Siete voi che con tutti gli alberi che ci sono, avete scelto proprio quello dove sono nascosta io. Se non lo avete notato, non sono molto agile, vestita così. Invece voi potete saltellare esattamente come siete arrivato. Ora cortesemente...»

Carlotta abbandonò ogni regola imposta e tentò di dargli una spinta. Quello la evitò e per nascondersi le andò ancora più vicino, tanto che le loro spalle si sfiorarono.

«Finirete per farmi scoprire, e tutto per la vostra testardaggine!» mormorò lui.

Carlotta soffocò un gridolino di stizza.

«Io?» protestò, a bassa voce, ma fingendo di urlare. «Sarei io la testarda che vi fa scoprire? E perché voi avreste un motivo più nobile del mio, per nascondervi qui?»

Il giovane sospirò.

«Siete testarda e anche un po' indisponente, vero? Forse per questo ve ne state qui. Guardate che non siete in carcere. Non voi. Non siete costretta a rimanere, se non lo desiderate.»

Carlotta strinse i pugni. Chi era costui e perché le parlava in quel modo, come se desse per scontati il suo ruolo e la sua posizione?

Avendo il volto coperto dalla maschera, poteva intravederne solo le labbra. Era alto e avvolto da un mantello nero.

«Ma si può sapere chi vi credete di essere? A parte un pomposo piantagrane?»

L'uomo sospirò e si tolse la maschera bianca. Nonostante l'oscurità, i suoi occhi verdi colpirono Carlotta. Aveva un viso bellissimo, dall'incarnato olivastro. Dovette abbassare lo sguardo per l'imbarazzo.

«Tanto, per colpa vostra mi scopriranno, lo so. Mi avrete sulla coscienza» insistette lui.

«Giammai, potevate scegliere un altro albero, siamo in un giardino di piante secolari!»

«E ho scelto quello con l'amara sorpresa.»

«Cosa vi dà il diritto di parlarmi così, lord...»

«Giorgio, duca di Sassonia Meiningen» rispose lui. Lo disse con noncuranza, ma Carlotta iniziò a provare un certo fastidio. Ostentava un'aria di superiorità che non le piaceva. Conosceva bene la famiglia del duca di Sassonia: Marianne si era premurata di farle avere una lista dei pretendenti che avrebbero assicurato un buon matrimonio. Una questione di affari, a cui la figlia, a detta sua, poteva anche non concedersi, se non se la fosse sentita. Giorgio di Sassonia Meiningen era l'unico figlio maschio, dunque unico erede, del duca Bernardo di Sassonia. Carlotta aveva letto che la sua nascita era stata accolta con sollievo dai sudditi, poiché la successione al ducato era in pericolo per la mancanza di eredi maschi. Viveva a Villa Sola, lì a Montemezzo, a pochi minuti di carrozza da Villa Sommariva. Carlotta non sapeva altro.

«Ma siete la principessa Carlotta, ora che vi guardo meglio. Colei che ha debuttato questa sera» esclamò lui.

«Che gran spirito di osservazione» replicò Carlotta, sulla difensiva.

«Non amo questo genere di... cose.»

Nemmeno io, avrebbe voluto ammettere. Gli occhi di Giorgio, che giocava a carte scoperte senza la maschera, erano fissi su di lei. Intensi, magnetici. Carlotta lo trovò insostenibile. Sfuggì di nuovo al suo sguardo.

«Carlotta!»

La sorella la stava chiamando dall'ingresso principale. «Carlotta, sei qui? C'è un certo duca che ha saputo che sei un'artista, vuole conoscerti assolutamente!»

«Accidenti a te, Maria» sussurrò.

«Un duca che chiede di conoscervi, che emozione!» scherzò Giorgio, prendendo più posto dietro al tronco dell'albero. «Cosa aspettate, principessa?»

«Fatela finita, non avete alcun rispetto!» ringhiò Carlotta.

Lui sorrise e prima che lei potesse rendersene conto la prese per un braccio e la fece spostare nel giardino, sostituendosi a lei.

«Eccola qui, la nuova Artemisia Gentileschi, sta arrivando!» strillò.

Poi si mise a ridere.

Carlotta si voltò verso di lui. Se non fosse che la sorella si era già girata nella sua direzione, l'avrebbe preso a pugni.

«Ma che ci fai lì?» disse Maria. «Ti stanno cercando tutti!»

Le parve di sentirlo ancora ridere, mentre raggiungeva la sorella e tornava a grandi passi nel salone.

Era accaldata e al tempo stesso tremava. Odiava sentirsi in quel modo. La bellezza di Giorgio, quei tratti così fini e lo sguardo magnetico, verde come il lago in tempesta, erano subito passati in secondo piano rispetto al carattere pungente e fastidioso. Poteva subito depennarlo dalla lista dei buoni partiti: non gli avrebbe più rivolto la parola. Lui aveva intuito tutto il suo disagio, quel senso di essere sempre fuori posto, e si era divertito ad acuirlo. L'aveva addirittura spintonata via dalla quercia! Che tipo di uomo si comportava così con una principessa?

Avrebbe ballato tutta la sera. L'avrebbe fatto pentire di essersi atteggiato in maniera tanto indecorosa.

«Dov'eri finita?» le chiese Maria. «Quel duca è andato da un'altra parte, ora.»

«Lady Carlotta» la chiamò un uomo mascherato, uno dei tanti che la stava aspettando. «Mi concedete questo ballo?»

Lei annuì. Mentre si preparava a quella danza noiosa e ripetitiva, e riceveva i complimenti del suo cavaliere, gli occhi scrutavano la pista, alla ricerca di una persona con un mantello scuro, una maschera bianca e un'altezza notevole. Con sua grande delusione, individuò almeno dieci persone che potevano corrispondere a quella ricerca.

Si accorse che il cuore le martellava ancora nel petto, e di certo non era per la fatica della quadriglia.

Le parole del duca le risuonavano ancora in testa: *Non siete obbligata a rimanere, se non lo desiderate*. Forse era stata l'ovvietà di quell'affermazione a indispettirla. Qualcosa di così schietto da dire. E di tremendamente vero: apparentemente nessuno la obbligava a fare nulla, eppure era come vivere in prigione. La società aveva troppe regole e una principessa non poteva permettersi di romperle. Tanto più se quella principessa era la figlia di Marianne, che dava scandalo a corte per i suoi comportamenti libertini e l'imminente divorzio, e però al tempo stesso ordinava a lei di trovare *un buon partito*.

Carlotta sperò che Giorgio arrivasse a chiederle di ballare: gli avrebbe dimostrato di tenergli testa anche nella danza. E forse avrebbe rabbrividito ancora, in sua presenza. Ma non avvenne, e lei si maledisse per quel suo desiderio contorto. Cosa le stava succedendo?

A un certo punto un conte mascherato chiese a qualche invitato se avesse visto il duca di Sassonia. Disse che lo stava cercando dall'inizio della serata, senza successo. Non specificò il motivo e Carlotta si guardò bene dall'impicciarsi. Decise di tenere per sé la loro bizzarra conversazione. Da cosa si stava nascondendo quell'uomo? E perché?

«Mi sfugge sempre» s'imbestialì il conte «ma andrò a pescarlo a Villa Sola, se continua così.»

Quando la festa finì, i piedi le dolevano e la testa vorticava.

Maria, invece, sembrava eccitata.

«Sei stata la più richiesta» esclamò «e secondo me nei prossimi giorni avrai un'infinità di inviti.»

«Adesso desidero solo andare a dormire» disse lei, appoggiandosi alla sua spalla.

Una volta arrivata in camera, lasciò che Annette la aiutasse a sfilarsi l'abito e indossò la camicia da notte. Si guardò allo specchio, mentre la domestica le disfaceva l'intricata acconciatura e pettinava i capelli, per poi intrecciarli per la notte. Era fatta, il debutto c'era stato. E il papà non era presente in quell'occasione così speciale. Carlotta ne conosceva il motivo, ma ci soffriva lo stesso. Dopotutto, aveva avuto successo ed era stata brava.

Quando Annette se ne fu andata, rimase ancora a fissarsi allo specchio, cercando la somiglianza del suo viso con quello della madre o della nonna. Dalla contessa Luisa aveva preso lo stesso taglio degli occhi e il naso, ma avrebbe mai avuto eguale fascino? Prese dalla toeletta il carillon e lo aprì per ascoltare ancora la melodia. I due vani erano vuoti, ma nel tentare di richiuderli si accorse che il tessuto di velluto che conteneva il biglietto era leggermente rialzato.

«Non è possibile» mormorò. Prese una forcina e forzò delicatamente per sollevare il tessuto. Il carillon conteneva un terzo vano e lì c'era una piccola chiave. Non sarebbe andata bene per una porta, sembrava più la chiave di una cassaforte, o di una scatola.

Carlotta si guardò intorno, ma non trovò niente di simile. Non era lì che doveva cercare. Sbuffò, colta da un'inspiegabile eccitazione, e attaccò la chiave alla collanina con il ciondolo a forma di fiore che indossava spesso.

Si buttò sul letto.

«Troverò il tuo nascondiglio, Elena» mormorò. «Dovessi ribaltare questa villa da cima a fondo.»

5

«Arrivano ancora fiori» esclamò Maria, sgranando gli occhi azzurri «e sono tutti per te, sorella!»

Il maggiordomo stava portando l'ennesimo vaso di orchidee in salotto.

Carlotta aveva la testa altrove, quella mattina. Continuava a guardarsi intorno, ad aprire mobili e cassettiere nel momento in cui rimaneva da sola. Erano solo pochi istanti, però doveva sfruttare tutto il tempo possibile: finalmente aveva una missione che le pareva degna di quel nome. Trovare il diario di Elena. Giocherellò con la chiave appesa al collo, mentre la sorella le mostrava soddisfatta il vaso.

Cercò di scacciare tutti quei pensieri.

«Non avevo considerato gli aspetti lieti del corteggiamento» scherzò Carlotta, fingendo di ammirare la nuova piantina.

«Non leggi il biglietto?» chiese Maria.

«Leggilo tu» rispose lei, che sapeva di farla contenta.

«Dunque, è da parte del conte di Villa Melzi. Dice che ieri è stato piacevole ballare con te e ti invita a fare una passeggiata a Como sabato pomeriggio.»

Carlotta aggrottò la fronte.

«E chi è?»

«Si firma Francesco Melzi.»

«Vorrei rammentare di più, ma in questo momento ricordo a malapena il nome.»

Maria rise.

«Ci credo, hai ballato tutta la sera, con qualsiasi pretendente! Anch'io ho potuto fare qualche volteggio.»

«Maria Alessandrina, stai al tuo posto, per te non è ancora il momento» commentò Marianne, che stava alla finestra a scrutare chissà cosa. Poi, distrattamente, soggiunse: «Carlotta, non hai letto gli appunti che ti ho lasciato? Il conte Francesco è il nipote del duca omonimo di Villa Melzi, duca di Pavia. Quello con la gotta».

Carlotta non le aveva rivolto la parola, dalla sera prima. Oltre ad averla trascinata al debutto sul Lago di Como, la madre non era neanche stata a vegliare su di lei, facendo notare a tutti quanto fosse libertina. Sapeva che l'aveva fatto apposta e, se gliel'avesse fatto notare, avrebbe nascosto un ghigno ricordandole che le regole sono fatte per essere infrante. Sospettava che la madre, che pur aveva avuto un matrimonio combinato e ne era stata molto infelice, avesse un piano preciso, per lei.

Cercò di ricordare alcuni nomi degli spasimanti con cui aveva ballato: Friedrich, il nobile spagnolo, in cerca di moglie, che le aveva confessato la sua passione per i cavalli, William, aristocratico inglese, amante della caccia e poi, sì, il conte Francesco. Di lui non ricordava nulla, ma lo zio omonimo era molto più famoso: di lui si raccontava che avesse rifiutato in moglie Paolina Bonaparte, perché a lei piaceva farsi ritrarre nuda dal Porta, e non solo, che soffrisse di malinconia a causa della gotta, che nella sua splendida Villa Melzi ci fosse sempre una porta chiusa. Il nipote sarebbe stato altrettanto interessante? In un guizzo di lucidità le sovvenne che fosse quello alto, tanto che a ballarci insieme aveva dovuto erigersi quasi sulle punte. Non le aveva fatto una particolare impressione, ma era troppo presto per poter giudicare.

Chi ricordava benissimo, invece, era Giorgio, il quale non si era palesato nella sala. Come se per lui fosse troppo, confondersi con gli altri invitati.

«Ieri è stato divertentissimo» proseguì Maria «anche quando al conte Von Versen stava per cadere il parruccone!»

Risero sguaiatamente. Marianne si schiarì la voce nel tentativo di farle smettere e continuò a scrutare da dietro le tende.

«Devo dire che l'ingresso di lady Grey ha lasciato tutti senza fiato» disse ancora Carlotta.

«Che esagerata, però. Debuttare con le piume di struzzo» rispose Maria.

«Io l'ho trovata una scelta coraggiosa. E poi aveva un portamento, una fierezza... Sembra già matura. Vorrei avere metà di quella sicurezza nel volteggiare.»

«Io l'ho trovata spocchiosa e, a giudicare dai commenti, non sono l'unica.»

«Perché quando qualcuno si veste in modo non consono, il resto del mondo si sente in diritto di giudicare. Soprattutto se questo qualcuno è una donna in età da marito. Per questo l'ho trovata coraggiosa.»

«Un'inglesina che ha conquistato la Prussia» scherzò Maria. Poi tornò seria.

«Che programmi hai oggi?» domandò a Carlotta.

«Nessuno» disse lei, «forse verrà a farmi visita Patrizia, più tardi.»

«O forse no» commentò Maria «ieri deve aver ammaliato un conte, non ricordo il nome, ma sono certa mi abbia detto che oggi lo avrebbe rivisto.»

«Vedo per te una carriera da giornalista di cronache mondane» la schernì Carlotta «ma dov'è la nonna?»

«Sta ancora dormendo» la informò Maria, che non si lasciava mai sfuggire niente. «Ieri sera deve aver bevuto un bicchierino di troppo.»

Bussarono alla porta.

«Zitte» disse Marianne «ricomponetevi.»

Carlotta notò che la mamma aveva indossato un abito di seta fin troppo elegante per essere un normale mercoledì mattina e si chiese cosa stesse tramando.

Il maggiordomo entrò con un piccolo pacchetto.

«Hanno consegnato questo per lady Carlotta» disse.

Marianne prese il pacchetto e glielo porse. Carlotta si affrettò a scartarlo, immaginandosi qualche leccornia. Con sua immensa sorpresa, trovò un quaderno simile a quello che possedeva il suo maestro di disegno per i suoi schizzi.

«Deve essere qualcuno che conosce tanto bene la tua passione» disse Maria.

«Curioso» disse Marianne. «Chi ti manda della carta per corteggiarti?»

Lei arrossì. Una certa idea ce l'aveva, o quantomeno le era venuto il dubbio. Il duca era stato l'unico che aveva sentito dalla sorella la sua passione per l'arte, tanto da averla presa in giro come la nuova Artemisia Gentileschi. Forse si era pentita per quell'uscita di cattivo gusto?

Il bigliettino era attaccato al quaderno. Maria stava per afferrarlo, curiosa, ma Carlotta lo intercettò prima.

Addio, addio. Un bacio e poi scenderò.

Spero che questa citazione sia la chiave per aprire il vostro cuore.

Carlotta si sentì avvampare. Chi le scriveva parole tanto audaci?

«Dunque, chi lo manda?» chiese Marianne.

«Nessuno.»

La madre inarcò un sopracciglio.

«Non è firmato?» sbuffò Maria.

«Allora» disse Marianne, «vuoi dirmi o no chi ti ha scritto il biglietto?»

Nemmeno lei, però, lo sapeva. Persino la calligrafia sembrava del tutto anonima, quasi fosse studiata per apparire meno eloquente possibile.

Sperò ardentemente fosse il duca di Sassonia, magari era il suo modo per scusarsi della sfacciataggine che le aveva riservato nel giardino. Ma non poteva esserne certa. E poi, perché provocarla in quel modo, alludendo addirittura a un bacio, quando non le aveva chiesto neanche un ballo? Quell'uomo riusciva a irritarla anche quando non era presente.

«Un anonimo» rispose Carlotta.

«E cosa scrive sul biglietto questo anonimo? Qualcosa di sconveniente?»

Carlotta non sapeva più come sottrarsi alle domande della madre, ma per gran fortuna qualcuno bussò di nuovo alla porta e lady Marianne parve dimenticare la storia del regalo misterioso.

Il maggiordomo si presentò per la seconda volta in salotto, dopo aver aperto al visitatore.

«Lady Carlotta» annunciò in tono solenne «avete una visita. Il marchese Filippo Arconati Visconti.»

«Finalmente» dichiarò Marianne.

Fece segno a Maria di lasciare Carlotta da sola e raggiungerla alla finestra.

«Perché?» protestò lei.

«Perché si fa così» si limitò a borbottare Marianne.

Maria sbuffò e si alzò dalla poltroncina, lasciando sola Carlotta e spostandosi accanto alla finestra.

Carlotta trovò strano che la madre liquidasse Maria in quel modo, e capì con chiarezza che la visita era stata in qualche modo combinata dal marchese Arconati Visconti e da Marianne. S'indispettì. Mise il biglietto del suo corteggiatore misterioso nel corpetto e si disse che avrebbe liquidato il marchese per starsene in camera sua con il nuovo blocco degli appunti, a provare qualche schizzo.

Ma l'entrata di Filippo fece cadere tutti i suoi propositi. Il marchese si presentò infatti tenendo tra le braccia un cucciolo di King Charles Spaniel, dal manto color caramello.

«Lady Marianne» salutò, facendo un inchino. «Lady Maria, lady Carlotta.»

I suoi occhi scuri si fermarono su di lei, mentre il cagnolino agitava la coda e si guardava intorno incuriosito.

Dash dovette percepire la presenza di un altro quadrupede, perché iniziò ad abbaiare, in giardino.

«Marchese Filippo, che piacevole sorpresa» cinguettò Marianne «volete una limonata fresca? Qualcosa da mangiare?»

Carlotta andò a memoria sugli appunti di sua madre: ottimo partito, ricco, nobile, qualche fratello di troppo. Ottimo giocatore di poker, si vocifera.

«Non mi occorre niente, grazie, lady Marianne. Non ho portato fiori, ma vedo che ce ne sono in abbondanza.»

«Tanti da riempire una serra intera» confermò Carlotta e si alzò per accarezzare il cucciolo. Non resisteva ai cagnolini, soprattutto se erano della stessa razza del suo.

«Allora ho fatto bene a portare Artù» concluse Filippo. Le

elargì un caldo sorriso, mostrando una fila di denti bianchi e curati.

Era un bel ragazzo, aveva colori nordici, capelli corti e chiari, labbra sottili. Rimase a fissarla, mentre il cane cercava di divincolarsi.

«Anche noi abbiamo un Cavalier» disse Maria, che proprio non riusciva a tacere.

«Mi sembra di averlo intravisto nel giardino» le rispose Filippo, sorridendole. Poi si rivolse di nuovo a Carlotta: «Potremmo farli conoscere, che ne dite?».

Lei guardò la madre, che assentì con un gesto del capo.

«Le prendo il cappellino e la mantella» si affrettò a dire Annette, che naturalmente doveva seguirli.

Maria guardò verso la finestra, Carlotta pensò che le spiacesse per lei, che doveva rimanere in casa mentre fuori era una meravigliosa giornata e la sorellina esplodeva di vitalità.

Carlotta indossò lo scomodo cappello a falde larghe che tanto detestava, ma che le proteggeva il viso dal sole, poi precedette Filippo.

Il marchese le porse il braccio, dopo aver lasciato Artù libero di scorrazzare. Dash lo annusò, fecero qualche giro l'uno intorno all'altro, poi il cane di Carlotta si mise a rincorrere una farfalla e quello del marchese mangiucchiò alcuni fili d'erba.

«Sono contento di essere venuto a trovarvi» disse il marchese. «Ieri sera vi ho vista piena di corteggiatori e quando sono entrato a casa vostra, prima, ho capito che questa sarà la vostra stagione. Siete sommersa di inviti e complimenti, a quanto pare.»

Carlotta lo guardò. I suoi folti capelli castani e i modi regali e schietti al tempo stesso, in effetti lo rendevano gradevole. Già. Gradevole. Poteva mai l'amore avere soltanto il sapore della gradevolezza? Non doveva essere, invece, aspro come le ciliegie, quando non sono ancora del tutto mature?

L'amore poteva essere solo immenso come una foresta, pensò.

«Ho detto qualcosa di sconveniente?» domandò Filippo.

Era talmente persa nei suoi pensieri, che aveva dimenticato di rispondergli.

«No, certo che no, scusate, è che sono molto frastornata, un po' da tutto.»

«Vi dona questo vestito celeste, risalta il vostro incarnato» osservò lui. Si avvicinò facendo in modo che i loro corpi si sfiorassero. Carlotta non lo gradì: non c'era niente di più fastidioso della vicinanza di un estraneo, quando desiderava essere prima di tutto rispettata.

«Vi ringrazio, sono contenta che il tempo delle maschere sia caduto» ribatté e si scostò.

«La vostra villa ha un giardino stupendo» disse Filippo. «Ho notato le ortensie, gli alberi da frutto... e la bellissima quercia.»

«Avete notato la quercia?» esclamò Carlotta, ripensando istintivamente al suo incontro con Giorgio.

Filippo parve stupito.

«Come potrei non notarla? Sarà una quercia secolare.»

«Vi intendete di botanica?» s'informò lei.

«Non proprio» rispose, «non quanto mi piacerebbe. Voi, invece?»

«Sono nella vostra stessa situazione.»

«Ma so da vostra madre che avete molte altre doti: la pittura, per esempio.»

«Amate l'arte?»

Filippo rise.

«Agli scarabocchi preferisco la concretezza. Nella mia villa ci sono fin troppi dipinti. Sono sicuro che a voi piacerebbe stare a contemplarli.» Lo disse ammiccando. Non sembrava davvero interessato a proseguire una conversazione sincera con lei.

Carlotta si staccò dal suo braccio e richiamò Dash: non aveva voglia di rimanergli accanto un minuto di più, si sentiva a disagio sotto quegli sguardi, come fosse davanti a una corte in attesa di giudizio. La conversazione sembrava languire e lei ripensava alle odiose parole di Giorgio: *Non siete in prigione. Non siete costretta.*

Era terribilmente confusa e non riusciva a godersi la passeggiata, né la vista sul lago, che in quel momento era attraversato da due maestosi cigni.

«Vi vedo pensierosa» insistette Filippo, «qualcosa vi turba?»

Carlotta alzò gli occhi verso le finestre della villa e notò che le tende erano scostate. Scorse la figura della sorella e della madre. Si sentiva osservata e le sembrava tutto finto, quasi programmato.

«In effetti, ve l'ho detto poco fa, sono davvero un po' stanca.»

Filippo seguì il suo sguardo, poi annuì.

«Se volete rientriamo. Inizia a fare un po' caldo.»

«Grazie per la comprensione, siete molto gentile.»

«Carlotta» disse lui, quando furono all'ingresso e in procinto di salutarsi, «non vi nascondo che detesto certe formalità. Sono stato educato bene, ma non voglio neanche perdere tempo. Siete la perla di questa stagione, quella ambita da tutti. Ma ditemi: vi piace anche divertirvi, tanto quanto piace a me?»

Le sorrise senza alcun impaccio, nonostante avesse bisbigliato quelle parole, perché non fossero sentite da Annette.

«Certo che mi piace divertirmi» ribatté lei, accorgendosi subito dopo che forse aveva detto una sciocchezza. A quali tipi di divertimento alludeva il marchese, leciti o…?

Scorse un lampo di malizia nei suoi occhi chiari.

«Bene, allora verrò presto a farvi visita.»

Filippo fece un breve inchino, poi prese Artù in braccio e lo mise in carrozza.

Carlotta rientrò a passo svelto, quasi sollevata.

«Già di ritorno? Non sono nemmeno le undici» protestò Marianne.

La sorella si stava esercitando al piano, con scarso successo. Ogni due o tre note si perdeva a guardare fuori.

«Mamma, ti prego» rispose Carlotta, «ho bisogno di respirare un po'.»

«Faccio portare i fiori in camera vostra, lady Carlotta?» chiese Annette.

«Solo un'orchidea» la pregò lei.

Quando fu dentro alla villa, invece di tornare in camera si fermò nel corridoio e guardò verso il lago. Alcuni gabbiani sfioravano il manto azzurro dell'acqua, in cerca di cibo.

Pensò che la stessa Elena doveva aver guardato, furtiva, da quella finestra, prima di compiere le sue mansioni e che aveva desiderato essere libera di volare via. Non aveva mai riflettuto sulla servitù in quel modo e ne provò vergogna.

Avvertì anche una strana sensazione al petto, le sembrava che qualcosa premesse da dentro e volesse uscire fuori.

Quasi non fece caso alla nonna che finalmente si era alzata e l'aveva raggiunta. La contessa Luisa le mise una mano sulla spalla.

«Respira, bambina» le disse. «Sembri rinchiusa in una boccia di cristallo senza ossigeno.»

«Nonna» rispose lei, aggrappandosi a quella mano, «non voglio che questo matrimonio sia solo un affare. Non lo trovo divertente, come pensa Maria, e non mi sembra nemmeno eccitante, come lo vede Patrizia. La stagione è appena iniziata e io mi sento già sopraffatta, sento che tutti si aspettano qualcosa da me. Pensi di capire quello che sto dicendo?»

Luisa annuì.

«Sono stata giovane anch'io, tanto tempo fa» rispose, «anche se tutti stentano a crederlo. Ma io ho avuto un matrimonio d'amore, quello che mi auguro per le mie nipoti. Per questo ti sprono a non accontentarti di nulla di tiepido, ma a cercare qualcosa di arroventato, o perlomeno di concederti del tempo. Altrimenti è inutile avere la libertà di scelta, non trovi?»

«Ho davvero questa libertà?»

La nonna scosse il capo.

«Noi donne non l'abbiamo mai fino in fondo. Ma ci piace pensare che se ci impegniamo potremo condurre i giochi. Che impressione ti ha fatto questo marchese?»

Carlotta corrugò la fronte.

«Terribile» ammise.

La nonna fece una smorfia.

«Fidati del tuo istinto, allora. Posso indagare su di lui per te, se lo vuoi, qui mi rispettano tutti. Ma la scelta, se ce ne sarà una, alla fine spetterà a te e a te soltanto.»

Le parole della nonna colpirono nel segno, tanto che Carlotta guardò verso la quercia. *Qualcosa di arroventato*, pensò, *come uno sguardo che ti sfiora e ti brucia dentro senza averti ancora toccato*.

Carlotta la prese sottobraccio e iniziarono a camminare verso la sala di Hayez.

«Un po' come l'amore raffigurato qui, quello tra Romeo e Giulietta» commentò Carlotta con un sospiro.

«Quello è il sogno di tutte. Certo, almeno l'inizio della storia. L'ultimo bacio prima di salutarsi» commentò la contessa Luisa.

Le schioccò un bacio sulla guancia, cosa che faceva solo

quando la vedeva in difficoltà, e la lasciò da sola a rimirare il quadro.

Carlotta rimase immobile davanti al dipinto. L'ultimo bacio. Ripensò alle parole sul biglietto dell'ammiratore segreto e nel farlo si stampò una manata sulla fronte.

«Un bacio e poi scenderò… È una citazione di Romeo e Giulietta» sussurrò, ragionando tra sé. «Come ho fatto a non pensarci prima?»

Il suo ammiratore conosceva bene l'opera che il Sommariva aveva commissionato. Conosceva quella casa, dunque. O forse era solo una coincidenza. Di certo non poteva esserlo altrettanto per le parole successive: "la chiave per aprire il cuore". La mano di Carlotta andò alla catenina. Il diario doveva essere collegato al quadro e chiunque glielo avesse suggerito, ci teneva che lei lo trovasse. Si sporse a osservare i tratti del dipinto più da vicino.

Poi ebbe un'intuizione.

Sapeva che molti nobili usavano i dipinti per celare cripte segrete e casseforti. Ricordò che quando era più piccola, al castello di Charlottenburg, insieme a una cugina, si era divertita a spostare quadri e cercare tesori nascosti, ma senza fortuna.

Spalancò la bocca, nello scorgere una nicchia nel muro. Infilò la mano tra il quadro e la parete e ne estrasse una scatola di metallo. Il cuore le martellava nel petto, non le era mai capitato di trovarsi di fronte a una cosa del genere: la villa stava giocando a nascondere e a svelare.

La scatola aveva una serratura e la chiave che lei aveva trovato combaciava perfettamente. In ogni caso, si disse, era come se quella scatola stesse chiedendo di essere aperta proprio da lei. Già, che strano. Un carillon che si metteva a suonare nel cuore della notte e una scatola dietro a un quadro. Chi diamine aveva architettato quel nascondiglio e soprattutto, perché? Il mistero la inquietava e al contempo ne era attratta.

Decise di aprire la scatola. Ne estrasse il diario in pelle, tutto impolverato, senza alcuna incisione sulla copertina.

«Ti ho trovata, Elena» sospirò.

Era ansiosa di continuare a leggere la storia di quella ragazza. Non aveva alcun dubbio che il diario fosse il suo.

Fece un respiro profondo, andò alla prima pagina e se la avvicinò per poter decifrare tutte le parole.

15 agosto 1845

Questa sera è successa una cosa davvero strana, ho aspettato che tutti dormissero per poterla scrivere sul diario. Credo che se non la scrivo, potrei impazzire.

Stavo sistemando la camera della signorina Lorena Valsecchi, che lascia sempre un tale disordine in giro, e ormai mi sono convinta che lo faccia apposta per farmi indispettire.

Quando ho preso il suo abito di seta blu, lei mi ha guardato con aria di sfida e ha detto: «Perché non te lo provi? A me sta stretto, sono sicura che ti andrà benissimo».

Sapevo che mi stava provocando, ma non potevo dire di no, perché si sarebbe irritata. Ho provato a rispondere che non mi sembrava il caso, che avevo paura di rovinarglielo, ma la sua replica è stata ovvia: «Non te lo sto chiedendo» ha precisato, «te lo sto ordinando».

Ho pensato che presto me ne andrò da qui, che non valeva la pena mettermi a protestare, così mi sono sistemata dietro al paravento e ho indossato l'abito blu, che a dire la verità mi stava largo, perché io e la signorina Lorena Valsecchi abbiamo proprio una taglia diversa.

«Fammi vedere se ti dona» ha esclamato lei e mi ha messo davanti alla sua toeletta, mi ha tirato su i capelli e ha mormorato che ero bella e molto slanciata. Stavo per ribattere che sicuramente il vestito stava meglio a lei, perché aveva più forme, mentre io sono magra come un agone, quando Lorena si è messa a strillare.
«Che hai fatto! Come ti sei permessa!»
All'inizio non ho capito cosa stesse succedendo, la guardavo disperarsi e non comprendevo il motivo. Ma quando il signor Alfonso Valsecchi è comparso sulla soglia, ho capito: voleva accusarmi di aver provato il suo abito senza il suo permesso. Non le piaccio, mi detesta proprio, anche se non ne conosco il motivo. Credo l'abbia fatto anche perché in casa non è molto considerata dal padre, che ha occhi solo per il figlio maschio. Voleva attirare l'attenzione e io ho fatto da cavia.
Il signor Alfonso è entrato in camera e ha chiesto: «Cos'hai da strillare?».
Poi mi ha guardata e per un attimo è rimasto immobile, senza aggiungere altro.
Lorena non ha perso tempo e ha risposto: «Questa pezzente ha indossato il mio vestito senza chiedermelo!».
E mi ha indicato alla stregua delle bambine piccole quando accusano qualcuno di aver rubato loro un gioco. Non ho avuto il coraggio di ribattere che era stata lei a ordinarmi di indossarlo, sono rimasta impalata con quel maledetto abito addosso, in attesa di ricevere la mia punizione. Ho quasi sperato di essere cacciata dalla villa, invece non è successo nulla di tutto questo.
Il signor Valsecchi in tono severo ha ordinato alla figlia di uscire dalla stanza e di lasciarci soli. Lei, pensando che volesse punirmi, ha sogghignato, io l'ho vista, forse anche il padre, non lo so. L'avrei strozzata.
Una volta soli, il signor Alfonso mi ha ordinato di sedermi e

io ho chiesto se potessi cambiare l'abito e rimettermi la divisa.
«Prima vieni qui, Elena» ha detto.
Ho obbedito, che altro potevo fare?
Mi sono seduta sul letto accanto a lui e ho atteso che mi schiaffeggiasse, o che mi dicesse che ero licenziata e, con me, tutta la mia famiglia.
Lui mi ha osservata, tenendo le sue grosse mani callose sulle ginocchia. Sembrava indeciso sul da farsi.
Poi, in maniera del tutto inaspettata, mi ha chiesto: «Ti trovi bene, qui con noi?».
Ho annuito.
«C'è qualcosa che manca a te o alla tua famiglia?»
«No» ho risposto, «non ci manca nulla, siamo grati per l'opportunità che ci offrite.»
«E noi siamo contenti del vostro lavoro» ha detto lui.
Poi ha sospirato.
«Devi aver pazienza con Lorena» mi ha detto. «Per lei sono anni di stravolgimenti e anche se si atteggia a fare la grande, è ancora una bambina».
Non sapevo cosa rispondere, mi sembrava una confidenza troppo grande da fare a una domestica, così mi sono detta che era meglio se me ne stavo in silenzio.
«Ti sta bene questo vestito» ha approvato lui, squadrandomi «e so bene che non ti saresti mai permessa di indossarlo di tua iniziativa.»
«Grazie, signore.»
«Sei una brava ragazza, Elena» ha continuato, «non voglio perderti, la tua presenza qui mi è cara.»
Mi hanno colpito quelle parole: mi sono chiesta, di nuovo, se fosse normale che un signore si rivolgesse così alla sua domestica.
«Adesso puoi cambiarti» mi ha detto.

Sono tornata dietro al paravento, lui si è lasciato andare, con uno sbuffo, sul letto della figlia. Volevo dirgli che da quella posizione poteva vedermi mentre mi cambiavo, ma avevo troppa paura che si arrabbiasse, che mi dicesse che ero un'ingrata e che andasse a raccontare qualcosa alla mamma e al papà, che hanno già i loro problemi.
Allora ho tolto il vestito, sono rimasta con la sottoveste, lui mi ha sussurrato che il vestito potevo tenerlo, l'ho ringraziato ma ho anche pensato che in effetti non me ne facevo niente, è troppo grande per me.
Vorrei tanto avere un'amica a cui chiedere se tutto quello che è successo è normale. Non posso dirlo alla mamma, non adesso che pensa di essere incinta di nuovo e che si chiede come farà a crescere un altro figlio con i pochi soldi che abbiamo.
Quando sono uscita dalla camera, ho salutato il padrone con un inchino, mentre lui si stava rialzando, mi ha detto: «A presto, Elena».
La signorina Lorena era fuori ad aspettare, ma io non l'ho neanche guardata e sono corsa nella mia stanza, piena di vergogna.

6

Carlotta si addormentò subito, cosa che non le accadeva ormai da qualche tempo. Era stata una giornata intensa, tra i fiori dei corteggiatori, il quaderno con la citazione di Romeo e Giulietta, la passeggiata con Filippo, che si era rivelata molto deludente. Tutto questo l'aveva sfinita. Aveva provato a tracciare uno schizzo della villa, ma aveva ottenuto di appisolarsi davanti allo scrittoio. Ed era avvenuta una cosa impensabile: il ricordo del suo amato maestro di pittura dopo soli pochi giorni le sembrava già distante.

Quando riaprì gli occhi, ci mise un attimo per ricordarsi di non essere più a Potsdam, ma in Italia. Era notte fonda, la villa era immersa nell'oscurità, sotto un cielo pieno di nuvole che non lasciavano spazio alla luna.

Carlotta si girò dall'altra parte, chiuse di nuovo gli occhi, cercando di ritrovare il torpore che l'aveva addormentata. Sentì uno scricchiolio. Le parve provenire dalla stanza accanto alla sua, doveva essere Maria che si era alzata per qualche motivo. Tentò di non badarci. Il rumore si fece più vicino. Carlotta si mise il lenzuolo sulla testa. Rimase in ascolto, sperando che fosse davvero la sorella ad armeggiare nella sua stanza.

Un altro rumore, questa volta più somigliante a un sibilo. Carlotta strinse ancora di più le lenzuola sopra la testa. Non riusciva a togliersi dalla mente quello che aveva detto la dama bianca, l'amica della nonna: spiriti. Nella villa c'erano degli spiriti.

Cercò di razionalizzare. Erano solo chiacchiere di un'anziana annoiata. Poi la sentì: era una voce sommessa, sembrava cantasse. Nonostante la porta della sua camera fosse chiusa, Carlotta non si sentì al sicuro. Si tirò a sedere e accese la lanterna.

Tutto tornò improvvisamente silenzioso.

Eppure non si era inventata nulla. Guardò verso la toeletta e le parve di scorgere uno scintillio sullo specchio.

«Chi sei?» mormorò Carlotta, sentendo rizzarsi tutti i peli sulle braccia. Se c'era davvero uno spettro, alla villa, a questo punto doveva scoprirlo. Forse avrebbe convinto tutti a tornare in Prussia.

«Mamma» udì. Ancora quella voce, piagnucolosa e flebile. Era davvero uno spettro? Anche se moriva di paura, doveva scoprirlo. Uscì dalla stanza. In fondo al corridoio, dove una volta c'era il piano della servitù, ora in disuso, scorse la stessa sagoma bianca che aveva visto in precedenza, ma fu un attimo. Le parve si volatilizzasse appena posò gli occhi su di lei.

«Mamma» fece di nuovo la voce, questa volta più lontana.

Carlotta si affrettò a ritornare in camera, guardò fuori dalla finestra, un punto bianco si perdeva verso la riva opposta del lago.

«Sto sognando» si disse. «Non c'è nessuno spettro. Sono solo suggestionata.» Ritrovare il sonno fu quasi impossibile.

Durante tutta la notte, ogni scricchiolio la fece sobbalzare. Era l'alba, quando, confortata dalla luce che rischiarava la stanza, decise di avventurarsi ancora in corridoio per vederci chiaro.

«Ora basta avere paura del nulla» bisbigliò, contrariata. Indossò la vestaglia e uscì. Stava per salire le scale del piano una volta appartenuto alla servitù, quando sentì la madre ridere.

Qualcuno le fece eco. Si fermò davanti alla porta della stanza di Marianne, incuriosita. Abbassò piano la maniglia, trattenendo il respiro. Ciò che Carlotta vide subito furono due natiche bianche e sode, che si muovevano ritmicamente. Si paralizzò a fissare la scena, senza riuscire a connettere il cervello, né a muoversi. Marianne stava sotto un uomo, la testa abbandonata sul cuscino in una smorfia di piacere, le mani sui fianchi di quell'adone che la penetrava con foga.

«Sei sempre più bella, mia dolce Marianne» le disse.

Riconobbe subito la voce. Come dimenticarla? Era Johannes, il loro cocchiere. Mentre si affrettava a richiudere la porta, ripensò a tutte le volte in cui l'aveva presa in braccio per farla salire sulla carrozza, alla sua gentilezza quando porgeva la mano alla madre e la aiutava a scendere, o a montare sul cavallo. Marianne aveva sempre avuto un'accortezza speciale per Johannes. Carlotta avrebbe dovuto capirlo. Sentiva la gola bruciare e per un attimo temette di vomitare. Cercò di trattenersi. Dunque era quello il motivo per cui se n'erano andati? Un amante? Per di più un domestico. Non era la prima volta che Carlotta sentiva quel genere di cose, capitava spesso che ricche contesse annoiate si trastullassero con i servitori. Ma nessuna, di cui lei fosse a conoscenza, si sognava di porre fine al matrimonio per via della propria lussuria. Soprattutto non qualcuno che apparteneva alla famiglia reale. Cos'avrebbero detto, a corte, se l'avessero saputo? Carlotta strinse i lembi del lenzuolo. Ma certo: già lo sapevano. La calunnia era davvero il venticello di cui si parlava e in quel caso, però, non si trattava di bugie campate per aria: i pettegolezzi erano veri. Cercò di scordarsi quella scena, che ormai però si era conficcata nella sua mente. Era come se quei pochi istanti si stessero ripetendo in continuazione nella sua testa: le braccia di lui poggiate sul materasso, tese a concentrare tutto lo sforzo sul movimento del bacino, i seni della madre che dondolavano, la sua espressione di puro piacere. Non aveva mai assistito a un amplesso, e che riguardasse proprio sua madre le provocava un disagio, un disgusto tremendo. Si sentiva confusa e al tempo stesso percepiva uno strano dolore al ventre.

Era sconvolta da quello che aveva visto, ma ciò che l'aveva stupita era la noncuranza della madre, che non aveva nemmeno avuto l'accortezza di chiudere a chiave la porta. Voleva davvero che tutta la corte sparlasse di lei e del suo nuovo amante?

Non glielo avrebbe concesso. Le avrebbe fatto capire che stava sbagliando, che non dava il buon esempio alle sue figlie e che per quel motivo non poteva pretendere da lei obbedienza assoluta: avrebbe combattuto in nome di quella libertà che era stata proprio Marianne a insegnarle.

La mamma le mancava. Per questo non poteva perdonarla.

Infilò di nuovo la testa sotto al lenzuolo, si impose di respirare lentamente e provare a riposare.

Annette arrivò ad aprire le tende che lei era già sveglia e aspettava che la cameriera la aiutasse a infilare il suo abito del mattino, una veste di seta color carta da zucchero.

Si apprestò a scendere le scale per recarsi alla sala da pranzo.

Sentì prima le risate, poi la scorse. Maria era nella sala degli Arazzi e se la rideva da sola, mentre reggeva uno spartito tra le mani.

«Che c'è di tanto divertente?» chiese, stizzita. La notte passata l'aveva resa più suscettibile e il buonumore della sorella la infastidiva. Non riusciva a capacitarsi di come si fosse ambientata così bene, in Italia, di come riuscisse sempre a essere a suo agio in ogni situazione. In realtà le sembrava che Maria si trovasse davvero bene ovunque la mettessero, mentre lei riusciva sempre a sentirsi fuori posto.

«Un giornaletto che hanno lasciato in giro le domestiche. Molto spassoso!» rispose Maria.

«Ti sembra il caso di ridere in questo modo?» borbottò Carlotta.

«Ci siamo svegliate scorbutiche?» ribatté Maria, offesa.

«È da quando mi sono alzata che ho mal di testa, non ce l'ho con te.»

Maria annuì.

«Per questa volta sei perdonata. Ma solo perché mi aspetta un pomeriggio stupendo tra i colori delle ortensie.»

Carlotta si ricordò degli sguardi di Maria su Giovanni.

«Ultimamente ti stai facendo attrarre un po' tanto da certi giardini all'italiana e forse anche dagli italiani…» la stuzzicò.

Maria diventò color porpora come il suo abito da giorno.

«Ma che dici?» protestò. «Sto cercando di divertirmi un po', dato che non posso ancora essere corteggiata come te.»

«Cosa intendono gli uomini per divertimento, Maria?» chiese Carlotta, ripensando alla conversazione con il marchese Filippo. La sorella era più giovane di due anni, ma era molto più avvezza ai pettegolezzi, più scaltra.

«Esattamente quello che intendiamo noi, presumo» rispose Maria, facendosi seria.

«Quindi tu credi che donne e uomini in questo siano uguali?»

La sorella corrugò la fronte.

«A questo punto, tu cosa intendi per divertimento, sorella?»

Carlotta aprì la bocca per rispondere, ma vide la nonna entrare dalla porta e si bloccò.

«Andiamo a fare colazione» disse. «Mi sta scoppiando la testa.»

Maria nascose lo spartito sotto la mantella e la seguì.

«Dov'è mia madre?» chiese a nonna Luisa, quando furono sedute intorno al tavolo della sala da pranzo.

«Deve essere ancora a letto» fece la nonna, e addentò una ciliegia.

«È a letto, sì» confermò Carlotta, arrossendo di rabbia e vergogna.

«Come biasimarla? Sono momenti così piacevoli» ribatté Luisa, e rivolse a Carlotta un sorriso eloquente.

Carlotta strabuzzò gli occhi.

«Tu… lo sapevi?» gemette.

La nonna si strinse nelle spalle.

«Da un bel po'» ammise.

Carlotta si voltò verso Maria.

«Lo sai anche tu?»

«Che cosa?» rispose la sorella.

«N… nulla. Te ne parlerò dopo, Maria» mormorò Carlotta, con una fitta allo stomaco.

«Cara Carlotta, spero tanto che questa villa ti regali il dono della lungimiranza» commentò la nonna «penso che ti servirà. Rimanere fanciulle aggraziate, di questi tempi, reca poca fortuna.»

«Maria, andiamo» sussurrò Carlotta alla sorella, infastidita da quella frase.

La sorella, con la bocca piena di marmellata, si voltò verso di lei.

«E dove?»

«A fare una passeggiata. Usciamo subito dopo colazione.»

«Cosa confabulate, voi due?» chiese la nonna.

«Dicevo a Maria che voglio recarmi a vedere le barche, questa mattina.»

«Oh, certo» rispose Luisa. «Le barche sul lago. Affascinanti.»

Era misteriosa, la nonna, non si comprendeva mai bene cosa pensasse e cosa capisse. Ma le sorelle Albrecht la adoravano anche per quel motivo.

Appena finito di mangiare, Carlotta disse ad Annette che voleva andare a fare una passeggiata sul lago con la sorella.

«Mi voglio cambiare, però» protestò Maria, che amava mettersi in ghingheri anche solo per passeggiare in giardino, figuriamoci per recarsi al lago.

Carlotta acconsentì sbuffando e le disse che avrebbe aspettato in corridoio, davanti alla vetrata principale della villa, da cui c'era una splendida vista sul lago e sul paesaggio circostante. Fece posizionare lì il suo cavalletto e scelse di mischiare due azzurri differenti. Voleva dipingere una veduta, approfittando di quella luce meravigliosa.

Il pennello continuava a scivolarle tra le dita e quando finalmente riuscì ad accostarsi alla tela, non fu contenta della macchia di azzurro che ne ricavò. Troppo chiara, il lago aveva un'impronta decisamente più scura.

Fu allora che udì dei passi svelti che attraversavano il corridoio. Non poteva essere il maggiordomo, che si muoveva sempre con molta circospezione, tanto che spesso Carlotta se lo trovava davanti senza accorgersi che stava arrivando.

Si sporse a guardare, sperando non si trattasse di Johannes, e con sua grande sorpresa intravide un uomo vestito con eleganza, che reggeva qualcosa di ingombrante e che non si voltò nemmeno verso la sala. Sembrava sapere dove andare.

Carlotta si alzò di scatto e si apprestò a raggiungerlo. Stava per salire al piano di sopra senza essere accompagnato da nessun domestico. Era inaccettabile. Ripensò al carillon, al fatto che la gente potesse andare e venire come voleva, dalla villa. Doveva assolutamente parlarne alla servitù.

«Scusate!» disse.

L'uomo si fermò.

«Non siete stato annunciato, dove state andando?»

Lui si voltò a guardarla e lei fu trafitta da quello sguardo glaciale. Lo riconobbe subito: era Giorgio, duca di Sassonia. Vederlo lì, nella sua villa, quella mattina, le diede quasi un capogiro. Si accorse di avere la testa vuota e provò una strana e inedita sensazione: si sentì meno bella di come avrebbe voluto.

«Buongiorno, lady Carlotta. Mi stavo recando da sua madre, lady Marianne.»

Carlotta aggrottò la fronte.

«Nelle sue stanze? Di solito riceviamo gli ospiti nel salone.»

Giorgio sembrava sicuro di quello che stava dicendo. Poggiò per un attimo il pacco che portava con sé e Carlotta si disse che doveva essere un regalo. Intendeva chiedere il permesso a lady Marianne di corteggiarla? Anche se non voleva, sentì che stava iniziando ad agitarsi.

«Quello… è un quadro?» si azzardò a chiedere, e sentì le guance in fiamme.

Giorgio la guardò negli occhi, sorpreso dalla richiesta.

«Si tratta di una trattativa privata tra me e la duchessa» rispose, gelido.

Quella risposta suonò a mo' di schiaffo sul viso di Carlotta, già paonazzo. Come aveva potuto pensare che quel conte pomposo fosse lì per corteggiare lei?

Strinse i pugni, mandando giù la delusione.

«Dovevate aspettare il maggiordomo. Come siete entrato eludendo i domestici?»

Si rese conto di aver usato un tono tagliente, e con sua grande sorpresa vide che Giorgio stava sorridendo, come se volesse schernirla.

«Mi dispiace, devo avervi deconcentrata dal vostro, di quadro» scherzò.

Carlotta tornò a guardare l'orribile macchia azzurra che aveva prodotto sulla tela.

«Vedo che il buonumore non vi manca, stamattina» rispose, piccata e ancora carica di delusione. «Non so se anche voi dipingete, ma questo è un tipico… paesaggio lacustre.»

«Non ne dubito» rispose Giorgio. «Se ne vedono a migliaia sulla riva, dove è pieno di pittori.»

Carlotta incassò il colpo. Le stava dicendo che non aveva talento, che era una qualunque, oppure era lei a doversi convincere delle proprie abilità?

Dietro di loro apparve il maggiordomo.

«Oh, siete già entrato. Lady Marianne mi ha comunicato di essersi appena svegliata e mi ha detto di lasciare quanto richiesto a me» disse tutto d'un fiato, rivolto a Giorgio.

Il duca lo ringraziò e appoggiò il pacco sulle scale.

«Bene, ho fatto il mio dovere. Posso anche andarmene» commentò, senza togliersi dalla faccia quel sorriso che Carlotta detestava.

Annette li raggiunse e comunicò che Maria non era ancora pronta.

«La aspetteremo in giardino, così accompagno all'uscita il duca» disse Carlotta. Ora era a disagio, e voleva che uscisse dalla villa il prima possibile. Si sentiva umiliata e in più moriva dalla voglia di sapere cosa ci fosse dietro alla stoffa che proteggeva il pacco.

«Vi ringrazio, lady Carlotta, ma non dovete disturbarvi, conosco l'uscita» rispose lui.

«Ah!» fece Carlotta. «Ho visto che sapete muovervi nella villa come fosse casa vostra.»

«Dopo di voi» tagliò corto Giorgio.

Si avviarono insieme verso l'uscita. Superarono la scalinata in totale silenzio e Carlotta sperò che le sue guance avessero ripreso un colore normale.

«Ho il sospetto che abbiate portato un quadro. Dunque siete un appassionato d'arte anche voi?» le sfuggì.

Giorgio scosse la testa, turbato, forse riteneva che lei avesse chiesto qualcosa di offensivo.

«Assolutamente no, anzi sto cercando di disfarmi di un po' di ciarpame» rispose.

«Ciarpame?» protestò Carlotta, scandalizzata. «Non direte davvero! Avete appena definito ciarpame il quadro che volete vendere a mia madre?»

«Non sapete nemmeno di cosa si tratta.»

Carlotta si sentì di nuovo punta sul vivo. Odiava il fatto che Giorgio e la madre avessero parlato di qualcosa di cui lei non era a conoscenza. Nemmeno sapeva perché, non se ne capacitava, ma si ritrovò a esserne invidiosa. Di cosa, poi? Quando furono all'ingresso, davanti alla fontana, Carlotta scorse la carrozza di Giorgio e il cocchiere che lo stava attendendo. Notò che lui osservava la scultura che dominava il giardino all'italiana.

«Almeno questa vi piace?» chiese.

«Non particolarmente. E a voi?»

«In verità non ho nemmeno capito che cosa rappresenti, questo... bambino nudo.»

Si pentì subito delle sue parole, perché vide che lui si stava trattenendo dal ridere. Stava dicendo troppe cose sciocche quella mattina, e la colpa era solo della sua stupidità.

«Non eravate un'esperta estimatrice di arte?»

Carlotta incassò il colpo.

«Non ho mai detto questo. E, almeno riguardo a questa scultura, ammetto la mia ignoranza.»

«Si tratta del mito di Arione» spiegò lui, con un tono a un tratto più dolce.

«Volete spiegarmi?»

«Questa villa è piena di leggende» disse Giorgio, e i suoi occhi verdi parvero illuminarsi. «È come se i precedenti proprietari avessero voluto condensare in un unico luogo la meraviglia che incontravano nel mondo.»

«I Valsecchi?» chiese lei.

«No!» rispose Giorgio, scandalizzato. «I Sommariva. Il conte era un grande conoscitore d'arte, come avrete notato. I Valsecchi sono solo... degli affittuari, che hanno occupato la villa per un breve tempo.»

«Giusto» commentò lei, maledicendosi per le sue disattenzioni.

Poi guardò la fontana, affascinata.

«Quello non è un bambino» continuò Giorgio, sistemandosi il cappello.

«E allora cos'è?» domandò Carlotta, senza più preoccuparsi di apparire poco acculturata. Tanto era evidente che lui non voleva corteggiarla.

«Si tratta di un dono votivo, un monumento per ringraziare gli dèi.»

Carlotta osservò le labbra di Giorgio, mentre raccontava.

«Quello che vedete scolpito è Arione di Metimna, un cantore che venne in Italia per ammirarne le bellezze, ma quando tentò di tornare a Corinto, fu depredato e gettato in mare dai marinai. Lo salvò un delfino, a cui lui dedicò una scultura come questa.»

«Sembra un drago molto piccolo, non un delfino» osservò lei. Poi soggiunse: «Deve essere emozionante farsi salvare da un delfino».

«Forse è emozionante essere salvati da qualcuno, in ogni caso.»

Le sorrise. Il suo volto s'infiammò nuovamente. La stava lusingando? O era solo gentilezza?

«Non ho idea davvero di cosa si provi» rispose, impacciata. «Non credo che qualcuno mi abbia mai *salvata*.»

Percepiva di essere sempre più accaldata.

«Nemmeno io, a dire la verità» si lasciò sfuggire lui.

Carlotta aprì la bocca, sorpresa da quella confessione inaspettata.

«Per essere uno che non ama l'arte, ne sapete di cose.»

Giorgio guardò dritto davanti a sé, di nuovo come se lei l'avesse offeso.

«Vi saluto, lady Carlotta. Passate una buona giornata.»

«Vi auguro altrettanto» sussurrò lei, delusa.

Carlotta lo guardò allontanarsi, pensando che fosse la persona più strana e irritante che avesse mai incontrato. Rimase impalata, annusando l'aria, come per indovinare quale dei tanti profumi che avvertiva, fosse il suo.

Maria, nel frattempo, la raggiunse.

«Chi è quell'uomo magnifico?» chiese indicando il duca, che stava svoltando l'angolo verso il viale alberato.

«Credo... di averlo turbato...» mormorò Carlotta, quasi fra sé.

Continuò a fissare il punto dove lui era scomparso dalla sua vista.

«Carlotta!» la scosse Maria. «Chi hai turbato? Cos'è successo?»

«Lo sapevi che dietro a questa fontana si nasconde una bellissima leggenda?» disse lei senza rispondere. Maria annuì, per farle capire che sapeva già tutto, cosa che di certo non era vera. La sorella, come al solito, non aveva voglia di perdersi in chiacchiere sull'arte.

«Vogliamo andare?» chiese, facendo una giravolta per mettere in mostra l'abito che aveva scelto.

Gelsomino, si disse Carlotta. Giorgio odorava di gelsomino.

«Oh, ma cosa mi succede!» sbottò ad alta voce, cercando di scacciare dalla testa quell'ultimo pensiero e il profumo che non voleva andarsene dalle sue narici.

«Il sole dell'Italia ti sta facendo male» la canzonò Maria.

Carlotta la ignorò. La infastidiva l'atteggiamento di Giorgio, ma in qualche modo sentiva che la testa le stava girando piacevolmente, come dopo aver annusato l'incenso o dopo aver bevuto del vino. Non si capacitava di quella sensazione, né del cuore che stava battendo più forte del dovuto.

Proprio mentre stavano per uscire dal cancello principale, una carrozza si fermò accanto a loro. La tendina si scostò e apparve il viso della dama bianca, che non indossava più la parrucca, ma un cappello color panna ugualmente appariscente. I suoi occhi azzurri si posarono su lady Carlotta. Il cocchiere le aprì la portiera, lei scese mentre il maggiordomo le andava incontro.

«Cosa ci farà qui?» bisbigliò Carlotta.

«Pare sia un'amica della nonna, l'ha aiutata a trovare questa villa per mamma.»

«Tu come lo sai?» domandò a Maria.

La sorella s'incamminò, mentre la dama avanzava verso la loro abitazione, senza più voltarsi verso di loro.

«La nonna mi ha raccontato che vive sola, in una grande villa a Griante. Dice che conosce ogni leggenda di questi luoghi e che il suo soprannome sia "la strega bianca", perché veste sempre di bianco e certe volte…»

La sorella s'interruppe.

«Certe volte?» la incitò Carlotta.

Maria impallidì.

«Percepisce presenze, parla con i morti» bisbigliò allora lei.

Carlotta rabbrividì.

«Teniamola d'occhio» rispose, cercando di dissimulare la sua inquietudine. «Chissà cosa vuole dalla nonna.»

Si girarono entrambe a guardare la villa, giusto in tempo per scorgere la strega bianca che entrava.

7

Carlotta e Maria rientrarono alla villa con il volto arrossato dal sole e il respiro affannato per la camminata, evitando la sala da pranzo dove sapevano che la nonna era impegnata a intrattenere la sua ospite. Carlotta aveva raccontato a Maria dell'amante di Marianne, e la reazione della sorella era stata più composta del previsto. In soli pochi giorni in Italia sembrava diventata più adulta, più smaliziata. Carlotta ne fu sollevata, ma si sentì più sola.

Prima di andare a pranzo Annette ricordò a Carlotta che, nel pomeriggio, lady Patrizia l'attendeva a Villa Quaglini. Carlotta alzò gli occhi al cielo: l'invito di Patrizia era stato insistente, quasi impellente, e Carlotta non se l'era sentita di declinarlo. Il suo desiderio più grande, però, era rimanere tranquilla alla villa e cercare un momento di solitudine per continuare a leggere il diario di Elena. Farlo di giorno, del resto, non era sicuro: occorreva attendere la notte per uscire dalla stanza e raggiungere il quadro di Hayez, ma il buio le dava inquietudine, così per un motivo o per l'altro non aveva ancora trovato l'occasione giusta.

«Posso accompagnarti?» chiese Maria, con gli occhi pieni di speranza.

No, Carlotta non voleva. Già che doveva andare dall'amica,

desiderava confidarsi da sola con lei e parlare di ciò che era accaduto la notte precedente e, soprattutto, di Giorgio.

«Non è il caso, facciamo un'altra volta» tagliò corto.

Il volto di Maria si oscurò e, senza aggiungere una parola, la ragazza si voltò e sparì in fondo al corridoio.

«Si fa sempre quello che vuoi tu» gridò prima di chiudersi in camera. «Ti odio!»

Carlotta sospirò, guardando la sorella scomparire.

Annette accennò a un sorriso per consolarla. «Le passerà, lady Carlotta. Le passa sempre, alla fine.»

«Ha il vizio di esagerare con i toni. Ma so che non mi odia.»

«Certo che no, principessa.»

Carlotta rimase in piedi davanti alla toeletta, osservando la cameriera che con gesti abili le slacciava il vestito del mattino, lasciandola in crinolina e bustino. Fece un profondo respiro di sollievo mentre Annette riponeva con cura l'abito della colazione e prendeva quello del pomeriggio, più morbido e più lungo, in modo che coprisse la punta degli stivaletti.

«Puoi allentare il corsetto?» chiese Carlotta in un soffio.

Attraverso lo specchio, Annette le lanciò uno sguardo che nascondeva un velo di commiserazione. Per la prima volta, Carlotta notò la dolcezza nei suoi occhi e sentì una strana gratitudine. Le stecche di balena del bustino erano un tormento, sembravano imprigionarla in una gabbia da cui ogni sera, quando finalmente si spogliava, desiderava solo fuggire.

«Come vuole, lady Carlotta.»

Annette allentò il corsetto e Carlotta si sentì riavere. Certo, Patrizia avrebbe notato che la sua linea non era perfetta, ma era davvero così importante? Per l'amica sì, sicuramente, attenta com'era alla moda e ai suoi dettami. Ma per lei?

Una volta indossato l'abito rosa pallido dalle maniche ampie,

Carlotta cercò il suo cappello preferito: un poke bonnet di velluto bianco che si fece legare ben stretto sotto il mento. Si era pentita di non averlo indossato quella mattina davanti a Giorgio: sarebbe stato un rifugio discreto dai suoi sguardi.

«Desiderate mangiare qualcosa, prima di recarvi da Patrizia?» chiese Annette.

«Preferisco di no, grazie. Mi sento già abbastanza stretta così e sono sicura che Patty avrà fatto preparare un buffet.»

La cameriera annuì, poi aggiunse: «La carrozza è pronta, lady Carlotta. Andrò a vedere se vostra sorella ha bisogno di qualcosa e scendo subito».

Carlotta la guardò con un'espressione di supplica. «Per favore, cerca di farla ragionare. Non voglio che Maria sia in collera con me per una sciocchezza.»

Annette le sorrise e si avviò lungo il corridoio. Carlotta fece qualche passo verso l'uscita, ma si fermò accanto alla porta semichiusa della sala da pranzo, da cui provenivano delle voci. La strega bianca non se n'era ancora andata. Carlotta udì che stava dicendo qualcosa in tono sommesso, e sentì il cuore accelerare. Accostò l'orecchio sulla fessura.

«C'è un modo per far apparire quella creatura… accendere una fiammella… e recitare queste parole…»

La voce della donna si fece più roca, un sibilo inquietante che fece rabbrividire Carlotta.

Provò ad avvicinarsi ancora di più alla porta, trattenendo il fiato.

«Cade a fondo…» mormorava la strega, le parole cariche di un enigma minaccioso.

Carlotta spiò dal pertugio fra le ante e intravide la sagoma dell'anziana donna, avvolta in un mantello bianco e con le mani nodose che si muovevano in gesti avvolgenti. Quelle dita scheletriche si incrociavano e scivolavano l'una sull'altra, in una danza macabra, e per un istante ebbe l'impressione che la strega stesse pronunciando un incantesimo.

«Carlotta!» una voce alle spalle la scosse. Si voltò di scatto e vide Marianne, che la fissava con una punta di divertimento.

«Mi hai spaventata!» esclamò Carlotta, sentendosi colta sul fatto.

«Non starai origliando, mi auguro.»

Carlotta tentò di mascherare l'imbarazzo. «Ero indecisa se entrare o proseguire» rispose, anche se sapeva che la madre non era affatto convinta dalla sua giustificazione.

«So che stai andando da lady Patrizia. Porta i miei saluti alla madre e dille che andrò presto a farle visita» concluse Marianne, distogliendo lo sguardo.

Carlotta avrebbe voluto che la madre le chiedesse qualcosa, qualsiasi cosa, su come stesse trascorrendo quel soggiorno alla villa. Avrebbe voluto anche parlarle di ciò che aveva visto la mattina precedente. O che fosse lei stessa a raccontarglielo.

Chiedimi se sono felice, se mi manca Berlino, se sto bene.

Ma Marianne si limitò a squadrarla con occhi critici. «Sei perfetta con quell'abito. Chissà quante proposte di matrimonio riceverai.»

«Madre...» iniziò Carlotta, ma Marianne non la lasciò finire.

«Anche la mia carrozza sta attendendo» tagliò corto. «Johannes e io ci rechiamo a Villa Melzi, non saremo presenti a cena.»

«Johannes in qualità di?» domandò Carlotta.

La madre fece un sospiro di sollievo.

«Lo sai anche tu. Finalmente. Non vedevo l'ora di poterlo gridare al mondo. Sono innamorata, Carlotta. Felice. Ci credi?»

«Ci credo. Non ho mai avuto dubbi.»

Come poteva essere tanto egoista?

Marianne finse di sfiorarle una guancia, ma la mano accarezzò solo l'aria. Carlotta si sentì gelare dentro.

Io invece non sono felice, mamma. Ho paura. Mi sento sola. Puoi rassicurarmi? Ma ingoiò tutte le parole che avrebbe voluto dire.

«Io vado, adesso. Mi fa piacere che almeno una di noi sia felice, qui» la liquidò.

Si allontanò verso l'uscita, seguita da una trafelata Annette.

Prima di partire, Carlotta lanciò un'ultima occhiata alla finestra della camera di Maria e vide il volto della sorella, pallido, che la osservava dall'alto.

Giovanni, il giardiniere, sistemava le siepi attorno alla fontana.

«Forse potrebbe fare due passi in giardino...» mormorò Carlotta, dispiaciuta per Maria. «Vedrete che più tardi scenderà e questa sera avrà dimenticato ogni cosa» la consolò Annette, a cui non sfuggiva nulla. Carlotta annuì, poco convinta.

Durante il tragitto verso Villa Quaglini, ripensò alle parole della strega. Evocare una creatura, accendere una fiammella... Era vero quello che aveva sentito? Le pareva tutto così misterioso e venato di assurdo. Aveva sognato entrambe le volte, quando aveva visto la bambina? Era solo una suggestione legata alla stanchezza o alla paura? Non voleva credere ai fantasmi. Ma, dopotutto, in così tanti libri aveva letto che le antiche ville italiane ne erano infestate. Sciocche superstizioni, certo. Però ne era sicura: c'era un segreto, nella villa. E adesso voleva scoprirlo.

Se solo Carlotta avesse potuto indossare abiti comodi, per raggiungere Villa Quaglini sarebbero bastati dieci minuti a piedi, attraverso il giardino. Ma i tacchi, il corsetto e le ampie balze del vestito la costringevano a spostarsi con la carrozza. Il cocchiere la condusse lungo il viale sempre verde di mirti, aranci, limoni e cedri. Si inerpicò per un breve tratto, tanto che, guardando fuori, a Carlotta parve di essere sospesa sul lago. Poi i cavalli si arrestarono.

Carlotta notò che Villa Quaglini, pur meno maestosa della sua residenza, aveva un fascino discreto e raccolto, con il giardino che risaliva in dolci terrazze verso l'ingresso principale. Fu accolta da un maggiordomo impettito che la condusse nella sala da ballo, segno che Patrizia non era da sola. Carlotta aggrottò la fronte: non l'avevano avvisata che ci sarebbero stati altri ospiti. Adesso avrebbe dovuto affrontare la piccola cerchia di nobili che l'amica aveva convocato, e non ne aveva nessuna voglia. Si domandava se sarebbe comparso anche Giorgio, con il suo sorriso arrogante.

«Amica mia» esclamò Patrizia, avvicinandosi con passo deciso. «Non ho resistito! Quando ho detto che saresti stata qui, tutti hanno annullato i loro impegni per essere presenti.»

Carlotta trattenne un sospiro.

«Potevi avvisarmi, però» mormorò.

Tra saluti formali e sguardi d'intesa, Carlotta si sentì intrappolata in un rituale sociale che non gradiva affatto. Si aspettava un pomeriggio di confidenze e invece si ritrovò al centro dell'attenzione, osservata come un prezioso trofeo da esibire, con gli occhi di tutti puntati addosso. Nonostante il dominio austriaco stesse ricevendo degli arditi scossoni dai dissidenti, rimaneva sempre la principessa più ambita. Si guardò intorno: Giorgio non era presente.

Fra gli invitati c'era anche Filippo, che attese il suo turno per parlarle e, dopo il baciamano, le disse che era contento di rivederla così presto. Carlotta gli fu grata per non aver accennato alla loro passeggiata insieme, che sarebbe stata sicuramente motivo di pettegolezzi. Il cugino Friedrich, che non si sarebbe perso un evento mondano o anche un semplice tè tra amiche, la salutò con un breve inchino e un sorrisetto. Carlotta era sollevata che ci fosse: lo vedeva come un fratello, un volto amico in mezzo a tanti lupi.

Vide poi il conte Francesco di Villa Melzi, quello di cui a malapena ricordava il nome. Le si avvicinò e le baciò la mano con un sorriso che mostrava gran sicurezza. «Lady Carlotta, è un piacere rivedervi. Spero abbiate gradito il mio omaggio floreale.»

«Molto, vi ringrazio. Credo che mia madre stia facendo visita ai vostri genitori questo pomeriggio» rispose educatamente, cercando di nascondere l'imbarazzo.

Francesco parve illuminarsi.

«Dunque…?» azzardò, lasciando la domanda in sospeso.

Carlotta arrossì leggermente, cogliendo la sottintesa aspettativa. «No, mi avete fraintesa. Una visita di cortesia, naturalmente.»

Il marchese indietreggiò, visibilmente deluso.

La verità, limpida e innegabile, era che Carlotta si sentiva estranea a tutto ciò. Non sapeva di chi fidarsi e detestava queste ipocrite formalità. Come avrebbe potuto distinguere chi era davvero interessato a lei da chi cercava soltanto una posizione di prestigio nell'impero di suo zio?

Patrizia, intanto, lanciò uno sguardo malizioso agli altri ospiti. «Il conte Francesco ci stava parlando del prossimo ballo a casa sua» spiegò, con un tono di falsa innocenza. «E ci chiedevamo se non fosse divertente improvvisare una quadriglia.»

Carlotta strabuzzò gli occhi. «Qui?»

Patrizia batté le mani, mentre la porta si apriva nuovamente e tutti gli invitati si voltavano. Era arrivata anche lady Miranda. Indossava un abito grigio perla, con un enorme fiocco davanti al petto a coprire, senza celare del tutto, due seni piccoli e sodi. Il suo sguardo attraversò da una parte all'altra la sala, senza fermarsi su qualcuno in particolare, ma facendo capire che conosceva tutti. Portava ancora quella strana pettinatura che terminava in due lunghe trecce che le arrivavano ai fianchi. In un'altra donna sarebbero stati sconvenienti e forse fuori moda, a lei invece davano un tocco di esotico da cui era impossibile non restare incantati. Carlotta seguì lo sguardo di Francesco, ammaliato da quell'entrata, e si accorse che Filippo si stava mordendo il labbro inferiore. Miranda non era solo originale, eccentrica e dotata di una carica erotica fuori dal comune. Miranda sfuggiva a qualunque definizione, e non era per ciò che diceva o faceva: con la sua sola presenza riempiva la sala, rompeva tutti gli equilibri. Carlotta non aveva mai conosciuto una donna così. Né, probabilmente, gli altri ospiti.

«Scusate il ritardo» disse facendo un inchino, «sono stata trattenuta.»

«Benvenuta, lady Grey» rispose Patrizia. «Stavamo giusto organizzando un ballo, proprio ora.»

A Carlotta parve che anche l'amica subisse il fascino della donna, come se stesse cercando la sua approvazione.

Miranda sorrise. «Potrebbe essere divertente...» osservò nel suo italiano perfetto, appena venato dall'accento inglese.

Carlotta sospirò. Non amava la quadriglia, ma non se la sentiva di opporsi.

«Sono arrivati tutti?» domandò.

Si voltò verso la porta della sala da ballo e Patrizia intercettò il suo sguardo.

«Stai aspettando qualcuno in particolare?»

Carlotta esitò. Avrebbe voluto sapere se il duca di Sassonia era stato invitato e aveva deliberatamente scelto di non presenziare, oppure se Patrizia non lo avesse proprio preso in considerazione. Ma non voleva chiederlo davanti a tutti, dunque scosse la testa e si mise in posizione per la prima figura, *Le Pantalon*.

La quadriglia iniziò tra risate e leggeri inciampi, e fu subito chiaro a tutti che la vera regina della danza fosse Miranda. Si muoveva con una grazia del tutto naturale, e anche il suo sorriso sembrava far parte del ballo, catturando l'attenzione degli uomini. L'abito seguiva le sue movenze, le braccia snelle erano veloci, sembrava nata per incantare.

Durante una pausa, Carlotta si avvicinò a lei.

«Siete una ballerina magnifica» si complimentò.

Miranda le sorrise, portando alle labbra un bicchiere di limonata. «Mi piace danzare» ammise.

Sebbene fosse molto diversa da lei, Carlotta percepì improvvisamente un senso di vicinanza, quasi di confidenza verso quella donna che sembrava del tutto priva di ipocrisie. Pensò che avrebbe potuto orientare le sue scelte, aiutarla a capire chi fosse sincero e chi no. Anche lei aveva debuttato, dunque avrebbero potuto confidarsi sui rispettivi corteggiatori, e la sua scaltrezza l'avrebbe forse tenuta lontana dal prendere abbagli. Desiderava smettere di essere tanto ingenua. Esitò, poi si fece seria e le chiese: «E avete già trovato qualcuno in particolare con cui farlo?».

Miranda si fece seria per un istante, il sorriso le svanì dal volto.

«Non ancora. Credo non sia facile, per una dama, con questi modi di corteggiamento, rendersi conto di chi ha di fronte.»

Carlotta annuì, sentendo rafforzare l'affinità con la donna.

Anche lei desiderava qualcosa di più autentico, un amore che non fosse solo un gioco di maschere e convenienze.

«Per essere inglese parlate un italiano impeccabile.»

Miranda la ringraziò. «L'ho studiato per molti anni a scuola» sussurrò.

Carlotta l'ammirò ancora di più per questo. Prendere lezioni in casa, da un'istitutrice, era molto meno avventuroso che studiare in una vera e propria scuola femminile. Era tentata di chiederle come si vivesse a Londra, ma tenne a freno la sua curiosità.

Quando gli altri vollero ricominciare a danzare, Carlotta si scostò, lamentando un lieve dolore ai piedi.

Si ritirò in disparte, vicino alla finestra, e lasciò che lo sguardo vagasse oltre il vetro, sul lago che rifletteva i colori del tramonto. Rimase incantata davanti a quello spettacolo e le venne da pensare che la mamma lo stava guardando insieme a un altro uomo, mentre il padre era solo, a Berlino, a combattere le ribellioni a fianco dello zio. Si disse che la famiglia e il matrimonio non erano sempre una garanzia di felicità, anzi: spesso proprio al suo interno si celava il fondamento di ogni più dolorosa ingiustizia.

Si voltò verso la sala da ballo. Il caminetto era stato acceso e il fuoco scoppiettava dietro agli invitati.

Tutti si muovevano a ritmo di musica, ridendo, scambiandosi occhiate complici.

Patrizia e Filippo erano perfettamente coordinati. Lui le stava appiccicato, annullando ogni distanza fra i loro corpi, ma lei non sembrava accorgersene, o dispiacersene. Miranda volteggiava con eleganza e il volto raggiante, come se ogni movimento le appartenesse. Friedrich era perfettamente a suo agio, la sua risata acuta riempiva la stanza.

Quella danza, quell'ambiente, quegli sguardi… Carlotta si

disse che tutto sembrava appartenere a qualcun altro. Lei si sentiva un'estranea dentro una scena perfetta, una figura distaccata, un dipinto dai colori sbiaditi al margine di una tela.

Abbassò lo sguardo fino a chiudere gli occhi, e una visione curiosa le balenò nella mente, una fantasia che pareva risuonare direttamente dal profondo della sua anima. Si immaginò sulle rive del lago, avvolta dalla luce argentea della luna, il vento che le scompigliava i capelli, il profumo dell'acqua che le riempiva i polmoni. D'improvviso, un delfino appariva dalle onde, il muso fiero, gli occhi intelligenti e vivaci; le offriva il dorso. Carlotta si vedeva salire su quella schiena liscia, mentre il delfino si lanciava verso il lago, portandola lontano dalla terraferma, dalle convenzioni, dalle mura dorate che sembravano imprigionarla.

Le onde la cullavano, le spruzzavano il volto di fresca libertà, mentre la conducevano sempre più lontano. Il cuore le batteva forte, avvolta da una sensazione che non aveva mai provato, un misto di avventura e sollievo, come se finalmente potesse lasciarsi alle spalle tutto ciò che la opprimeva. Non c'erano spettatori, non c'erano occhi giudicanti, non c'era un'immagine da mantenere. Erano solo lei, il delfino e il Lago di Como. Un delfino nel lago.

Carlotta riaprì gli occhi, e il sogno svanì. Tornò a guardare la sala: le risate rimbombavano come echi lontani, senza più significato. Avrebbe voluto che quel delfino apparisse davvero per portarla via, lontano da tutto. Si ritrovò a fissare il suo riflesso nella finestra, osservando la donna che appariva a metà tra la realtà e il sogno. *Se solo potessi essere libera*, pensò, stringendo le mani come a trattenere quell'immagine di salvezza.

«Lady Carlotta, vi trovate bene alla villa?» la interruppe Francesco, con un sorriso affabile.

Quando avevano smesso di ballare?

«Sì, anche se non dormo molto» rispose con educazione.

«Per forza!» intervenne Patrizia, che non perdeva occasione per attirare l'attenzione. «Qui sul lago pare impossibile stare tranquilli.»

«Perché mai?» chiese Filippo.

Patrizia assunse un'aria misteriosa.

«Ho sentito quello che dicono gli abitanti dalla mia cameriera personale» iniziò. «E, non so se lo sapete, signori, ma questi paeselli sono pieni di spiriti.»

Finalmente un argomento di cui valeva la pena discutere. Patrizia ebbe in un istante tutta l'attenzione dei suoi ospiti, Carlotta per prima.

«Mi ha raccontato di una povera fanciulla che pare si chiamasse Ghita, uccisa da un malintenzionato mentre tornava a casa da sola. Pare che lo spirito si aggiri ancora nella notte: è stato visto da più di un abitante.»

«Credo, in tutta franchezza, che si tratti solo di voci» suggerì Miranda in tono scettico.

«Voi non credete agli spiriti?»

«Credo si debbano temere di più i pettegolezzi di corte.»

«Dunque dal vostro punto di vista sarebbero solo fandonie?» incalzò Patrizia. Miranda la osservava divertita, senza temere di essere poco opportuna in casa della sua ospite.

Carlotta iniziò a sudare freddo. Stava scendendo la sera, e le venne in mente il suo, di spirito, che l'aspettava alla villa. Avrebbe voluto ancora un po' di limonata, ma si rese conto che le girava la testa e preferì non alzarsi.

«Mie signore» disse allora Francesco «non vorrei spaventarvi, ma come sapete io abito sull'altra sponda del lago e non posso che confermare le voci che circolano e la stranezza di queste presenze. Non solo fanciulle, ma anche principi vegliano questi luoghi. Il principe del Galles, ad esempio, era solito uscire in barca con la sua amante, e una sera non fecero più ritorno.»

«Che accadde?» domandò Filippo. Stava in piedi accanto a Patrizia e la sua mano era appoggiata al bracciolo della sedia, in modo che il braccio le sfiorasse il seno. Lei se n'era accorta: fingeva che fosse un contatto casuale? O era troppo assorta nella conversazione per capirlo?

Carlotta si strinse al bracciolo della poltroncina. Nessuno sembrò far caso al suo malessere, intenti com'erano ad ascoltare i racconti.

«La barca venne ritrovata qualche giorno dopo, ma degli amanti nessuna traccia. Eppure si continuano a sentire i lamenti di un uomo e di una donna, dal lago...»

«Deve essere stato orribile fare quella fine» commentò Friedrich.

«Altro che spiriti» soggiunse Miranda.

Carlotta sbatté le palpebre. Si rese conto di non aver mangiato nulla dalla mattina e improvvisamente le mancò il respiro. Aprì la bocca per parlare, ma non riuscì a emettere alcun suono.

«Non è tutto» stava dicendo Patrizia. «Pare anche che ci sia una strega che riesce a evocare queste presenze...»

«Vi prego» mormorò Carlotta, ma lo disse così piano che nessuno la sentì. Alcuni puntini luminosi iniziarono a impedirle la vista e le orecchie cominciarono a fischiarle. I suoi compagni di ballo divennero sempre più distanti, le loro voci confuse. Percepì solo l'eco lontana di una bambina che chiamava la madre.

«Lady Carlotta» sentì che la chiamavano. «Carlotta!»

Poi intorno a lei la stanza si fece nera.

8

«Sei sicura di sentirti meglio?» chiese Maria con un filo di preoccupazione, osservando Carlotta che si infilava gli stivali da cavallerizza.

«Te l'ho già detto almeno dieci volte, Maria. Sto benissimo» rispose Carlotta e cercò di nascondere l'irritazione. Era evidente che nessuno, quella mattina, sembrava crederle. Il pensiero di dover rassicurare tutti la innervosiva.

Annette, nel frattempo, non riusciva a trattenersi dal continuare a borbottare tra sé. Dopo il suo improvviso svenimento a Villa Quaglini, la madre di Patrizia aveva insistito per far venire un medico. Questi aveva attribuito l'accaduto alla stanchezza, peggiorata dal fatto che Carlotta non aveva mangiato nulla per tutto il giorno. Una volta a casa, la madre e la sorella si erano allarmate, e Carlotta era stata accolta alla stregua di una fragile convalescente, accudita e coccolata come non le capitava da anni.

Il giorno seguente Maria non l'aveva lasciata sola un attimo, dimenticando completamente il piccolo screzio del pomeriggio precedente. L'aveva assistita in camera sua, era rimasta seduta accanto a lei con sguardo vigile, pronta a esaudire ogni sua richiesta. Persino Marianne era passata a controllarla, sfiorandole la fronte con la mano fresca. Ma quell'accudimento aveva quasi subito iniziato a soffocarla. Erano passati due giorni e adesso si sentiva benissimo.

Non vedeva l'ora di rimanere sola per poter passeggiare nel giardino della villa in pace e assaporare quei pochi attimi di libertà che le erano concessi. Andare a cavallo, e poi trovare il tempo per riprendere il diario di Elena, magari finire il quadro del paesaggio, provare a terminare anche la lettera per Franz, che giaceva nel cassetto.

«E tu piuttosto, sei sicura di non voler venire?» chiese a Maria. «Passerai un altro pomeriggio qui, da sola.»

Maria abbassò lo sguardo, arrossendo appena. «Lo sai che amo cavalcare. Ma questa volta rinuncio.»

«Però non sembri davvero dispiaciuta» mormorò Carlotta, osservando la sorella con occhi indagatori. «Di solito fai fuoco e fiamme quando non ti porto con me.»

Maria si fece ancora più rossa e distolse lo sguardo. «E che cosa posso farci se non mi consideri mai! Mi sto rassegnando» cercò di nascondersi dietro un sorriso, ma il rossore sulle guance la tradì.

«Come pensi di passare il pomeriggio, allora?» insistette Carlotta.

Maria si girò verso la finestra, osservando il giardino illuminato dalla luce del sole che filtrava tra le foglie. «Passeggerò nel giardino» rispose a bassa voce. «Sai quanto mi piace questo posto.»

«Da sola?»

«Per quanto si possa essere soli in una villa piena di domestici» ribatté Maria, alzando un sopracciglio.

Carlotta sospirò, rassegnata. Anche Maria aveva i suoi segreti, e forse non era giusto pretendere di conoscere tutto. Erano sempre state unite, ma i loro caratteri differenti le avevano portate a mantenere una certa distanza l'una dall'altra, soprattutto quando si trattava di cose intime o quando c'era da proteggersi da notizie o situazioni che avrebbero comportato il ferirsi a vicenda. Quando era sopraggiunto il menarca, Carlotta era corsa a dirlo alla madre e aveva chiesto a lei consigli, pregandola di non dire nulla a Maria. Si vergognava, le pareva di essere diversa e distante dalla sorella. Un giorno, però, Maria le aveva chiesto in maniera spudorata se lei fosse diventata già una donna e, quando aveva saputo che per mesi la sorella si era tenuta quel segreto, le aveva urlato che anche lei si sarebbe comportata allo stesso modo in ogni evento importante della propria vita. E in effetti aveva mantenuto la parola: Carlotta non sapeva se anche Maria fosse diventata una donna, nonostante i seni le fossero cresciuti e la pelle si fosse fatta più grassa. Le cose non dette erano aumentate, ma si cercavano ancora, soprattutto quando avevano bisogno del sostegno l'una dell'altra.

In quel momento, Annette apparve sulla soglia. «Lady Carlotta, è arrivata la carrozza di lady Patrizia. Se, però, non vi sentite di andare...» iniziò.

«Sto bene!» la interruppe Carlotta con un gesto deciso della mano. «Possibile che non ve lo vogliate mettere in testa? Andrò a questa gita a cavallo, è stato solo uno sciocco svenimento!»

Annette annuì con una smorfia poco convinta, mentre Carlotta baciava Maria sulla guancia e si avviava verso le scale.

Scese con passo sicuro e salì sulla carrozza di Patrizia. L'amica la accolse con un sorriso complice. Indossava un completo da cavallerizza marrone scuro a due pezzi, simile al suo ma meno raffinato. Entrambe tenevano in mano il cilindro, che avrebbero indossato solo al momento di montare a cavallo. Carlotta aveva messo al collo un cravattino nero, un tocco audace che completava il suo abbigliamento con un'eleganza solo sua.

Amava la tenuta da amazzone, la sensazione di libertà che le dava. Forse era l'aspetto che più le piaceva dell'equitazione: per il resto, avrebbe preferito di gran lunga continuare il suo dipinto, o mettersi a studiare il catalogo delle opere presenti alla villa.

Patrizia, al contrario, era a disagio, strizzata in un abito che pareva sul punto di esplodere da un momento all'altro.

«Odio conciarmi così» brontolò. «Fino all'ultimo speravo di darmi malata!»

«Una volta sul cavallo, dimenticherai tutto» la consolò Carlotta.

Villa Balbianello del marchese Filippo Arconati Visconti, che aveva organizzato l'uscita, si trovava a pochi minuti di carrozza, per cui Patrizia e Carlotta scambiarono poche parole, l'una borbottando sulla poca voglia di salire a cavallo, l'altra eccitata per l'esperienza di cavalcare vista lago, più per quello che avrebbe visto che per il semplice cavalcare, naturalmente.

Non scorsero la villa perché la carrozza si fermò, come previsto, alle scuderie. Lo stalliere stava già sellando i cavalli per le signore.

Carlotta si preparò a scendere, facendosi aiutare da Annette nell'indossare il cilindro, che con gli spilloni a reggere il tulle era particolarmente scomodo.

Patrizia la seguì, mentre un domestico le indicava la strada per entrare nel maestoso edificio in pietra che ospitava i cavalli. Carlotta si guardò intorno, chiedendosi quale aspetto avesse Villa Balbianello, se già nelle scuderie, a giudicare dalle ampie vetrate colorate e dai divisori decorati in ferro battuto, si respirava tale magnificenza. Si avvicinò a uno dei cavalli, lasciando che annusasse la sua mano.

«Siete molto brava» si complimentò lo stalliere, «in questo modo si fiderà più di voi.»

«Se bastasse farsi annusare dagli uomini, per ottenere la loro fiducia» brontolò Patrizia, che si manteneva a una certa distanza dai box e se ne stava nel corridoio centrale, spaesata.

Quando Carlotta sentì la voce di Giorgio, lo stomaco le si contorse. Non era ancora entrato nelle scuderie e già le faceva quell'effetto.

«La prossima volta, però, senza dame» stava dicendo Giorgio, con il solito tono spavaldo. «Mi piacerebbe organizzare una caccia alla volpe.»

«Quando volete» replicò Filippo, divertito. «Vi posso condurre in luoghi davvero interessanti.»

«Peccato non poterlo fare già oggi» commentò Giorgio, con una leggera nota di sfida nella voce.

Francesco intervenne in tono pacato. «Pensavo non fosse consono a delle principesse.»

In quel momento, le dame fecero il loro ingresso. Patrizia, che aveva ascoltato tutto, precedette il loro saluto: «Non temete, non mi vedrete mai correre dietro a una volpe, né in sella a un destriero selvaggio, né tantomeno a mani nude». La sua risata cristallina si diffuse nell'aria e i due uomini risposero con un cenno divertito.

Carlotta continuò ad accarezzare il cavallo senza voltarsi. La criniera morbida la rilassava e la giustificava dall'obbligo di salutare per prima. L'osservazione di Giorgio sulle dame come un impedimento alla caccia l'aveva infastidita. Eppure, non poteva ignorare che l'etichetta imponeva loro di cavalcare all'amazzone, limitando la libertà di movimento. Uno scalpitio di zoccoli la distolse da quei pensieri: le bastò un'occhiata all'ingresso della scuderia per scorgere Friedrich, che amava i cavalli da sempre e sembrava perfettamente a suo agio. Carlotta sospettava che non fosse così con le donne, dato il suo completo disinteresse per il genere femminile e i modi candidi.

«Il conte Friedrich ha portato il suo destriero» disse Filippo, ammiccando a Giorgio. Si girarono per salutarlo e Carlotta tirò un sospiro di sollievo: non doveva parlare con il duca.

Francesco, nipote dei conti di Pavia, proprietari di Villa Melzi, entrò in scuderia, salutò le signore con un inchino e si rivolse subito allo stalliere per scegliere il cavallo. Non sembrava particolarmente entusiasta di partecipare a quella gita.

Carlotta si lasciò aiutare dallo stalliere a salire, poi i domestici presero il suo cavallo e quello di Patrizia e le condussero fuori.

«Ho il terrore di cadere» confessò Patrizia sottovoce, «altro che caccia alla volpe.»

Carlotta stava per rispondere, quando furono distratte dallo scalpiccio degli zoccoli.

Lady Miranda comparve a cavallo, in perfetto equilibrio, con indosso una giacchetta verde chiaro che metteva in risalto il suo incarnato luminoso e un cappello ornato di piume che ondeggiavano a ogni movimento. Aveva i capelli sciolti, sotto al cappello, e questo suscitò subito un'occhiata di disappunto da parte di Patrizia.

Miranda tirò le redini, fermandosi con naturale eleganza accanto agli uomini, e con un sorriso intrigante domandò: «Ho fatto tardi?».

Il suo tono era tanto sicuro quanto l'abilità dimostrata nel cavalcare. Carlotta la osservò con un misto di ammirazione e invidia che le stringeva la gola. Miranda non solo era la migliore a danzare, ma sapeva anche cavalcare con un'abilità sorprendente. Notò un luccichio di ammirazione negli occhi di Giorgio, e sentì una stretta allo stomaco.

«Vi siete fatta perdonare con questa bellissima entrata in scena» rispose Filippo. I due si scambiarono uno sguardo d'intesa e a Carlotta sembrò quasi di sentire la gelosia di Patrizia, che accanto a lei faceva di tutto per rimanere in equilibrio.

«Lady Carlotta» la salutò Miranda, «è un piacere vedere che vi siete già ripresa.»

Carlotta sentì un'ondata di calore salirle al volto.

«È tutto passato» dichiarò con voce ferma. «Come vedete, sto benissimo.»

Giorgio si girò verso di lei. «Che è successo, lady Carlotta?» domandò, con un tono che lei non riuscì a decifrare.

«Oh, nulla che valga la pena raccontare, ve lo assicuro» rispose, cercando di mantenere la compostezza. Detestava, in generale, l'idea che qualcuno potesse considerarla fragile. Che quel qualcuno fosse Giorgio, poi, lo trovava intollerabile.

Filippo si avvicinò a lei, sorridendo.

«Lady Carlotta vedo che avete l'onore di cavalcare Zeus, il mio amatissimo cavallo.»

«Mi state affidando il vostro cavallo preferito?» chiese Carlotta, tentando di sfoggiare un tono leggero, e gettando nel frattempo uno sguardo fugace verso Giorgio per cogliere la sua reazione.

«Per voi e per lady Patrizia ho riservato i migliori» rispose Filippo, carezzando il muso bruno del cavallo di Patrizia.

«Molto elegante, davvero» si complimentò, e all'improvviso sentì salire la tensione. Sapeva di cavarsela piuttosto bene a cavallo: aveva preso lezioni a Berlino, cavalcando sempre all'amazzone. Marianne ci teneva che le loro figlie fossero cavallerizze provette, diceva che temprava il fisico e aiutava gli uomini a comprendere che non c'era niente che una donna non potesse fare. Ma la vera cavallerizza era Maria, per tecnica e passione. Era a lei che l'istruttore aveva sempre riservato i complimenti più appassionati, lei che insisteva per cavalcare con indosso i pantaloni. Carlotta, spesso, l'aveva accompagnata alle lezioni portandosi dietro il cavalletto e l'aveva ritratta mentre si esercitava.

Patrizia fece un lungo sospiro, mentre Filippo si apprestava a spiegare l'itinerario. «Innanzitutto, sono molto felice di avervi qui e compiere con voi questa meravigliosa gita a cavallo. Partiremo da Villa Balbianello e andando al passo potremo godere di una vista spettacolare sulle acque del Lago di Como.»

«Al passo» ripeté Patrizia, rasserenata.

«Proseguiremo poi al trotto lungo il sentiero ghiaioso dove potrete scorgere i cipressi e i rododendri» proseguì Filippo, «poi ci addentreremo nel bosco, e lì ammirerete faggi, castagni e querce. Con un po' di fortuna, potrebbe capitarci sotto tiro quella volpe che il duca di Sassonia attende con tanta bramosia.»

Tutti risero, Carlotta si sforzò di adeguarsi.

«Vi sono anche alcuni piccoli borghi, come Lezzeno, per esempio, delle vere perle da scoprire in mezzo al bosco. Man mano che ci si avvicinerà a Como, il sentiero si aprirà offrendo scorci sempre più ampi sul lago. Le ville cominceranno a farsi più frequenti, potrete ammirarle al passo, lungo una strada più ampia, fiancheggiata da filari di pioppi e vigneti.»

«Se saremo ancora vivi» bisbigliò Patrizia a Carlotta, che sorrise.

Lo stalliere si avvicinò per afferrare le redini del cavallo di Miranda, mentre due scudieri tenevano i cavalli di Carlotta e Patrizia. Ma Miranda si oppose immediatamente: «Non ci provate nemmeno! Faccio da sola».

Carlotta, mossa dall'orgoglio, decise di unirsi all'audacia di Miranda.

«Siamo perfettamente in grado di cavalcare senza essere tenute per la briglia» dichiarò, pentendosi quasi subito.

Miranda si voltò verso di lei con un sorriso complice.

«Non avevo dubbi sulla vostra capacità, lady Carlotta.»

Patrizia, invece, esitava.

«Credo che vi seguirò lentamente» disse, e lanciò uno sguardo titubante a Filippo.

«Sarò dietro di voi, non vi preoccupate» la rassicurò il marchese, e Carlotta scorse un guizzo nei suoi occhi.

Con un colpetto deciso del tacco, Carlotta fece avanzare il cavallo, mettendosi accanto a Giorgio. Davanti a loro, Miranda, Francesco e Friedrich procedevano al trotto, già immersi nella bellezza del paesaggio.

Giorgio la osservò.

«Non pensavo che amaste cavalcare.»

Carlotta sollevò il mento, sforzandosi di mantenere la sua compostezza.

«E in base a cosa vi siete fatto questa idea?» rispose. Il tulle del cappello le sfiorava il viso, coprendole in parte la visuale. Era fastidioso e opprimente, tanto da impedirle i movimenti del capo. Ammirò con invidia la scelta di Miranda, che indossava un semplice cappellino con piume leggere. Almeno, lei sapeva dove stava andando, con il suo cavallo.

«Vi facevo dedita solo all'arte.»

«Non mi conoscete così bene.»

Giorgio continuò, abbassando leggermente la voce. «Ho saputo del vostro... piccolo incidente. Mi dispiace non essere stato presente.»

Carlotta si stupì di questa improvvisa premura. Non riuscendo a vedere il suo viso, si trovò a chiedersi se quel tono contenesse una sfumatura di ironia o una genuina preoccupazione. «Come ho detto, è tutto passato. Immagino che aveste di meglio da fare che venire a danzare con noi.»

«Avevo qualche affare da sbrigare» ammise Giorgio «ma non intendevo mancare di rispetto a lady Patrizia.»

Dunque era stato invitato, ma aveva preferito essere altrove. Avvertì un moto di delusione, poi si sentì stupida per averlo provato.

«Non vi siete perso granché» disse, cercando di suonare disinvolta, mentre si addentravano nel bosco, dove Miranda procedeva al trotto. Giorgio, impressionato, la osservò.

«Incredibile» mormorò.

La stizza di Carlotta crebbe. «Trovate davvero incredibile che una donna possa cavalcare meglio di un uomo?»

«No. Però lo trovo insolito.»

Il sentiero pianeggiante offriva scorci sul lago scintillante al di sotto, ma Carlotta, disturbata dal velo di tulle, non riusciva a goderne appieno. Le sembrava che Giorgio, accanto a lei, si stesse annoiando e fosse impaziente di raggiungere Miranda. Lo capiva dal modo in cui tendeva il busto per controllare il sentiero e stringeva le briglie, come se ogni muscolo fremesse di impazienza. Adesso si trovavano soli: Miranda li aveva distanziati, mentre Patrizia e Filippo erano indietro. Carlotta si sentì presa da un impulso incontrollabile.

«Andate avanti» disse a Giorgio. «Non state ad aspettare me.»

Giorgio la guardò.

«Non vi lascerò sola, lady Carlotta.»

«È evidente che avete voglia di galoppare! E io non ho bisogno di qualcuno che mi faccia da balia» insistette lei, con un tono più risentito di quello che avrebbe voluto.

«Come fate a sapere che ho voglia di cavalcare? Mi leggete anche nel pensiero, lady Albrecht? Non siate ridicola» ribatté Giorgio.

«Ridicola? Io?» rispose.

Non avrebbe sopportato di essere umiliata ancora. Senza più pensarci diede un colpo deciso al cavallo. «Prendetemi, se riuscite» disse, e spronò Zeus al galoppo.

«Non conoscete il sentiero!» gridò Giorgio, ma Carlotta era già partita. Provò un'improvvisa sensazione di libertà, di indipendenza, di euforia che per un breve momento le fece dimenticare tutto. Ma durò pochissimo. Il sentiero divenne improvvisamente ripido, e il cavallo, percependo la tensione nelle redini, si diresse verso il fitto del bosco, ignorando i comandi di Carlotta.

«Oh, no!» gridò, cercando di trattenere la bestia. Si guardò indietro, sperando di scorgere Giorgio.

Le fronde degli alberi si infittivano, mentre Zeus accelerava, sordo ai suoi richiami. Il cuore prese a batterle all'impazzata, cercò di mantenere l'equilibrio, aggrappandosi disperatamente alle redini mentre il cilindro veniva strappato via dai rami che le sferzavano contro.

Lontano, sentì il rumore di un ruscello, un suono che si avvicinava minaccioso. Il cavallo sembrava ormai posseduto da una forza selvaggia, e nella mente di Carlotta riaffiorò un ricordo che proveniva dal passato, un momento doloroso che aveva cercato di dimenticare: l'immagine di sua madre, in lacrime. In quel preciso istante aveva compreso che la sua infanzia era finita.

Non così, non qui, pregò, stringendo le redini con tutta la forza che aveva, mentre il cavallo correva inarrestabile verso il fiume.

9

Fu come se il tempo si fermasse. Nel momento esatto in cui Carlotta si rese conto di quello che stava per succedere, chiuse gli occhi e tutta la sua vita, in un mosaico di frammenti, le passò davanti: il padre che la sollevava in alto, facendola girare sopra la testa; la carezza della nonna sulle guance, il suo tocco sempre così rassicurante; il profumo delle camelie in fiore nella villa di famiglia, e infine le immagini vivide di Marianne che rideva e di Maria che metteva il broncio.

La voce di Giorgio squarciò quel flusso di ricordi.

«Carlotta!» gridò.

Quando aprì gli occhi, lo vide. Era un'apparizione emersa dalla nebbia: i capelli scuri ondeggiavano al vento, mentre il cavallo galoppava furiosamente al suo fianco. Il busto di Giorgio era piegato in avanti, la postura salda, gli occhi verdi che bruciavano come gemme sotto la luce smorzata del bosco.

«Tieni duro! Sto per affiancarmi!» urlò. La sua voce, calma e sicura, sembrava poterla strappare da qualsiasi abisso.

Carlotta annuì, il cuore che martellava nel petto.

Giorgio si avvicinò con precisione millimetrica e, facendo una mossa rapida, allungò il braccio fino a posare una mano sulla briglia di Zeus.

«Uooh, calmo ragazzo, calmo…»

Zeus sussultò, scalciò ancora una volta, ma il comando di Giorgio era imperioso. L'animale rallentò appena, e Giorgio, in un lampo, fece un balzo impressionante e abbandonò il proprio cavallo per salire in groppa a Zeus, dietro a Carlotta. Lei trattenne il fiato, incredula. Sentendo il calore del suo corpo avvolgerla e le braccia forti che si allungavano oltre le sue per afferrare le briglie si sentì immediatamente più tranquilla.

«Il cavallo non si calmerà» sussurrò, il tono appena più rauco. «Preparati a saltare.»

«A sal...?» Non ebbe il tempo di finire la frase. Zeus, innervosito dal doppio peso e dall'ostacolo che si profilava davanti a loro, si imbizzarrì.

Carlotta si sentì sollevare e poi cadere, il mondo che roteava intorno a lei.

Quando aprì gli occhi, si accorse di essere riversa sopra Giorgio, il corpo stretto al suo. La guancia era premuta contro il petto solido.

La caduta era stata violenta. Carlotta si riebbe subito, ma notò l'espressione di dolore di Giorgio, ancora riverso a terra. Vide il sangue che colava abbondantemente da una ferita sul fianco. Degli spuntoni di sasso avevano squarciato il tessuto della sua giacca e della camicia, e la pelle sotto era ridotta a un macabro spettacolo di carne lacerata.

«Carlotta...» mormorò Giorgio, la voce debole, mentre il suo volto cereo non lasciava presagire nulla di buono.

«Giorgio!» gridò Carlotta, presa dal panico. Sentì la testa girare alla vista del sangue, ma si costrinse a rimanere lucida. Si rese conto che la ferita era molto profonda, e che stava perdendo sangue in maniera allarmante. Le mani le tremarono e provò l'istinto di urlare.

Il cavallo era tornato indietro, sbuffando. Carlotta non aveva la più pallida idea di cosa fare: non si era mai trovata in una situazione del genere.

«Aiuto!» gridò. «Siamo qui.» Avvertì un dolore insopportabile allo stomaco, che la costrinse a piegarsi. Non voleva perderlo di vista, ma i suoi occhi furono avvolti dalla nebbia. *Lui morirà dissanguato*, pensò, *e io di dolore per non essere stata in grado di fare nulla.*

Poi sentì il rumore degli zoccoli al galoppo e vide che il conte Francesco e lady Miranda si stavano avvicinando. Lady Grey guardò Giorgio riverso a terra, mentre Francesco distoglieva lo sguardo. Anche a lui, evidentemente, il sangue faceva un certo effetto.

«Correte a chiamare gli altri» gridò Miranda a Francesco. «Dite che il duca è ferito.»

Aveva il respiro affannoso, ma gli occhi pieni di determinazione. Senza perdere tempo, si chinò accanto a Giorgio, valutando la situazione con una calma impressionante.

«Ferita profonda» disse senza mezzi termini. «Ma possiamo fermare il sangue.»

Sfilò un piccolo coltello dalla giarrettiera, Carlotta la guardò esterrefatta mentre Giorgio mugolava dal dolore.

Carlotta la guardò con gli occhi spalancati. «Cosa... cosa intendete fare?»

Miranda non perse tempo a risponderle: con quella lama affilata, tagliò un lembo della propria veste

«Giorgio, rimanete sveglio» lo ammonì. Carlotta la fissava impressionata, tormentandosi le mani.

«Non state lì impalata, prendetegli la mano e parlategli! Non fatelo svenire!»

Carlotta si chinò su Giorgio, che aveva gli occhi socchiusi e respirava a fatica.

«Dobbiamo fermare il sangue, non possiamo rischiare» disse, guardando Carlotta con una serietà che non ammetteva repliche. «Tenetelo sveglio. Parlategli.»

Carlotta annuì cercò la mano di Giorgio e la prese tra le sue.

«Giorgio, guardatemi. Guardatemi!» disse, la voce spezzata.

Giorgio aprì gli occhi a fatica.

«Testarda di una Albrecht» mormorò, il tono quasi scherzoso, nonostante il dolore.

Quando Miranda tamponò la ferita, Giorgio urlò con una forza che fece eco tra gli alberi. Il suo corpo si inarcò, e Carlotta si trovò a stringergli la mano ancora di più, le pareva di sentire lo stesso dolore.

«Dovrebbe tenere» mormorò Miranda. Aveva strappato la camicia di Giorgio, intrisa di sangue e aveva legato ben stretto, con il lembo della veste, l'addome di Giorgio.

Carlotta continuava a stringere la sua mano, Miranda lo notò.

«Credo non ce ne sia più bisogno. Ottimo lavoro» dichiarò. Le diede le spalle e rimise il coltello al suo posto.

Giorgio respirava a fatica, ma era ancora cosciente. Miranda si asciugò il sudore dalla fronte.

Francesco e Friedrich arrivarono insieme ad alcuni domestici e agli stallieri.

«Eccolo. Presto, portiamolo via da qui» disse Friedrich, che sembrava molto sicuro di sé. Francesco invece era impacciato, non scese da cavallo e rimase a guardare senza muovere un dito.

«Avete fermato il sangue? Avete fatto benissimo» si complimentò Friedrich, ammirato.

«Non avevo molta scelta» rispose Miranda, sottovoce.

«Lo portiamo alla sua villa, il medico è già stato avvertito.»

Mentre lo spostavano, Giorgio alzò un braccio e cercò Miranda con lo sguardo.

«Grazie» le sussurrò.

Carlotta sentì stringersi il cuore. Fosse stato per lei, che era rimasta impalata come uno stoccafisso, lui non avrebbe avuto nessuno da ringraziare.

Miranda gli accarezzò la fronte, prima di lasciarlo andare. Carlotta distolse lo sguardo.

Conosceva fin troppo bene quel senso di abbandono, di solitudine, quella sensazione di essere lasciata indietro: l'aveva provata spesso con Marianne e anche con suo padre, soprattutto quando era piccola e non in grado di comprendere tutto.

Mentre lo portavano via, Miranda si rivolse a lei.

«Voi state bene?»

Carlotta annuì. Ripercorse con la mente ciò che era appena successo. Miranda aveva tamponato la ferita e lei era rimasta a guardare. Non ci poteva ancora credere.

«Vi gira la testa?» proseguì lady Grey.

«Sì, un po'.»

L'altra annuì.

«È perfettamente normale. Avete appena assistito a qualcosa che non capita di vedere tutti i giorni. Mi dispiace che sia successo a voi, principessa.»

Quelle parole ebbero su di lei un effetto calmante. Ma non riusciva a dimenticare tutta la scena, Giorgio che la chiamava testarda, di certo in preda a un piccolo delirio di dolore, poi ringraziava Miranda. Vedeva la mano di lei che carezzava la sua fronte.

«È successo tutto così in fretta» farfugliò. «Ho perso il controllo del cavallo e il duca mi ha letteralmente salvato la vita. Mettendo a rischio la sua.»

«Siete molto legati, si vede» confermò Miranda. «Lui avrebbe fatto di tutto per voi.»

«Oh, no!» protestò Carlotta, che sentiva le guance in fiamme. «In realtà non andiamo neanche d'accordo, vedete... L'avrebbe fatto per chiunque.»

«Il duca è un uomo d'onore» confermò Miranda, come se lo conoscesse bene, «per questo non bisognerebbe credere a tutte le voci.»

Carlotta non riuscì a trattenersi e chiese: «Il duca ha mostrato interesse per voi?».

Miranda la guardò, divertita.

«No, lady Carlotta. E, se ve lo state chiedendo, nemmeno io. Da quel che vedo, anche lui ha un altro interesse...»

«Come fate a vederlo?» chiese Carlotta, sollevata e al tempo stesso piena di imbarazzo.

«Certe cose si percepiscono sempre e spesso i diretti interessati se ne accorgono quando è troppo tardi. L'amore è così.»

Suonava malinconica, quella frase.

«Siete stata incredibile. Vorrei avere la metà del vostro coraggio...»

«Avrete modo di ringraziarlo» tagliò corto Miranda. «Siete in grado di camminare?»

Carlotta annuì. Miranda legò le briglie dei loro cavalli.

Nessuna delle due parlò più. Carlotta teneva la testa china, pensando che se non fosse arrivata lei, il duca sarebbe morto, e per colpa sua. Cercò di scacciare quel lugubre pensiero, mentre tornava a fissare Miranda. Si ritrovò a chiedersi perché diamine girasse con un coltello sotto le vesti. Era contenta di averle sentito dire che non era interessata al duca. Le pareva di potersi fidare di lei.

All'imbocco del sentiero le aspettavano Patrizia e Filippo. Carlotta corse ad abbracciare l'amica.

«Stai bene?» domandò Patrizia, scrutandola.

«Ho rischiato la vita per una stupida gita a cavallo. Ma soprattutto perché mi sono lasciata prendere dall'orgoglio. Volevo scioccamente dimostrare di essere una brava cavallerizza. Tutto perché...»

Carlotta smise di parlare e finì la frase nella sua testa: *perché l'odioso duca mi fa impazzire, in tutti i sensi. Perché quando c'è lui io non capisco più niente e se fosse successo qualcosa di irreparabile, non avrei mai potuto perdonarmelo.*

Gli occhi le si riempirono di lacrime per la tensione e la paura.

«È tutto finito» mormorò Patrizia.

Ma Carlotta aveva l'impressione che non fosse così. Temeva, invece, che da quell'episodio in poi nulla sarebbe andato per il verso giusto.

10

Era passata una settimana dall'incidente e Carlotta non era più uscita dalla sua stanza. I primi giorni aveva avuto la febbre alta, il medico era tornato e le aveva detto che doveva assolutamente rimanere a riposo, senza altri colpi di testa.

«Ha avuto troppa fretta di rimettersi, la prima volta, ora deve davvero fermarsi» spiegò a Marianne, davanti a lei.

Carlotta si sentì una bambina. Odiava dover rimanere a letto tutto il giorno. Si fece portare pennelli e carta, provò a dipingere, guardando la meravigliosa vista dalla finestra, ma non era per niente ispirata. Continuava a pensare a Giorgio, alla caduta, alla frase che le aveva sussurrato. Dash non la mollava un secondo, staccandosi dal letto solo quando la domestica lo portava in giardino.

Patrizia era andata a trovarla e le aveva raccontato che il duca si stava già riprendendo e che tutti lo definivano un eroe per averla salvata.

«Non posso neanche andare a ringraziarlo di persona» si era lamentata Carlotta.

«Devi avere ancora un po' di pazienza» aveva risposto Patrizia.

Carlotta si chiedeva se lui si fosse informato su di lei, se avesse rivisto Miranda, se avessero trascorso del tempo insieme dopo che lei aveva salvato la sua, di vita. Bruciava d'invidia e gelosia, anche se ammetterlo le costava. Nell'attimo in cui l'aveva visto riverso a terra, l'addome pieno di sangue, aveva sentito una fitta di disperazione. Non poteva ignorarlo.

La notte era calata e Carlotta si sentiva come una tigre in gabbia.

Aveva pensato anche a Elena in tutti quei giorni, e fremeva dal desiderio di continuare a leggere. Aveva dovuto rimandare perché era sorvegliata a vista e non poter più mettere mano sul diario le provocava un dolore quasi fisico.

Pensò che avrebbe potuto alleviare il senso di frustrazione e si disse che era giunto il momento di tentare.

«Sto arrivando, Elena» mormorò.

Scendendo la scalinata, un gradino alla volta, lenta e silenziosa, si appoggiò alle pareti e le sembrò che la villa stesse trattenendo il fiato con lei. Dopo gli strani mormorii che le era capitato di sentire, le apparizioni notturne e i carillon che si mettevano a suonare dal nulla, adesso c'era un silenzio innaturale e assoluto. Era come se la casa avesse deciso di concederle un attimo di tregua.

Il quadro con il bacio di Hayez la stava aspettando. Le mani di Carlotta fremettero mentre lo spostava e infilava la mano nella nicchia. Il diario era ancora lì. Sospirò. Aveva temuto che la proprietaria, in quei giorni, fosse andata a riprenderselo o che qualcun altro lo avesse trovato e nascosto da un'altra parte. Poggiò la candela. Avrebbe voluto tornare in camera sua e leggerlo comodamente a letto, ma temeva di essere scoperta più facilmente, con Maria o Annette che potevano entrare da un momento all'altro senza preavviso.

Sfogliò convulsamente le pagine cercando la data in cui si era fermata l'ultima volta e si rituffò in quella calligrafia fitta, dentro una storia che non era la sua. Pensò che quell'avventura notturna e solitaria era la cosa più trasgressiva che si fosse mai concessa. E le parve di assaporare un po' di quella libertà che si era sempre negata.

20 agosto 1845

Sono appena rientrata nella mia stanza, ho riposto in fretta l'inchiostro che ho preso dalla camera della signora Adeline. Non mi piace fare le cose di nascosto, ma il mio calamaio era quasi vuoto e lo zio non tornerà che tra un mese. Non potevo aspettare: avevo bisogno di scrivere, subito, di mettere nero su bianco quello che è successo oggi, come se le parole potessero catturare il momento e renderlo eterno. Questa mattina mi è stato affidato un incarico semplice: andare al mercato del bestiame a Lenno per comprare due galline grasse. Il padrone sta organizzando un banchetto per celebrare la figlia, e quelle che abbiamo in villa non bastano. Al mercato c'era il solito caos: bancarelle affollate, venditori che urlavano per attirare clienti. Mi sentivo fuori posto. Ho girato tra i banchi, ma nessuna gallina sembrava all'altezza. Alla fine, ho comprato un animale robusto da un ragazzo con mani callose e un sorriso onesto. La cuoca saprà cosa farne, mi sono detta.
Stavo per andarmene, desiderosa di lasciare quella confusione, quando ho notato qualcosa in un angolo. Erano uccelli strani, dalle piume scure e gli occhi lucenti. Mi hanno ricordato le creature della notte che avevo visto nei libri illustrati dello zio. Li vendeva un ragazzo magro, con un guanto di cuoio su una mano e una poiana appollaiata sulla spalla. Mi ha sorriso, con quella sicurezza e semplicità che solo chi sta a contatto con la vita selvatica può avere.
«Sono civette» ha spiegato, attirando attorno a sé un gruppo di

ragazze che pendevano dalle sue labbra. Parlava con un tono calmo, come se il mondo intorno non potesse disturbarlo. Ha raccontato di lavorare in un castello dall'altra parte del lago, il Castello di Vezio, dove addestra rapaci per il suo padrone.

«Li chiamo con un fischio» ha detto, «e loro accorrono. Anche se sono creature selvagge, rispondono a me.»

Le altre ragazze ridevano, chiedevano di vedere il falco in volo, ma lui ha scosso la testa.

«Sono qui per affari» ha detto, congedandole con cortesia. Vendeva pennuti di ogni tipo, trasportandoli con il carretto da Vezio a Como, e indietro. Passava in rassegna tutti i mercati.

Io sono rimasta. Non potevo andarmene. C'era qualcosa in quel ragazzo che mi teneva lì. Forse il suo naso leggermente adunco, simile al becco di un rapace, o i suoi occhi, piccoli e brillanti, che sembravano scrutare il mondo con la saggezza degli uccelli notturni. O forse era solo la voglia di sapere di più su quel castello, e su di lui.

Ha preso dalla sacca una focaccia con le cipolle e, vedendo che lo osservavo, mi ha chiesto se volevo favorire. Io ne ho accettato un pezzo. Per un momento, mi sono sentita uno dei suoi uccelli, addomesticata da quel gesto gentile. Ho appoggiato la mia gallina a terra e mi sono fermata a parlare con lui, osservandolo mentre contrattava per una poiana.

«Litigano tra loro?» gli ho chiesto, curiosa.

«Sì» ha risposto, «per questo ciascuno deve avere la sua gabbia. Non è facile addomesticarli. È un'arte che si impara fin da bambini.»

Gli ho chiesto di più. Mi ha raccontato di essere nato a Vezio e di aver frequentato il castello da sguattero, fino a che il falconiere più vecchio, in cerca di una mano, l'ha addestrato a quell'antica arte perché non aveva figli a cui tramandarla.

«Un colpo di fortuna, per me» ha mormorato.
La naturalezza con cui parlava mi dava l'idea di conoscerlo da sempre, anche se era la prima volta che lo vedevo. Mi sono persa nei suoi gesti, nella sua voce, nel modo in cui parlava dei suoi falchi e del castello. Non mi importava del tempo che stavo perdendo, del fatto che la gallina dovesse essere consegnata subito. Alla fine mi ha chiesto se poteva accompagnarmi con il suo biroccio fino alla villa, dicendo che era sulla strada per Vezio, e io gliel'ho permesso. Mi sembrava un'avventura troppo preziosa per essere rifiutata.
Sul carretto, il tempo sembrava sospeso. Lo guardavo di sottecchi, sperando che continuasse a parlare.
Quando mi ha chiesto: «Lo vuoi vedere un posto magico?» ho sentito il cuore accelerare. Come avrei potuto dire di no? La sua voce era piena di entusiasmo, e nei suoi occhi c'era un luccichio che prometteva qualcosa di unico.
«Si tratta di qualcosa che non ho mai mostrato a nessuno e che ho scoperto grazie a uno dei miei falchi» mi ha confidato, e in quel momento, sotto il cielo estivo che iniziava a tingersi d'oro, ho deciso che avrei seguito Tano, così si chiama, ovunque mi avesse portato.
Non siamo andati lontano, appena qualche miglio dalla villa che i signori Valsecchi hanno affittato. Villa La Carlia, maestosa e misteriosa, l'avevo già intravista altre volte, quando papà, ancora pescatore, consegnava il pesce fresco ai ricchi proprietari delle dimore sparse lungo la costa. Una casa imponente, avvolta dall'ombra di cipressi altissimi, il cui silenzio sembrava tenere lontano perfino il canto degli uccelli.
«Conosci i proprietari della villa?» gli ho chiesto, cercando di carpire qualcosa di più su quel luogo che mi pareva galleggiare tra realtà e immaginazione.

Lui ha scosso la testa, con un mezzo sorriso che mi ha acceso qualcosa dentro. Senza rispondere, ha fermato il carretto poco prima del cancello e mi ha indicato un sentiero che si perdeva tra gli alberi del bosco.

«Non hai paura di me, vero?» ha scherzato, ma nei suoi occhi ho colto una luce che mi ha messa in allerta, una sorta di sfida velata.

Ho esitato.

«Dimmi solo dove stiamo andando.»

Non avevo davvero timore, ma una curiosità febbrile mi ardeva dentro. Che cosa aveva in mente? Dove voleva condurmi?

«Te l'ho detto: voglio mostrarti un posto magico» ha ripetuto infine. La sua voce era un filo che mi tirava verso l'ignoto. Mi ha preso per mano e quel gesto, così semplice, mi ha fatta sentire al tempo stesso vulnerabile e potente. Siamo scesi dal carretto e abbiamo camminato lungo il sentiero, che diventava via via più ripido. Le radici degli alberi affioravano come ossa, e il profumo umido del bosco ci avvolgeva in una coltre densa.

A un certo punto si è fermato. Mi ha lasciato la mano e si è voltato verso di me.

«Ora tocca a te cercare la porta.»

L'ho guardato, confusa. «Quale porta?»

Davanti a noi c'era un vecchio muro di cinta, consumato dal tempo, ricoperto da un intreccio fitto di edera e muschio. Sembrava che il bosco stesso lo avesse inghiottito, eppure Tano aspettava, divertito, che io trovassi qualcosa che evidentemente non vedevo. Mi sono messa a cercare, spostando l'edera con le mani. Sentivo il suo sguardo su di me, un peso leggero ma ineludibile.

«Non trovo nulla» ho confessato dopo qualche minuto.

Lui ha sospirato, ma senza smettere di sorridere.

«Osserva meglio.»

Si è avvicinato, ha spostato con naturalezza l'edera e ha rivelato un'apertura nel muro. Sembrava impossibile che fosse lì, eppure... Con un lieve tocco, l'ha spinta. La porta si è aperta con un cigolio che pareva trattenere secoli di misteri.

«Il giardino segreto» ha sussurrato al mio orecchio. La sua voce era calda, vicina, e un brivido mi ha percorso la schiena.

Dentro, la luce è cambiata. È stato come entrare in un altro mondo. Le mura nascondevano un piccolo paradiso selvatico: piante e fiori crescevano senza ordine, ma con una bellezza che mozzava il fiato. In un angolo, una panchina di pietra portava nomi incisi, ma non sono riuscita a leggerli. Poi, la perfezione di quel luogo è stata incrinata dal suono di voci sul sentiero.

Tano, con un gesto rapido, mi ha preso per il polso e mi ha spinta contro il muro.

«Zitta» ha sussurrato, mettendomi una mano sulla bocca. Il suo corpo premeva contro il mio, il calore del suo respiro mi ha sfiorato la guancia. Siamo rimasti immobili, tesi, in ascolto. Non ero certa che stessimo facendo qualcosa di sbagliato, ma la possibilità che lo fosse, quel senso di pericolo sottile, ha reso tutto più vivo. La pressione del suo corpo contro il mio, l'intimità forzata del momento, mi hanno lasciata scossa, come se il confine tra paura ed eccitazione si fosse improvvisamente dissolto.

La prima voce che ho sentito è stata quella di una ragazza. Il suo tono era quasi implorante.

«La prego» mormorava «mi faccia provare di nuovo.»

L'altra voce, sempre di donna ma più lugubre, quasi un sussurro rauco, ha risposto:

«Se non ha funzionato con la pozione, non so cos'altro potrei fare per te. Sei andata al vecchio faggio?»

Tano mi ha stretta più forte, il suo braccio era caldo e deciso contro il mio fianco. Mi sono irrigidita, trattenendo il respiro, mentre insieme spiavamo le due persone. Una scena che pareva uscita da un racconto antico si stava svolgendo davanti a noi.

La prima donna era anziana, vestita con una tunica bianca, logora e macchiata, strappata in diversi punti, tanto che il tessuto lasciava intravedere le braccia ossute e le gambe magrissime. I suoi capelli erano candidi, quasi cenere, raccolti alla meglio in uno chignon disfatto. La seconda, invece, era una figura elegante, alta, con i capelli lisci raccolti in un'acconciatura elaborata, adornata di perle. Sembrava una contessa o una dama d'alto rango, ma c'era qualcosa di ingenuo e maldestro in lei, sembrava che si fosse calata in un ruolo che non le apparteneva del tutto.

Mi è venuta la rapida tentazione di intervenire, avvisarla, dirle che il mondo è pieno di ciarlatani pronti ad approfittarsi dei suoi desideri. Ma Tano mi teneva stretta, e io, in fondo, non avevo alcuna intenzione di sgusciare via da quell'abbraccio. Distinguevo poco delle due figure, ma le loro voci risuonavano nitide.

«Non resta che provare l'incantesimo della lettera d'amore, ma quello costa caro» ha detto l'anziana, con un tono basso e melodrammatico.

Mi sono girata verso Tano. Nei suoi occhi, piccoli e furbi, ho colto un lampo di divertimento, come se tutto questo fosse solo uno spettacolo ridicolo.

«Sono disposta a tutto pur di riconquistare mio marito» ha ribattuto allora la nobildonna, quasi soffocando un singhiozzo. «Ecco: tieni altri soldi e dimmi cosa devo fare.»

«Va bene. Ti svelerò l'antico incantesimo di magia rossa» ha continuato la vecchia con gravità, «che prende potere proprio dal

vecchio faggio. Non dovrai rivelarlo ad anima viva e, soprattutto, una volta scritta la lettera, devi essere certa che quel legame sarà unico, perché non potrà più spezzarsi.»
«Magari fosse così» ha sospirato la contessa, con una voce piena di speranza e insieme di disperazione.
L'anziana allora ha iniziato a spiegare, con l'aria di una che stava rivelando un segreto secolare.
«Prendi un pezzo di pergamena, o la carta più preziosa che hai. Usa solo penna d'oca: non ci sono parole potenti che possano essere scritte con strumenti da poco. Invoca il vecchio faggio con queste parole:
"O anziano faggio, che mille amori hai visto sbocciare,
fa' che dal mio amato nulla mi possa più separare".»
La contessa ha ripetuto la formula.
«Devi scrivere il nome del tuo amato, poi firmarla» ha detto l'anziana con un tono solenne.
«Lo farò» ha risposto la contessa, con una determinazione ridicola e tragica al tempo stesso. «Devo correre a casa a scrivere questa lettera!»
«Aspetta, non ti ho detto tutto!» ha incalzato l'altra. «Lega la lettera con tre giri di nastro rosso e tienila in un posto segreto che solo tu conosci. Altrimenti, l'incantesimo non funzionerà.»
«E questo farà davvero tornare mio marito da me?»
«Devi avere fede nella magia» ha risposto la vecchia.
Quando si sono allontanate lungo il sentiero che riportava verso la villa, Tano e io abbiamo finalmente tirato un sospiro di sollievo. Mi ha lasciata andare, e io mi sono scostata da lui con riluttanza.
«Che cosa significa tutto questo?» gli ho chiesto, confusa e un po' turbata da ciò che avevo appena sentito.
Lui è scoppiato a ridere. «A quanto pare, non sono l'unico che

conosce bene questo posto. Vedo che è frequentato da molte dame.»

«T'informo che non sono una dama, però» ho replicato, cercando di nascondere un sorriso.

Volevo che mi baciasse in quel momento, ma non l'ha fatto. Invece si è incamminato verso il sentiero, richiudendo con cura la porta del giardino e rimettendo l'edera a posto, come se volesse cancellare ogni traccia del nostro passaggio.

«Conosco quella donna» ha detto, quasi fra sé.

«L'innamorata?»

«No, certo che no. Conosco la donna che le ha spillato il denaro. La incontro spesso nei mercati. Si dice che fosse la figlia di un ambulante, con un dono per la divinazione. Ora che i suoi genitori non ci sono più, ha trasformato quel talento in un mestiere per irretire l'alta società. Spaccia succo di mela per pozione magica e inventa incantesimi al momento.»

Non ho detto nulla. Una parte di me voleva credere che quella donna avesse davvero poteri straordinari. Magari era il luogo, magari il tono della sua voce, ma mi sembrava sincera. Mio zio mi aveva raccontato di guaritori asiatici che potevano sistemarti le viscere con un solo tocco. Forse, ho pensato, non bisognava dare per scontato nulla quando si parlava di magia.

Siamo tornati al carretto, e per tutto il tragitto ho osservato Tano che, immerso nel silenzio della penombra, guidava con calma verso la villa. Avrei voluto chiedergli qualche altra cosa, ma le parole sembravano bloccarsi in gola. C'era qualcosa di sospeso tra di noi, un filo che non volevo spezzare con una domanda troppo diretta.

Quando siamo arrivati all'ingresso della servitù, ho visto la cuoca fuori dalla porta. Era agitata, con le mani sui fianchi e il viso paonazzo.

«Ma che hai fatto? Dove sei stata tutto questo tempo?» mi ha chiesto subito, la voce carica di preoccupazione e biasimo.

Ho risposto d'istinto: «Non capisco, perché?».

Lei ha alzato il mento, indicando qualcosa dietro di me. «Sbrigati, senza fare domande.»

A quel punto ho capito che non avevo più tempo per indugiare. Ho preso in fretta la gallina che Tano mi ha passato, le nostre mani si sono sfiorate per un attimo. Mi dispiaceva non potergli dire addio come si deve, non potergli chiedere con certezza quando l'avrei rivisto. Avrei voluto restare lì ancora un momento, guardarlo mentre sorrideva, forse accennare qualcosa. Invece ho dovuto voltarmi e correre verso la cuoca, con la sensazione di lasciare qualcosa di bello senza sapere a cosa andavo realmente incontro.

Solo quando sono arrivata davanti alla porta, ho sollevato lo sguardo e l'ho visto. Alfonso Valsecchi era lì, davanti alla cucina, in un completo blu impeccabile: la giacca attillata con bottoni d'argento, i pantaloni alti che sottolineavano la sua figura, e una cravatta perfettamente annodata che gli dava un'aria austera e mi stava fissando con uno sguardo indecifrabile.

Carlotta sfogliò rapidamente le pagine, incapace di contenere l'urgenza che le premeva dentro. Il diario sembrava pulsare tra le sue mani, carico di segreti che imploravano di essere rivelati. Stava per proseguire nella lettura, vedere cosa voleva Alfonso, quando un tintinnio le fece alzare lo sguardo di scatto. Il suono proveniva da poco lontano, forse dalla sala del Canova. Trattenne il respiro, ascoltando con attenzione. Rumore di passi. Poi un sussurro appena percettibile. Guardò fuori dalla finestra: albeggiava, e probabilmente la servitù si stava alzando.

«Non adesso» si disse sottovoce, irritata. Doveva arrendersi: per quella notte, era troppo rischioso continuare. E se l'avessero sorpresa? Il pensiero la fece rabbrividire. Chiuse con delicatezza il diario.

Era difficile dire se i brividi che le correvano lungo la schiena fossero causati dai misteri che sembravano impregnare le mura della villa o dal terrore di essere scoperta. La casa le pareva sempre più viva, le sembrava che ogni ombra contenesse un frammento di storia dimenticata, ogni eco custodisse il ricordo di chi aveva vissuto, amato e sofferto in quelle stanze. Eppure, insieme all'inquietudine Carlotta provava anche uno strano senso di leggerezza, quasi di sollievo. Sapeva che stava violando le regole: le era stato insegnato fin da bambina che una principessa non doveva mai uscire dalla sua stanza di notte. Invece eccola lì, con il diario stretto al petto, mentre si aggirava furtiva tra gli arredi imponenti della villa sul Lago di Como. Era come se, in quel momento, avesse abbandonato se stessa, e il peso del suo titolo si fosse dissolto, lasciandola libera di essere semplicemente una ragazza mossa dalla curiosità e dal desiderio. Ripose il diario nella nicchia dietro al quadro e si affacciò sul corridoio. Era deserto; si avviò verso la stanza. Mentre camminava, si sentiva quasi come uno degli spiriti ribelli di cui si narrava nelle antiche leggende, quelli che non trovano pace e vagano inquieti. Forse, pensò con un sorriso amaro, lo era davvero.

11

Annette entrò nella stanza dopo aver bussato per due volte.

Carlotta era seduta alla toeletta, fissando rapita il quadro che aveva fatto portare da Potsdam.

Era l'unico oggetto che si era rifiutata di lasciare là.

Il dipinto di Jean Fouquet, la *Madonna del latte*, era una reliquia di un'epoca lontana. Raffigurava una Madonna assisa in trono, con il seno scoperto, un gesto pudico e sacro al tempo stesso. I suoi tratti erano straordinariamente realistici, quasi algidi nella loro perfezione. Le tonalità del bianco perla e del blu lapislazzuli brillavano come gioielli incastonati sulla tela, e ogni dettaglio, dal drappeggio del mantello alle perle che adornavano il trono, sembrava fatto per essere contemplato in silenzio.

«Ancora a rimirare quel quadro?» domandò Annette, avvicinandosi.

Carlotta distolse a fatica lo sguardo.

«Sì. Ogni volta mi perdo nei dettagli. È strano pensare a tutte le mani che lo hanno toccato prima di me e i luoghi dove è stato.»

Annette annuì, ma non disse nulla. Sapeva quanto Carlotta fosse legata a quell'opera, anche se non poteva conoscerne il motivo. Il dipinto era arrivato come regalo di compleanno da Marianne, quando Carlotta aveva appena cinque anni. Ricordava ancora la madre che l'aveva presa sulle ginocchia, spiegandole con voce morbida perché quella Madonna fosse tanto speciale.

«Noi donne siamo superiori agli uomini» le aveva sussurrato, indicando le perle e i colori brillanti. «Questo quadro lo dimostra, e un giorno lo capirai.»

Carlotta aveva amato quelle parole. Ma ora, seduta lì, sapeva che erano menzogne. Marianne non era mai stata superiore agli uomini. Non lo era stata con suo padre, né con il suo amante Johannes. Il suo potere, la sua sicurezza erano solo convincimenti illusori.

Eppure lei, per lungo tempo, ci aveva creduto davvero. La Madonna del latte non aveva nulla di materno, non ricordava la donna amorevole e sottomessa che si vedeva negli altri dipinti. Era una donna che ostentava il potere del suo rango, forte e determinata, proprio come Carlotta avrebbe voluto essere. Proprio come, si ritrovò a pensare, le era sembrata Miranda quando aveva salvato Giorgio.

«Oggi farete colazione nel salone» la informò la cameriera, in tono allegro.

Annette cominciò a preparare il vestito del mattino e Carlotta si lasciò aiutare senza opporre resistenza. L'abito era in mussola di cotone, color crema, con un corpetto alto e una gonna che sfiorava il pavimento. Le maniche corte erano decorate con piccoli fiocchi, e un sottile scialle di seta completava l'insieme.

Per la mattinata era in programma un'uscita in barca, e Carlotta, dopo giorni di reclusione, non vedeva l'ora di stare un po' all'aperto.

Ma mentre Annette sistemava i nastri e lisciava le pieghe, Carlotta era altrove, ancora immersa nei ricordi.

Quando scese per la colazione si trovò, suo malgrado, a dover condividere il tavolo con Marianne e Johannes. C'era anche Maria, che non sembrava per nulla infastidita dalla presenza del loro ex cocchiere.

Nonostante fosse piuttosto presto, la madre era già vestita con una vistosa vestaglia giapponese, un capo di seta leggera decorato con fiori e uccelli, che sembrava fuori posto in confronto agli abiti austeri che Carlotta ricordava dalla corte di Potsdam. Non si era ancora abituata a vederla in quei vestiti così diversi, né nelle abitudini della villa sul lago. In Germania la colazione era un pasto formale e sostanzioso, con tè, pane scuro, formaggi e uova; qui, invece, la tavola era imbandita con frutta fresca, focacce dolci, burro, marmellate e una leggera porcellana decorata a mano. Pietanze dolcissime che saziavano sul momento ma lasciavano sveglio l'appetito. Era una grande metafora di quella nuova vita, si disse.

Johannes sedeva ora con disinvoltura al tavolo, in una giacca troppo stretta per la sua corporatura robusta. La risata un po' grossolana disturbava l'armonia della stanza, e Carlotta provò imbarazzo al ricordo del tempo in cui quell'uomo era al loro servizio. Preparò mentalmente il discorso che avrebbe voluto fare: intendeva domandare alla madre se avesse avuto dei contatti con i Valsecchi, la famiglia che aveva affittato la villa prima che loro la comprassero. La storia di Elena le era entrata nella pelle. Ma la presenza di Johannes la disturbava e Marianne sembrava avere altri argomenti di conversazione.

«Tuo padre ha scritto una lettera» annunciò Marianne. «Vuole sapere come stai dopo il tuo debutto in società. A dire il vero, c'è qualcosa di cui dobbiamo parlare.»

Maria chiese il permesso di alzarsi da tavola. Marianne annuì, senza nemmeno guardarla. Carlotta cercò di trattenerla con lo sguardo, ma la sorella sembrava volersi allontanare; infatti fece un breve inchino e uscì dalla stanza.

Carlotta, intanto, era rimasta sorpresa dal fatto che il padre scrivesse delle lettere a Marianne. Era convinta che, dopo il tradimento della madre, i suoi non si parlassero più.

«I genitori di Francesco sarebbero molto felici se tu e lui vi fidanzaste. E devo ammetterlo, anche io. Pare abbia tutta l'intenzione di corteggiarti».

Carlotta posò il grappolo d'uva sul piatto con un movimento brusco. Era allibita: perché introduceva questo discorso con così poca delicatezza, e per di più alla presenza di Johannes?

«Corteggiarmi? Senza che io ne sappia nulla?»

La sua voce, di solito calma, aveva una nota tagliente che fece tendere le spalle di Marianne.

La madre sospirò, aggiustandosi con lentezza il colletto della vestaglia di seta.

«Carlotta, non essere così drammatica. È normale. È così che funzionano le cose. Le famiglie discutono, e poi si valuta la possibilità di un'unione. Francesco è un partito eccellente: giovane, ben educato, e soprattutto, interessato a te. Ricordi? È il nipote del conte Francesco d'Eril.»

Certo che se lo ricordava, e rammentava anche che fosse rimasto impalato a guardare la scena di Giorgio ferito, paralizzato dalla paura del sangue. Carlotta guardò la madre, indecisa se provocarla dicendogli che il suo ricco conte era un vigliacco.

Era così che funzionavano le cose… da quando? Non certo da che era venuta al mondo e Marianne aveva continuato a dirle che le donne potevano essere libere.

Carlotta si alzò di scatto, le mani strette lungo i fianchi.

«Interessato a me? E come può esserlo se non ci siamo detti

che poche parole? Questo non è corteggiamento, è mercato del bestiame! Io non sono una merce da barattare!»

Marianne posò la tazza di caffè e la fissò con uno sguardo improvvisamente duro.

«Basta, Carlotta. Non ti permetto di parlare in questo modo. Sei una giovane donna di famiglia reale e hai delle responsabilità. Non puoi permetterti il lusso di fare la difficile. I pretendenti migliori non resteranno disponibili a lungo, e la tua posizione sociale richiede un matrimonio adeguato.»

«Un matrimonio adeguato? Adeguato a chi? A te? A tuo marito? O forse al tuo amante?»

Le parole di Carlotta esplosero nella stanza come una frustata, e il silenzio che ne seguì fu così denso che sembrò risucchiare l'aria.

Johannes scosse la testa e soffocò una risata.

Marianne si irrigidì, le sue mani tremarono per un istante prima di stringersi sul bordo del tavolo.

«Piccola impertinente. Non hai idea di quello che ho sacrificato per te, per questa famiglia. Io non ti devo alcuna spiegazione.»

Non ne aveva idea? Marianne aveva sgretolato la vita delle sue figlie, e ora pareva che la vittima fosse lei.

Carlotta si piegò in avanti, puntando lo sguardo dritto in quello della madre.

«Ah, certo. Sacrifici. Intendi quando hai deciso di distruggere la tua famiglia per un uomo che adesso si permette di ridere di me a tavola?»

Johannes, che fino a quel momento aveva osservato la scena con un sorriso divertito, fece un gesto pigro con la mano.

«Mi state dando troppo credito, Carlotta. Credetemi: non ho avuto un ruolo così decisivo. E francamente, trovo che voi abbiate molto in comune con vostra madre: una tendenza esasperante al melodramma.»

Carlotta si voltò verso di lui, fulminandolo con lo sguardo.

«Non osate paragonarmi a lei. Non ho intenzione di svendere la mia dignità per un uomo, né per convenienza né per amore.»

Marianne si alzò lentamente.

«Non sai di cosa stai parlando. Sei giovane e ignorante. Non hai idea delle responsabilità che derivano dall'essere parte di questa famiglia. E credimi, se continuerai a comportarti in questo modo, ti troverai sola, senza alcuna scelta, costretta ad accettare il primo che ti vorrà. È questo che vuoi?»

Carlotta tremava, ma non cedette.

«Piuttosto che vivere come te, sì, preferirei essere sola. Almeno saprei di non aver rinunciato a me stessa. Non vedi che ti contraddici da sola? Dici che siamo libere e potenti, che tutte le donne devono esserlo, ma poi pretendi che mi lasci corteggiare dal primo che si mette in fila!»

Marianne aprì la bocca, fece una smorfia, la richiuse.

«Non puoi capire» mormorò, ma a voce così bassa che Carlotta non fu certa di quelle parole.

Il silenzio calò di nuovo nella sala. Johannes scosse la testa, sorseggiando con calma il caffè.

«E pensare che questa doveva essere una colazione tranquilla...»

Carlotta lo ignorò e afferrò il bordo della sedia per un momento, per raccogliere le forze. Poi si voltò e uscì dalla stanza, il rumore dei passi che rimbombava sul pavimento. Non diede loro la soddisfazione di vederla piangere, ma appena raggiunse il giardino, lacrime brucianti di rabbia e frustrazione cominciarono a scivolarle lungo il viso.

Nel giardino, sotto la pergola, Maria canticchiava, aveva il ventaglio in mano e fissava il giardiniere che, sorridendole, stava potando una pianta. Carlotta stava per richiamare la sorella, ma proprio in quel momento sentì la voce di Annette.

«Signorina Carlotta, la carrozza è pronta. Dobbiamo andare, lady Patrizia ci sta aspettando per la gita in barca.»

Con un sospiro rassegnato, Carlotta si voltò e tornò alla gradinata all'ingresso della villa. Salì sulla carrozza senza nemmeno salutare Maria, che comunque non sembrò proprio notare la sua partenza, presa com'era ad ammirare il suo giardiniere. Le fece rabbia e tenerezza insieme. Finché era così giovane, Maria poteva ancora permettersi di fantasticare e sognare una libertà che non avrebbe mai avuto. Invece Carlotta ora si sentiva in gabbia, tenuta sotto ferreo controllo, schiacciata dal peso di responsabilità che sentiva sue. Durante il tragitto cercò di far sbollire la rabbia, anche se non era un compito facile. Quando arrivò a Torno, si addolcì osservando il sole che illuminava il porticciolo della Villa Pliniana, riflettendosi sul lago con un luccichio che sembrava trasformare ogni cosa in oro liquido. Ma fu una sensazione passeggera. In realtà si sentiva già stanca, con il malumore che le attanagliava il petto.

Sapeva che alla gita avrebbe partecipato anche Giorgio, e non vedeva l'ora di rivederlo per constatare che si fosse ripreso e chiedergli scusa. La lite con la madre e la notte insonne passata a pensare al diario di Elena non giovavano al suo umore. Pensò per un istante all'incantesimo descritto dalla vecchia nel giardino segreto. Solo per un attimo, e senza volerlo, aveva accarezzato l'idea di scrivere una lettera di legamento d'amore per Giorgio. Per quell'uomo così scostante, che però non aveva esitato a mettere a repentaglio la propria vita per salvare la sua.

Sospirò, raddrizzando la schiena e cercando di darsi un contegno. Si ripromise di parlargli durante la gita. Voleva davvero esprimergli la sua gratitudine e guardarlo negli occhi mentre lo faceva: avrebbe cercato di sedersi accanto a lui.

Appena arrivata al porto, lo vide.

Giorgio era elegante nel suo abito grigio chiaro, il cappello tenuto in mano con disinvoltura. Non sembrava nemmeno che avesse una ferita in via di guarigione sotto al panciotto. Era rivolto verso Miranda, e la stava aiutando a salire a bordo della gondola Arconati. Carlotta sentì il sangue gelarsi nelle vene.

Miranda, bellissima come sempre, indossava un abito di seta color verde chiaro, decorato con delicate rose ricamate sul corpetto. La luce del lago sembrava giocare con i suoi capelli castano chiaro, raccolti in un'acconciatura impeccabile che lasciava cadere le solite trecce leggere sul collo. Dietro di lei, le acque calme e scintillanti riflettevano il cielo mutevole, passando dal blu intenso al grigio perlaceo. Le montagne che circondavano il lago si stagliavano maestose, alcune con le cime ancora innevate, altre ricoperte di boschi che scendevano fino alla riva.

Carlotta abbassò lo sguardo, cercando di non lasciar trasparire il fastidio. Quando finalmente osservò con più attenzione l'imbarcazione, rimase colpita. Non aveva mai visto nulla di simile.

La gondola Arconati era imponente e al tempo stesso elegante, con la sua prua sottile e slanciata che si allungava con grazia sull'acqua. La poppa, più ampia e rigonfia, aveva un piccolo riparo chiuso da porte, ideale per proteggersi dal sole o dal vento. Al centro, due zone distinte: una a prua, completamente scoperta, e una verso poppa, che era coperta con un tendone sostenuto da larghi cerchi di legno. I barcaioli, già pronti con i lunghi remi legati agli scalmi, attendevano con pazienza gli ospiti.

Anche Filippo e Francesco erano lì, insieme al cugino Friedrich, che rivolgeva il viso al sole, e naturalmente c'era Patrizia, che si era seduta accanto a Filippo stringendogli il braccio. Carlotta si rese conto con nervosismo che l'unico posto disponibile per lei era accanto a Francesco. Cercò di sorridere educatamente, mentre lui le rivolgeva un saluto cordiale. Lo osservò: alto, abito impeccabile, sguardo gentile. Eppure il suo viso non le trasmetteva nulla e continuava a rivederlo, malgrado gli sforzi, mentre rimaneva fermo a cavallo, in balìa degli eventi.

In quel momento Giorgio si girò, e i loro occhi si incrociarono per un istante. Lui fece un rapido cenno del capo, che le parve più un atto di cortesia che di interesse, e subito riprese a parlare con Miranda. Carlotta si costrinse a sedersi con Francesco che le porgeva la mano e si sistemava accanto a lei con un'aria compiaciuta, aggiustandosi i guanti.

Dopo un momento di silenzio, Francesco cominciò a parlare.

«Lady Carlotta, mi chiedo: siete mai stata a Venezia?»

Carlotta, che fissava l'acqua con lo sguardo perso, si riscosse e si voltò appena verso di lui.

«A Venezia? No, non ho mai avuto il piacere.»

Francesco sorrise, soddisfatto di avere qualcosa da raccontare.

«Ah, Venezia. È un luogo magico, sapete. Le gondole lì sono identiche a questa. Slanciate, eleganti, e così… romantiche.»

Fece una pausa, forse aspettandosi una reazione, ma Carlotta continuò a guardare l'acqua. Poi si riscosse.

«Romantiche, dite?» rispose, con un accenno di sorriso forzato. In quel momento alle sue spalle sentì la voce profonda di Giorgio, seguita dalla risata cristallina di Miranda. Carlotta resistette alla tentazione di girarsi, e Francesco continuò.

«Oh, certamente. Le gondole veneziane sono costruite per scivolare silenziose tra i canali, spesso sotto cieli stellati o sotto i riflessi dorati dei lampioni. È impossibile non sentirsi ispirati… o trasportati da certi sentimenti.»

Carlotta annuì distrattamente, ma la sua attenzione era sempre verso Giorgio e Miranda. Adesso ridevano entrambi, in armonia e in perfetta sintonia. L'incidente doveva averli uniti: chissà se lui aveva già iniziato a corteggiarla formalmente. Sentì il desiderio di lanciarsi nell'acqua, per interrompere quella tortura.

«Immaginate, Carlotta» diceva intanto Francesco. «Una notte veneziana, il suono dell'acqua che accarezza le barche, una serenata che risuona in lontananza… Non sarebbe perfetto?»

«Molto suggestivo» rispose lei, mantenendo il sorriso di circostanza. Le sue mani si strinsero leggermente attorno al ventaglio che teneva in grembo. Ora Giorgio stava abbassando il tono della voce. Ma cos'avevano da dirsi quei due? Cosa stavano confabulando, addirittura sottovoce? Miranda le aveva assicurato che non era interessata a lui e viceversa. L'aveva detto solo per calmarla? O nel frattempo le cose erano cambiate? Scosse il capo e riprese a fissare l'acqua del lago.

«C'è qualcosa che non va, lady Carlotta?» chiese allora Francesco.

«Oh, no, affatto» rispose lei rapidamente. «La vostra descrizione di Venezia è affascinante. Deve essere un luogo davvero incantevole.»

Francesco si illuminò, pensando di aver catturato finalmente il suo interesse. «Allora, forse dovremmo organizzare una visita. Sono certo che apprezzereste. Potremmo persino noleggiare una gondola simile a questa per un'escursione privata. È un'esperienza che non dimentichereste facilmente.»

Carlotta non resistette, e si girò per lanciare uno sguardo a Miranda e Giorgio. Lei lo teneva a braccetto, in un gesto che le sembrò molto intimo. Erano già arrivati a quel punto? In poco meno di dieci giorni lei era stata esclusa dai giochi? Miranda, in tutto quel tempo, le aveva mandato un biglietto con l'augurio di pronta guarigione, ma non si era mai presentata alla villa, come invece avevano fatto gli altri. Gli altri tranne Giorgio, ovviamente, che lei immaginava a letto convalescente e ora lo ritrovava lì, un po' pallido ma impeccabile nel suo completo. Era dunque bastato così poco per far scattare la scintilla tra i due? Carlotta non poté fare a meno di chiedersi perché con lei aveva avuto un atteggiamento così brusco, mentre ora riservava certe cortesie a Miranda. Non le aveva chiesto cosa ci facesse con un pugnale sotto la gonna. Scalpitava per urlarglielo in faccia.

«Venezia sembra incantevole, davvero» disse infine, con un tono meccanico. Poi abbassò lo sguardo, cercando di mascherare il rossore che le saliva alle guance. Francesco parve compiaciuto dalla sua risposta, senza immaginare quanto poco della sua attenzione fosse realmente per lui.

Mentre la gondola si staccava dal porto e cominciava a scivolare sulle acque del lago, Carlotta fece un respiro profondo. Doveva mantenere il controllo.

12

Le nubi si addensarono in un istante, gonfie e minacciose, come se riflettessero lo stato d'animo di Carlotta. Il Lago di Como, che fino a quel momento aveva brillato sotto la luce del sole, si fece scuro. Erano arrivati a Bellagio, con le sue ville maestose e i giardini terrazzati, ma il panorama sembrava avvolto in una luce crepuscolare. Le montagne sullo sfondo si stagliavano creando inquietanti ombre, mentre il vento iniziava a increspare la superficie del lago.

Francesco, seduto accanto a Carlotta, non sembrava preoccuparsene e continuava a parlare. Lei non avrebbe mai saputo dire di cosa, perché già da tempo aveva smesso di ascoltarlo, presa da uno scoramento infinito. Davanti a loro, invece, Patrizia era al settimo cielo. Indossava un abito rosa pallido con un cappellino ornato di rose e indicava entusiasta le rive di Bellagio.

«Guardate quella villa!» esclamò, rivolta a Filippo. «Non è spettacolare?»

Filippo, con un'aria da anfitrione, annuì. «È Villa Melzi, dove vive il nostro Francesco. E pensare che questo panorama è stato ammirato da poeti e musicisti... Perfino gli imperiali d'Austria partirono in battello a vapore da Como e raggiunsero la villa... Dieci anni fa, se non erro.»

«Come siete colto, Filippo» civettò Patrizia, che pendeva

dalle sue labbra. Lui le sfiorò la schiena nella parte lasciata scoperta dal vestito.

«Forse la villa è frequentata anche da qualche amante clandestino, nascosto dietro quei cipressi» scherzò. Lei rise.

«Casa mia» si affrettò a sottolineare compiaciuto Francesco, rivolto verso Carlotta. «E spero di avere presto il piacere di invitarvi ad ammirare anche l'interno.»

Carlotta fece l'ennesimo sorriso vuoto, poi pensò che Francesco era la persona giusta a cui chiedere notizie dei Valsecchi, i vecchi inquilini della villa.

«Mi domandavo» esordì un po' impacciata, «voi conoscete bene le famiglie che abitano sulle sponde del lago, giusto?»

Francesco stava per rispondere quando la voce di Giorgio lo interruppe.

«Non trovate che inizi a fare freddo?» chiese.

Carlotta aveva alzato gli occhi verso il cielo, osservando le nuvole che ora sembravano una coltre pesante pronta a riversarsi su di loro.

«Temo possa esserci un temporale» continuò lui, «forse converrebbe rientrare.»

Miranda scoppiò a ridere.

«Per un po' di pioggia?» ribatté, scuotendo il capo. «State scherzando, vero? Sarà un'avventura, vedrete. In Inghilterra il cielo fa sempre di questi scherzi. Si vede che non ci siete abituato.»

Carlotta strinse i pugni e alzò lo sguardo al cielo. Le nubi nere si stavano addensando sempre di più, sembrava di assistere a un sipario che stava per calare sulla scena. Provò un brivido che non aveva nulla a che vedere con il freddo.

«Non vi preoccupate» le sussurrò Francesco, notando la sua espressione tesa. «I barcaioli sono attrezzati per le intemperie. Questo sarà solo un banale temporale estivo.»

Carlotta annuì senza dire nulla, fingendo di apprezzare la rassicurazione. Filippo e Patrizia avevano iniziato a scherzare sul tempo, lei con la sua solita risata, mentre lui gesticolava con teatralità, descrivendo l'arrivo della pioggia come «un tocco drammatico degno di un'opera di Rossini». Friedrich andava loro dietro, intonando qualche aria con la sua voce acuta.

Miranda sembrava divertirsi più di tutti, completamente a suo agio. C'era qualcosa che quella donna temeva davvero? Si muoveva in ogni situazione con una sicurezza che Carlotta trovava irritante e invidiabile al tempo stesso.

Nonostante lo sforzo di concentrarsi sulla conversazione attorno a lei, Carlotta non poté fare a meno di voltarsi di nuovo verso Giorgio. Finalmente i loro occhi si incontrarono. In quello sguardo c'era qualcosa che lei riconobbe subito: un'intesa silenziosa, un'eco della stessa inquietudine che sentiva crescere dentro di sé. I suoi occhi verdi, così profondi e seri, sembravano scrutare oltre le onde del lago, oltre il temporale imminente.

Miranda parlava, ma Giorgio non sembrava più interessato. Era perso nelle acque scure che si facevano sempre più agitate, nelle nubi che si addensavano come un presagio. Quando il primo lampo illuminò il cielo, seguito a breve da un tuono profondo e lontano, i loro occhi si incrociarono di nuovo.

Smetti di guardarlo, si disse lei. *Smettila o penserà che sei disperata.*

Carlotta avvertì una fitta al petto. Non aveva paura del temporale, ma qualcosa nel modo in cui Giorgio si era irrigidito, nello sguardo che sembrava riflettere un disagio, la mise in allerta. Come se fossero collegati da un filo invisibile, sentiva la sua apprensione scivolare dentro di lei.

«Dovremmo forse rientrare?» chiese a Francesco, abbassando la voce.

Lui le sorrise, rilassato. «No, davvero. Anzi, sarà divertente. Una piccola avventura inattesa. Non capita spesso di vedere il lago durante una tempesta.»

La barca iniziò a oscillare, e Carlotta si aggrappò al bordo per mantenere l'equilibrio. Francesco le porse il braccio con galanteria, ma lei lo ignorò. Non gli avrebbe dato quell'opportunità, nemmeno se spaventata.

Con la somma sorpresa di tutti, Filippo si alzò in piedi e iniziò una pantomima, rivolgendosi al "Dio del lago" con gesti enfatici.

«O Signore delle Acque, abbi pietà di noi! Risparmiaci dalla tua ira! Promettiamo di portare offerte di buon vino e racconti licenziosi!» Aveva alzato la testa e le braccia e urlava, sembrava impazzito.

Si scatenò l'ilarità generale. Patrizia e Miranda ridevano di cuore, e la prima si alzò per raggiungere Filippo, imitando i suoi gesti. Lui prese per mano Patrizia, che sembrava restia ad alzarsi e la condusse davanti agli altri, in piedi. Tirò fuori dalla giacca una fiaschetta e la invitò a berne un sorso. Miranda chiese che gli fosse passato e Carlotta provò un po' di disgusto nel vederli bere a quell'ora, qualcosa che sicuramente era forte e dava alla testa. Le guance di Patrizia divennero rosse, Filippo le cinse la vita con un braccio e tese l'altro a Miranda.

Il cielo, nel frattempo, continuava a essere squarciato da lampi violenti, e i tuoni si facevano sempre più vicini. I primi fulmini danzavano in lontananza, illuminando per brevi istanti le montagne sullo sfondo.

Carlotta finse di sorridere, cercando di mostrarsi a suo agio in quell'atmosfera di leggerezza. Ma dentro di sé avrebbe solo voluto ritrovarsi sulla terraferma. Non era certo una donna di lago, e quella gita le sembrava sempre più insopportabile. Non era mai stata una persona paurosa, però adesso da giorni sentiva sempre dentro di sé un'inquietudine strana. La stessa che l'aveva fatta svenire solo pochi giorni prima. Pensò alla notte appena trascorsa, al diario di Elena, ai segreti del lago, un luogo incantato e ancora sconosciuto. Lo stesso che adesso stava rivelando la sua forza violenta.

Si voltò di nuovo verso Giorgio, nonostante si fosse imposta di non farlo. Voleva vedere come stava reagendo a quella situazione così festosa, che non gli si addiceva per nulla. Rimase sorpresa nel non trovarlo più al suo posto. Si era spostato sotto il telo, in fondo all'imbarcazione. Sembrava immerso nei suoi pensieri, le mani intrecciate davanti a sé, mentre osservava il temporale con un'espressione che non riusciva a decifrare. Guardando meglio, Carlotta si accorse che non era la pioggia, che stava fissando, ma l'imponente dimora che si inerpicava sul crinale interno della collina che sovrastava Bellagio.

«Non è Villa Serbelloni, quella?» stava domandando Miranda.

«Esatto. Con queste nubi spicca ancora più maestosa.»

I suoi occhi erano fissi sull'edificio, almeno così le parve. Conosceva i proprietari della villa? Ci era già stato?

La pioggia cominciò a cadere con insistenza, i suoni morbidi delle prime gocce che colpivano l'acqua del lago si mescolarono alle risate degli altri. Filippo continuava con le sue commedie, e Miranda, a suo agio come sempre, rideva in maniera quasi scomposta, al punto da doversi aggrappare alla balaustra.

Ma Carlotta non rideva.

Il vento le scompigliava i capelli sfuggiti dal cappellino, e il dondolio della barca la costringeva a concentrarsi per non perdere l'equilibrio.

Giorgio era in piedi a pochi passi da lei, la testa china.

Senza riflettere, si alzò e si avvicinò a lui, ignorando il movimento sempre più instabile della gondola.

«Carlotta, vieni anche tu!» la chiamò Patrizia, che aveva gli occhi lucidi e le guance arrossate.

Francesco la osservò, indeciso.

«Arrivo subito» rispose Carlotta all'amica.

«Conte Melzi, venite!» lo incitò Miranda. Francesco, ancora un po' scettico, lasciò la postazione e afferrò la fiaschetta.

«Sì, ancora un goccio! L'ebbrezza di Bacco dentro di noi e la forza di Poseidone sotto ai piedi!» gridò Filippo.

Quando Carlotta fu abbastanza vicina da scorgere il profilo di Giorgio notò che sul suo viso s'era scolpita un'inquietudine così evidente da risultare spaventosa.

«Vi sentite bene?» chiese.

Giorgio trasalì appena, come se si fosse accorto solo in quel momento della sua presenza. Le sue mani rimasero avvinghiate alla balaustra, le nocche sbiancate dalla pressione. Non si voltò del tutto, il viso nascosto dall'ombra del temporale imminente.

«Sto bene, tornate pure dagli altri, lady Carlotta.»

La voce era tesa, il tono controllato con evidente sforzo.

Non era il Giorgio che conosceva, non l'uomo che aveva visto cavalcare con sicurezza o muoversi con disinvoltura nei salotti più eleganti. Questo Giorgio sembrava piegato sotto un peso che non riusciva a sostenere.

«Non sembrate affatto a vostro agio» ribatté Carlotta, rimanendo dov'era. Il dondolio della barca si fece più deciso, costringendola ad appoggiarsi a sua volta alla balaustra, ma non si mosse. Nell'immobilità di Giorgio c'era qualcosa che la attirava, un'umanità vulnerabile che non aveva mai visto in un uomo.

«Tornate dagli altri» ripeté lui. «Questo temporale passerà, come tutto il resto.»

Carlotta non riuscì a ignorare quel tono, né a staccare gli occhi da lui. Le sue mani ancora serrate sul legno, il respiro sorvegliato, pareva stesse combattendo contro qualcosa.

«Se il temporale vi mette a disagio, possiamo tornare a riva. Posso dire che voglio scendere, nessuno lo troverebbe strano» propose. Voleva offrirgli una via di fuga senza che fosse costretto ad ammettere nulla.

Giorgio si voltò appena.

«Non permetterei mai che prendiate su di voi qualcosa che dipende da me. Non dovete preoccuparvi per un vigliacco» disse con durezza.

Le parole colpirono Carlotta come un sasso lanciato nell'acqua calma. Non era l'uomo che aveva conosciuto, eppure in quell'istante sentì che era più vero di quanto lo fosse mai stato.

«Sono io che non vi permetto di parlare così di voi stesso» disse lei. «Non vi conosco così bene, ma so che non lo siete. Cosa mai avrete fatto per trattarvi in questo modo?»

Giorgio scosse la testa, e per un momento sembrò voler dire qualcosa. Le sue labbra si schiusero, poi le serrò di nuovo con un sospiro.

«Non potreste capire, lady Carlotta. E non dovreste nemmeno provarci» mormorò infine.

Ma lei non si mosse. Non lo lasciò scivolare via.

«Forse è vero. Forse non capirei. Ma non dovete restare solo con quello che vi tormenta.»

Le sue parole rimasero sospese nell'aria, mentre la pioggia si faceva più intensa. Giorgio finalmente si voltò verso di lei. Nei suoi occhi verdi Carlotta vide qualcosa che la colpì nel profondo: un dolore così radicato che sembrava essersi fuso con la sua stessa essenza. Un'ombra indelebile che non riusciva a scacciare.

La barca sussultò, e Giorgio distolse lo sguardo, chiudendo brevemente gli occhi come per riprendersi. Poi si appoggiò di nuovo alla balaustra.

«Lasciatemi stare» disse con un filo di voce, ma Carlotta percepì che quella frase non era rivolta solo a lei.

Non insistette. Rimase lì, al suo fianco, senza dire nulla, condividendo il peso del temporale, che sembrava ormai riflesso nei loro animi più che sopra di loro.

«Carlotta, Giorgio, venite!» li chiamò Filippo. Lei si girò appena, giusto in tempo per vedere Patrizia che beveva ancora.

«Finirà per ubriacarsi per colpa del marchese» brontolò, cercando di distrarre Giorgio. Le nocche delle sue dita erano bianche, per come stringeva la balaustra.

«Voi non state bene» mormorò Carlotta «e io mi sento anche in colpa: non fosse stato per la mia testardaggine, non vi sareste ferito.»

«Non dite sciocchezze» disse Giorgio. Faceva fatica a parlare, come se fosse governato dal temporale, e si stesse concentrando per tenere a bada i fulmini.

Quando un lampo squarciò il cielo, tutti urlarono, estasiati, mentre Giorgio chiuse gli occhi.

Villa Serbelloni si stagliava davanti a loro e Carlotta si accorse che lui ne era come ipnotizzato.

Gli sfiorò il braccio e cercò le sue mani. Lui lasciò che le afferrasse, senza distogliere lo sguardo. Lei le strinse, proprio come aveva fatto quando Miranda lo stava medicando.

«Siete ghiacciato» constatò. La barca continuava a oscillare. Quando la sospinse più vicina a lui, nessuno dei due fece niente per recuperare la posizione. I loro corpi aderirono l'uno all'altro e dopo un istante Carlotta sentì che Giorgio le stringeva le mani con più forza.

«Non so cosa temiate, né perché» gli sussurrò all'orecchio «ma io sono qui con voi.»

«Grazie» sussurrò lui.

Carlotta resistette all'impulso incontrollabile di abbracciarlo. Le loro bocche erano vicine, poteva sentire il suo respiro sulla fronte.

«Duca!» urlò Filippo, andando nella loro direzione. «Che dite, sarà meglio rientrare o la principessa morirà di paura?»

Giorgio fece una smorfia tentando di sorridere, ma era ancora paralizzato.

«Vi prego, marchese, rientriamo» disse Carlotta, lasciando le mani di Giorgio.

«Siete davvero spaventata, cugina?» domandò Friedrich, stupito.

«Sono appena guarita, non intendo avere un altro attacco di nervi!» enfatizzò lei, lasciando che la voce le uscisse più stridula del previsto.

«Ai suoi ordini, principessa» fece lui, mentre Patrizia ancora rideva.

«Torno al mio posto» gli sussurrò Carlotta, «per fortuna stiamo tornando a riva.»

Giorgio sembrò ricomporsi, annuì e la guardò intensamente, senza parlare.

Miranda le sorrise poi riprese posizione vicino a Giorgio, i capelli al vento e l'aria di chi brama l'avventura.

Francesco fece cenno a Carlotta di sedersi.

«Con il marchese ci si diverte sempre» le disse il conte Melzi. «Non trovate?»

Doveva stare al proprio posto, certo, ma nessuno aveva ordinato che doveva anche compiacerlo.

«Preferisco altro genere di divertimenti» tagliò corto.

«Duca» disse allora Francesco, girandosi verso Giorgio. «Che avete detto alla principessa? Me l'avete resa di pessimo umore!»

Carlotta non udì la risposta, ma fu infastidita da quel comportamento: non le piaceva quando gli uomini parlavano di lei in terza persona, mentre era presente.

Si passò una mano sui capelli, cercando di ricomporsi, ma il pensiero di quello che era appena accaduto le rendeva impossibile concentrarsi. Non osò voltarsi, non poteva guardare Giorgio ora. Eppure lo sentiva. Seduto dietro di lei, il suo silenzio parlava più di qualsiasi parola. Qualcosa era cambiato tra loro, qualcosa che non poteva essere ignorato. Era evidente che Giorgio avesse provato una forte emozione, su quella barca, che stesse nascondendo un ricordo doloroso.

La barca iniziò a muoversi velocemente, con i barcaioli che invitavano a tornare verso Montemezzo prima che la tempesta peggiorasse.

«Il duca deve averne di scheletri nell'armadio» sussurrò Francesco all'orecchio di Carlotta. Lei socchiuse gli occhi.

«Cosa intendete?»

Francesco sospirò, con fare misterioso.

«Vi sembra che abbia un comportamento normale? Girano certe voci, sul suo conto...»

Il conte Francesco Melzi, dunque, amava spettegolare. Era esattamente come tutti gli altri e del resto Carlotta non ne aveva il minimo dubbio. Ma cosa sapeva di Giorgio? E ciò che sapeva era la verità o semplice calunnia?

Voleva chiedere di più, ma la riva si faceva vicina, e temeva che Giorgio potesse sentirli. Dietro di loro, lui e Miranda erano in religioso silenzio.

La tempesta iniziò a farsi più intensa, quando attraccarono.

Ma Carlotta non riusciva a pensare al lago, alla pioggia o ai fulmini. Il mondo intero era ridotto al pensiero di lui, delle sue mani che la tenevano stretta al calore che le pulsava ancora nelle vene, e al pensiero di ciò che quel momento aveva significato per lei. E, forse, sperava anche per Giorgio, qualsiasi segreto stesse celando.

13

Nonna Luisa una volta le aveva detto che l'amore iniziava sempre dalle mani. Che lei aveva capito di amare suo marito quando le loro dita si erano intrecciate per la prima volta e aveva avvertito una sorta di scossa. Da quel momento era esistito solo lui.

Era notte, le onde del lago accarezzavano i suoi sensi e Carlotta si stava cullando al ritmo del loro andare e venire sulla battigia. Da quando aveva stretto le mani di Giorgio, non faceva che pensare a lui. Non ne aveva parlato con nessuno, erano trascorsi cinque giorni e cinque notti in cui si era adagiata in quel languire di sensazioni collegate a un ricordo. Aveva rifiutato l'invito del conte Francesco a partecipare alla prima dell'opera al Teatro Sociale di Como, dove aveva prenotato i posti migliori, si era rifiutata di presenziare ad alcuni banchetti, fingendo di essere ancora provata per il giro in barca. La realtà era che stava aspettando la mossa di Giorgio, un invito, forse, o una lettera, oppure una visita inaspettata a casa. Aveva letto su un certo manualetto che le era capitato tra le mani, che una donna doveva farsi corteggiare dopo aver attirato l'attenzione e si stava sforzando di attendere una mossa di lui, che ancora tardava ad arrivare. Nel frattempo, appena andava a dormire, o meglio, appena cercava di riposare, le mani di Giorgio tornavano a stringerla e allora doveva mettersi comoda, nel letto e assecondare l'impulso di toccarsi per placare il desiderio, contraendosi nello sforzo di rimandare il più possibile il piacere. Immaginava che lui fosse lì con lei e la incitasse a sfiorarsi. Le bastava questo per provare una sensazione di appagamento.

Maria le aveva chiesto se non si fosse innamorata. Carlotta si era sentita le guance di porpora, ma non aveva risposto.

«Ma davvero, questa volta, non come con Franz» aveva scherzato Maria, mentre passeggiavano in giardino.

«Cosa ti salta in mente di nominare Franz!» aveva ribattuto Carlotta.

«Si vedeva che avevi una cotta per lui» aveva replicato la sorella «ma secondo me, era solo perché aveva quell'aria matura da sapientone, che piace tanto a te, e perché sapeva dipingere.»

«Maria Alessandrina, tu che ne sai di che tipo di uomo mi piace?»

Maria aveva colto una ciliegia, se l'era messa in bocca e con lo sguardo languido aveva sussurrato: «Un uomo serio, tenebroso. Uno che conosce tutti i quadri e parla in maniera raffinata. Con Franz ti eri un po' scottata, ma questa sembra una vera bruciatura».

Carlotta l'aveva spinta dolcemente, cercando di cambiare argomento, stupita per il fatto che fosse tanto evidente ciò che pensava e sentiva.

In effetti, non aveva più pensato a Franz. Era finito nel dimenticatoio, come tante altre cose di Potsdam che non le mancavano, per esempio le lezioni di equitazione e le prove d'abito. Era rimasto l'amore per la pittura, che aveva accompagnato i suoi giorni, donandole un senso di profonda libertà, che addolciva l'attesa spasmodica di Giorgio.

Carlotta ansimò nel letto, in preda a un orgasmo lungo e violentissimo. Strinse il lembo del lenzuolo, lo scostò e stirò le gambe, appagata.

Si rigirò tra le coperte, bevve lunghi sorsi d'acqua, sorrise alla finestra aperta.

La notte era diventata la sua più fedele alleata.

Uscì dalla camera per raggiungere la sala di Hayez. Stava iniziando ad amare quella villa. A Potsdam non si sarebbe mai sognata di girare liberamente per i corridoi, in piena notte, ma sul lago si sentiva a casa, come se ci avesse fatto amicizia.

Carlotta avanzò lungo il corridoio, la seta della vestaglia che sfiorava appena il pavimento. Percepiva il rumore dei suoi passi amplificarsi e creare un'eco sinistra.

Non c'era nessuno, eppure si sentiva osservata. I ritratti di famiglia alle pareti sembravano sorridere, sotto la luce tremolante delle lampade a olio. Gli sguardi dei suoi antenati erano severi e Carlotta si chiese se l'avessero spiata anche mentre sognava di essere posseduta da Giorgio e si contorceva tra le lenzuola.

Un ritratto di un uomo in uniforme, con lo sguardo accigliato e una mano sul fodero della spada, attirò la sua attenzione. Non aveva mai notato quanto fosse intenso quel volto, quanto sembrasse scrutarla con un'espressione a metà tra il giudizio e la sfida. Distolse lo sguardo, ma sentì comunque il peso degli occhi che continuavano a seguirla.

Guardami, pensò, *perché non mi avrai mai.*

Proseguì, accelerando il passo, ma la sensazione non svanì. Le altre opere alle pareti, alcune rappresentazioni sacre, sembravano partecipare a quel gioco. La *Madonna* del Perugino, con il volto dolce e gli occhi abbassati, pareva ora guardarla con un'aria di rimprovero.

«Il sacro e il profano» mormorò Carlotta tra sé, sfiorandole il volto. Non si era mai sentita così in accordo con quel luogo come quella notte.

Le tende di velluto pesante si muovevano leggermente, sospinte da un vento che non c'era. La villa era viva e aveva occhi nascosti dietro ogni quadro, ogni specchio, ogni angolo. Carlotta fece una giravolta, immaginando che anche le pareti desiderassero toccarla e annusarla.

Giunse davanti alla porta della sala di Hayez.

Con un respiro profondo, allungò la mano verso il pomello di ottone.

Nella sala, il grande dipinto di Hayez dominava lo spazio ed era l'unico elemento illuminato da un tenue raggio di luce lunare, che filtrava attraverso le tende socchiuse. Gli amanti raffigurati sembravano intrappolati nel loro eterno addio, ma quella sera, ai suoi occhi sembrò di cogliere un senso di attesa, come se i personaggi stessero aspettando il momento giusto per muoversi e porgerle la mano facendola entrare direttamente nel loro incontro proibito. Immaginò che Giorgio fosse lì con lei, che le cingesse la vita con le sue mani e le respirasse sul collo.

Carlotta avanzò, trepidante e con addosso un'energia che lei stessa faticava a comprendere.

Il grande specchio dorato sopra al camino le restituì un'immagine che le piacque: i capelli sul seno, simili alla pettinatura che invidiava a Miranda, lo sguardo languido, le labbra semichiuse in un'espressione sensuale. Era la prima volta che si sentiva così. Si avvicinò alla sua immagine e, proprio come faceva con i quadri che ammirava, rimase per un istante in contemplazione di se stessa: i lineamenti del suo viso le parvero eleganti, e le sembrò di essere attraente. Tutti gli artisti che l'avevano ritratta avevano sempre elogiato il viso piacevole, la postura, l'eleganza. Ma era lì, grazie agli specchi di quella villa e all'aria del lago, che Carlotta aveva iniziato a vedersi diversa: nonostante tutte le opprimenti convenzioni e le ipocrisie, si sentiva più libera, più in contatto con la sua vera natura. Stava riscoprendo se stessa e il suo corpo in una maniera che non comprendeva del tutto, ma che la faceva sentire di nuovo accaldata e sul punto di eccitarsi. E, stranamente, sentì che c'era solo una persona che poteva capirla: non sua madre né sua sorella, bensì Elena, che aveva iniziato a sentire vicina. Anche lei aveva provato attrazione per un giovane, ma al contrario di Carlotta aveva saputo esprimerlo nel modo appropriato, e si era lasciata andare nel flusso delle sue parole senza paure né reticenze. E Carlotta vi si era rispecchiata, aveva iniziato a comprendere che non sempre resistere alle tentazioni e al desiderio era un bene, anzi: a volte occorreva abbandonarsi alle onde. C'era qualcosa di inquietante e al tempo stesso di magnetico nel modo in cui le emozioni di Elena sembravano rispecchiare le sue. Ogni frase era un riflesso di ciò che Carlotta non riusciva a dire ad alta voce. Carlotta, se mai, lo dipingeva, ma avere tra le mani frasi così dettagliate nell'intimità, la portava a sentirsi più vicina a lei che a qualsiasi altra donna. Era come se Elena non avesse paura di riversare sulla carta i suoi desideri, i timori. Come se annotando per filo e per segno quello che le succedeva, riuscisse a sostenerne anche il peso.

Non sapeva cosa fosse, non riusciva a comprenderlo del tutto, ma lo sentiva. Le emozioni di Elena e le sue erano due correnti dello stesso fiume.

Dopo essersi assicurata per l'ennesima volta che non ci fosse nessuno, armeggiò dietro al quadro, aprendo la scatola con la chiave che portava sempre con sé, appesa a una collanina, ben nascosta nel corpetto.

Aprì il diario, lasciando che le pagine si sfogliassero quasi da sole fino al punto in cui aveva interrotto la lettura.

20 agosto 1845

Quando sono corsa in cucina, ho sentito subito l'atmosfera tesa, come se l'aria fosse diventata improvvisamente più densa. Le voci che prima si accavallavano si sono smorzate in un silenzio innaturale, interrotto solo dal rumore monotono di un coltello che affondava nelle verdure. Mi guardavano, ma cercavano di far finta di niente.
La mamma era lì, in piedi accanto al tavolo centrale, con quello sguardo duro che conosco bene. Non ha detto nulla, ma mi ha fissata per avvertirmi di stare attenta. I suoi occhi si sono abbassati per un istante verso le mie mani, dove tenevo la gallina che avevo appena riportato, e quell'animale abbacchiato e destinato alla morte mi è parso il simbolo di tutto ciò che stava andando storto.
La cuoca, con le mani ancora sporche di farina, mi ha lanciato un'occhiataccia.
«Finalmente, Elena» ha detto, ma il tono era più che un semplice rimprovero. Anche lei fissava la gallina, indispettita.
Dietro di lei, due giovani sguatteri si sono scambiati occhiate furtive, poi si sono chinati di nuovo sulle verdure che stavano tagliando. Ma uno di loro non ha resistito.
«Che ci fa il padrone in cucina?» ha sussurrato abbastanza forte da essere sentito.
La ragazza accanto a lui, con un mestolo in mano, ha ridacchiato sommessamente.
«Si vede che ha qualche interesse» ha commentato.
La mamma ha fatto un passo avanti, il viso più severo che mai.

«Basta con queste chiacchiere» ha detto. «Avete altro da fare, no?»

I domestici hanno chinato la testa, ma io potevo ancora sentire il mormorio sommesso delle loro voci.

«Non è normale» ha bisbigliato uno di loro, «non è proprio normale.»

La cuoca si è avvicinata, asciugandosi le mani sul grembiule.

«Sai, Elena» ha detto con un tono più basso, per non farsi sentire dagli altri, «non è cosa da poco che il padrone scenda qui sotto. Non lo fa mai. Quindi tira via quell'espressione mortificata. Se ti ha cercata, è meglio che fai quello che ti viene chiesto e basta.»

Ho stretto la gallina tra le mani, come se fosse l'unico modo per tenermi ancorata a qualcosa. Non ho risposto. Cosa avrei potuto dire? Che non sapevo nemmeno perché Alfonso fosse lì? Che non avevo fatto nulla di sbagliato? Qualsiasi cosa avessi detto sarebbe stata usata contro di me.

La mamma ha sbuffato e la sua smorfia era più che eloquente: non parlare, non discutere, non attirare altra attenzione. Sapevo che aveva ragione, ma non riuscivo a non sentirmi umiliata, schiacciata dal peso di quegli occhi puntati su di me.

«Forse l'ha fatta arrabbiare» ha mormorato la ragazza con il mestolo. «O forse... ha fatto qualcosa che non doveva.»

Un brivido mi ha attraversata, non di paura, ma di rabbia. Non c'era nulla che potessi fare per fermare quelle maldicenze.

«Basta» ha detto mia madre, alzando leggermente la voce. «Vi pagano per star qui a chiacchierare? Elena, non far aspettare il signor Alfonso.»

Poi si è voltata verso di me, con un'espressione che era più un avvertimento che un incoraggiamento.

«Vai, e non far perdere altro tempo.»

Il padrone attendeva appena fuori. Non so se avesse sentito quello che le altre avevano detto, e non me ne importava. Perché

aveva chiesto proprio di me? Non era mai successo. E questo, lo sapevo, era abbastanza per far parlare tutti.
Alfonso si è avvicinato lentamente. Il sorriso che portava sul volto mi è sembrato strano, quasi inquietante.
«Elena, finalmente torni a casa» ha esordito. La voce aveva un tono dolce, ma era accompagnata da una freddezza sottile che mi ha messo a disagio.
«Ho parlato di te con tuo papà, oggi. Dice che sei una brava pescatrice, esattamente come lui. È vero?»
Ho guardato la mamma, che stava dietro di lui; si aspettava una risposta da lei, ma non ha detto nulla, ha annuito.
«Sì, signore» ho risposto sottovoce, abbassando lo sguardo.
Alfonso ha sorriso, si è grattato il mento.
«Mi serve un aiutante per quando vado a pesca» ha continuato. «Qualcuno che prepari l'attrezzatura, sistemi le prede. E, perché no, catturi qualche pesce. Domani mattina, presto, vieni al lago.»
Stavo per dire qualcosa, ma la mamma è intervenuta subito. «Certamente, signore. Elena sarà puntuale» ha detto e mi ha squadrato, per accertarsi che non replicassi.
Alfonso l'ha guardata con attenzione per un istante, poi ha fatto un cenno verso la porta.
«Bene, signora Sofia, potete tornare ai vostri impegni. Non vorrei trattenervi.»
La mamma ha annuito, poi è tornata in cucina. Mi sono ritrovata sola con lui, e il silenzio che è calato mi è sembrato soffocante.
Alfonso si è avvicinato, appoggiando una mano sulla tavola di legno dove di solito appoggiamo pesci e carni che devono essere sistemate nella dispensa. Per un attimo mi sono persa a osservare le dita bianche e affusolate. So che è un discreto suonatore di pianoforte. Quelle non sono le mani di un pescatore, ma nemmeno

di un nobile. Alfonso è ricco, ma non è nobile. Questo lo rende diverso, anche se non saprei spiegare in che modo.
«Dimmi, Elena» ha esordito, la voce ancora dolce ma con un'inflessione che non mi è piaciuta. «Cosa ci facevi oggi con quel ragazzo? Quello che ti ha portata alla villa.»
Mi ha messo a disagio.
Sentivo il suo sguardo addosso, come un peso che mi schiacciava.
«Non facevo nulla, signore» ho risposto, cercando di mantenere la calma. «Tano mi ha solo accompagnata con il carretto. Nient'altro.»
Lui ha corrugato la fronte, non sembrava convinto.
«Davvero? E perché mai un giovane si prenderebbe il disturbo di accompagnarti senza motivo?»
Ho sentito le guance avvampare.
«Forse perché è gentile, signore» ho mormorato, ma anche a me quelle parole sono suonate deboli.
Alfonso ha ridacchiato.
«Gentile? Ah, Elena... I ragazzi non fanno mai nulla per gentilezza, non senza un motivo. Sei giovane, ma presto capirai.»
Non ho saputo rispondere. Mi sono limitata a stringere le mani lungo i fianchi, sperando che non andasse oltre. Invece, Alfonso ha preso le sue, di mani, l'una nell'altra, poi ha sospirato. Mi è sembrato che il tempo si dilatasse, che fossi in quella stanza da ore.
«Sai qual è il problema, Elena? Hai perso troppo tempo oggi. La cuoca si è lamentata, e il lavoro si è fermato perché tu eri chissà dove e chissà con chi. Tuo padre mi ha assicurato che sei una ragazza affidabile. Ma quello che ho visto oggi non lo dimostra.»
Mi sono sentita schiacciata, incapace di difendermi. Ho ripensato a quella volta in camera di Lorena, era stato gentile anche

in quell'occasione, pur lasciandomi con una strana sensazione addosso.
«La gallina era scappata, signore» ho mormorato, cercando di giustificarmi.
«La gallina era scappata» ha ripetuto, con un sarcasmo che mi ha fatto vergognare. «Elena, qui il tempo è prezioso. Tu sei preziosa. Per tutti noi. Devi ricordartelo sempre. Non lasciare che quel ragazzo… come hai detto che si chiama?»
«Tano» ho risposto.
Ho sentito le lacrime salire agli occhi, ma mi sono trattenuta.
«Tano. Mi assicurerò personalmente che non ti tenga distante dai tuoi obblighi. Bene. Abbiamo finito. Ci vediamo domani mattina per andare al lago. Non fare tardi.»
Sono rimasta immobile, il cuore che batteva forte e le mani ancora strette lungo i fianchi. Ho guardato Alfonso girarsi con la solita sicurezza, le spalle rigide e il passo deciso. Ha iniziato a salire le scale senza più voltarsi, e io non sono riuscita a muovermi fino a quando il rumore dei suoi passi non si è spento del tutto. Speravo che la mamma mi dicesse qualcosa, una parola, uno sguardo, qualsiasi cosa che mi facesse sentire meno sola in quel momento. Ma nulla. Quando l'ha sentito uscire è arrivata e ha detto solo: «Torna a lavorare, io devo andare ad allattare Alba». E mi ha lasciata lì, con le mille domande che mi ronzavano nella mente.
È stata la cuoca a raggiungermi poco dopo. Non riuscivo a muovermi, sentivo la gola secca e le mani sudate.
Con lei ci vado d'accordo. È brusca, sì, ma non cattiva. E, in fondo, è l'unica persona in questa villa che ogni tanto si preoccupa davvero di come sto.
«Elena» ha detto piano, mettendomi una mano sulla spalla. Non c'era rimprovero nella sua voce, ma una serietà che non le avevo

mai sentito prima. «Devi stare in guardia, bambina. Il padrone non scende in cucina senza un motivo. E se si prende il disturbo di cercarti, devi fare molta attenzione.»
L'ho guardata, cercando di capire cosa volesse dire davvero. La cuoca non era il tipo da sprecare parole inutili.
«Non è normale, lo sai anche tu» ha continuato, abbassando di nuovo la voce come se volesse che nessuno la sentisse. «E quando una cosa non è normale, c'è sempre un prezzo da pagare.»
Ho sentito un brivido scendermi lungo la schiena.
«Io non ho fatto nulla» ho mormorato.
La cuoca ha sospirato e si è abbassata appena, per guardarmi negli occhi. «Lo so, piccola. Non ti sto accusando. Ma devi farti furba. Sapere quando parlare e quando stare zitta. E, soprattutto, devi stare attenta a non attirare troppo l'attenzione.»
Non ho saputo cosa rispondere. Le sue parole mi hanno confuso ancora di più anche se sapevo che voleva solo proteggermi.
«Sei giovane» ha detto infine «e sveglia. Stai attenta a tutto quello che succede intorno a te, soprattutto se riguarda i Valsecchi.»
Mi sono sentita confusa, perché poco prima mi aveva ordinato di obbedire e basta, con un tono poco piacevole. Forse l'aveva fatto perché il padrone era dietro la porta e poteva sentirci?
Si è allontanata, tornando al suo lavoro con la stessa sicurezza di sempre, come se quello che mi aveva detto fosse solo una delle tante ricette che le passavano tra le mani ogni giorno.
Io sono rimasta lì, con il cuore ancora più pesante. Non era solo il padrone che mi metteva a disagio, ma anche i sussurri degli altri servitori, il silenzio della mamma, e la sensazione che ci fosse qualcosa di più, qualcosa che non capivo ma che tutti gli altri sembravano sapere.
Solo allora ho lasciato andare il respiro che trattenevo.

Non comprendo il signor Alfonso, sembra che cerchi in tutti i modi di sottomettermi, ma non ne ha bisogno, siamo già schiavi del suo denaro. Quando ha voluto sapere il nome di Tano, ho sperato che non lo conoscesse, che non arrivasse a lui.
Voglio rivedere il falconiere e non sarà certo lui a impedirmelo. Per un attimo ho anche pensato di prendere le mie cose e andare alla ricerca di Tano, subito, ma lo conosco così poco, cosa penserebbe di me se mi presentassi alla porta del Castello di Vezio e gli chiedessi protezione? Dovrei prendere un traghetto a vapore, però, e costano molto. Non posso certo andarci con la barca che serve al papà per pescare.
Allora ho deciso di scrivergli: domattina, dopo la pesca, mi recherò al mercato e se non c'è lascerò la lettera a qualcuno che lo conosca. È una follia, lo so. Ma è meglio della prigione che mi stanno costruendo intorno.
E il signor Alfonso non mi piace, così come non mi piace il dover andare a pescare con lui, domani.
Non vorrei, ma sono obbligata. Stanotte non dormirò e non è certo per la strega bianca e i suoi legamenti d'amore.
Non sono i fantasmi a terrorizzarmi.

Per Tano

Avevi ragione: quello di oggi è stato un luogo magico, in una vita come la mia che di magico non ha nulla, e non lo dimenticherò. Ti sento vicino è per questo che ti mando questa lettera, violando tutte le regole di come si dovrebbe comportare una fanciulla per bene. Non sono io quella fanciulla: io sono solo una sguattera, che per sopravvivere fa ciò che il padrone le richiede. Quando siamo tornati, infatti, il padrone era lì ad aspettarmi.

Ho smesso bruscamente di scrivere, perché è successo qualcosa di pazzesco. Il lume era ancora acceso, ma la candela stava finendo, tutti dormivano e io avevo la mia tenda tirata, di modo che nessuno potesse vedermi ancora sveglia. La sera, tuttavia, arriviamo tutti così stanchi che anche se qualcuno rimane sveglio coi propri pensieri, nessuno se ne accorge. Mentre scrivevo la lettera per Tano, ho sentito un rumore alla finestra. Qualcuno vi stava lanciando sopra dei sassolini. Mi sono affacciata e l'ho visto, era Tano, proprio lui! «Che ci fai ancora qui?» gli ho detto, quasi rimproverandolo. In realtà vederlo mi ha procurato un'eccitazione immensa.

Lui ha iniziato ad arrampicarsi sulla pergola per raggiungermi, io ho cercato di spiegargli che non ero da sola, ma non sembrava sentir ragioni.

Ho seguito i suoi movimenti, sperando che non cadesse e sono stata tranquilla solo quando i suoi piedi hanno toccato il davanzale. Mi è venuta in mente la scena di Romeo e Giulietta che mi ha raccontato lo zio Mario, mi sono chiesta se Tano conosca la vicenda di quei due innamorati.

«Tu sei matto», ho mormorato, quando me lo sono trovato davanti «e dopo tutta questa fatica ti dico che non puoi entrare, io dormo qui con tutta la famiglia.»

«Anche se vorrei tanto passare la notte con te» ha ribattuto lui sorridendo «sono qui solo per assicurarti che la mia presenza non ti abbia messa in difficoltà. Ho visto come ti guardava arrabbiato il padrone. Stavo andando via, ma poi mi sono detto che se ti fosse successo qualcosa, non me lo sarei mai perdonato.»

Le sue parole mi hanno fatto sentire protetta.

«Tutto bene» ho mentito «il padrone voleva solo chiedermi di accompagnarlo a pescare, domani.»

Potevo dirgli la verità, che ero terrorizzata da quello che era suc-

cesso, ma non volevo passare come una che rovina il momento: ero così felice di rivederlo.

«A pescare? Una cosa che fate spesso, insieme?» mi ha chiesto.

«No, ma ha saputo da mio padre che sono brava.»

Tano ha sorriso di nuovo e mi ha accarezzato la guancia. Ho seguito le sue dita e ho fermato la sua mano. Ci siamo guardati per un attimo senza dire nulla, nella penombra.

«Ha chiesto di te» l'ho avvertito poi, «ho detto il tuo nome. Infatti ti stavo scrivendo una lettera per avvisarti…»

«Sai anche scrivere?»

«Che domande» ho scherzato.

«Sa il mio nome, e dunque? Sei di sua proprietà? Non mi impedirà di tornare a trovarti. Anzi, mi fa piacere che abbia già imparato come mi chiamo.»

Abbiamo riso in maniera sommessa, poi lui mi ha attirato verso di sé e le nostre bocche si sono avvicinate. Ci siamo dati un bacio leggero, ma in quel momento è stato come se tutto prendesse fuoco e ci siamo baciati di nuovo, questa volta con passione, quasi scavando l'uno dentro l'altra.

Quando ci siamo staccati, entrambi eravamo senza fiato.

«Vorrei rivederti già domani» ha confessato lui.

«Anche io» ho risposto.

Due come noi non hanno il lusso di troppi corteggiamenti. Li trovo futili: se ho già capito quello che voglio, perché rimandare?

«Tornerò a trovarti appena possibile» ha promesso. Sono rimasta alla finestra fino a che non l'ho visto con i piedi ben piantati a terra, poi è scomparso nel buio della notte.

Qui posso scriverlo, perché è il mio diario segreto: questa è stata la notte più bella del mondo. Sono già innamorata di lui.

14

Dal giardino provenivano delle voci. Carlotta chiuse il diario, interdetta. Era stata talmente presa dalla lettura, che non si era accorta di nulla fino a che le voci si erano palesate proprio sotto alla finestra. Ma cosa diamine stava succedendo? Nascose il volume di pelle sotto la vestaglia, e andò alla finestra. La luna piena troneggiava tra le nuvole.

Due sagome si aggiravano nell'oscurità e una terza le seguiva. Si stavano dirigendo verso la serra. Carlotta ebbe un tremito, fu tentata di urlare, poi riconobbe l'incedere cauto della nonna. Era lei, non c'erano dubbi. La sua adorata nonna con un'altra persona, nel cuore della notte, che reggeva una lanterna e le guidava nell'oscurità.

Carlotta si avvolse in uno scialle e uscì dalla sala di Hayez, i piedi nudi che sfioravano il pavimento di legno. Li seguì senza indugi, con l'impressione che ci fosse un collegamento tra il diario e quella comparsata nella notte, anche se non riusciva in nessun modo a immaginare quale. Raggiunsero la serra e dopo pochi secondi lei si avvicinò per sbirciare.

Attraverso i vetri appannati dalla condensa, Carlotta scorse il terzetto all'interno. La nonna era al centro, il viso serio e concentrato, e accanto a lei c'era una donna che Carlotta riconobbe subito: la strega bianca. Gli inconfondibili capelli bianchi, la pelle pallida, e un abito chiaro. Ma ciò che la sconvolse di più fu la terza persona: Giorgio.

Se ne stava in piedi accanto alla contessa Luisa, con un'espressione che sembrava vacillare tra scetticismo e curiosità. Carlotta si fermò, sentendo il cuore accelerare. Perché Giorgio era con la nonna, in piena notte? Prima il quadro dato alla madre, ora questo. Cosa lo legava alla sua famiglia e ancor di più, cosa lo portava sempre alla villa?

Spalancò la porta della serra con un gesto deciso. L'odore di terra umida e piante si mescolava al profumo dolciastro delle candele accese al centro del tavolo.

«Nonna! Cosa state facendo?» chiese, quasi urlando. I tre si voltarono verso di lei e per un attimo nessuno parlò.

Fu la nonna a rompere il silenzio.

«Carlotta, cara, non avresti dovuto seguirci» disse.

Ma stranamente, sembrava sollevata. Lo sguardo della contessa Luisa era sempre il rifugio di Carlotta, anche in quella situazione tanto assurda. Si trattenne dal correrle incontro e fiondarsi tra le sue braccia.

«Ma ora che sei qui, forse è meglio che tu sappia.»

«Sappia cosa?» domandò Carlotta, avanzando di un passo. Lo sguardo si posò su Giorgio, cercando una spiegazione, ma lui non parlò. Sembrava volesse evitare di incontrare i suoi occhi, come se avesse davvero fatto qualcosa di male.

La nonna indicò la donna al suo fianco.

«Questa è la mia amica, Eleanor» spiegò. «Alcuni la chiamano "la strega bianca", ma per me è solo Eleanor. Una donna con un dono particolare.»

Carlotta rimase a bocca aperta, il cuore che batteva furiosamente. «Strega? Nonna, davvero credi a quello che stai dicendo?»

Sapeva che la nonna era eccentrica e bizzarra, ma non avrebbe mai immaginato fino a quel punto.

La nonna si avvicinò a Carlotta, posandole una mano sulla spalla.

«Accadono delle cose in questa villa, Carlotta. Cose che non tutti possono comprendere. Nelle notti di luna piena, come questa, il lago si anima, e i segreti del passato sembrano tornare in vita. Eleanor ci aiuta a dare un senso a tutto questo.»

«Un senso?» ripeté incredula. «In che modo?»

Eleanor fece un passo avanti.

«Stanotte, vogliamo evocare uno spirito. Qualcuno che ha abitato questa villa, che forse conosce cose che ci sono sfuggite. Ma non devi avere paura, mia cara. Nulla di ciò che facciamo è pericoloso.»

Aveva una voce roca, senz'altro studiata, che a Carlotta mise i brividi.

Strinse il diario da sotto la vestaglia. Ripensò alla donna che Elena aveva descritto nelle sue pagine e fu tentata di chiedere a Eleanor se ne sapesse qualcosa di legamenti d'amore, se ne avesse fatto uno qualche anno prima a una ricca dama, ma lo sguardo azzurro della signora aveva il potere di bloccare tutte le sue domande sul nascere. Sembrava sapere che anche Carlotta aveva un segreto.

«Vuoi unirti a noi?» chiese infatti la strega. «Sento che anche tu hai qualche domanda legata a questa villa. Non è così?»

Carlotta non rispose. Non aveva nessuna intenzione di confessare del diario: quello era solo il suo segreto. Ma se quella donna sapeva davvero qualcosa di Elena, o delle strane presenze che sembravano aggirarsi alla villa, allora quello era il momento di scoprirlo.

Giorgio tossicchiò. Fino a quel momento se n'era rimasto in

disparte. Solo allora lei si ricordò di essere in vestaglia e di avere provato ogni notte il più sconvolgente dei piaceri pensando a lui. E il caro duca, invece di corteggiarla, appariva come sempre al momento sbagliato e non per lei.

Il disagio prese il posto dell'orgoglio, che mascherò con una domanda.

«E voi? Perché siete qui?»

Giorgio fece una smorfia, non si capiva se celasse un sorriso, o fosse solo imbarazzato.

«Mi ha invitato vostra nonna» si giustificò. «E non devo darvi delle spiegazioni. E anche se ci provassi, sono certo che non capireste.»

Carlotta scosse la testa, irritata da quelle parole. Un conto era immaginarselo disteso accanto a lei, un altro sentirlo parlare e provare rabbia per come le aveva risposto. Cosa c'era che Carlotta non poteva capire? La nonna avrebbe dovuto spiegarglielo, una volta che quei due se ne fossero andati. Non riusciva a pensare a nient'altro, sentiva solo che c'era qualcosa di molto inquietante in quello che stava accadendo. E, quel che era peggio, ne era irrimediabilmente attratta.

«E cosa sperate di ottenere? Perché evocare qualcuno? Non è... pericoloso?»

La nonna la guardò negli occhi, e per la prima volta Carlotta notò una serietà quasi solenne nel suo sguardo.

«Perché questa villa custodisce segreti, Carlotta. Te ne sei accorta, lo so bene. È inutile provare a fingere che sia un posto normale. E alcune risposte possono venire solo da chi non c'è più.»

Carlotta rimase immobile, incapace di decidere se restare o fuggire. Le mani tremavano leggermente, ma non era solo paura. Era curiosità, un desiderio irrefrenabile di sapere cosa stesse realmente accadendo. Forse la presenza nella villa era Elena?

Era lei che aveva attivato il carillon e aveva stabilito una connessione speciale, facendole trovare il diario? E quindi, Carlotta rabbrividì, Elena era morta?

Eleanor fece un cenno verso il tavolo, dove una candela tremolava al centro; lì vicino c'era una vecchia asse di legno con delle strane incisioni e delle lettere.

«Unisciti a noi» disse. «Se vuoi capire, devi restare.»

Carlotta esitò, guardando Giorgio.

«Resta» ribadì lui.

«Non devi avere paura dei morti, piccola mia. I morti sono quelli che ci hanno voluto bene, e che adesso sono in pace.»

Carlotta ripensò alle parole di Elena. "Non sono i fantasmi, a terrorizzarmi."

«Io non credo agli spiriti» disse.

«Non devi crederci per forza» rise la nonna. «Però non dimenticarti mai che la nostra vita è fatta anche di mistero. Chi non ammette questo, è uno sciocco oppure non ha mai vissuto davvero.»

Con un respiro profondo, si sedette accanto alla nonna. Le sembrava tutto assurdo, ma anche dotato di una sua precisa, ferrea logica.

Accanto alla tavola incisa la strega dispose tre oggetti: uno scialle ricamato, un vecchio sonaglio sbiadito e un anello consunto, con una pietra che sembrava aver perso tutto il suo splendore. Carlotta si sporse per osservarli meglio, ma nessuno le spiegò a chi appartenessero o perché fossero lì. Sentiva, però, che avevano una storia, un passato che lei non conosceva ma che era intrecciato alla villa, e forse anche al diario che aveva sulle ginocchia.

Eleanor li fece accomodare attorno al tavolo. Dispose altre candele con gesti lenti.

«Prima di iniziare, sappiate questo» disse, la voce che si abbassò in un sussurro. «Evocare uno spirito non è un gioco. Non fatelo mai da soli. Gli spiriti sono capricciosi, e non sappiamo mai se quello che verrà sarà buono o cattivo.»

La tensione nella stanza si fece palpabile. Carlotta si aggrappò al bracciolo della sedia, l'istinto le diceva di alzarsi e correre via, ma rimase immobile.

«Ora» continuò Eleanor «tenetevi per mano.»

Carlotta sentì la mano fredda della nonna stringere la sua. Dall'altro lato, la mano di Giorgio, calda e ferma, si intrecciò e il contatto le fece correre un brivido lungo la schiena, ma non osò guardarlo.

Eleanor si mise al centro, la candela davanti a sé. La voce divenne una cantilena, mentre bisbigliava la formula:

«*Gira, gira in tondo,*
La bambina che non dorme.
Gira e cade a fondo,
Segui ancora le sue orme».

Carlotta chiuse gli occhi per un istante, mentre il suono delle parole sembrava riverberare nella stanza, rimbalzando sulle pareti di vetro della serra. Eleanor ripeté la formula due volte, poi una terza.

Quando pronunciò l'ultima parola, la fiamma della candela tremolò violentemente, e la luce si spense.

Carlotta urlò, il suo grido spezzò il silenzio. Sentì la mano di Giorgio stringere la sua più forte, come se volesse rassicurarla, ma il terrore le aveva già invaso il petto.

Eleanor le fece segno di rimanere seduta: non sembrava per niente sorpresa da quello che era successo.

«Stanotte, lo spirito della villa non vuole manifestarsi. Tuttavia avrete notato che non siamo soli. Ho avvertito una presenza proprio accanto a noi.»

La nonna ruppe il silenzio, la voce incrinata.

«Potrebbe essere... lei?»

Carlotta si voltò verso Giorgio, ma lui continuava a non guardarla. *Lei chi?*, si chiese. Ma prima che potesse formulare la domanda, Eleanor parlò di nuovo.

«Ora non possiamo fermarci» disse, indicando la tavola di legno.

La mostrò a Carlotta con fare solenne.

«Questa» disse Eleanor «non è solo un pezzo di legno. È un ponte.»

Le sue dita si mossero leggere sui simboli incisi, seguendo le lettere dell'alfabeto disposte in cerchio. «Un ponte tra il nostro mondo e l'altro. È uno strumento antico, ma potente. E come ogni strumento, dipende da chi lo usa.»

Carlotta si sporse a guardarla. Era di legno scuro, consumato, ma i segni incisi erano ancora nitidi, quasi vivi alla luce tremolante delle candele. La parola SÌ spiccava in alto a sinistra, mentre NO si trovava nell'angolo opposto. Al centro, il cerchio di lettere sembrava pulsare, o forse era solo la sua immaginazione.

«E come funziona?» chiese Carlotta, cercando di tenere la voce ferma. Si sentiva fuori luogo, una bambina in una riunione per adulti, a cui non è stata invitata.

«Funziona solo se la presenza è disposta a comunicare. Noi faremo le domande, e se vorrà risponderci, userà il puntatore per muoversi tra le lettere e costruire le sue parole.»

Carlotta deglutì. «E se non volesse?»

Eleanor abbassò leggermente lo sguardo, poi lo rialzò. «Se non volesse, rimarrà in silenzio. Ma se ci siamo spinti fin qui e ci fermassimo ora, sarebbe come chiudere la porta in faccia a un ospite che abbiamo invitato. E questo non è mai saggio.»

Carlotta si irrigidì. Si girò verso Giorgio, cercando nei suoi occhi un segno di conforto o di disapprovazione. Ma lui continuava a guardare la tavola, la mascella serrata, come se stesse combattendo con qualcosa dentro di sé.

Eleanor batté le mani, richiamando la sua attenzione. «Non aver paura, bambina. Non siamo qui per giocare, ma per cercare risposte. Questa tavola non ci farà del male, se rimaniamo uniti e attenti. L'unico pericolo è la paura.»

«Paura?» ripeté Carlotta, il tono più alto di quanto volesse. Odiava che la strega la chiamasse bambina.

«E cosa dovremmo temere, esattamente?»

Eleanor sorrise, ma i suoi occhi rimasero seri. «Temere, mia cara, solo ciò che non comprendiamo. Ma non dimenticare, le presenze rispondono alla nostra energia. Se mostriamo paura, potremmo attirare qualcosa di… sgradevole.»

Carlotta avvertì un brivido lungo la schiena, ma cercò di nasconderlo. «E se fosse una presenza buona?» chiese.

Eleanor le posò una mano sulla spalla. «Forse lo è. Ma non possiamo saperlo finché non poniamo le domande. E questa tavola, questa sera, sarà la loro voce.»

«E se invece volessi andarmene?» azzardò Carlotta.

«Se ci ritirassimo ora, potremmo indispettire la presenza che è con noi. E non possiamo permettercelo.»

Carlotta sentì il cuore accelerare.

Giorgio rimase in silenzio, ma la mano non lasciò mai quella di Carlotta. Il modo in cui si sentiva legata a lui ora la spaventava e, allo stesso tempo, la tratteneva. La nonna era rimasta in silenzio, ma aveva osservato Carlotta, poi Giorgio, il suo sguardo si spostava dall'uno all'altra con curiosità.

Eleanor, seduta di fronte a loro, aveva il volto sereno, ma nei suoi occhi brillava un'intensità che Carlotta trovava difficile ignorare.

«Ora, posate tutti le dita sul puntatore» disse la strega bianca, indicando il piccolo oggetto a forma di cuore al centro della tavola.

Carlotta esitò per un momento, poi obbedì, sentendo sotto le dita il legno liscio e freddo. Accanto a lei, Giorgio fece lo stesso.

«Spirito» cominciò Eleanor, la sua voce un sussurro che sembrava farsi eco nelle pareti di vetro, «sei qui con noi?»

Per un momento, nulla accadde. Carlotta rimase immobile, trattenendo il respiro, con il cuore che batteva forte. Poi, lentamente, il puntatore iniziò a muoversi.

«Cosa?» mormorò tra sé, cercando di capire se fosse solo la pressione delle loro mani. Era impossibile, pensò. Qualcuno doveva spingerlo. Forse Eleanor. O forse Giorgio.

Il puntatore scivolò lentamente verso la parola SÌ.

Non è una strega: è una ciarlatana, si disse Carlotta, scrutando il volto di Eleanor. Ma la donna sembrava concentrata, lo sguardo fermo sulla tavola, come se nulla potesse distrarla.

«Chi sei?» chiese Eleanor con voce calma.

Il puntatore si fermò per un momento, poi cominciò di nuovo a muoversi. Carlotta sentì un brivido lungo la schiena. Era possibile che Eleanor stesse orchestrando tutto? Cercò di guardare i volti degli altri, ma nessuno sembrava reagire.

Mentre tutti rimanevano concentrati, si sporse per guardare sotto il tavolo. Aveva sentito dire che certe cartomanti attaccavano al tavolo delle calamite e facevano in modo di governarle con le gambe. Non c'era niente del genere. La nonna le lanciò un'occhiataccia, Carlotta si ricompose.

Il puntatore andò dritto verso la prima lettera.

S.

«Sara?» chiese Eleanor, fissando la tavola.

«No» lesse la nonna, quando il puntatore rispose.

«Potrebbe trattarsi di… Susanna?» chiese Giorgio in un soffio.

Il puntatore virò verso il NO.

«Sofia?» azzardò Carlotta.

Guardò il puntatore andare verso il sì.

Si voltò ancora verso Giorgio, ma lui non ricambiò il suo sguardo. Il volto era cambiato, teso, quasi turbato. Per un attimo sembrò sul punto di dire qualcosa, ma rimase in silenzio, stringendo le labbra come se volesse trattenere le parole.

Carlotta ripensò alle parole di Francesco: Giorgio nascondeva qualcosa. Fino a quel momento non aveva pensato che potesse avere a che fare con la morte di qualcuno.

«Spirito» continuò Eleanor, la voce più bassa. «Perché sei qui?»

Ma prima che il puntatore potesse rispondere, un vento improvviso scosse la fiamma delle candele, spegnendole di nuovo tutte in un istante. «Mamma» si sentì mormorare Carlotta. O forse era solo suggestione.

Carlotta trattenne un urlo, ma non del tutto. Un suono soffocato le sfuggì dalle labbra mentre si aggrappava al tavolo per non alzarsi di scatto. Se l'era cavata meglio, la seconda volta: sembrava si aspettasse quello che stava per accadere.

«C'è molta rabbia» dichiarò Eleanor. «La sento. Questo spirito non è sereno. Dobbiamo fermarci qui, per stanotte.»

Carlotta non disse nulla. Giorgio si alzò di scatto e corse verso la porta del capanno degli attrezzi. Carlotta fece per seguirlo, ma la nonna la fermò, perentoria.

«Chi è Susanna?» domandò Carlotta a bassa voce, ma nessuno rispose. Eleanor si alzò, iniziando a raccogliere gli oggetti sulla tavola con movimenti lenti e metodici.

«Salutiamo lo spirito» disse la strega bianca, senza guardare nessuno di loro. «Sempre salutare. Non lasciate mai uno spirito senza congedarlo.»

Carlotta non sapeva come si facesse a salutare uno spirito, ma seguì il rituale che Eleanor indicò, sentendosi stranamente vuota.

Alla fine del rito, Carlotta notò un dettaglio che le ricordò l'esperienza della nobile descritta nel diario di Elena. Giorgio infilò una mano nella tasca e lasciò cadere alcune monete sul tavolo. La nonna fece lo stesso, con un gesto rapido, quasi meccanico.

Eleanor raccolse le monete senza dire nulla, ma il suo sorriso enigmatico tornò per un istante. Carlotta osservò la scena, la mente piena di domande che nessuno sembrava cogliere.

Le strega bianca si avviò verso l'uscita. La nonna prese sottobraccio Carlotta, senza che lei potesse fermarsi con Giorgio.

«Andiamo, cara, sarai turbata» le disse, quasi spingendola fuori.

«Ma nonna, io…»

«Lasciate in pace il duca con i suoi spiriti» continuò la contessa Luisa, con un tono che non ammetteva repliche.

«Cosa ci faceva lui qui?» chiese Carlotta, mentre camminavano nell'aranceto in direzione della villa.

«Ora è tardi, tesoro. Ti va se ne parliamo un altro giorno?» rispose la nonna.

Carlotta sapeva che anche se avesse provato a convincerla, lei sarebbe rimasta ferma nella sua intenzione di non proferire parola, per quella sera.

Camminarono verso le rispettive stanze, lei attese che la nonna entrasse dandole la buonanotte, poi si precipitò di nuovo giù per le scale. Fece appena in tempo a vedere la carrozza di Giorgio che si allontanava.

«Maledizione» mormorò.

«Un termine colorito, da questa candida dama» disse una voce alle sue spalle.

Era lui: aveva lasciato che il cocchiere se ne andasse senza salire. E ora, come al solito, cercava di prenderla in giro. Questa volta Carlotta non sarebbe caduta nella sua trappola.

«Intendevo parlarvi, in effetti» ammise. «Perché non siete salito in carrozza?»

«C'è la luna piena» osservò Giorgio. «Vorrei fare la strada a piedi, sul lago e ammirare la notte.»

Carlotta deglutì.

«Lasciate che venga con voi.»

Lui non disse nulla, le porse il braccio e iniziarono a camminare.

Disdicevole. Avrebbero detto così, a corte. Un comportamento decisamente disdicevole.

«Siete turbata?» domandò Giorgio, rompendo il silenzio.

«Incuriosita» fece lei, cercando di mascherare la paura. «Posso chiedervi se voi credete negli spiriti? Soprattutto dopo quello a cui abbiamo assistito questa sera?»

Giorgio aggrottò la fronte.

«Agli spiriti credo. Ma sono convinto che questa sera non ci fosse nessuno spirito. Solo una ciarlatana che intendeva spillare dei soldi.»

«E allora perché vi siete prestato al suo gioco?» domandò Carlotta, confusa.

«Forse perché ogni tanto fa bene crederci, che abbiamo il potere di comunicare con i nostri morti.»

Si fermarono. La luna si rifletteva sul lago, dondolandoci sopra, e i germani, sulla riva, dormivano, indifferenti alla loro presenza.

«Avete qualcuno a cui vorreste dire qualcosa, nell'aldilà?» azzardò Carlotta. «Magari quella Susanna?»

«Non intendo parlarne con voi, perdonatemi.»

Lei gli prese una mano.

«Mi avete salvato la vita» sussurrò «e da quel momento non penso ad altro.»

Giorgio la squadrò, fermando lo sguardo all'altezza del petto. Carlotta fu certa che anche lui stesse provando attrazione per lei, quella stessa che le risultava ormai difficile da nascondere.

«Ho fatto quello che chiunque avrebbe fatto in quella situazione. Niente di più.»

«Niente di più?» chiese Carlotta, esasperata. Lasciò la sua mano e si sedette su una barca, ormeggiata a riva. Lui la raggiunse, il viso contratto in una smorfia indecifrabile.

«Devo pensare che la vostra sia da sempre solo cortesia... Non che sia stato particolarmente cortese, in effetti» mormorò lei. Non poteva fare a meno di pensare alle parole di Elena: perché corteggiarsi, quando il tempo era poco e la vita tanto breve?

«Lady Carlotta, dovremmo rientrare. Provate a capire la mia posizione in questo momento» la pregò lui, prendendole la mano.

«Posso provarci» rispose Carlotta, risentita, «ma sappiate che le persone amano spettegolare. Pare che girino delle voci sul vostro conto e non vorrei venire a sapere da altri...»

«Vi prego, basta. Sono già abbastanza provato. Volete credere ai pettegolezzi di corte? Vi facevo diversa.»

I loro volti erano vicini, le loro bocche si sfioravano.

«Lo chiedo a voi proprio perché quelle voci non voglio ascoltarle» disse lei. «Avete qualcosa da nascondere? È dalla prima sera che pare siate in fuga.»

«Siete così maledettamente testarda e insistente» mormorò Giorgio.

«Oh, non sono l'unica, credetemi.»

«Mi piace che siate così.»

«Come avete detto?» domandò lei, incredula.

«L'avete sentito perfettamente, Carlotta.»

Le sue labbra erano così vicine, invitanti, il profumo di muschio e tabacco tanto intenso che Carlotta credette di avere un mancamento.

«Vorrei conoscere i vostri pensieri» mormorò. «Quelli più intimi, che non confidereste a nessuno.»

«Forse fai male» bisbigliò lui. Il repentino passaggio al tono informale, provocò a Carlotta una fitta al ventre. Ebbe l'impressione che la maschera di Giorgio stesse cadendo.

«Perché?» lo stuzzicò.

«Perché da quando ti ho conosciuta la tua spontaneità, la tua sete di vita mi sono entrate nelle viscere.»

«Però mi tratti sempre con disprezzo.»

Lui scosse il capo. «Non fidarti mai delle apparenze. Mai.»

Carlotta lo guardò in silenzio.

«Brucio di desiderio» aggiunse Giorgio. «E non so quanto ancora riuscirò a trattenermi.»

Carlotta voleva esattamente sentire quelle parole. Si alzò su un gomito, il volto vicinissimo al suo.

«Ti faccio davvero quest'effetto?»

Giorgio sorrise.

«Non hai la minima idea dell'effetto che mi fai.»

Le prese il mento tra le dita e la baciò. Carlotta aveva immaginato quel momento diverse volte, ma non aveva idea delle sensazioni che avrebbe provato. Le parve che il suo corpo fosse incandescente e sentì il desiderio di essere toccata ovunque. Giorgio la attirò a sé, continuando a scavare con la lingua nella sua bocca. I loro corpi si toccarono e lei percepì tutto il suo desiderio, ancora protetto dai pantaloni. Carlotta gli mordicchiò il collo e lui si lasciò andare in un sospiro intenso.

In un impeto di audacia, gli sbottonò i primi bottoni della camicia, rivelando un neo sotto la clavicola, che cercò di baciare.

La barca cigolò e qualcuno chiamò il nome di Carlotta.

«Ma chi...?» fece Giorgio, le pupille dilatate per il desiderio.

«È il maggiordomo. Devono aver controllato la mia stanza, dopo stanotte. La nonna è scaltra, lo sai.»

Risero.

«Devo correre alla villa, prima che sguinzaglino cani e cavalli.»

«Vai» disse Giorgio. «E perdonami se ti ho messo in una situazione compromettente.»

Per tutta risposta, Carlotta si girò verso di lui e lo baciò di nuovo sulle labbra, prima di correre via.

Non si voltò, ma era certa che lui la stesse accompagnando in quella folle corsa, i capelli al vento e le guance arrossate per l'emozione. Avrebbe dovuto farlo più spesso: correre in vestaglia, nel cuore della notte, dopo aver baciato il duca che le aveva rubato il cuore.

15

Villa Melzi, al tramonto, si specchiava sulla superficie dorata del lago, come una dama vestita a festa che col suo abito attrae e conquista i propri ospiti. Carlotta la osservava ammirata, mentre la barca attraccava e lei scendeva con Marianne e Maria. Quando giunsero davanti alla facciata principale della villa, che si pavoneggiava con il suo giardino all'italiana, poterono ammirare i quattro austeri leoni a guardia dell'imponente costruzione, mentre due statue in marmo raffiguranti Apollo e Meleagro sembravano accogliere gli ospiti e invitarli a entrare senza lasciarsi intimorire.

«Avevo sentito dire che Villa Melzi, a Bellagio, è la più bella. Ora capisco perché» mormorò Carlotta alla sorella.

Il conte Francesco le salutò con un sorriso, facendole entrare e baciando loro la mano. Carlotta era impressionata.

«Avete un'intera collezione d'arte, solo in questa sala.»

Francesco annuì, compiaciuto. «Mio zio è un grande estimatore. Dovreste vedere il resto.»

«Lo farò senz'altro» rispose Carlotta.

Marianne, dietro di lei, salutò il conte e afferrò subito un bicchiere di vino da uno dei vassoi d'argento che i camerieri stavano portando. C'erano già molti nobili, alcune facce conosciute per Carlotta, altre meno.

Villa Melzi brillava sotto la luce di centinaia di candele che illuminavano le pareti ornate di arazzi e specchi dorati. I marmi bianchi dei pavimenti riflettevano i raggi delle lampade,

I musicisti avevano già iniziato a suonare, ma per ballare era presto.

«Carlotta, possiamo parlare?» le chiese Maria.

Carlotta stava cercando Giorgio nella sala.

«Certo, appena arriviamo a casa» rispose lei.

«Possiamo farlo ora?»

«Vorrei ammirare le opere della villa, se non ti dispiace» rispose Carlotta, sfiorandole un braccio.

Maria sbuffò.

Carlotta si staccò da lei e si mise a osservare le decorazioni degli interni, che erano state curate dai maggiori artisti italiani del momento, come Andrea Appiani. I duchi di Lodi avevano fatto costruire quella maestosa abitazione solo una ventina di anni prima dall'architetto ticinese Giocondo Albertolli, e Carlotta aveva sentito dire che all'interno di quelle mura erano custodite opere del Canova, del Bossi e di molti altri che lei aveva studiato e amava follemente. Non stava nella pelle all'idea di visitarla e non vedeva l'ora che Francesco glielo proponesse.

Erano passati alcuni giorni dalla seduta spiritica, e Carlotta aveva più volte provato a intercettare la nonna per chiederle chiarimenti, ma senza successo. Luisa si era limitata a farle giurare solennemente che avrebbe mantenuto con tutti il segreto, e dal canto suo faceva finta che nulla fosse avvenuto e si comportava con la sua solita naturalezza. Carlotta non faceva che pensarci, ma la nonna si rifiutava di affrontare il discorso, dicendo che portava male. Quel pomeriggio, però, aveva voluto parlare degli ammiratori di Carlotta. Le aveva chiesto in maniera molto diretta se ci fosse qualcuno che aveva catturato la sua attenzione.

«Il duca di Sassonia Meiningen» aveva ammesso Carlotta, che con la nonna trovava difficile mentire.

La nonna aveva annuito.

«Ho notato come lo guardi. Il duca avrebbe tutte le carte in regola per combinare un buon matrimonio, ma... Sei sicura che il suo carattere ombroso si sposi col tuo, così riflessivo? Non finireste per spegnervi?»

Ti assicuro, nonna, che l'incendio è già divampato e per quanto mi riguarda non si spegne, avrebbe voluto risponderle. Ma aveva serrato le labbra.

«Credo che i simili si attraggano di più» aveva detto, poi era tornata all'attacco sulla seduta spiritica. «Mi vuoi spiegare cosa ci faceva alla villa, quella notte?»

«Non posso, Carlotta» aveva sospirato Luisa. «Sono affari personali. Il duca è una persona misteriosa, ha il peso del suo passato addosso. La gente ha iniziato a sussurrare cose... strane.»

Carlotta si era indispettita.

«Di che genere? Tiene nascoste delle fanciulle? Mangia carne umana? È un mezzo vampiro?»

La nonna Luisa fece una smorfia disgustata.

«Carlotta, ma come ti vengono in mente certe cose?»

«Quando uno non parla con chiarezza, si può davvero arrivare a pensare di tutto.»

«La chiarezza e i segreti non vanno quasi mai d'accordo, mia cara» aveva sussurrato la nonna.

«Chi non ha dei segreti, nonna?»

«C'è qualcosa di losco, credimi. O non te lo direi. Nessuno ha il permesso di andare a trovarlo, alla villa non tiene ricevimenti, certe volte lo si vede uscire nel cuore della notte, non si sa dove vada né per quale motivo... Potrebbe avere qualsiasi affare che non ti semplificherebbe la vita. Stare appresso a uomini così non è semplice.»

Ora che ci rifletteva, in effetti, non aveva mai sentito di nessuno che si era recato a Villa Sola per un ricevimento. Carlotta iniziò a pensarci in quel momento: era davvero molto strano.

«Io non credo che...» era riuscita a balbettare alla fine.

«Carlotta» l'aveva interrotta la nonna. «Forse non fa davvero per te.»

«Non ero libera di scegliere io?»

«Ti sta almeno corteggiando?» chiese la nonna. «Ha mostrato interesse per te o il suo unico scopo è farti perdere tempo?»

Carlotta aveva ripensato al bacio. Cosa c'era di più certo di quello per un inizio di corteggiamento?

La nonna non voleva sbottonarsi, ma lei avrebbe domandato direttamente a Giorgio.

Le aveva chiesto, tanto per cambiare argomento, se avesse scoperto qualcosa in più sul marchese Filippo e la nonna aveva detto che anche riguardo a lui giravano voci non buone. Si vociferava che frequentasse certi locali di dubbio gusto e si divertisse con diverse donne. A quanto pareva non c'era un solo uomo adatto al matrimonio in tutto il Lago di Como. A parte il noiosissimo Francesco.

Ora Carlotta stava cercando Giorgio fra gli invitati, ma non lo vedeva. Il conte Francesco interruppe i suoi pensieri.

«Lo sapete, lady Carlotta, che le nostre ville sono state in competizione?»

Carlotta notò che, sul lago, il modo di esporre l'arte era diverso da quello prussiano, come se in Prussia non si dimenticasse il contegno nonostante la ricchezza. Nelle ville sul lago, invece, si tenevano vere e proprie competizioni di ostentazione.

«Non ne ero a conoscenza» ammise, mentre lui la conduceva verso il buffet.

«I Sommariva, proprietari precedenti della vostra villa, dichiararono una vera e propria sfida di bellezza a mio zio, il conte Francesco d'Eril. Entrambi volevano che la loro villa fosse riconosciuta la più bella del Lago di Como, quella piena di opere sfarzose, la più ammirata.»

«E chi vinse?» chiese Carlotta.

«La gara è ancora aperta» ammise il conte Francesco, con un sorriso. Era chiaro che la stesse corteggiando e lei voleva davvero frenare il suo entusiasmo sul nascere.

Stava per chiedergli di parlare in privato, quando Maria li raggiunse al buffet.

«Carlotta» sussurrò «devo dirti una cosa.»

«Non ora, Maria» rispose lei distrattamente. «Perché non provi queste tartine al salmone? Sembrano squisite.»

Carlotta stava ammirando le pietanze disposte al buffet, mentre Francesco si occupava di porgere i saluti ai nobili che continuavano ad arrivare.

Una torta a tre strati, con lo stemma della famiglia Melzi, troneggiava al centro del buffet. Carlotta lanciò uno sguardo su tramezzini prosciutto e funghi, pomodori farciti, pollo alla cacciatora, alcuni misteriosi dolcetti guarniti con la panna e una granella che le ricordava le mandorle sbriciolate.

«Solo a guardarli si ingrassa» scherzò una dama accanto a lei.

Carlotta, per tutta risposta, afferrò uno dei grissini con il prosciutto.

«Delizioso» esclamò a bocca piena.

«Duca di Sassonia Meiningen, è un piacere avervi qui» stava dicendo Francesco. Carlotta sussultò. Dunque era arrivato. Di colpo perse tutto l'appetito e sentì le guance diventare di fuoco. Dopo la seduta spiritica non l'aveva più visto, però si era lasciata andare a un nuovo impeto artistico: aveva iniziato a dipingere il duca senza vestiti. Si ricordava ogni dettaglio del suo corpo, dalla notte sul lago, e non aveva intenzione di trascurare quei particolari che ai suoi occhi lo rendevano ancora più attraente. Era partita immaginando che fosse un busto nell'aranceto, poi ci aveva preso gusto e aveva fatto ritratti a carboncino, dove lui era sempre il protagonista: un putto, in mezzo alle camelie della villa, in qualità di cavaliere a cavallo, ma rigorosamente nudo, lascivo come Bacco, con una coppa in mano, seduto accanto alla fontana. Aveva nascosto quei disegni nel baule al piano di sopra, esattamente dove Elena, un tempo, teneva il proprio diario segreto. Si era avventurata a quel piano sempre di notte, dove ormai si sentiva di vivere la sua vera esistenza. Aveva curiosato un po' in giro, sentendosi una ladra, e aveva deciso di adibire quella soffitta ormai disabitata a suo atelier, dove avrebbe dipinto il proprio repertorio proibito. Ne andava fiera e al tempo stesso si sarebbe vergognata a morte se anche solo una delle domestiche li avesse scovati. S'immaginò lo sguardo di Annette, scandalizzato. Ma poteva stare tranquilla: Antonio, il maggiordomo, le aveva già detto che nessuno dei domestici aveva il permesso di salire nella soffitta.

Le parole della nonna l'avevano turbata più del previsto. Non tanto per quei loschi affari di cui la gente del luogo parlava, quanto per quella domanda: ti sta corteggiando? In effetti, dopo il loro bacio, Giorgio non si era presentato alla villa. Non le aveva mandato neanche una lettera, o un mazzo di fiori. Lei si era crogiolata in quel ricordo, dipingendolo in maniera ossessiva, e lui era sparito. Perché comportarsi in quel modo? Perché non l'aveva cercata, il giorno successivo, per dichiararle il suo amore?

La sala si fece per un attimo più silenziosa e Carlotta si voltò, constatando che le chiacchiere erano state smorzate dall'arrivo di Miranda. Questa volta non era sola, ma era accompagnata da quella che doveva essere la madre, lady Grey, che portava un abito grigio chiaro rifinito con il pizzo, unico dettaglio rilevante in tanta austerità. Teneva sottobraccio Miranda e la guardava con affetto. Lei era l'esatto opposto: indossava un abito color smeraldo, che si intonava perfettamente al colore dei suoi occhi e che lasciava intravedere il seno più di quanto avesse mai fatto. Un cappellino dello stesso colore le copriva una parte del volto, regalandole un'ombra di mistero. Quei meravigliosi capelli ondulati ricadevano ancora sul collo e dondolavano sui fianchi. Non era consueta, quella capigliatura, ma ormai da Miranda ci si poteva aspettare di tutto. Carlotta sentì la bocca diventare secca. Tutta la sua sicurezza, quel sentirsi affascinante, si smorzava appena la vedeva. Ed era terrorizzata all'idea che Giorgio la corteggiasse. Che, nonostante il loro incontro notturno, alla fine scegliesse un'altra.

Lui, infatti, subito la salutò con un inchino, e Carlotta non si perse lo sguardo d'intesa tra i due.

Giorgio era diverso quella sera. Non c'era traccia della tensione che lo aveva accompagnato nella serra, né della malinconia che gli aveva letto negli occhi durante la tempesta sulla barca. A dirla tutta, sembrava anche mancare del fuoco di quando l'aveva baciato. Era loquace, animato, come se il peso che sembrava portare fosse svanito del tutto. Chiacchierava con tutti, muovendosi con una disinvoltura che Carlotta trovava insopportabile. Perché quell'uomo era così sfuggente solo con lei? Le pareva che indossasse mille maschere. Ogni volta che lo vedeva sembrava una persona diversa da quella che credeva di ricordare. In questo, probabilmente, stava il suo fascino.

Quella che provava non era gelosia, o almeno così sperava. Era la sensazione di essere invisibile. Di essere volutamente ignorata. La paura di essersi invaghita di qualcuno che in fondo non esisteva. O che, come diceva la nonna, aveva scheletri nell'armadio troppo ingombranti.

Maria tornò a chiamarla, tirandole la manica. «Carlotta! Ti prego, devo parlarti.»

Cosa poteva esserci di così urgente? Maria parlava solo di pettegolezzi. E Carlotta quella sera non era in vena di starla ad ascoltare. Si irritò.

«Cosa c'è, Maria? Perché non parli con la mamma? Sai quanto le piace ascoltare i tuoi racconti.»

C'era della voluta ironia nel suo tono. Marianne non le ascoltava che per pochi istanti, e quando capiva dove andava a parare il discorso, si voltava dall'altra parte. Non era mai stata una grande ascoltatrice neanche quando erano piccole, e da sempre avevano fatto un'estenuante gara a chi attirava di più la sua attenzione.

Maria si accigliò. «Non è alla mamma che voglio parlare. E poi tu non mi stai ascoltando! Guardi solo lui.»

Carlotta si irrigidì.

«Non guardo nessuno» mentì.

Maria incrociò le braccia

«Allora non hai notato che non ti ha ancora nemmeno salutato?»

Carlotta si voltò di scatto verso di lei, la mascella contratta. «Non so di cosa parli.»

«Oh, lo sai benissimo, invece» replicò Maria, abbassando la voce, ma non l'intensità del tono. «E non lo sopporti, che lui ti eviti.»

Le parole della sorella giunsero potenti come uno schiaffo.

La guardò con occhi che brillavano di una rabbia che cercava di reprimere.

«Non è una questione che ti riguarda.»

«Allora hai tempo di ascoltarmi, non trovi?»

Carlotta non rispose. Tornò a guardare la sala da ballo, cercando disperatamente qualcosa su cui posare gli occhi, qualcuno che non fosse Giorgio.

Maria, vedendo che la sorella non le prestava attenzione, sbuffò. «Non importa. Quando deciderai di ascoltarmi, io sarò in terrazza.»

Carlotta non la fermò, né si voltò a guardarla. Vedeva solo Giorgio: a ridere con i gentiluomini, a danzare con le dame, a dimostrare con ogni gesto che quella sera lei non esisteva per lui. Eppure, la notte della seduta spiritica era una persona completamente diversa. Le immagini di quella serata erano ancora vivide: il puntatore che si muoveva sull'asse di legno, la lettera S che si era materializzata d'incanto, e poi quel nome apparso sulle labbra di Giorgio, *Susanna*. Il modo in cui lui era cambiato, subito dopo. Era come se qualcosa dentro di lui si fosse spezzato. Non aveva detto nulla, non aveva chiesto spiegazioni, ma il suo volto si era indurito, e nei suoi occhi Carlotta aveva visto esplodere una tempesta che però non era riuscita a decifrare.

Infine, le parole di Eleanor. "C'è molta rabbia qui."

Dopo c'era stato quel momento di intimità, che l'aveva risvegliata dal torpore. Le sembrava che da allora esistessero solo lui e le sue mani. Ma al momento, aveva dubbi su cosa avesse provato Giorgio.

Francesco la raggiunse.

«Lady Carlotta, volete ballare?»

Era l'ultima cosa che desiderava.

«In realtà… mi piacerebbe poter visitare la galleria di opere d'arte, se posso» lo pregò. Se lui l'avesse accompagnata, forse avrebbe avuto modo di chiarire la sua posizione rispetto al corteggiamento che il conte stava mettendo in atto nei suoi confronti. Voleva smorzarlo sul nascere. Carlotta era arrivata a pensare che Giorgio non si stesse interessando a lei perché forse pensava che avesse scelto il conte d'Eril. Stava immaginando di tutto, per non impazzire e corrergli incontro senza pudore.

Francesco esitò.

«Sono mortificato, non posso lasciare i miei ospiti» si scusò. «Ma se andate in quella direzione, sempre dritto, superate le prime tre porte a destra troverete la galleria d'arte. Potete intanto cominciare ad ammirarle, e io vi raggiungerò appena riesco.»

«Non so… se sia il caso di andare da sola».

«A volte meglio disperdere le proprie tracce» sussurrò una voce femminile alle sue spalle.

Carlotta si voltò e vide che Miranda l'aveva avvicinata. Francesco fece un inchino e le lasciò sole.

«Vi raggiungo» promise, prima di andare a intrattenere altri ospiti.

«Voi dite?» chiese Carlotta a Miranda, titubante.

Lei avvicinò il ventaglio ai loro volti, per nascondersi dalle occhiate indiscrete.

«Fidatevi, in certi casi è meglio divenire preda, che predatore.»

«Di cosa state parlando?»

«Del vostro amore segreto, naturalmente» sussurrò Miranda.

Carlotta divampò.

«È… così evidente?»

«Solo perché me l'avete lasciato intendere il giorno dell'incidente, non temete. Forse il signor duca sta facendo il prezioso… A volte gli uomini sanno essere peggio delle donne, in questo.»

Carlotta sospirò. Sentiva che di Miranda poteva fidarsi e che le avrebbe dato qualche buon consiglio: sembrava così esperta di questioni amorose.

«È successo qualcosa, l'altra sera…»

Miranda avvicinò ancor di più il ventaglio alle loro bocche.

«Quello che penso?» bisbigliò.

«Oh, no, non fino a quel punto» rispose Carlotta. «Ma insomma, abbiamo avuto un certo momento di intimità ed ero certa che…»

Non riuscì a terminare la frase.

Miranda le sfiorò un braccio.

«C'è una teoria… Su certi uomini, sapete?»

«Una teoria?»

Miranda rise sommessamente.

«Loro scrivono manuali di conquista e noi non possiamo rifarci dicendo la nostra su certi luoghi comuni dell'uomo che corteggia la donna?»

«Illuminatemi, vi prego.»

Miranda la condusse accanto a una tenda di velluto rosso, per parlare più tranquille.

«Dopo che l'uomo sente di aver sedotto la donna» spiegò, con un ghigno sul volto che Carlotta non riuscì a interpretare, «tende a sparire. Non per molto, ma per qualche giorno. Mentre la donna si arrovella nell'attesa, lui deve ricordare a se stesso che non è caduto nella nostra trappola, che in realtà è ancora al comando della situazione, mentre è chiaro come il sole che ha perso la testa e sta cercando di ritrovare orgoglio e mente ferma.»

«Non avevo mai sentito una simile teoria» bisbigliò Carlotta «ma la trovo interessante. Quindi mi evita perché teme di essersi innamorato?»

«Esattamente. Ma se in questa fase del corteggiamento vi vede troppo coinvolta o interessata a lui, vedete... è così sciocco che potrebbe pensare di avervi già in pugno e sentirsi dunque, in qualche modo, meno attratto.»

Carlotta socchiuse gli occhi.

«State dicendo che il duca di Sassonia è uno sciocco?»

Miranda sorrise.

«No, Carlotta, sto dicendo che tutti gli uomini lo sono. E anche immensamente prevedibili. Fatevi desiderare, sfuggitegli, andate da sola o con il conte ad ammirare le opere segrete di Villa Melzi e vedete come correrà da voi!»

Carlotta guardò lady Grey sempre più ammirata.

«Siete una miniera di informazioni preziose. Nessuno mi aveva mai parlato di queste cose con tale schiettezza.»

«Quando volete, lady Carlotta. Se non ci si aiuta tra agnelli, si finisce in pasto ai lupi.»

Miranda si allontanò, e Carlotta decise di darle ragione. S'incamminò lungo il corridoio della villa, sentendo la musica della sala sempre più flebile. Prima di raggiungere il portone che le era stato indicato, però, vide in cima alle scale un quadro raffigurante una dama, forse una vecchia proprietaria della villa. Non resistette alla tentazione e salì per ammirarlo da vicino. Lì udì una risata sommessa. Proveniva dal piano superiore, dove forse c'erano gli alloggi dei servitori. Carlotta non resistette e seguì quei rumori e le risatine, fino a salire le scale. In fondo al corridoio, c'era una stanza socchiusa. Sbirciò dentro. Era un salottino appartato, con un divano di velluto giallo sotto la finestra.

«Patti è dolce, ma non la amo.»

Era Filippo Arconati che parlava. Riconobbe subito il tono della sua voce, e poi lo vide. Filippo era sistemato comodamente sulla seduta, mentre la donna, che lei non aveva mai visto e di cui riconosceva appena i tratti, nella penombra, era abbandonata sulle sue ginocchia, svestita. Filippo fumava e ogni tanto passava alla sua dama la sigaretta.

«Allora perché vuoi sposarla?» chiese la donna con voce cristallina, soffiando un sottile filo di fumo. Carlotta sgranò gli occhi.

Filippo si lasciò scappare un'amara risata.

«Patti è una scelta sicura, il partito perfetto. Devo risanare i miei debiti, tesoro, lo sai.»

«Non chiamarmi tesoro come fai con tutte» civettò la ragazza.

«Ma tu sei la mia preferita, lasciati leccare ancora un po'.»

Filippo allungò le mani sul seno scoperto della donna e poi ci affondò la testa.

«Quanto sei calda» sussurrò.

«Filippo» rispose lei, «mi fai impazzire!»

«Una volta sposato, convincerò lady Patrizia a sceglierti per dama di compagnia, così potremo vederci tutte le volte che vorremo.»

«Io ti aspetterò sempre» rispose lei, la voce rotta dal piacere.

Dunque la donna era una domestica, e non di certo l'unica con cui Filippo si trastullava.

«Domani ho un torneo di poker, devo scaricare la tensione» disse Filippo, montandole sopra.

«Ma non eri al verde?»

Filippo rise.

«Il padre di Patrizia ha firmato una cambiale per me, crede che sia per organizzare una sontuosa festa di fidanzamento.»

Carlotta deglutì silenziosamente. La rabbia le montò talmente tanto in corpo, che senza pensare alle conseguenze della sua azione, sferrò un calcio alla porta.

«Ma che diavolo...» fece Filippo.

La velocità con cui la domestica si ricompose fu impressionante.

«Marchese? Siete voi?» chiese Carlotta, con un tono fintamente innocente.

«Ehm... Lady Carlotta! Sono stato colto da un capogiro e il conte Francesco mi ha permesso di stendermi un attimo qui.»

La domestica fece un inchino e passò accanto a Carlotta, dileguandosi.

Filippo accese una lampada.

«Stavate girovagando da sola?» insinuò.

«No, affatto. Mi stavo recando ad ammirare le opere d'arte, con il permesso del conte.»

Carlotta ribolliva. Non glielʼavrebbe fatta passare liscia. Ricordava ancora i suoi modi viscidi nella loro uscita in giardino ed era furiosa e disgustata per come stava irretendo la sua amica.

«Bene, con il vostro permesso io mi sento meglio e tornerei in salone» disse Filippo, alzandosi.

Carlotta si mise davanti a lui.

«Non così in fretta, marchese» sussurrò.

Lui fece un ghigno.

«Che c'è, principessina, siete forse invidiosa delle mie conquiste? Se volete ce n'è anche per voi.»

La osservò, la camicia ancora slacciata, passandosi la lingua sulle labbra.

«Scommetto che dietro quell'aria da puritana si nasconde uno spirito selvaggio.»

Carlotta indietreggiò.

«Parlatemi ancora in questo modo e mi metterò a urlare» lo avvertì.

«Fate pure» rise Filippo, «sarete voi a ferire la vostra amica Patrizia e di certo non mi dispiacerebbe mettere le mani sulle vostre proprietà in Prussia. E adesso che ci penso, anche su di voi…»

Carlotta si sentì avvampare.

«Dirò tutto a Patrizia» lo minacciò «e lei mi crederà. Siamo amiche da sempre.»

«Non lo farete» disse tranquillo il marchese.

«Oh, certo che sì. Non avrete mai né lei, né i suoi soldi.»

«Chi vi dice che non l'abbia già avuta? Non provocatemi, Carlotta. Dopotutto siete entrata voi al buio nella stanza dove stavo riposando…»

«Non vi darà ascolto!»

«Dite? Voi siete un'amica. Ma io sto per diventare il suo fidanzato. E, con rispetto, so come convincerla molto meglio di voi.»

Filippo allungò la mano per afferrarla, ma Carlotta fu più svelta e si voltò verso il corridoio. Si mise a correre, mentre Filippo rideva.

«Scappate, scappate!»

Carlotta attraversò il corridoio con il cuore in gola, dimenticando le opere d'arte, Giorgio, tutto. Sentiva solo il sapore amaro della sconfitta. Non aveva saputo tenergli testa, perché se davvero avesse chiamato aiuto e fosse stata sorpresa davanti a tutti in una stanza buia, con il marchese in atteggiamenti ambigui, nel "mercato matrimoniale" avrebbe significato l'obbligo di sposarlo, per di più fra mille scandali. E quel verme non aspettava altro.

Tuttavia lei sapeva la verità: l'aveva sorpreso con una domestica e aveva sentito come intendeva giocarsi i soldi che il padre di Patrizia gli aveva concesso. Doveva assolutamente trovare l'amica e raccontarle tutto, fermare quella follia prima che diventasse la sua fidanzata ufficiale. E lei le avrebbe creduto, Carlotta ne era certa.

Il lungo corridoio terminava con una porta che dava sul giardino. Carlotta si arrestò, proprio davanti a una distesa di lavanda il cui profumo quasi la tramortì. Stava ancora ansimando. Mosse qualche passo verso il lago per tranquillizzarsi e scorse alcune gondole ormeggiate, di proprietà della famiglia Melzi.

Si fermò. Giorgio era seduto sul bordo di una di quelle imbarcazioni, lo sguardo rivolto verso il lago.

«Duca» esclamò lei, sollevata.

«Lady Carlotta, cosa ci fate qui?» domandò lui, sorpreso. Carlotta si avvicinò. Sulla riva del lago, alcuni germani stavano sonnecchiando.

Giorgio non l'aveva considerata per tutta la sera, e nemmeno adesso sembrava contento di vederla. Carlotta, tuttavia, sentì l'esigenza di aprirsi a lui. Nonostante tutto c'era qualcosa che la legava a quell'uomo. Ed era qualcosa a cui non riusciva a opporsi.

«Non avete idea di quello che mi è appena capitato» gli disse, avvicinandosi. Lui, invece che farle posto, si alzò in piedi in fretta.

«Sembrate sconvolta» rispose.

Carlotta avrebbe voluto sedersi a rimirare il lago e le sue labbra. Restò delusa nel vedere che lui si allontanava dalla riva, e sembrava voler allontanare anche lei. La teoria di Miranda era vera: stava fuggendo palesemente? O piuttosto aveva ragione la nonna, e Giorgio stava nascondendo qualcosa?

«In effetti ho davvero bisogno di parlare con voi di quello che è successo. Mi servono un volto amico e un buon consiglio.» Gli sorrise, guardandolo dritto negli occhi. Ma la sua espressione la ferì. Non sembrava contento di essere chiamato amico, e nemmeno pareva volerla stare ad ascoltare.

«Lady Carlotta, rientriamo, per favore. Potrebbero fraintendere.»

«Sarebbero così lontani dalla verità?» fece allora lei, di getto.

Ci fu uno strano rumore, proveniente dalla barca su cui prima era seduto. Era come se qualcuno avesse trattenuto un colpo di tosse o uno starnuto. Giorgio trasalì.

Carlotta si sporse a guardare all'interno della gondola. Sentì che le forze le venivano a mancare.

Miranda era sdraiata sulla barca, i capelli scomposti, il volto arrossato, e si teneva una mano sulla bocca per non fare rumore.

Il colpo al cuore fu così netto e violento che si domandò se l'avesse sentito anche Giorgio. Miranda si alzò, sistemandosi il vestito.

«Dunque è così» sibilò Carlotta, prima che uno dei due potesse parlare. «Fate così con tutte quante, duca? Con la vostra aria misteriosa e cupa, le conquistate e poi le seducete sulla barchetta in riva al lago?»

Strinse i pugni, indecisa se scappare o esplodere in lacrime. O, forse, saltare al collo di Giorgio.

«Lady Carlotta, non è come credete...» fece Miranda.

«Invece a questo punto penso proprio di sì. Un attimo fa mi avete parlato di certe teorie sugli uomini e io pendevo dalle vostre labbra! Iniziavo anche a pensare che stessimo diventando amiche. Sono stata una sciocca, lady Grey. L'impavida amazzone e il duca tenebroso: una coppia eccellente. Vi faccio i miei migliori auguri!»

Giorgio la guardava con un'espressione indecifrabile.

«Certo» gli sussurrò, «avrei voluto saperlo da voi un po' prima.»

«Non c'è niente da sapere» rispose allora lui, che era diventato paonazzo e cercò di afferrarle la mano.

Lei si scansò.

«Non osate toccarmi. Non osate più rivolgermi la parola. E soprattutto, se vi vedo ancora una volta in casa mia, chiamerò le guardie, che a nonna Luisa piaccia o meno.»

Si fissarono per un attimo e fu Giorgio ad abbassare lo sguardo; gli occhi verdi si erano spenti di colpo. Quelli di Carlotta, invece, fiammeggiavano.

«Carlotta, aspettate» la pregò Giorgio, ma lei stava già correndo verso la villa.

Rifece a ritroso il percorso verso il salone, attraversando il corridoio, dandosi della stupida per aver perso tutto quel tempo a sognare un corteggiamento e un matrimonio che non ci sarebbero mai stati. Aveva interpretato male lo sguardo del duca, fin dall'inizio. C'era stato quel bacio e per lui non aveva significato nulla. Aveva voluto vedere misteri dove non c'erano e quella era stata la sua più grande debolezza.

Pensò con vergogna ai ritratti che aveva disegnato, alle loro mani strette insieme, a quella ridicola seduta spiritica, al loro momento di intimità, mentre in realtà lui stava già corteggiando un'altra.

«Dio, che ingenua» sussurrò.

Mentre nel salone ballavano una mazurka, si ripromise che mai, mai più avrebbe pensato a quell'uomo, che non gli avrebbe rivolto la parola. Non avrebbe più permesso che i sentimenti la travolgessero in quel modo. Si ritrovò a dare ragione alla madre: le donne dovevano essere più forti, non cadere di fronte agli uomini, ma usarli solo per il loro prestigio. Era stata delusa anche da Miranda. Aveva creduto che tra loro ci fosse complicità, solidarietà femminile. Le aveva confidato il suo interesse per il duca e lei non aveva perso tempo per irretirlo. L'aveva persino incoraggiata ad allontanarsi da Giorgio, solo per poter passare del tempo con lui.

Anche se per qualche inspiegabile motivo Marianne sarebbe stata felice di vederla sposata, lei le avrebbe parlato e la madre avrebbe compreso: finita l'estate sarebbe tornata a Potsdam da sola, fiera di non aver scelto un marito qualunque. Forse c'era altro nella sua vita, forse avrebbe potuto fare come la pittrice francese Le Brun, che tanto stimava, e che si era guadagnata da vivere grazie ai suoi ritratti mettendo la carriera davanti a tutto.

Avrebbe detto a Patrizia la verità e insieme avrebbero combattuto contro quel mondo pieno di uomini ignobili e di donne pronte a tutto per conquistarli.

Chiamò Annette che, al solito, era pronta a servirla senza fare troppe domande.

«Annette» disse Carlotta, la voce ferma ma bassa, «voglio andarmene. Prepara la barca.»

La domestica annuì senza esitazione. «Subito, lady Carlotta.»

Il suo sguardo si incrociò con quello del marchese Filippo, che se prima rideva ora aveva un'espressione indecifrabile e la guardava con risentimento, mentre fingeva di ascoltare ciò che aveva da dire lady Patrizia. Carlotta avrebbe voluto portare via con sé l'amica, ma avrebbero attirato solo le chiacchiere degli altri invitati.

Intravide anche Francesco. Intuì che la stava cercando e si affrettò verso l'uscita principale, quasi scappando.

Poco dopo, la barca scivolava sulle acque calme. Carlotta, avvolta nel mantello, guardava il riflesso delle luci di Villa Melzi che danzava sulla superficie del lago. Sentiva una stretta alla gola, mentre lasciava la villa. Non voleva piangere, né da sola né davanti ad Annette: ma le lacrime premevano per uscire.

Sii più forte di questo, si disse, scostandosi una ciocca di capelli dalla guancia.

Qualcosa, nell'osservare la villa da lontano, attirò la sua attenzione. Sulla terrazza meno in vista, Maria era ferma e fissava la sua imbarcazione. La figura esile della sorella era appena visibile nell'ombra, ma Carlotta la riconobbe e le prestò quell'attenzione che non le aveva concesso prima. Le parve che Maria stesse piangendo, ma non poteva esserne certa. Si era completamente dimenticata della richiesta della sorella. Sperò che almeno lei potesse essere felice.

Addio, pensò, *a questo sogno d'amore che si è infranto. Addio alla me che credeva di essere ricambiata, alla ragazza illusa che usava sempre parole gentili.*

Da quel giorno in avanti, una nuova Carlotta la stava aspettando.

16

21 agosto

Stamattina mi sono svegliata prima dell'alba. Non ho chiuso occhio quasi tutta la notte, pensando a quello che mi aspettava. Il signor Valsecchi mi aveva detto di non fare tardi, e per tutta la notte le sue parole mi sono risuonate nella testa. Non era il tono con cui aveva pronunciato le frasi, ma il modo in cui mi aveva guardata: sembrava avesse visto in me qualcosa che io stessa non conoscevo.

Mi sono vestita in fretta, cercando di non fare rumore per non svegliare la mamma. Quando sono uscita, il freddo del mattino mi ha colpita come uno schiaffo. Non sono più abituata alle acque del lago: un tempo il gelo mi avrebbe solo resa allegra.

Il signor Valsecchi mi aspettava vicino alla barca, impeccabile come sempre, ma con un'aria più rilassata del solito. Mi ha salutata con un sorriso che voleva essere cordiale, ma che non riusciva a nascondere del tutto quella sua espressione indecifrabile.

La barca era piccola, con le assi di legno lucide per l'uso ma ben curate. Mi sono seduta di fronte a lui, cercando di non incrociare il suo sguardo per troppo tempo. Non era facile, perché lui sembrava fissarmi senza darlo a vedere, come se mi osservasse attraverso ogni movimento.

Ha iniziato a remare con calma. I muscoli delle sue braccia si tendevano leggermente sotto la camicia, e io ho distolto lo sguardo, fissando l'acqua che si increspava appena. Non ha detto nulla per un po', lasciando che il silenzio tra di noi si allargasse fino a diventare quasi soffocante. Poi si è fermato, guardando verso un punto nel lago che per me era indistinguibile dagli altri.
«Qui c'è sempre buona pesca» ha detto con sicurezza, lasciando intendere che quel punto fosse speciale solo per lui. Dopo una pausa ha aggiunto, con un sorriso quasi scherzoso: «E se siamo fortunati, potremmo incontrare il luccio del lago».
«Il luccio?» ho chiesto, cercando di mascherare il tono forzato della mia voce. Non mi interessava la storia, ma sentivo il bisogno di dire qualcosa, di riempire lo spazio tra di noi. Mi odiavo per questo. Odiavo la sua famiglia, odiavo sentirmi così piccola sotto il suo sguardo, eppure cercavo di non contrariarlo.
Lui ha sorriso, un sorriso che non mi dava mai l'impressione di essere del tutto sincero. «Oh, sì. Una leggenda locale» ha iniziato in tono quasi complice. «Dicono che nelle profondità del lago viva un luccio gigantesco, un mostro antico, più vecchio di qualsiasi barca o pescatore. Alcuni giurano di averlo visto con gli occhi grandi e luminosi, simili al sole quando tramonta. Altri raccontano che porta fortuna se lo incontri, ma sfortuna se osi cercare di catturarlo.»
Il modo in cui lo diceva, con quella voce melliflua e un po' bassa, mi faceva venire i brividi. Sembrava che non stesse parlando solo del luccio, ma di qualcosa di più, qualcosa che io non riuscivo a decifrare.
«E voi?» ho chiesto, cercando di darmi un contegno. «Ci credete?»
Ha inclinato leggermente il capo, guardandomi con uno sguardo che sembrava scavare. «Io?» ha detto, come se stesse riflettendo seriamente sulla mia domanda. «No, non ci credo. Ma trovo

che sia una bella storia. Mia figlia Lorena le adora. E a te? Ti piacciono le storie?»

Non sapevo cosa rispondere. Il modo in cui aveva spostato la domanda su di me mi metteva a disagio, mi pareva volesse qualcosa che non riuscivo a capire.

«Dipende» ho detto, cercando di sembrare disinvolta «se sono vere o no.»

Lui ha sorriso di nuovo, un sorriso lento, quasi indulgente. «A volte le storie servono proprio a questo» ha risposto. «A renderci capaci di credere in qualcosa, anche se sappiamo che non è reale.»

Ho distolto lo sguardo, fingendo di essere interessata al movimento della lenza. Non mi piaceva il modo in cui mi facevano sentire le sue parole. Come se parlassero di me, non di un luccio o di una leggenda.

Abbiamo pescato in silenzio per un po'. Lui mi ha spiegato come lanciare la lenza, il movimento giusto del polso, la forza necessaria. Io cercavo di seguire le sue istruzioni, di dimostrargli che sapevo fare qualcosa. Ogni tanto mi correggeva con la sua voce gentile, quasi paziente. Mi sembrava strano che fosse così condiscendente, che non ci fosse traccia del padrone di casa che ero abituata a evitare.

Poi, mentre mi passava un'esca, la sua mano ha sfiorato la mia. Non è stato un tocco casuale. Non poteva esserlo. Le sue dita si sono fermate un istante in più del necessario, e in quell'attimo ho sentito un brivido attraversarmi.

Non ho alzato lo sguardo, non volevo, ma sentivo il suo su di me. Non mi ha detto nulla, e io ho continuato a fingere che non fosse successo. Ma non potevo ignorare il modo in cui quel contatto mi aveva gelata.

Quando finalmente ho trovato il coraggio di guardarlo, lui sta-

va già osservando l'acqua, fingendo che nulla fosse accaduto. Forse mi ero immaginata tutto. Forse no. Ma il dubbio non mi abbandonava.

La cosa che mi faceva più arrabbiare era il modo in cui continuavo a compiacerlo. Come se stessi interpretando un ruolo che lui si aspettava da me, come se fossi un altro dei suoi divertimenti. Lui non ha detto nulla, e io nemmeno. Ho continuato a guardare il lago, cercando di convincermi che fosse stato solo un caso, un gesto innocuo che io avevo frainteso.

Alla fine, quando il sole era già alto, mi ha detto che era ora di tornare. «Sei brava, Elena, apprendi in fretta» ha detto mentre remava verso riva. «Tuo padre non esagerava.»

Non ho risposto. Mi sono limitata a guardare l'acqua che si increspava sotto i remi.

Ora che sono di nuovo a casa, seduta al mio tavolo con la penna in mano, non riesco a smettere di ripensare a quella carezza. Mi chiedo se sono stata io a immaginare tutto, se ho lasciato che la mia mente corresse troppo lontano. Probabilmente sono condizionata anche da quello che mi ha detto la cuoca e dalla sua posizione. Ma ancora non riesco a comprendere tutto questo interesse per la pesca e per me. Non è sconveniente, per un padre di famiglia con una moglie, uscire in barca da solo con una donna? Magari non mi considera nemmeno tale, ma lo sono.

Forse mi sono preoccupata per nulla. Forse è solo il modo in cui guarda, in cui parla, che mi mette a disagio. Eppure, qualcosa in me non riesce a dimenticare quel momento, quella frazione di secondo in cui ho sentito la sua mano sulla mia.

Carlotta richiuse il diario con un gesto deciso, quasi brusco. Rimase immobile per un momento con le mani ferme sulla copertina, il volto contratto in una smorfia di disgusto. Che fossero nobili o ricchi, pensò, gli uomini erano tutti uguali. Schiavi dei loro desideri, invasi dalla sete di possedere ciò che non era per loro. Carlotta era stata cresciuta da Marianne con quelle idee, era convinta di aver incontrato l'eccezione, invece la vita le aveva dimostrato che non esistevano cavalieri senza macchia.

Aveva sentito il bisogno di rifugiarsi nel racconto di quella ragazza, una volta tornata a casa.

Avrebbe tanto voluto conoscere Elena e ammonirla di andarsene da quell'uomo insolente che aveva deciso di tormentarla.

La vita di Elena era lì, tra quelle righe, così intima e viva che sembrava quasi di sentire la sua voce sussurrare nel silenzio della villa. Si ritrovò a temere che Elena avesse fatto una brutta fine. Ripensò alla strega bianca, che sembrava conoscere i suoi segreti: forse la ragazza era stata uccisa e ora cercava di comunicare qualcosa? Rabbrividì. E se Giorgio fosse stato coinvolto? Erano questi gli scheletri nell'armadio a cui si riferiva Eleanor? Dopotutto la sua villa, Villa Sola, era abbastanza vicina a quella di Elena. E poi c'era quel misterioso nome apparso durante la seduta spiritica, *Susanna*… A Carlotta pareva di impazzire.

Alzò lo sguardo verso le pareti della stanza: i pannelli di legno antico sembravano trattenere il respiro.

Si alzò dal letto, il diario ancora stretto tra le mani: aveva paura di lasciarlo andare. Le parole di Elena continuavano a ronzarle in testa, un sussurro lontano che non riusciva a ignorare. Si avvicinò alla finestra, per guardare il giardino illuminato dalla luna, e un brivido le percorse la schiena.

«È come se mi guardassi, Elena» mormorò, parlando al vuoto. «Stai aspettando che io capisca qualcosa. Ti prometto che indagherò. Scoprirò quello che ti è successo.»

Ne ho abbastanza, si disse, *delle regole imposte dagli altri, che poi nessuno rispetta davvero. Ne ho abbastanza di vivere come dicono loro.*

Improvvisamente Dash, che di solito dormiva beatamente per tutta la notte nella sua cesta, andò verso la porta e iniziò a grattarla.

«Che ti prende, adesso?» brontolò Carlotta. «Hai sentito un topolino?»

Quando gli aprì, il Cavalier sgusciò fuori con un'insolita vitalità e corse lungo il corridoio, prendendo le scale che portavano alla soffitta.

«Dash, aspetta» bisbigliò Carlotta.

Aveva sentito la carrozza rientrare, dunque sapeva che Marianne e Maria potevano essere ancora sveglie.

Lo seguì a piedi scalzi, la lanterna in mano.

La porta della soffitta era aperta e c'era una luce. Carlotta si arrestò, ma Dash entrò senza fermarsi e lei non poté lasciarlo andare da solo: il cane non brillava per autoconservazione e non si sarebbe mai perdonata se un ratto l'avesse ferito o chissà che altro. Lo seguì senza riflettere e rimase di sasso quando lo trovò scodinzolante ai piedi di Filippo.

«Ma che bravo cagnolino» mormorò lui, accarezzandolo.

Stava seduto sul baule dove Carlotta aveva nascosto i disegni e teneva in mano un libro.

Finse di essere contento di vederla, il sorriso tirato sul volto.

«Principessa. Vi avrei fatto visita domani. Non dovevate scomodarvi così presto. O forse vi mancavo già?»

«Cosa ci fate nella mia proprietà?» ringhiò Carlotta. «E chi vi ha dato l'autorizzazione? Venire qui e frugare tra queste cose?»

Filippo non si fece scoraggiare.

«Ho trovato questo: *Storie e leggende del Giappone*. È dedicato a una certa Elena, quindi presumo che non sia roba vostra.»

«Andatevene subito.»

Filippo prese in braccio Dash.

«Oh, Carlotta perché tanta fretta? Ormai siete qui, non volete sapere chi mi ha fatto entrare?»

«Di certo non Antonio.»

«Invece proprio lui, e dall'ingresso principale. La vostra sorellina vi ha visto scappare sulla barca e ci è rimasta tanto male. Patrizia e io ce ne siamo occupati. L'ho accompagnata personalmente nella sua stanza, le ho carezzato quel bel faccino rigato dalle lacrime…»

Carlotta strinse i pugni.

«Non azzardatevi ad avvicinarvi a mia sorella» lo ammonì.

«Lady Maria è un piccolo bocciolo di rosa che per il momento non intendo cogliere, non temete. Ma è molto chiacchierona, se le si pongono le giuste domande. E osserva più di quanto voi pensiate.»

«E dunque, marchese?»

La luce della lampada a olio giocava sul suo viso, sfigurandolo. Filippo sorrise. Sembrava sicuro di sé.

«Mi ha detto che da quando siete qui alla villa, siete cambiata. Che avete i vostri piccoli segreti. Vi ha vista salire quassù più di una volta, così mi ha incuriosito… Mi ha lasciato salire da solo, in fondo l'avevo accompagnata a casa al posto della sua sorella egoista, era il minimo, no?»

«Cosa intendete dire?» sibilò Carlotta.

«Niente di particolare. Però capirete che devo tutelarmi.»

«Tutelarvi da…»

Poi di colpo comprese. Il marchese si alzò in piedi e indietreggiò, poggiando il libro sulla scrivania di legno.

Carlotta si precipitò ad aprire il baule, frugando in mezzo agli abiti vecchi, dove aveva nascosto i disegni.

Non c'erano più.

Si voltò verso di lui, il volto impassibile.

«Avevo già capito che dietro a quell'espressione da angioletto si nasconde una vera puttana.»

«Ma come vi permettete?» bisbigliò Carlotta, avvampando.

Filippo trasse dalla tasca della giacca i disegni, quelli che ritraevano il conte Giorgio nudo.

«Una classica natura morta, siete una brava artista.»

«Ridatemeli» gridò Carlotta, in preda al panico. Si allungò per prenderli e lui li alzò verso l'alto, con un ghigno diabolico.

«Il duca. Chi lo avrebbe mai detto che la dolce Carlotta avesse un debole per i tenebrosi. Dite, siete andata di fantasia o lui vi ha già fatto assaggiare ciò che avete dipinto con tanta maestria?»

«Siete un uomo rozzo e disgustoso» replicò Carlotta. «Ridatemi ciò che è mio.»

«Devo ammettere che anche nei particolari, siete stata molto precisa. Il soggetto è inequivocabile... Quel neo tanto evidente sotto il collo... Io l'ho visto mentre facevamo il bagno, una sera, tra uomini. Ma voi... Siete una continua sorpresa.»

Filippo divenne serio.

«Siete stata così sciocca e presuntuosa da firmare ogni vostro schizzo. Mi basta farne qualche riproduzione e tutti domani sapranno che Carlotta è la degna figlia di sua madre. La famiglia Albrecht, piena di puttane. Chissà come sarà contento vostro padre quando verrà a saperlo.»

Carlotta si arrese. Sapeva di non potergli strappare i disegni dalle mani. Le labbra le tremavano.

«Cosa volete da me, marchese?»

«Così va meglio» rispose lui. «Avreste dovuto trattarmi in questo modo fin da subito. Chiudete la bocca con la vostra amica Patrizia, lasciate che la sposi e non impicciatevi più negli affari che mi riguardano.»

Lei annuì, incapace di proferire parola. Aveva sempre sdegnato il marchese Arconati, ma non si aspettava quello che stava accadendo. Non sapeva se provare più pena per Patrizia o per se stessa.

«Mi darete i miei disegni?»

«Quando avrò convolato a nozze» rispose lui, gonfiando il petto. Si chinò a dare un'ultima carezza a Dash.

«Ora vado a dormire, sono stanco.» La sua bocca si avvicinò all'orecchio di Carlotta.

«Sogni d'oro, angioletto» sussurrò.

Lei rimase immobile, come paralizzata.

Attese di sentire la carrozza che si allontanava. Solo allora si chinò a terra, affondò il viso nel pelo di Dash e soffocò l'urlo più profondo che poté, impaurita e sconvolta.

17

«Stai ancora dormendo?» la rimproverò Marianne, entrando nella sua stanza senza bussare.

Carlotta si stiracchiò stancamente. Dalla notte maledetta della festa a Villa Melzi erano passati cinque giorni, e non era più stata in grado di dormire bene. Ai fantasmi della villa si erano sostituiti quelli dei suoi pensieri.

«Buongiorno anche a te, mamma» mormorò, cercando di scacciare gli incubi.

Marianne non le lasciò il tempo di riprendersi.

«Francesco è venuto a trovarti!» annunciò con entusiasmo.

Carlotta si mise a sedere di scatto. «Francesco è qui? Adesso?»

«Sì, è nella sala da tè» rispose Marianne con un sorriso soddisfatto. «E non puoi riceverlo in queste condizioni. Annette!» chiamò, senza nemmeno voltarsi.

Annette, che forse era rimasta in attesa dietro la porta, entrò fulminea nella stanza. «Milady?»

«Prendi questi vestiti» ordinò Marianne, aprendo l'armadio di Carlotta con un gesto teatrale e tirando fuori abiti come se stesse scegliendo un quadro a un'esposizione. «Questo no, troppo semplice. Questo troppo scuro. Questo… oh, questo è perfetto! Ma ha bisogno di accessori. Annette, sistema tutto.»

Annette afferrò compunta l'abito che Marianne le porgeva

e si chinò per raccogliere le sciarpe e le gonne che Marianne continuava a lanciare in giro per la stanza. «Forse una spilla qui, o un cappello elegante…» continuava Marianne, mentre Annette cercava disperatamente di non inciampare in quella cascata di tessuti.

Carlotta sospirò. «Mamma, mi sembra un po' eccessivo. Indosserò un vestito qualunque, è solo un tè con un conoscente.»

Sottolineò *conoscente* con un lampo acre nella voce.

«Non essere ridicola» ribatté Marianne, appoggiando un vestito al corpo di Carlotta. «È comunque un conte, e non si presenta ogni giorno nella tua sala da tè. Ed è l'uomo più ricco che abbia mai conosciuto. Questa visita significa qualcosa.»

«Sì» mormorò Carlotta, ancora intontita. «Significa che mi sta corteggiando, naturalmente. Ma io ho chiuso con questa storia, te l'ho già detto.»

Annette soffocò un sorriso mentre sistemava un abito sul letto, ma Marianne non si lasciò distrarre. «Ecco, questo va bene. Annette, falla vestire. Io sarò giù con Francesco.»

«Sì, ma poniamo un freno. Il *conte che non si presenta ogni giorno nella mia sala da tè* mi sta letteralmente buttando giù dal letto. Potrà anche aspettare!»

Carlotta lasciò che Annette prendesse la crinolina e la aiutasse a indossarla.

«Carlotta,» iniziò Marianne, il tono improvvisamente serio, «non puoi continuare a comportarti come hai fatto a Villa Melzi. Hai lasciato la festa senza nemmeno salutare Francesco, e questo potrebbe essere frainteso.»

Carlotta la fissò con un misto di incredulità e frustrazione. «Non te ne ho già parlato l'altro giorno, mamma? Non intendo più essere una merce. Sembravi d'accordo. Che ti prende, adesso? Un altro attacco di onnipotenza?»

Marianne si irrigidì per un istante, il volto segnato da un'ombra di emozione che Carlotta non riuscì a decifrare.

Carlotta era riuscita a parlare con la madre, nei giorni che erano seguiti alla festa, e le aveva detto che non intendeva prendere marito. Marianne le era sembrata preoccupata, ma non chiusa alla possibilità che lei si ritirasse dal "mercato matrimoniale" e seguisse un'altra strada. Dalla prima donna nobile che chiedeva un divorzio, non ci si poteva aspettare troppa rigidità. Perché quella mattina sembrava di nuovo cambiato tutto?

«Vestiti e basta, Carlotta» tagliò corto Marianne. «E rispetta le regole.»

«Certo! Solo tu puoi permetterti di infrangerle, vero?»

Marianne sospirò.

«Io sono io, Carlotta. Sono adulta, e ho una posizione che tu ancora non hai. Adesso è al tuo futuro che dobbiamo pensare, non al mio. E anche se l'altro giorno ho compreso il tuo discorso, ci ho riflettuto molto e non voglio che tu faccia i miei stessi passi: il prestigio e il potere derivano solo dal matrimonio, al momento.»

«Ah, sì?» ribatté Carlotta. «E quindi devo lasciarmi corteggiare da un uomo solo perché è un conte, anche se non provo nulla per lui?»

Marianne abbassò lo sguardo. «Proverai moltissime cose per lui, vedrai» disse infine, in tono più sommesso. «Gratitudine, affetto, riconoscenza. Sarai felice. Francesco può offrirti una stabilità che...»

Si interruppe, come se avesse detto troppo. Carlotta la guardò, cercando di capire cosa si nascondesse dietro quelle parole.

«Tu eri felice, mamma?» chiese, abbassando la voce.

Marianne si voltò verso la finestra, fissando il lago in lontananza. «Non è importante» rispose. «Io ho fatto le mie scelte, e ora tocca a te fare le tue. Sono riuscita a scappare dal mio matrimonio, ma solo grazie a un altro uomo: mio padre. Quando lui è morto, la sua eredità mi ha permesso di fare scelte azzardate, sì, ma che avevano dietro la solidità di una rendita certa. Il mondo non è indulgente con noi donne, e le opportunità non si ripresentano.»

«Ma non eri tu a dire che le donne devono sempre essere libere?» insistette Carlotta.

«Io ho trovato la mia libertà. L'ho insegnata a te e a Maria. E i presupposti della libertà vanno creati, non dimenticarlo mai. Francesco può darti tutto quello che desideri: e senza un'indipendenza economica, una donna non sarà mai libera. È poco romantico, forse, ma è così.»

Era convinta, eppure c'era un'arrendevolezza strana nella sua voce. Cosa stava omettendo?

«Non è poco romantico. È orrendo» replicò Carlotta, tagliente. Si aspettava che la madre ribattesse qualcosa, invece incassò il colpo, e uscì dalla stanza.

Carlotta sapeva che Marianne stava cercando di proteggerla, ma non poteva fare a meno di sentirsi in trappola, come un pezzo su una scacchiera che qualcun altro muoveva.

I suoi propositi di non parlare con Giorgio avevano avuto esito positivo. Quelli di non pensare a lui, invece, un po' meno. Aveva passato intere notti a rimuginare e fatto delle lunghe passeggiate sulla spiaggia. Si era messa a osservare i pittori, che dipingevano il lago e i borghi della sponda opposta a Montemezzo. Si era ricordata di quando Giorgio glieli aveva nominati e aveva deciso che doveva apprendere da loro: accompagnata da Annette, cavalletto alla mano, si era avvicinata e in silenzio aveva preso spunto dalle loro opere.

Un giorno, con la coda dell'occhio aveva visto Giorgio passare a cavallo. Si era fermato, aveva provato a parlarle, ma lei aveva chiesto ad Annette di riferirgli che voleva essere lasciata in pace.

Le era costato molto, ma sapeva che era l'unica via possibile. Non voleva sapere nulla di lui e dei suoi corteggiamenti a lady Grey.

Da quell'episodio non l'aveva più visto e, nonostante continuasse a tormentare i suoi sogni, era convinta che la ferita pian piano avrebbe iniziato a farle un po' meno male. Avrebbe potuto passare il resto dell'estate così e poi tornare a Potsdam con qualche cicatrice, ma almeno integra.

In quanto a Filippo, non aveva più avuto sue notizie. Almeno, si disse, era certa che non avesse reso pubblici i suoi disegni. I loro segreti erano al sicuro. Con diverse scuse era anche riuscita a eludere Patrizia. Quanto a Maria, le due sorelle si evitavano accuratamente. Maria ce l'aveva con Carlotta per l'episodio di Villa Melzi, Carlotta era furiosa con Maria per avere permesso che Filippo salisse in soffitta. Aveva accantonato l'idea di farne il suo atelier privato. Però si era tenuta il libro delle leggende giapponesi, perché tutto ciò che riguardava Elena per lei aveva ancora un'assoluta importanza. Il libro le era stato regalato dallo zio, lo stesso che credeva nelle sue capacità di scrittura. La dedica recitava:

Elena, non appena ho visto questo libro, ho pensato a te. Sono leggende che vengono raccontate in Giappone. Ormai sai leggere bene: ti piacerà. Con affetto, il tuo zio giramondo.

Carlotta possedeva tutti i libri che si potessero desiderare, ma le sembrò di non essere mai stata a contatto con qualcosa di così raro e prezioso. Le illustrazioni rimandavano all'oriente, ragazze con ombrellini di carta la fissavano con i loro occhi a mandorla.

Una volta terminata la vestizione, scese nella sala da pranzo, dove Francesco la stava attendendo. Con la coda dell'occhio Carlotta notò anche Maria. Se ne stava in disparte insieme alla madre, e sembrava che non fosse lì col pensiero.

«Lady Carlotta» esordì Francesco, con un lieve inchino. Il suo sorriso era cordiale, ma vacuo. «Spero di non disturbarvi. Volevo sincerarmi del vostro stato dopo l'improvviso congedo dalla festa di… cielo, sono già passati cinque giorni.»

Carlotta alzò lo sguardo, mantenendo la calma. Francesco era educato, affabile, ma le dava sempre la sensazione di essere troppo misurato, come se ogni parola fosse stata attentamente scelta in anticipo.

«Vi ringrazio, conte» rispose. «Sto bene. Avevo solo bisogno di ritirarmi un po' prima. E poi sono stata occupata con i miei disegni.»

Francesco annuì, il sorriso che si allargava leggermente.

«Capisco» disse.

Mentre il maggiordomo serviva tè e tramezzini con tonno e cetrioli, la conversazione scivolò, come sempre, sui pettegolezzi. Parlare degli assenti era l'attività più in voga nelle ville sul lago, e Francesco ne era un campione assoluto. Raccontò qualche aneddoto che fece ridere Marianne, ma non sortì alcun effetto su Carlotta.

«Ma l'episodio più saporito, lady Carlotta, si è verificato proprio alla festa, l'altra notte, dopo la vostra partenza.»

Carlotta gli prestò più attenzione.

Francesco si appoggiò allo schienale della poltrona con un'eleganza studiata.

«La duchessa Miranda» continuò «è stata sorpresa a fumare e a parlare in modo, diciamo, piuttosto intimo con il duca di Sassonia Meiningen. Una scena che non è passata inosservata, soprattutto perché, poco dopo, alcune dame hanno iniziato a mormorare su un fatto interessante.»

Carlotta sollevò lo sguardo. Si sforzò di apparire indifferente a quello che stava dicendo il conte e che confermava i suoi sospetti.

«Si dice che Miranda non sia la vera figlia dei conti Grey. Pare che la contessa l'abbia adottata, non si sa bene in quali, ehm, circostanze» fece una pausa significativa, e lanciò uno sguardo a Carlotta. Lei avvertì un moto di fastidio serpeggiarle sotto la pelle. Non era tanto il contenuto del pettegolezzo a infastidirla, ma l'insistenza con cui Francesco lo riportava, il modo in cui sembrava aspettarsi da lei una reazione di complicità o, peggio, di approvazione. Lei non disse niente, lui proseguì.

«Dovete sapere che la contessa Grey è una benefattrice e ha fondato una scuola per giovani fanciulle poco abbienti a Londra. Una scuola rispettabile, naturalmente, ed è proprio lì che dopo averla adottata...»

Lasciò il resto della frase sospeso, come se il non detto fosse più eloquente di qualsiasi parola.

«Non amo indulgere in pettegolezzi, conte» rispose Carlotta, con una freddezza che lo fece sobbalzare. «E non trovo nulla di male nel fumare o nel conversare liberamente. Quanto alle origini della duchessa, mi sembrano irrilevanti. Non è certo la nascita a definire il valore di qualcuno.»

Francesco inclinò il capo, sembrava che la risposta lo avesse divertito, ma il suo sorriso si incrinò leggermente.

«Ammiro la vostra franchezza» disse, con un tono che tradiva appena un'ombra di condiscendenza. «È raro incontrare una giovane donna così decisa delle sue opinioni. Tuttavia, non potete negare che l'educazione e la nascita abbiano il loro peso. Pare che Miranda fosse solo un'umile dama di compagnia, capite?»

«Avrà superato brillantemente le sue lezioni a scuola» rispose laconica Carlotta. Non ne poteva più di sentir parlare di Miranda. Si sentiva presa in giro da lei, e al tempo stesso l'episodio non faceva che ricordarle quanto era stata ingenua a fidarsi di qualcuno solo perché d'istinto le aveva fatto una buona impressione.

«Una scuola, per quanto rispettabile, non può sostituire un lignaggio» disse Francesco, secco.

Lei sollevò un sopracciglio. «Una scuola, conte, può fare molto più di quanto pensiate. Non vi si impara solo la letteratura, le lingue e le arti, ma anche la forza di carattere, cosa non comune nemmeno tra le nobili. Miranda, ad esempio, parla italiano fluentemente, e si trova a proprio agio in qualunque conversazione. Ci sarà un motivo se il duca di Sassonia Meiningen ha cominciato a corteggiarla.»

L'ultima frase era stata pronunciata più a se stessa che a lui.

Francesco parve leggermente irritato. «Non metto in dubbio che certe qualità possano essere insegnate. Ma l'eleganza, l'autenticità, quelle sono innate. Non si possono imparare. Risulta evidente, quando osservate qualcuno, se appartiene davvero a questo mondo. Come me e voi, per fare un esempio.»

Carlotta lo fissò per un lungo momento, sentendo la rabbia salire. «Mi chiedo, conte, se vi rendete conto di quanto sia limitata questa vostra visione. Sapete, molte persone di sangue nobile non hanno né eleganza né autentica nobiltà d'animo. Forse dovreste osservare meglio il nostro mondo prima di giudicare il valore di chi vi appartiene o meno.»

«Carlotta!» sbottò Marianne, che stava assistendo alla conversazione in un angolo della sala. «Scusati subito con il conte!»

«No, principessa, non rimproveratela. Trovo che lady Carlotta sia notevole. Il suo spirito è… stimolante.»

Carlotta non si lasciò ammaliare. «Non è questione di spirito, conte. È questione di giustizia. E trovo che sia ingiusto giudicare una persona per le sue origini o per l'educazione che ha avuto. C'è molto più valore nel carattere e nelle azioni che non in un nome o in un titolo.»

Le dispiaceva difendere implicitamente Miranda, ma non poteva tacere le proprie convinzioni.

Francesco sorrise di nuovo, ma questa volta in modo più forzato.

«Siete una donna decisa» disse, alzandosi dalla poltrona e sistemandosi il colletto della camicia. «E forse proprio per questo così affascinante.»

Carlotta si limitò a un cenno del capo. Francesco rappresentava tutto ciò che lei stava iniziando a detestare: le convenzioni, i pregiudizi, il peso di un sistema che sembrava schiacciare tutto ciò che era autentico. Ma soprattutto, non sopportava che la madre avesse di nuovo cambiato idea e la stese incoraggiando a buttarsi fra le braccia di un uomo ricco e insulso.

Tornò a osservare Maria, seduta in disparte su una poltrona nell'angolo della stanza. Osservava la scena impassibile, lo sguardo fisso nel vuoto. Carlotta provò un vago senso di turbamento.

«Lady Carlotta, non voglio rubarvi altro tempo» concluse Francesco, inchinandosi con eleganza. «Spero che avremo modo di proseguire questa conversazione in un'occasione più… piacevole.»

Lei s'inchinò per salutarlo, convinta che quella era l'ultima volta che il conte varcava la soglia della villa. Gli avrebbe mandato un biglietto, comunicandogli in maniera decisa di non essere interessata a frequentarlo.

Non appena Francesco se ne fu andato, Marianne si alzò e uscì dalla sala sbattendo la porta, senza dire una parola. Carlotta rimase immobile, il respiro ancora teso dalla conversazione. Poi fu riscossa dalla voce di Maria.

«Devi essere molto soddisfatta di te stessa» la sentì dire. «Sai sempre come troncare i discorsi che non ti interessano.»

Carlotta si voltò verso di lei, le sopracciglia aggrottate. «Che cosa stai dicendo?»

Maria si alzò lentamente, lisciandosi la gonna con movimenti misurati. «Oh, niente di che» rispose, lo sguardo rivolto al soffitto come se stesse parlando da sola. «Solo che, evidentemente, hai cose più urgenti, più significative da fare rispetto a scambiare due parole con il conte. O con tua sorella.»

Carlotta serrò le labbra, il fastidio che cresceva. «Non è il momento per fare scenate, Maria.»

«Ma certo, lo so. Ho imparato a non disturbarti con i miei… piccoli problemi insignificanti.»

Carlotta si irrigidì. «Questo non è giusto, Maria. Mi dici che cosa ti succede? Perché piangevi, davanti al marchese, alla festa di Villa Melzi?»

Maria non la lasciò finire. «Non preoccuparti. Non è importante. Anzi, sono proprio affari miei. Niente è mai così importante quando si tratta di me, vero?»

«Se c'è qualcosa che vuoi dirmi, dimmelo ora invece di fare queste scenate.»

Maria rise piano, un suono amaro. «Perché? Perché dovrei? Ci ho provato l'altra sera, per ben tre volte, ma mi hai lasciato ad attenderti in terrazza e te ne sei andata senza avvisarmi.»

Carlotta si avvicinò, gli occhi che si accendevano di rabbia. «Certo, e tu ne hai approfittato per piangerti addosso davanti al marchese Arconati, eh? E non ti sei risparmiata: l'hai lasciato entrare in casa nostra e lo hai mandato a ficcare il naso in soffitta. Non era tuo diritto! Non puoi neanche sapere il putiferio che hai scatenato solo perché volevi la mia attenzione!»

Maria spalancò gli occhi, fingendo sorpresa. «Oh, allora se sei infelice è colpa mia. Scusami tanto.» Poi abbassò la voce. «E scusami anche se, per una volta, sono io ad avere cose più importanti da fare.»

Detto questo, Maria si avviò verso la porta, senza più voltarsi.

«Maria!» la chiamò Carlotta, ma lei non si fermò.

Carlotta restò da sola nella sala da tè, con la rabbia che le attanagliava il petto. Per un istante si chiese se avesse davvero sbagliato qualcosa, se avesse ignorato Maria quando invece avrebbe dovuto ascoltarla. Ma poi il pensiero della sua ironia pungente, del tono fastidioso e, soprattutto, del comportamento con il marchese le fece stringere i pugni. Quella giornata era iniziata da poche ore e sembrava già infinita. Sperò di restare un po' da sola a raccogliere le idee, ma nemmeno il tempo di pensarlo che il maggiordomo entrò nella sala.

«Lady Carlotta, ho il piacere di annunciare la visita di lady Patrizia Von Alten.»

Proprio adesso, pensò Carlotta, e prima che potesse rispondere Patrizia entrò nella stanza con un'esuberanza che sembrava riempire tutto lo spazio, abbracciandola con veemenza.

«Carlotta!» I suoi occhi brillavano, e un sorriso raggiante le illuminava il volto. «Devo parlarti! Non riuscivo a trattenermi, dovevo dirtelo subito.»

Carlotta si lasciò abbracciare, ma non riuscì a rispondere con lo stesso entusiasmo. *Dimmi che non è quello che penso*, pregò.

«Di cosa si tratta?» domandò con un mezzo sorriso.

Si sedettero entrambe sulle poltroncine di velluto e Patrizia strinse le mani all'amica. «Filippo! Ha detto che mi farà la proposta! Ha anche parlato con mio padre.» Abbassò leggermente il tono della voce. «Lui… è tutto ciò che avrei potuto desiderare.»

Carlotta rimase in silenzio per un momento, osservando Patrizia. La felicità della sua amica era contagiosa, ma sotto la facciata luminosa sentiva una strana pressione, come se Patrizia cercasse di convincere più se stessa che gli altri. Forse non era così ingenua e di certo aveva notato che qualcosa, nell'atteggiamento di Filippo, non andava. Lei lo sapeva, l'aveva sentito dalla sua voce: Filippo non l'amava. La stava solo usando per ottenere i soldi che sperperava nel gioco e con le donne. Le venivano i brividi solo a pensarci.

«Patrizia, ascoltami» disse infine, combattendo con la voglia di dirle tutto quello che sapeva. «Filippo è affascinante, lo so. Ma sei sicura che sia sincero? Che provi per te ciò che tu provi per lui?»

Patrizia sgranò gli occhi, ritraendo leggermente le mani. «Sincero? Carlotta, cosa vuoi dire? Filippo è un gentiluomo. Perché non dovrebbe essere sincero?»

Carlotta abbassò lo sguardo. Non poteva parlarle: Filippo aveva ancora i disegni che avrebbero gettato nuovo scandalo sulla sua famiglia. Nessuno aveva bisogno di questo, ora.

«Io… voglio solo che tu sia felice» rispose, scegliendo con cura le parole. «Ma ti chiedo di riflettere. Di guardarlo davvero, oltre i modi e le apparenze.»

Patrizia rise, ma la sua risata tremava, ricordava il tintinnio di un bicchiere sul punto di infrangersi.

«Carlotta, davvero! Sei sempre così seria, così pignola. Non tutti gli uomini si lasciano andare a dichiarazioni plateali d'amore. E Filippo è discreto, sì, ma mi vuole bene. Lo so.»

Carlotta trattenne un sospiro, ma la tensione nel suo petto era palpabile. Non poteva ignorare ciò che, suo malgrado, sapeva.

«Patrizia, non voglio essere crudele» iniziò, cercando un tono gentile. «Ma hai mai sentito da lui qualcosa che ti facesse battere davvero il cuore? Una parola, un gesto, qualcosa che non fosse solo… discreto?»

Patrizia si irrigidì, le guance si tinsero di rosso. «E cosa dovrei fare? Aspettare un cavaliere che si inginocchi con un sonetto in mano e proclami il suo amore davanti a tutti? Sincerità, discrezione… quante parole inutili, Carlotta!»

Carlotta si morse l'interno della guancia e l'amica continuò, il tono più duro: «O forse sei solo invidiosa? È questo, vero? Perché io, almeno, una proposta di matrimonio sto per riceverla! E tu?».

Carlotta sgranò gli occhi, la rabbia che le montava dentro. «Dico solo di pensarci bene, è un passo importante… passerai con lui il resto della tua vita!»

La stanza cadde in un silenzio pesante, spezzato solo dal ticchettio dell'orologio. Patrizia abbassò lo sguardo e parve rabbuiarsi. Ma quando sollevò il viso, c'era ancora una nota di sfida nei suoi occhi.

«E chi sei tu per giudicare, Carlotta? Rispondi alla mia domanda di prima: sai tutto sull'amore? Hai forse trovato qualcuno che ti faccia battere il cuore e ti tenga sveglia la notte? Non credo.»

Carlotta incassò nuovamente il colpo, ma si disse che non doveva cedere. Non in quel momento.

«Hai ragione, non so tutto sull'amore» rispose, la voce più

calma ma ferma. «Ma so riconoscere un uomo che non è sincero. E questo è tutto quello che voglio dirti. Dopo di che, la decisione spetta a te.»

Patrizia non rispose subito, il suo viso era una maschera indecifrabile. Poi, con un gesto brusco, si alzò.

«Ero venuta per darti una buona notizia. Da quanto siamo amiche, Carlotta? Fin dal primo giorno ho messo gli occhi sul marchese Arconati, questo lo sai. Mi piace, io piaccio a lui. La mia famiglia ha sacrificato tanto per portarmi qui, per farmi combinare questo matrimonio. Ma tu, forse, non puoi capire.»

Carlotta sospirò. In una sola mattinata, era riuscita a sconvolgere la giornata di molti, suo malgrado. Non riuscì a sostenere lo sguardo di Patrizia: se era la sua approvazione a quel matrimonio, che l'amica stava cercando, non l'avrebbe mai avuta.

Di una cosa era certa: Filippo Arconati Visconti era un farabutto e lei doveva trovare il modo di proteggerla, prima che fosse troppo tardi.

23 agosto 1845

Sono passati tre giorni e di Tano non c'è più traccia. Sono stata al mercato, ho chiesto di lui a una pescivendola che mi ha assicurato che al mercato di Como, quello più grande che si tiene una volta alla settimana, lei lo vede sempre. In realtà speravo tornasse a farmi visita, come aveva promesso, ma niente. All'inizio mi sono detta che forse era partito, che era impegnato altrove. Forse il lavoro lo aveva portato lontano. Ho continuato a pensarci, a rivedere i nostri corpi vicini, a sentire il suo respiro su di me, il nostro bacio così intenso. Ho fantasticato così a lungo e poi ho capito che erano tutte fantasie. Oppure che a lui non importa nulla di questa storia. Forse fa così con tutte.

Mi sono imposta di dimenticarlo, ma ieri mi sono detta che non potevo continuare a farmi scivolare le cose addosso, che la vita è una sola e va presa a morsi. Mi sono fatta coraggio e mi sono recata al mercato, ho chiesto se qualcuno avesse bisogno di una mano per caricare la sua merce in cambio di un passaggio in barca fino a Vezio. Ho trovato un commerciante di olive, che è stato molto gentile e mi ha indicato la strada, una volta arrivati. Sono andata a piedi fino al castello, dove mi aveva detto di stare con i suoi rapaci, immerso in quel mondo di vento e piume che sembrava appartenergli più di qualsiasi altro.

Non ero mai stata a Vezio. Dal basso, avevo spesso alzato lo sguardo verso quella torre che si staglia nel cielo e ricorda un dito accusatorio, e ogni volta mi ero chiesta cosa si nascondesse dietro le sue mura.

Il sentiero si arrampica ripido e stretto, costeggiato da ulivi nodosi che sembrano sussurrarsi antichi segreti.

Quando finalmente ho intravisto le mura del castello, il vento ha iniziato a soffiare più forte, portando con sé l'odore della pietra umida e delle erbe selvatiche.

Il Castello di Vezio è un signore testardo che non vuole cedere alla vecchiaia. Le sue torri sono ferite dal tempo, eppure si ergono con una dignità che sfida i secoli. La famiglia Nicolis di Robilant ne è proprietaria da anni, mi hanno detto, e la torre è abitata, nonostante l'aspetto austero e il silenzio che vi regna.

Quando sono arrivata al portone, un uomo alto e magro mi ha aperto.

«Chi siete?» ha chiesto poi, senza un briciolo di cortesia.

«Sono Elena» ho risposto. «Sto cercando il falconiere. Si tratta di una questione importante.»

Avevo indosso il mio abito migliore, ma lui mi ha comunque squadrato vedendo in me una stracciona. Mi ha detto di at-

tendere, che avrebbe chiesto ai padroni se potevano ricevermi.
«I signori, mi confermano che potete aspettare nella sala.»
Mi ha fatto entrare e mi sono trovata in un ambiente che non saprei descrivere se non come soffocante. Le pareti erano ricoperte di arazzi scuri e pesanti, le finestre strette lasciavano entrare appena un filo di luce. Un camino acceso gettava ombre lunghe e danzanti sul pavimento, e i pochi mobili erano austeri, come se fossero stati scelti non per confortare, ma per impressionare.
Due donne sedevano accanto al camino, una delle quali era impegnata a ricamare mentre l'altra le parlava piano. Appena mi hanno vista, si sono interrotte, sollevando lo sguardo con sospetto.
«Chi è questa ragazza?» ha chiesto la più anziana, una donna dai capelli grigi raccolti in un'acconciatura impeccabile, con un viso severo che tradiva un'inflessibilità innata.
«Dice di cercare il falconiere» ha risposto l'uomo, con una punta di sarcasmo.
La donna più giovane, che non doveva avere più di trent'anni, mi ha guardata con un sorriso appena accennato, ma che sembrava nascondere qualcosa di velenoso.
«Che strano» ha detto piano. «Non abbiamo più un falconiere da qualche giorno. È stato sostituito.»
Quelle parole mi hanno colpita come un pugno. Sostituito? Come poteva essere? E dove poteva essere andato?
«Sostituito? E perché?» ho chiesto, cercando di sembrare disinvolta, ma il tremore nella mia voce mi ha tradita.
«Non è affar vostro» ha risposto secca la donna più anziana.
«Avete idea di dove si trovi ora?»
«Nemmeno questo è affar vostro. I servitori vengono e vanno. Non sta a noi preoccuparci del loro destino.»
Il cuore mi si è stretto e, mentre abbassavo lo sguardo per na-

scondere la frustrazione, la donna più giovane mi ha osservata con un'aria pensierosa.

«Se volete sapere di più» ha detto, mentre l'altra donna le lanciava un'occhiataccia, «dovreste chiedere al signor Valsecchi. Lui era qui l'altro giorno. Forse può dirvi qualcosa riguardo al precedente falconiere.»

Ho ringraziato con un cenno della testa, perché la voce non mi sarebbe uscita, e sono uscita dal castello affranta. Mi sembrava che ogni sasso sotto i miei piedi mi facesse scivolare, che il vento sapesse tutto e stesse cercando di farmi inciampare.

Non so perché ho detto «grazie». Non era gratitudine, era un riflesso, un'abitudine. Forse perché quelle donne, con i sorrisi taglienti e le parole concise mi avevano messo in soggezione. Forse perché il castello, con quelle mura che sembrano osservarti, non è un luogo dove puoi essere sicura di nulla, nemmeno di ciò che stai pensando. Ogni ulivo che superavo sembrava un testimone silenzioso, le sue foglie sussurravano al vento frasi che non riuscivo a decifrare.

Valsecchi. Il suo nome mi rimbalzava nella testa, sgradevole e familiare, mi ha fatto pensare al rumore di un cassetto che si apre e si chiude in continuazione. Il signor Valsecchi era stato al castello. E il falconiere non c'era più.

Perché tutto questo?

Il sentiero sembrava infinito. Il lago era laggiù, immobile e pesante come un segreto che non può essere raccontato. Mi sono fermata per un attimo, il fiato corto, il vento che mi scompigliava i capelli.

Cosa dovevo fare? Tornare a casa e fingere che tutto fosse normale? O affrontare Alfonso, guardarlo negli occhi e chiedergli dove fosse Tano? Ma cosa avrei potuto ottenere? Il signor Valsecchi è il padrone, e io sono la sua serva. Le mie parole non contano niente.

Eppure, avvertivo anche un'altra sensazione. Una colpa, piccola ma persistente. Se Tano fosse stato davvero lontano da me, davvero al sicuro, se non avessi cercato di avvicinarmi così tanto a lui, forse non sarebbe sparito. Forse io stessa l'ho esposto, senza volerlo, alla furia o alla malafede di Alfonso.
Mi sono abbracciata, cercando di scaldarmi, mentre il vento diventava più forte e il cielo si faceva più grigio. Scendevo, eppure avevo l'impressione di non avvicinarmi mai al lago, sembrava che le mie gambe mi portassero altrove, a un luogo che non conoscevo e che forse non volevo raggiungere.
Forse è così che comincia la fine: con un sentiero che sembra sempre più lungo, un nome che non puoi dimenticare, e una domanda a cui non puoi dare risposta.
Non è giusto. Non è giusto che lui sia sparito così, senza una spiegazione, senza un saluto. E più ci penso, più mi sento soffocare. Questa villa, questo lago, queste mura che sembrano sempre più strette… vorrei andarmene. Vorrei salire su una barca e remare fino a non vedere più le sponde, fino a lasciarmi tutto alle spalle. Ma non posso. Non ho un posto dove andare, non ho un modo per scappare.
E così resto qui, con il cuore pesante e il pensiero fisso su qualcuno che forse non rivedrò mai più.

18

«È pronto il paniere per la nostra merenda?» chiese Marianne.

Il giardiniere scosse la testa, confuso. Sembrava distratto, tanto che la nonna Luisa dovette rimproverarlo con lo sguardo.

«Vado dalla cuoca a vedere» rispose Giovanni, come risvegliatosi di colpo.

Carlotta gli lanciò un'occhiata divertita: era proprio sulle nuvole, l'aria di chi non si rende conto di quello che sta facendo, la camicia sbottonata e gli occhi cisposi.

Johannes, per quel giorno particolare, aveva ripreso i panni del cocchiere, una buffonata voluta da Marianne. Vestito della sua vecchia divisa, tese la mano a Maria e l'aiutò a salire in carrozza. Anche la nonna prese posto, lo sguardo entusiasta. «È da quando siamo arrivati che aspetto questo momento» commentò.

«So che la fiera di Menaggio è importante» attaccò Maria «ma non potevo rimanere a casa?»

Carlotta la squadrò, stupita. Non la riconosceva più. Solo qualche mese prima avrebbe barattato il suo abito migliore per partecipare alla più grande fiera d'estate sul Lago di Como.

«Non è sufficiente sapere, cara» rispose la nonna con pazienza «bisogna partecipare. La gente del lago vive di tradizioni.»

Luisa di Prussia amava le tradizioni. Come aveva amato la sua terra, non solo intesa come patria, ma anche come natura. Aveva imparato sin da piccola a coltivare le piante e a lavorare i campi e si era sempre occupata dei fratelli più piccoli. Era uno dei racconti con cui Maria e Carlotta erano cresciute. Luisa ricordava con orgoglio quei suoi primi anni di vita e ripeteva spesso che la gente comune aveva molto da insegnare ai nobili. Era stata una donna bellissima e soprattutto affascinante, Carlotta ne ammirava i tratti e il portamento.

Durante il viaggio la nonna cominciò a raccontare le sue avventure e Carlotta si sforzò di ascoltarla con attenzione, nonostante la mente fosse affollata di pensieri. Fuori dal finestrino, intanto, ammirava incantata i salici piangenti che si chinavano ad accarezzare le rive del lago, mentre la luce dorata danzava sull'acqua e qualche pescatore attraccava la barca, dopo essere stato a caccia di agoni per tutta la mattina. Casupole in sasso e dai tetti rossi si alternavano alle minuscole cappelle di preghiera dei nobili e di tanto in tanto appariva una villa dal giardino curato e con fontane zampillanti di acqua limpida.

Quando Johannes fermò la carrozza, nonna Luisa si ritrovò catapultata in quella che le sembrò una realtà molto diversa rispetto all'elegante calma lacustre cui era abituata. Una fila di bancarelle si apriva alla sua vista: dolciumi, pesci di lago, formaggi convivevano serenamente accanto a mobili di pregio, galline, frutta e verdura, saltimbanchi e mangiafuoco.

«Con questo caldo» si lagnò Maria, sempre più insofferente. Carlotta pensò che non avesse tutti i torti, ma la consolava il fatto che avrebbero fatto solo una passeggiata, o almeno quelli erano i programmi. Erano ospiti a Villa Camelia dal cugino Friedrich, che aveva messo a disposizione la sua tenuta estiva per un brunch raffinato come piaceva a lui.

Carlotta scese dalla carrozza e aprì subito l'ombrellino per il sole, che quel giorno era particolarmente insistente. Seguì nonna Luisa, che andò subito agli assaggi delle frittelle e iniziò a chiacchierare con i commercianti.

L'odore di fritto si mescolava con quello del sudore delle persone accalcate e del bestiame. Carlotta percepì un forte senso di nausea. Maria, accanto a lei, divenne paonazza.

«Io vi aspetto in carrozza» disse a Carlotta, «dillo tu alla nonna, o cercherà sicuramente un modo per trattenermi.»

Lei annuì e raggiunse a fatica la nonna, mentre Marianne e Johannes sparirono tra la folla.

«Dov'è tua sorella?» domandò subito la contessa Luisa, contrariata.

«Non si sente tanto bene» buttò lì Carlotta.

«La tua sorella minore sembra... diversa, non trovi?»

La contessa si era girata verso la carrozza, mentre Maria chiudeva la tenda sul mondo.

Carlotta seguì lo sguardo della nonna, con un senso di colpa che le prese lo stomaco. Non aveva prestato molta attenzione a Maria nelle ultime settimane, assorta com'era nei propri pensieri. Dopo le loro discussioni, aveva deciso di lasciarla macerare nel suo malumore, in attesa che le tornasse il sorriso.

«Diversa in che senso?»

Luisa si voltò verso di lei con espressione seria. «È inquieta, sfuggente. Mi sembra che ci stia nascondendo qualcosa. Non è la solita Maria. In questi giorni non ti ha detto nulla? Non hai notato niente di strano?»

Carlotta si sentì presa in contropiede.

«No» mentì con un sorriso forzato. «Nulla di particolare. Maria è sempre stata un po'... lunatica.»

La nonna non sembrava convinta. Si fermò alla bancarella

dei dolciumi e fece segno di voler assaggiare il croccante. Carlotta era sempre stupita per il grande appetito che aveva, nonostante l'età.

«Carlotta» disse piano, ma con fermezza. «Siete sorelle. È tuo dovere accorgerti quando qualcosa non va. Soprattutto ora che tua madre è distratta e io non posso essere ovunque.» La nonna afferrò il croccante e gli diede un morso.

«Molto buono» si complimentò e fece segno a un domestico di volerlo comprare.

«Se mia madre è *distratta*, è perché pensa al suo nuovo amore, non di certo a noi. Nemmeno a me è stato dato un compito facile» mugugnò Carlotta. La contessa le offrì un morso, ma lei rifiutò.

Luisa sospirò. Nei suoi occhi saggi comparve di nuovo la fiammella dell'indulgenza.

«Prima di oggi non avevo mai visto lady Marianne felice» le disse. «Ha fatto una scelta difficile. Non tutte le donne avrebbero avuto il suo coraggio.»

Carlotta si spazientì. «È scappata dai suoi doveri! Ha lasciato un figlio, in Prussia. Mio fratello! Cosa c'è di coraggioso in questo? E cosa racconterà a suo figlio, quando finalmente tornerà da lui?»

«Non spetta a me dirti certe cose, ma tua madre non potrà rientrare in Prussia. Mai più. I suoi stessi genitori glielo impedirebbero. Capisci? Ciascuno sceglie la propria strada e lei ha seguito una via senza ritorno. Ha deciso di mettere se stessa davanti a tutto il resto. Ma vi ha portato con voi.»

«Stavo bene dov'ero prima» mormorò Carlotta, senza freni. In realtà, le parole della nonna l'avevano colpita. Non aveva idea che Marianne fosse stata bandita da corte in quel modo. Questo non cambiava di molto le cose, ma certo gettava una nuova luce su sua madre.

«Se papà volesse, la farebbe tornare in men che non si dica» rifletté ad alta voce «e nessuno si azzarderebbe a dirle che è bandita.»

«E a chi gioverebbe il suo ritorno alla corte prussiana? A te, nipote cara, o a lei? Non vedi come è felice, qui? Perché ti dà tanta noia che adesso lei stia bene?»

«Non si tratta di questo» cercò di difendersi, «solo che non comprendo perché abbia fatto un tale sgarbo a mio padre.»

Nonna Luisa socchiuse gli occhi. «A volte è più facile rimanere dove non c'è amore, per far contenti gli altri. Ma migrare verso terre inesplorate, con tutta l'incertezza del caso, solo per preservare la propria libertà, è un atto rivoluzionario. Lei, è stata una donna rivoluzionaria. Hai idea di che cosa significhi portare il peso di essere stata la prima, tra tutte le nobili, a richiedere il divorzio?»

Carlotta si arrese. La nonna non capiva, o forse a lei sfuggiva un tassello. «Pensiamo a Maria, adesso» le disse. «Qualcuno dovrà pur farlo.»

Sapeva di aver trascurato la sorella, e c'era qualcosa nel suo sguardo assente che ora la preoccupava davvero. Ma cosa avrebbe potuto fare? Maria non si era mai confidata con lei, non in modo sincero.

«Tuttavia, nonna, speriamo tu stia esagerando» tentò di dire, cercando di recuperare un tono leggero. «Maria è solo stanca. Sembrava essersi ambientata bene, sembrava che si divertisse…»

Una gallina scappò al proprietario e passò davanti a loro, starnazzando.

Luisa alzò un sopracciglio.

«Non fingere di non vedere, Carlotta. Se c'è qualcosa che non va, devi scoprire cos'è. Dietro all'apparenza brillante, Maria ha sempre avuto un'anima fragile, e la fragilità, mia cara, ha bisogno di essere sorretta, non ignorata.»

Carlotta annuì, ma dentro di sé si sentiva in conflitto. Fragile? Non aveva mai pensato a Maria in quei termini. Maria era la sorella più piccola, quella che poteva ancora godersi la vita senza avere responsabilità o troppi obblighi. O almeno così le era sembrato fino a quel momento.

«Ma guarda quell'uccello, non ne ho mai visto uno simile» commentò Luisa, che aveva assistito divertita al recupero della gallina e ora osservava il commerciante.

«Forse è una poiana ammaestrata» rispose Carlotta senza riflettere, mentre la nonna la osservava.

«Ti raggiungo, nonna» disse Carlotta. La contessa Luisa non replicò. Non era mai stata una che metteva impedimenti alle sue nipoti e non si sarebbe messa a farlo proprio in quell'occasione.

Carlotta si avvicinò alla bancarella delle galline, muovendosi in mezzo agli altri visitatori, non senza una certa difficoltà per via dall'abito ingombrante. Sentiva molti sguardi su di sé, soprattutto quello delle giovani donne del paese, che di sicuro si stavano chiedendo quanto tempo ci volesse a replicare la sua acconciatura.

«Milady» disse un signore dalla barba scura, leggermente imbarazzato, «posso fare qualcosa per voi?» Carlotta esitò. Da quando aveva visto quella gallina, non faceva altro che pensare alla descrizione di Tano che aveva letto nel diario di Elena.

«Mi chiedevo… se allevaste falchi.»

«Oh» fece l'altro. «Non io, ma… Certo.»

Si volse a indicare il carretto.

«Ehi, ragazzo» chiamò, «c'è del lavoro per te!»

Carlotta trattenne il fiato. Era come aver letto un romanzo di Dickens e poi ritrovarsi davanti a un suo personaggio. Solo che la storia era completamente reale, non inventata.

Un giovane dai capelli lunghi tenuti insieme da un cordino comparve davanti a Carlotta. Lei lo fissò, cercando di ricordare la descrizione che ne aveva fatto Elena. Occhi verdi. Lui li teneva bassi, quasi spaventato.

«Sono qui, milady» disse con un filo di voce. Non c'era traccia della vitalità che aveva letto nelle pagine del diario. Carlotta decise di fare comunque un tentativo.

«Mi chiedevo se voi... siete un falconiere?».

Lui continuò a non guardarla negli occhi. Annuì.

«Avete per caso lavorato al Castello di Vezio?»

Il ragazzo esitò e nel girarsi verso il suo padrone, o quello che dava l'impressione di esserlo, rivelò una profonda cicatrice che partiva dalla tempia e arrivava fino alla clavicola. Aveva il viso deturpato. Carlotta inorridì, e non fu in grado di nasconderlo.

«Questo è il motivo per cui non devi stare davanti alle persone, accidenti» brontolò l'uomo barbuto. «Torna con i tuoi uccelli, ché mi spaventi le clienti!»

«Aspettate!» Carlotta cercò di fermarlo ma lui corse nel carretto. L'uomo la guardò, infastidito.

«Volete comprare qualcosa?» le chiese.

Lei scosse la testa e indietreggiò. Aveva sprecato un'occasione. Quel giovane poteva davvero essere Tano? E perché, allora, in lui non c'era traccia del calore che aveva accompagnato le pagine di Elena mentre ne scriveva? E quella tremenda cicatrice?

Carlotta raggiunse la nonna, la distolse dall'ennesimo acquisto e la condusse accanto a una panchina sul lago, cercando di lasciarsi alle spalle la folla.

«Che cosa è successo?» domandò la contessa. «Sembri sconvolta.»

«Nonna, da tempo vorrei chiedertelo. Conoscevi la famiglia Valsecchi?»

La contessa Luisa sospirò.

«Come mai di punto in bianco questa domanda?»

Qualcosa nel suo sguardo fece comprendere a Carlotta che anche lei non era indifferente alla storia. Che in qualche modo sapesse.

«No, non li conoscevo. So solo che hanno affittato la villa per qualche anno dai Sommariva, prima che questi la vendessero a noi» rispose evasiva.

Carlotta s'indispettì.

«Questo lo so, nonna!»

«Lo sai? E quando…»

Non la lasciò finire.

«Ti ho chiesto se li conoscevi. Sei venuta spesso sul lago dalla tua amica Eleanor, li avrai visti, no? Ricordi di una certa Lorena? E di Alfonso Valsecchi sai qualcosa?»

La nonna sgranò gli occhi e strinse il braccio di Carlotta.

«Sei impazzita a fare questi nomi qui davanti a tutti?»

Qualcuno si era girato a guardarle.

«Perché mai?»

«Perché quella famiglia non era amata dalla gente del posto, credimi. Portò molta sfortuna.»

«Mi puoi dire di più?» chiese Carlotta, pensando a Elena.

«Ne parliamo a casa, in un altro momento» bisbigliò la nonna. «Ora cerchiamo tua madre e andiamo alla Villa Camelia, per l'amor del cielo.»

Carlotta era sempre più tubata. Trovarono Marianne e Johannes accanto a un saltimbanco, mentre la madre provava a giocare con le palle del giocoliere. La osservò e, proprio come aveva detto la nonna, si rese conto che non aveva mai avuto quel sorriso, in Prussia. Carlotta sperava che nel frattempo, a Potsdam, le voci sul divorzio di sua madre si fossero placate. Non aveva ancora scritto al fratellino, Albert, per sapere come se la stesse passando alla corte prussiana, e dal padre non era arrivata nemmeno una lettera. Lei sapeva quanto fosse impegnato, quanto le rivolte popolari in Prussia fossero ancora accese, ma non poteva fare a meno di provare una sottile delusione.

«Mi è scappata una pallina, un'altra volta» esclamò Marianne. Fece cenno a Carlotta di raccoglierla, ma lei evitò accuratamente e disse che era ora di andare. Marianne lasciò le palline e mise il broncio, sembrava una bambina. Johannes tentò di consolarla con un buffetto sulla guancia.

«Un nobile ha sempre troppi doveri» si lagnò Marianne, mentre seguiva la contessa Luisa verso la carrozza.

Maria le stava aspettando e sembrava avesse pianto. Carlotta cercò la sua mano, ma lei si scostò. «Non ho nulla» disse, «lasciami in pace.»

La carrozza ripartì e dopo poche centinaia di metri fece il suo ingresso a Villa Camelia, che naturalmente prendeva il nome dalla moltitudine di camelie che decoravano il giardino all'inglese del cugino Friedrich. Un gazebo era stato allestito all'interno del cortile davanti al lago, circondato da statue di fanciulle. Dopo i convenevoli, Carlotta si sedette a uno dei piccoli tavolini di pietra, sorseggiando limonata fresca. Stava ancora cercando di raccogliere le idee, quando qualcuno prese posto accanto a lei.

«Lady Carlotta» mormorò Giorgio. Non l'aveva visto arrivare, da quanto era assorta nei suoi pensieri. Il profumo di cuoio e gelsomino la travolse. Strinse l'abito tra le mani e cercò di non dare a vedere quanto fosse sorpresa dalla sua presenza.

«Duca» lo salutò fredda. Fece scivolare lo sguardo alla ricerca di Miranda. Non era ancora arrivata. Intravide, invece, lady Patrizia e il marchese Filippo che entravano insieme, seguiti dalle rispettive famiglie. Socchiuse gli occhi. Una delle dame di compagnia della madre, ne era quasi certa, la brunetta bassina, era la domestica con cui si era intrattenuto Filippo a Villa Melzi. Il sangue le ribolliva ancora, se pensava a quello che era successo e al fatto che lui la stava ricattando. Doveva trovare il modo di avvicinarla.

«Lady Carlotta, possiamo parlare?» chiese Giorgio, in un tono supplichevole che lei non aveva mai sentito.

«Ci siamo già detti tutto» gli rispose.

«No, io non credo» insistette lui. «Ci sono ancora cose da dire. Da spiegare.»

Carlotta si spazientì. «Una cosa vi ho chiesto, duca: di lasciarmi in pace. Vi sembra tanto difficile? Eppure quando eravate con lady Grey, non mi pare abbiate fatto molta fatica.»

Si alzò e lo piantò in asso, raggiungendo Maria, che seguitava ad avere lo sguardo catatonico, rivolto verso il lago, assente nei confronti di tutto ciò che la circondava.

Era soddisfatta di se stessa. L'aveva messo al suo posto. Allora perché le mani le tremavano e lo stomaco le si era improvvisamente chiuso? Ancora la turbava. Non era guarita per niente. Serrò le labbra e cercò di non voltarsi verso la sua direzione.

«Lady Grey, ben arrivata» disse il cugino Friedrich, «sono contento che ce l'abbiate fatta.»

Carlotta si voltò verso Miranda.

Non aveva una bella cera. Rispetto alle altre volte in cui il suo arrivo era stato salutato con mormorii di approvazione, nessuno parve notarla. Si era infagottata in un abito grigio chiaro, senza alcun tipo di ornamento. Nascondeva in parte il volto sotto un cappellino dello stesso colore, che non stava per niente bene sulla sua pelle ambrata. Chiese dell'acqua, non salutò Giorgio, si mise accanto a un cespuglio di rododendro. Sembrava un animale in gabbia. Si tolse persino i guanti e portò le mani dietro al collo. Quando vide Carlotta, le fece cenno di raggiungerla.

«E adesso che vuole, anche lei?» mormorò Carlotta, avvicinandosi con riluttanza.

«Possiamo parlare?»

Carlotta corrugò la fronte. «Prima Giorgio, poi voi, vi siete messi d'accordo?» domandò.

Miranda parve sinceramente confusa.

«Non ho più parlato con il duca da quella sera» rispose. Carlotta non le credeva, ma finse di assecondarla. C'era qualcosa di sofferente nel suo sguardo, come se avesse camminato per giorni con delle scarpe di una misura sbagliata.

«Il sole mi sta uccidendo» le disse, «possiamo spostarci dentro?»

Faceva davvero molto caldo. Carlotta annuì. Si avviarono verso uno dei salottini appartati della villa, lasciando che i domestici facessero strada.

«Vorremmo prendere un po' di fresco dentro» spiegò loro Carlotta.

Si sistemarono in una camera spoglia, con il camino e un enorme quadro di Napoleone sopra. Carlotta arricciò il naso, nel vederlo. Si sedette sul divanetto, tolse anche lei i guanti. Miranda seguitava a stare in piedi, sembrava sempre più rossa in viso, si passava in continuazione la mano dietro la nuca. «Avete frainteso tutto» mormorò. «Dovevo parlarvi. Volevo venire da voi, dopo quella sera, ma non sapevo come mi avreste accolto.»

«Non ho nulla da dirvi, lady Grey. Non siamo amiche. Cosa volete da me?»

«Spiegarvi» ammise Miranda, la voce acuta, quasi uno strillo.

«Direi che c'è poco da spiegare e non sono affari miei.»

«Invece, per quanto stentiate a crederlo, lady Carlotta, voi mi piacete. Non ci conosciamo bene, è vero, ma ho imparato a leggere i vostri sguardi. So che siete una persona onesta e l'altro giorno, nel vedervi così sconvolta, io...»

«Lady Grey, anch'io provo stima per voi. Davvero, non c'è nulla da aggiungere. Nulla che possiate fare. Voi e il duca...»

«Non c'è nessun noi» sbottò Miranda. Poi si rese conto di aver quasi urlato.

«Va bene» disse infine, in tono più basso, quasi un sussurro. «Voi vi siete confidata con me. Vi siete fidata. Ora pensate che io abbia tradito questa fiducia. Devo darvi prova che vi sbagliate. Avete ragione, io non sto dicendo tutta la verità. Ma questo non riguarda in nessun modo il duca.»

Carlotta la fissò.

«Cosa intendete?»

Miranda abbassò lo sguardo per un istante, poi lo rialzò. «Non sono nata in una famiglia ricca, Carlotta. Sono stata adottata, è vero. Ormai le voci girano, ma proprio perché mi siete piaciuta fin da subito, voglio essere io a rivelarvi la mia storia. Mia madre adottiva era una benefattrice, una donna che credeva nelle seconde possibilità. Ha aperto una scuola per ragazze come me, fanciulle che non avevano nulla. E io sono stata fortunata. Mi ha dato un nome, un titolo, una vita che non avrei mai potuto immaginare. Ma questo non cambia chi sono dentro.»

Carlotta rimase in silenzio. A lei non importava che Miranda discendesse o meno da una famiglia nobile. Non cambiava nulla rispetto a quello che aveva visto. Lady Grey si era appartata con il duca di Sassonia, questo era tutto. Le bastava.

«Tutto quello che fate non è affar mio» rispose. «E l'altra sera ho avuto una reazione esagerata, ma non è colpa vostra. Sono io a essermi illusa.»

«Non è così semplice, Carlotta. Niente lo è. Stavo parlando con il duca, è vero, ma sono stata io a pregarlo di raggiungermi e mi sono nascosta proprio perché la gente non pensasse quello che avete pensato voi. La verità è un'altra.»

«Sentiamo» la sfidò Carlotta, esasperata.

Miranda la guardò con un'espressione stanca, come se le sue parole fossero pesi che si aspettava da tempo di dover sollevare.

«La verità, Carlotta, è che non sempre possiamo permetterci di essere ciò che siamo.»

«Già, soprattutto voi. Ancora non mi spiego cosa ci facevate con un coltello sotto al vestito.»

Miranda distolse lo sguardo. Il volto ormai tendeva al rosso vermiglio, talmente era accaldata.

Si grattò l'abito, senza alcun ritegno.

«Voi non avete idea di quanti pericoli debba evitare una donna sola» rispose, a fatica. Si portò le mani al collo e iniziò ad ansimare.

«State bene?» domandò Carlotta, nel vederla così in difficoltà. Aveva invidiato una donna che si portava dietro un macigno insostenibile.

«Sta succedendo di nuovo» mormorò Miranda. «Aiutatemi, mi sento soffocare. Prude. Prude!»

Carlotta vide che cercava di togliersi l'abito. Iniziò a sfilarle i lacci dietro la schiena, mentre Miranda si liberava delle scarpe, il respiro che si faceva sempre più affannoso, diventando un rantolo.

«Ho fatto» bisbigliò Carlotta, liberandola dalla crinolina.

Miranda si accasciò a terra, piangendo. I capelli le erano scivolati tutti di lato e Carlotta inorridì. Dalla nuca alla schiena, fino ad arrivare alla coscia, la pelle di Miranda era martoriata, raggrinzita, ricordava quella di una vecchia.

«Sono ustioni» bisbigliò Miranda «ogni tanto fanno male come… come quel giorno.»

«Cosa posso fare?»

«C'è un unguento nella sacca che ho lasciato in carrozza» rispose in un soffio Miranda, contorcendosi. Carlotta si voltò per correre a prenderla, accorgendosi che non erano più sole.

Il duca di Sassonia le aveva raggiunte e stava osservando Miranda con una mano sulla bocca, lo sguardo affranto e angosciato.

19

Tremezzo, 23 agosto 1848

Egregio Conte Francesco Melzi,
rispondo alla vostra solo oggi, con un ritardo che spero mi perdonerete.
Nella lettera, che ho molto apprezzato, mi chiedete espressamente (essendo incapace, come da vostre parole, di farlo di persona) di espormi maggiormente riguardo ai miei sentimenti. Ebbene, essendo chiamata a rispondere con franchezza, non nego che già da tempo avrei voluto parlarvene: purtroppo i miei sentimenti per voi non sono quelli che una sposa dovrebbe provare per il suo futuro marito. Onorata per la vostra proposta di matrimonio, devo tuttavia rifiutare e pregarvi di accettare in cambio la mia più sincera e leale amicizia.
Vostra
Carlotta Albrecht

Carlotta pose il sigillo della sua famiglia con la ceralacca, e rimase per un attimo a fissare il lago, le mani sullo scrittoio, il profumo d'inchiostro nell'aria.

Le spiaceva molto che il conte, alla fine, avesse dovuto ricorrere a una lettera per parlarle. Ma gli ultimi giorni non erano stati semplici.

Dopo aver soccorso Miranda, lei e Giorgio avevano fatto in modo che non desse ulteriore scandalo e che la carrozza arrivasse a prenderla proprio all'ingresso di Villa Camelia. Si erano assicurati che stesse meglio, avevano scambiato solo poche frasi, poi non avevano avuto modo di parlare dell'accaduto, perché erano stati assaliti entrambi dagli altri ospiti.

Il conte Francesco era stato piuttosto insistente nel chiederle se potesse farle visita per parlare di *quella questione che gli stava a cuore*, e Carlotta, ancora scossa, aveva cercato ogni scusa per rimandare.

Così era arrivata quella lettera.

Era stata tentata, in quei giorni, di scrivere anche a Giorgio, o presentarsi alla sua villa per parlare di quanto era accaduto con Miranda. Le bruciature sul corpo di Miranda l'avevano spiazzata, così come il suo comportamento sorprendente, e intendeva sapere come stavano le cose. Ma l'orgoglio la fermava: perché doveva essere lei a correre da lui? Se era vero che anche Giorgio aveva delle cose da dirle, perché non si presentava di persona alla villa? Era stanca del loro ritrovarsi sempre in situazioni fortuite e non riuscire mai a comunicare davvero. E a dirla tutta, era anche stanca di percepire il suo odore prima di mettersi a letto, come se lui fosse lì.

C'era anche un'altra questione che la teneva sveglia: stava aspettando la domestica della madre di Filippo Arconati. Si era detta che, se c'era un modo per provare a riprendersi ciò che era suo, era provare a corrompere la servitù. Non aveva mai fatto una cosa del genere, del resto in quelle poche settimane la sua vita aveva subìto più rivoluzioni che in tutti gli anni trascorsi a Potsdam, ed era pronta ormai a qualunque cosa. Aveva quindi incaricato Annette di occuparsene, adducendo la scusa che aveva trovato la graziosa dama di compagnia dai capelli corvini molto interessante nella conversazione.

«Non mi starete rimpiazzando, lady Carlotta» aveva mormorato quasi offesa Annette. Carlotta le aveva detto di non preoccuparsi, che intendeva solo parlare con la dama e che non voleva di certo portarla via a lady Letizia Arconati Visconti. Così Annette era andata a chiamarla, e su una cosa Carlotta si era molto raccomandata: una volta raggiunta Villa Balbianello, si sarebbe rivolta solo alla madre di Filippo, e se lui fosse stato nei paraggi, avrebbe desistito. La richiesta era bizzarra anche per la stessa Annette, ma Carlotta le aveva promesso una lauta ricompensa per il suo operato e per la sua discrezione.

Carlotta si mise al cavalletto, in terrazza. Intendeva concludere l'acquerello che aveva iniziato per il padre: una fanciulla correva sotto il loggiato di una villa, e grazie a un gioco di colori e trasparenze la sua figura era trapassata dal paesaggio che le faceva da sfondo: Bellagio. Aveva preso anche una decisione importante: avrebbe chiesto al padre il permesso di trasferirsi a Parigi in una scuola d'arte, per trascorrere l'autunno a dipingere sulla Senna. Aveva sperato di trarre più soddisfazione da quel pensiero, ma con suo grande rammarico si accorse che amava quella villa ed era lì che voleva stare.

Stava per mettersi all'opera, quando vide che alcune ciliegie venivano scaraventate nella fontana.

Un gesto brusco, quasi urgente, che la fece voltare e guardare di sotto. Maria stava strappando ciliegie dall'albero, in un gesto di stizza. Il suo viso era sconvolto. Carlotta sospirò, lasciò il cavalletto e decise di raggiungerla.

«Maria, ti senti bene? Cosa succede?» chiese, cercando di mascherare il disappunto.

Maria si fermò, abbassò lo sguardo e si mordicchiò il labbro, un gesto che Carlotta riconobbe immediatamente: era il segnale di una confessione che stava lottando per venire alla luce.

«Cerco di dirtelo da un po', sorella» rispose.

«Va bene. Forse ti ho trascurata, Maria, ma adesso sono qui.»

«Adesso forse è tardi» disse lei. Stava per tirare un'altra ciliegia, ma Carlotta le prese la mano.

«Ti ricordi quando eravamo piccole e ti si è rotta la bambola Lucia? Quella che amavi tanto?»

Maria sorrise, al ricordo.

«Me l'aveva regalata la nonna. Chissà dove è finita.»

«Ti mettesti a piangere, pensavi che l'avrebbero buttata. Invece ci mettemmo a incollarla, pezzo dopo pezzo. E durò ancora molti anni.»

Maria aveva gli occhi lucidi. Abbassò il braccio.

«Posso fidarmi di te? Non mi tradirai?»

«Sono tua sorella. Se non puoi fidarti di me, di chi altri?»

«Non urlare, però.»

«È così grave?»

Maria serrò le labbra.

«Dipende da che lato lo guardi. Certo, per la mia irreprensibile sorella sarà gravissimo, ma non riesco più a tenermelo dentro. Sono devastata.»

Carlotta sorrise. «Non ti sei fatta un'idea troppo candida della tua sorellina?» le domandò. «Non sono così pura come mi credi.»

«Questo lo so» rispose Maria «o almeno me ne sono resa conto da quando siamo qui...»

«Che sarà mai, un'altra delle tue tragedie» la prese in giro. «Che bambola hai rotto, questa volta?»

L'espressione di Maria, però, non era rassicurante. Sfilò la mano da quella di Carlotta e osservò l'acqua che zampillava dalla fontana.

«Ho passato la notte con il giardiniere.»

La voce era appena un sussurro, ma sufficientemente chiara da far gelare il sangue a Carlotta. Sgranò gli occhi e indietreggiò di un passo.

«Cosa?» esclamò Carlotta, più forte di quanto avrebbe voluto. Si guardò subito intorno per assicurarsi che nessuno le avesse sentite.

Maria alzò lo sguardo, Carlotta indovinò il timore nei suoi occhi.

«Maria, non dirai sul serio?»

«Sono figlia di mia madre anche io, a quanto pare.»

«Ma come è potuto succedere?» insistette Carlotta.

Maria sbottò: «Lo sapevo che non avresti capito. Che mi avresti accusato e basta».

«No, no, un momento» disse Carlotta. «Mi sto solo chiedendo...»

Maria abbassò la testa.

«Non sei l'unica a esserti innamorata. Solo che a me è successo troppo in fretta. E non con un nobile...»

«Ti è sempre piaciuto Giovanni, me n'ero accorta» mormorò Carlotta, che stava ancora cercando di elaborare.

«Io lo amo» continuò Maria. «Da un po' di tempo lui è il mio unico confidente. Mi racconta delle piante, è molto intelligente e ha iniziato a corteggiarmi... Poi... è successo.» Le parole si persero, inghiottite dalla brezza che sembrava soffiare più forte proprio in quel momento.

Carlotta rimase immobile, le mani serrate lungo i fianchi. Maria, la sua sorellina, che aveva sempre visto come una presenza leggera nella sua semplicità, era cresciuta. E la scopriva misteriosa, complicata. Il velo era caduto, rivelando una persona che non aveva mai davvero conosciuto. Si perse a ripensare a tutte le volte in cui Maria le aveva posto domande sciocche, bizzarre, che facevano capire quanto fosse ingenua. E ora la piccola di casa aveva fatto quello che lei non si era ancora mai concessa, quello che *si doveva fare* solo dopo il matrimonio, si era data a… al giardiniere. Carlotta non poteva crederci.

«Maria» iniziò, cercando di mantenere la calma, anche se sentiva le mani sudare freddo. «Questo è… molto serio. Sai cosa significa?»

Maria scosse la testa con veemenza, stringendo le mani fino a farle sbiancare.

«Non lo so!» esplose, la voce incrinata dall'emozione. «Non so cosa significa! Ma dovevo dirtelo. Stavo impazzendo. Da quando l'abbiamo fatto, non penso ad altro…»

La piccola Maria nelle braccia di un uomo. Carlotta cercò di figurarselo.

«E come… come è stato?»

Maria aggrottò la fronte.

«Se fossimo rimaste a Potsdam» osservò «questa non sarebbe stata la tua prima domanda, lo sai?»

Carlotta sentì che le guance le si arrossavano. Maria aveva ragione. Le avrebbe parlato di gravità, di onore, di matrimonio. Ora invece le cose che contavano erano altre. In quella estate sul lago, Maria non era l'unica a essere cambiata.

«È stato bello. Doloroso, ma bello. Bisogna farlo con qualcuno che si ama, Carlotta. Non è vero che è un atto che serve solo a procreare.»

Carlotta rimase impressionata dalle parole della sorella, ma non disse nulla.

«Cosa pensi di fare, Maria?»

Lei scosse la testa.

«Non ne ho idea. Se penso a papà... Mi vengono i brividi. Se dovesse venire a saperlo...»

Carlotta sentì una stretta al petto. Era vero. Il padre era molto severo, soprattutto con loro due.

Maria era lì, davanti a lei, non più la sorella allegra e spensierata, ma una donna con i suoi segreti, i suoi dolori, e un bisogno disperato di essere ascoltata.

Ma diamine, aveva fatto qualcosa di tremendamente avventato. Se la notizia fosse trapelata, e certe cose trapelavano sempre, la loro famiglia sarebbe stata coperta da un nuovo scandalo.

Carlotta si sciolse.

«Lo affronteremo» disse infine prendendo le mani di Maria tra le sue. Le dita della sorella erano fredde e tremanti. Carlotta le strinse con forza.

«Davvero. Mi dispiace non esserci stata come avresti voluto. Ma ora sono qui. Affronteremo tutto insieme.»

«Lui ora è a parlare con i suoi genitori. Vorrebbe davvero prendersi le sue responsabilità...anche lui mi ama sul serio.»

Carlotta sapeva che un'unione non sarebbe stata possibile, per loro, ma rimase in silenzio, per non deludere Maria.

«Dimenticavo» fece poi la sorella. «Prima il fattorino ha consegnato questa... Io ero di vedetta, al solito.»

Si sfilò dal corpetto una busta e gliela porse. Carlotta prese la lettera indirizzata a lei e a Marianne. Il sigillo degli Arconati. La aprì, conoscendone già il contenuto. Lesse quelle poche righe.

«Patty si sposa» mormorò.

«C'era da aspettarselo» rispose Maria. «Non so se essere felice per lei. Il marchese mi è simpatico, ma Giovanni mi ha detto che ha prestato servizio da lui e che era sempre in lotta con i genitori, tornava a casa ubriaco, aveva una ragazza diversa tutte le sere…»

«Forse posso ancora impedirle di commettere questo grave errore» bisbigliò Carlotta.

Salirono insieme le scale della villa e Carlotta le mostrò il quadro che stava completando. Non le disse che voleva mandarlo a Potsdam dal padre, né che aveva deciso di trasferirsi a Parigi.

«Sei diventata bravissima» si complimentò Maria. «Mi sento proprio come questa fanciulla, in fuga dal mondo.»

Carlotta le carezzò i capelli. «Andrà tutto bene» le disse. «Dobbiamo solo rimanere unite.»

Prima che la sorella potesse rispondere, Annette annunciò la propria presenza tossicchiando alle loro spalle.

«Quando sei tornata?» domandò Carlotta. «Non ho sentito la carrozza.»

«Poc'anzi», rispose lei. «Lady Carlotta, non è stato semplice, mi creda. Ma ho chiesto la presenza di miss Barilani e ho dovuto anche insistere. Pare sia tra le preferite della marchesa.»

«E?» domandò Carlotta, in ansia. Annette sorrise, compiaciuta. «È qui. Vi aspetta nei sotterranei, come da voi richiesto.»

20

Non era così usuale che una principessa scendesse nei sotterranei, dove si trovavano la cucina, la lavanderia e le cantine. Per Carlotta, infatti, era la prima volta. Annette la prese per mano.

«Fate attenzione ai gradini» si raccomandò. «All'inizio non è stato facile nemmeno per noi, prenderci le misure.»

Carlotta pensò a Elena e alla sua vita come domestica in cucina, a quando Alfonso era sceso per chiedere di lei. Una volta sotto, diede una sbirciata nel regno della cuoca, che stava preparando le verdure per la cena della sera.

«Ho detto a tutti di non venire a disturbarvi» la informò Annette.

«Si trova in lavanderia?» chiese Carlotta, dando un'occhiata alla stanza illuminata.

«No, passa troppa gente» disse Annette. «Ho pensato di farla accomodare in cantina.»

«Ottima mossa, grazie Annette.»

La domestica aprì la porta della cantina e Carlotta rabbrividì per l'aria gelida. Sperò di non passarci troppo tempo o si sarebbe presa un malanno.

«Per qualsiasi cosa sono qui fuori» disse poi, a voce alta per farsi sentire bene anche da miss Barilani.

«Buonasera» la salutò Carlotta.

«Buonasera, lady Albrecht» rispose la ragazza. Carlotta riconobbe la voce cristallina che aveva udito a Villa Melzi. La ragazza, non più in divisa da lavoro ma con un semplice abito di cotone bianco, stava seduta accanto a un barile di vino. Per terra erano appoggiate le damigiane. Carlotta andò alla credenza e prese due bicchieri e una delle bottiglie che Annette le aveva preparato sul tavolino degli assaggi. La scrutò: era giovanissima. Poteva avere l'età di Maria o forse meno. La stessa età di Elena. Lo sguardo era fiero, non aveva abbassato gli occhi neanche un istante. Carlotta pensò che non sarebbe bastato del buon vino.

«Un sorso?» chiese.

Senza aspettare la risposta, versò il vino rosso in entrambi i calici e gliene porse uno.

«Grazie» disse la ragazza.

«Come ti chiami?»

«Cassandra, lady Albrecht.»

«Bel nome. E da quanto sei a servizio degli Arconati?»

«Un anno, da che mia madre ha dovuto smettere di lavorare.»

Carlotta non domandò il perché. Bevve un sorso. Accidenti, quanto era buono. Le scaldò la gola.

«Sai perché ti trovi qui?»

Cassandra sembrava tranquilla. «La domestica ha detto che volevate parlarmi.»

«Hai idea del motivo?»

Miss Barilani bevve il vino.

«Lo immagino, lady Albrecht. Mi avete visto alla villa con il marchese, quello che sta per sposare la contessa vostra amica. Povera diavola.»

Carlotta fu colpita da tanta impertinenza, ma non si lasciò scoraggiare. Bevve un altro po', per darsi la giusta carica.

«Può darsi che si sposino, o forse no. Gli siete molto legata, vero?»

Cassandra si limitò ad annuire.

«Mi piace la tua franchezza, quindi sarò diretta anche io. Il marchese mi ha sottratto dei disegni per me… importanti, diciamo. So che tu lo frequenti: se quei disegni torneranno a me, io ti pagherò la cifra che vorrai. I soldi non sono un problema.»

La domestica bevve ancora e le allungò il bicchiere per farselo riempire di nuovo.

«Ma non è tutto» aggiunse Carlotta, sferrando il colpo finale. «Perché se riavrò quei disegni, sarò in grado di far rompere il fidanzamento tra il marchese e la contessa Von Alten.»

Miss Barilani rimase in silenzio.

«Capirai bene» riprese Carlotta «che, quando il marchese sarà sposato, le cose per te cambieranno… Nonostante le sue promesse.»

«Che tipo di disegni?» chiese allora la ragazza.

«Sono dei ritratti a carboncino» disse Carlotta. «Immagino che non farai fatica a trovarli.»

Cassandra finì il secondo bicchiere, poi un sorriso le si dipinse sul volto.

«Filippo mi aveva già avvertita che avreste provato a corrompermi, anche se non mi aveva spiegato il motivo. Io lo amo: non ho bisogno di nient'altro.»

Carlotta sbatté un pugno sul tavolino.

«Sii ragionevole» disse alzando la voce. «Non capisci che lui invece non ti ama? Ti tratta esattamente come le altre donne, che prende quando vuole!»

Cassandra tornò seria.

«Se abbiamo finito, desidero tornare a Villa Balbianello» rispose. «Grazie per il vino. È vero ciò che si dice, che lady Marianne non si fa mancare nulla. Ottimo.»

Carlotta comprese che non poteva fare nient'altro.

Chiamò Annette suonando la campanella.

Quando miss Barilani fu sulla soglia, si voltò.

«Oh, lady Albrecht: non so come possiate essere stata tanto generosa, ma adesso avete un'altra persona che può ricattarvi per quei… disegni.»

Sorrise e richiuse la porta alle spalle.

Carlotta lanciò il bicchiere contro la porta.

Come ho fatto a essere tanto sciocca?

Prese la bottiglia con il vino rimasto e l'avvolse nello scialle. Il cielo, che fino a poco prima era stato limpido, mentre lei si trovava nei sotterranei si era rabbuiato e nuvole grigie e cariche di pioggia promettevano un imminente temporale. Carlotta sospirò e si disse che almeno il cielo era d'accordo con il suo stato d'animo. Si preparò a rientrare.

30 agosto 1845

Scrivo queste parole con le mani che tremano e il cuore che sembra non voler rallentare, come se fosse sul punto di scappare, andarsene lontano. Non so descrivere quello che è successo. Non so nemmeno se dovrei. Ma devo. Devo, perché altrimenti tutto rischierebbe di dissolversi nell'aria, come il vapore che sale dal lago al mattino, lasciando solo l'ombra di un incubo. E io non posso permettere che svanisca, non posso permettermi di dimenticare.

È successo ieri sera. Il signor Alfonso mi aveva ordinato di portargli il vino in biblioteca, come altre volte. L'ho fatto senza protestare, lo faccio sempre, anche se ogni volta che devo avvicinarmi a lui sento qualcosa di viscido che mi sale dalla gola, un veleno che mi soffoca dentro. La casa era silenziosa. Quelle mura, che di giorno sembrano accoglienti, la notte diventano un'altra cosa. Ogni scricchiolio sembra un segreto, ogni ombra pare osservarti. La cuoca mi aveva detto di fare attenzione a quelle incursioni notturne, soprattutto quando tutti gli altri erano a letto. Aveva sentito che alcuni signori si approfittavano dell'ingenuità delle domestiche e della loro posizione per chiedere loro favori sessuali in cambio di una presunta protezione. Si era raccomandata di chiamarla, ma non volevo svegliarla, non mi andava di disturbarla per una sciocchezza come del vino. Era successo altre volte: il signor Alfonso scambiava qualche battuta e poi mi lasciava andare.

Sono entrata nel suo studio con il vassoio, il peso del metallo che mi sembrava più grave del solito. Lui era seduto alla scrivania, illuminato solo dalla luce bassa della lampada, che gettava ombre profonde sulle pareti piene di libri.

«Avvicinati» ha detto senza nemmeno alzare lo sguardo, il tono calmo, controllato, da uomo abituato a essere obbedito senza domande. Ho esitato per un momento, il vassoio che si inclinava leggermente nelle mie mani, ma alla fine mi sono avvicinata.

Quando ha alzato gli occhi su di me, però, qualcosa è cambiato. C'era un lampo feroce nel suo sguardo, un'ombra che non avevo mai visto prima. Non era più l'uomo che mi rivolgeva sorrisi melliflui, che parlava con quella falsa cortesia che mi dava sempre un senso di disagio. Era spaventoso, una bestia che ha deciso di lanciarsi sulla preda.

«Vieni qui, dammi un abbraccio» ha detto.

«Signore, c'è molto da fare.»

«Non fare la difficile» ha replicato, come se non mi avesse sentito. Poi si è alzato di scatto e mi ha afferrata per il polso. Il vassoio

mi è caduto dalle mani, il rumore del metallo e del vetro che si rompeva ha rimbombato nella stanza come uno sparo.

«So che lo vuoi anche tu» ha detto. La sua voce era bassa, quasi un sussurro, ma tagliente quanto una lama appena affilata. Le sue mani mi hanno stretto il polso con una forza che sembrava disumana, quasi volesse fondere la carne e le ossa in un unico blocco di dolore. Sentivo il sangue pulsare sotto la pelle, un battito accelerato che sembrava voler scappare da quella stretta, ma non c'era via di fuga. Il suo volto era così vicino al mio che potevo distinguere ogni dettaglio: la pelle tesa sulle guance, le labbra sottili, gli occhi che brillavano di un'intensità malata.

«Altrimenti non ti saresti mai fatta notare così tanto.» Le sue parole erano un veleno che colava lentamente, goccia dopo goccia, insinuandosi nelle mie vene. Non era solo la violenza fisica, era la sua convinzione, quella sicurezza che rendeva ogni parola più pesante, più reale. Mi fece sentire colpevole di qualcosa, di averlo attirato, di averlo provocato.

Non riuscivo a muovermi. Le gambe erano pietrificate, sembravano inchiodate al pavimento. Il vassoio che avevo portato giaceva per terra, i cocci della bottiglia sparsi in una ragnatela di schegge che scintillavano alla luce fioca della lampada. Avrei voluto urlare, ma la mia voce sembrava risucchiata nel nulla, il respiro bloccato in gola in un nodo troppo stretto.

Quando mi ha spinta verso il divano, ho sentito il tessuto ruvido del tappeto sotto i piedi, un contrasto doloroso con il terrore che mi avvolgeva. I suoi movimenti erano bruschi, ma c'era qualcosa di terribilmente calcolato in ogni gesto. Mi sembrava di essere incastrata in un sogno orribile: la pressione delle sue dita che scavavano nella mia pelle, che cercavano i miei seni, strappando la tunica. Il suo respiro era pesante e caldo contro il mio viso, la stanza sembrava restringersi intorno a noi.

E poi, all'improvviso, qualcosa dentro di me si è spezzato. Non era il mio corpo, ma una corda invisibile che mi teneva immobilizzata. Ho trovato una forza che non sapevo di avere. Ho urlato. Non un urlo qualunque, ma un urlo che mi ha strappato la gola, che sembrava risalire dalle viscere, crudo e profondo.

L'eco del mio grido ha riempito la stanza, rimbalzando sulle pareti piene di libri, rompendo l'illusione di silenzio che Alfonso aveva creato intorno a sé. Ho iniziato a scalciare, a spingerlo, le mani che si agitavano disperate come se potessero spazzarlo via. I miei piedi hanno trovato il suo stinco, un colpo improvviso che l'ha fatto vacillare, e ho sentito il suo respiro interrompersi per un attimo.

Il tappeto sotto di noi era macchiato di vino, il liquido rosso che si era riversato dal vassoio caduto. Sembrava sangue. Un mare di sangue in cui stavamo affondando entrambi, lui con la sua rabbia, io con la mia paura. Ma la mia paura si stava trasformando. Era diventata un'arma. Ogni calcio, ogni urlo era un atto di resistenza, una dichiarazione che nessuno mi avrebbe spezzata. Lui si è fermato per un istante, lo sguardo che vacillava tra la furia e il dubbio. Un lampo di sorpresa è passato nei suoi occhi, come se non avesse previsto che potessi reagire. Ma è durato solo un secondo. Poi le sue mani hanno cercato di nuovo di afferrarmi. E in quel momento, la porta si è aperta.

Lorena. Era lei, la figlia del signor Alfonso, immobile nel vano della porta, illuminata dalla luce tenue della lampada della scrivania. Il suo viso pallido sembrava quasi trasparente, come una maschera di porcellana sul punto di incrinarsi, ma i suoi occhi erano due fiamme, spalancati, colmi di una rabbia che non avevo mai visto prima. Non era più la ragazza frivola e distante che conoscevo, quella che girava per la casa con abiti eleganti e sorrisi che non erano mai sinceri. Era un'altra persona, una donna trasformata dalla furia e dal disgusto, con il volto contratto in un'espressione che sembrava sul punto di esplodere.

«Papà, che cosa stai facendo?» ha gridato, la voce tremante ma carica di un'accusa tagliente come un coltello. Le sue parole sembravano risuonare nella stanza, rimbalzando contro le pareti, penetrando nel silenzio con una forza che mi fece sobbalzare.

Alfonso si è bloccato all'istante. Le sue mani hanno lasciato il mio polso come se improvvisamente scottasse, come se il tocco stesso fosse diventato intollerabile. Si è voltato verso Lorena con un movimento lento, quasi innaturale, e ho potuto vedere qualcosa nei suoi occhi che non avevo mai creduto possibile: paura. Non era una paura normale: sembrava radicata nel profondo, qualcosa che si agitava dietro quella sua maschera di autorità. Per un istante il suo viso sembrò vacillare, un lampo di vulnerabilità che scomparve quasi subito mentre cercava di recuperare il controllo.

«Non è quello che pensi» ha detto, la voce priva di quella sicurezza che traspariva di solito. Cercava di suonare rassicurante, ma il tono era falso, stonato, come di una corda troppo tesa che si spezza. Persino alle mie orecchie sembrava assurdo, un tentativo patetico di coprire ciò che non poteva più essere nascosto.

Lorena avanzò di un passo, il viso ora scolpito in una maschera di freddezza che mi spaventò quasi quanto il volto di Alfonso poco prima. La sua voce, quando parlò di nuovo, era bassa, calma, ma si percepiva qualcosa che mi fece tremare. «So cosa fai, so cosa sei.» Ogni parola sembrava una sentenza, pronunciata con una precisione che tagliava l'aria come una lama. «E ora basta. Non ti permetterò di farlo ancora.»

Alfonso la fissò per un lungo momento, come se non potesse credere a ciò che stava sentendo. Il silenzio nella stanza era opprimente, spezzato solo dal ticchettio dell'orologio sulla men-

sola. Mi sembrava che l'intera casa stesse trattenendo il respiro. Non so come sono riuscita a fuggire. Lorena mi ha detto di andare, la sua voce improvvisamente diventata più urgente, più umana. «Corri, Elena. Vai!» Quelle parole mi scossero dal torpore. Ho girato i tacchi e sono corsa, inciampando nei lembi della mia gonna, senza voltarmi indietro. Non sapevo se Alfonso mi stesse seguendo o se Lorena fosse rimasta lì a fronteggiarlo da sola. Sentivo solo il mio cuore battere forte, quasi più forte dei miei passi che rimbombavano sui pavimenti di marmo.

Ho raggiunto la cucina, il fiato spezzato, il corpo che tremava come una foglia sbattuta dal vento. Mia madre era lì, china sul tavolo, intenta a sistemare il pane per il giorno dopo. C'era anche Alba, che giocava con alcuni stracci, seduta sul pavimento accanto a lei. Quando mi ha vista, si è raddrizzata all'istante, lo sguardo che passava dalla sorpresa alla preoccupazione in un attimo. Non ho dovuto dire nulla.

Ma le parole sono venute lo stesso, frammentate e spezzate dai singhiozzi che non riuscivo a controllare. «Alfonso... Lorena... la biblioteca...» Ho provato a spiegare, ma i pensieri erano un vortice confuso, un caos che non riuscivo a mettere in ordine.

La mamma mi ha fissata a lungo, con gli occhi pieni di una comprensione che mi ha fatto crollare.

Mi ha presa per le spalle, mi ha fatta sedere e si è inginocchiata davanti a me. «Raccontami tutto» ha detto, la sua voce bassa ma ferma, stava già pianificando cosa fare. E io le ho raccontato. Le ho detto quello che era appena accaduto: la biblioteca, Alfonso, Lorena. Le parole uscivano a fatica, come se avessero bisogno di essere strappate via da me. Mi vergognavo, non so perché. Non ero io che avevo fatto qualcosa di male, eppure mi sentivo sporca. Lei ascoltava, senza mai interrompermi, senza mai perdere

quella calma che sembrava più forte di qualsiasi tempesta. Ma i suoi occhi... quelli ardevano. E in quel momento ho capito che anche lei sapeva già tutto, o almeno in parte. Forse aveva sentito anche lei dalla cuoca le voci riguardo ai signori, ma fino a quel momento aveva sperato che Alfonso fosse un padrone diverso.
Non ha detto nulla. Mi ha solo abbracciata, il suo corpo piccolo ma forte mi stringeva con una fermezza che sembrava poter respingere il mondo intero. Poi si è allontanata appena e mi ha guardata negli occhi.
«Devi andartene» ha detto. La sua voce era carica di una determinazione che non avevo mai conosciuto in lei. «Non c'è altra scelta. Se rimani qui, cercherà di farti del male di nuovo. O peggio, potrebbe volersi vendicare del tuo rifiuto. E questa volta nessuno potrà fermarlo.»
Non volevo crederle. Quella era la mia casa, la mia vita. Ma lei non mi ha lasciato tempo per dubitare.
«Troveremo un modo. Ti aiuterò. Ma devi fidarti di me.»
E io lo so. Lo so che ha ragione. Ma il pensiero di lasciare tutto mi spezza il cuore. Scrivo queste parole sapendo che forse è l'ultima volta che posso farlo qui, in questa casa che conosco da sempre. Ma so che devo andarmene. Perché se resto, Alfonso tornerà. E questa volta, nessuno arriverà a salvarmi.

Carlotta aveva portato il vino e il diario in camera sua. Un bicchiere dopo l'altro, senza ritegno alcuno, aveva finito di leggere la pagina di diario e ora ribolliva di sdegno nei confronti di quell'uomo. Si era fatta notte e il cielo in quel momento era avvolto da una tempesta che sembrava voler strappare le radici della terra.

La villa era in preda alla furia del vento, che urlava tra i rami degli alberi. Carlotta si mise a girare in tondo nella sua stanza come una belva in gabbia, il cuore che le batteva con una frenesia che non riusciva a placare.

Con le mani strinse le tende, ma il tessuto morbido sembrò quasi respingerla, mentre lo sguardo si perdeva nel giardino battuto dalla pioggia. Lì fuori, tutto sembrava in tumulto: gli alberi piegati dalla forza del vento, le aiuole trasformate in pozzanghere, e oltre il giardino, il lago, invisibile ma presente, una massa nera che si agitava e ruggiva nella notte.

Tutto quello che non capiva, tutto quello che la circondava e che non riusciva a controllare o a spiegarsi, sembrava convergere in quel momento. Era circondata da segreti che non le appartenevano, eppure la chiamavano, la provocavano, divenivano un canto lontano che non poteva ignorare. Da quando era arrivata alla villa sul lago, la sua vita sembrava sconvolta, al punto che lo scandalo della corte prussiana le parve un ricordo flebile. Era riuscita a innamorarsi di un uomo, sua sorella aveva dormito con il giardiniere, Patrizia avrebbe avuto un matrimonio senza amore. Si sentiva fuori di sé, la testa le vorticava. Era abituata a sorseggiare vino rosato e annacquato, non certo quello forte che aveva preso dalla cantina.

Decisa ad ammirare la furia della natura più da vicino, tentò di aprire la porta della camera per uscire e recarsi nella terrazza del piano superiore, ma si accorse che era stata bloccata. Agitò la maniglia abbassandola e rialzandola e tentò di tirare la porta verso di sé ma sembrava non fosse possibile aprirla in alcun modo. «Che scherzo è questo» si chiese allibita. Si sentiva ancora frastornata ma era certa di non aver chiuso la porta a chiave.

Le parole della filastrocca che Eleanor aveva pronunciato durante la seduta spiritica le tornarono alla mente, con un'insistenza che le fece chiudere gli occhi. "Gira, gira in tondo, la bambina che non dorme. Gira e cade a fondo, segui ancora le sue orme."

Non pensò. Non poteva pensare. Era esasperata, consumata da una frustrazione che non riusciva a controllare. Senza accorgersene, senza capire, affidandosi a un rito lontano, cominciò a recitare quelle parole, con un tono basso, quasi un mormorio.

«Gira, gira in tondo, la bambina che non dorme. Gira e cade a fondo, segui ancora le sue orme.»

Lo disse una volta, poi una seconda, e alla terza, il vento sembrò placarsi per un attimo. Un silenzio innaturale calò sulla villa, come se la casa stessa trattenesse il respiro. Carlotta rimase immobile, le mani che tremavano sulle tende, gli occhi fissi sul giardino oscuro.

E fu allora che affacciandosi alla finestra la vide.

Una figura esile, appena visibile sotto la pioggia battente. Sembrava una bambina, i capelli scuri incollati al viso, l'abito bianco ridotto a brandelli dal vento e dall'acqua. La luce di un lampo la illuminò per un istante, abbastanza a lungo da permetterle di vedere quegli occhi scuri e profondi, fissi su di lei. Il cuore di Carlotta perse un battito.

La bambina si voltò e corse verso il giardino, scomparendo tra gli alberi. Senza considerare le conseguenze, Carlotta spalancò la porta della stanza, pensò per un istante di recarsi da Maria, poi rinunciò e corse lungo la scala di marmo, che girava in tondo, esattamente come nella filastrocca. *Gira, gira in tondo...*

Mentre scendeva le scale ebbe l'impressione che la bambina fosse ora dietro di lei e invocasse la mamma. Non era possibile. Ma ormai niente in quella villa sembrava voler seguire una spiegazione logica. O forse era semplicemente ubriaca.

Quando spalancò il portone, il vento gelido la travolse dandole una frustata, e quasi andandogli incontro si precipitò fuori.

La pioggia era un muro freddo che le tempestava la pelle, i capelli si appiccicavano al viso mentre correva. I piedi nudi affondavano nel terreno bagnato, il fango le si infilava tra le dita rendendo ogni passo un'impresa. Il vestito si era incollato al corpo, pesante come piombo, ma lei non si fermava. Non poteva fermarsi. La bambina era lì, o almeno così le sembrava, una sagoma che si muoveva rapida tra gli alberi.

Poi la figura scomparve. Carlotta si fermò, il respiro affannoso che le bruciava i polmoni, e guardò intorno. La villa, con le sue luci fioche, sembrava lontana, irraggiungibile, e per la prima volta si sentì davvero persa. La pioggia le scivolava sul viso, si mescolava alle lacrime che non riusciva a trattenere.

Andava tutto per il verso sbagliato. Forse le sarebbe convenuto correre verso il lago, abbracciare il suo destino, lasciarsi travolgere da uno spirito. Giorgio non la voleva, ormai era chiaro. Le sue notti erano popolate da incubi, sua sorella la odiava e la madre era un'estranea. Si era attaccata a quel diario perché era la cosa che aveva sentito più vicina a lei in tutto quel periodo, *qualcuno che la capiva.* Ma la verità era più amara: si era illusa, Elena non era un'amica, forse qualcuno si era preso gioco di lei anche in questo. C'era una parola che le pulsava in testa: *fiducia.* E lei non si fidava più di nessuno, tantomeno dei sentimenti che aveva creduto di provare per una persona che alla prima occasione l'aveva lasciata sola.

Inciampò. Cadde a terra con un tonfo sordo, il fango che le imbrattava le mani e il viso. Per un momento restò lì, immobile, la testa china, mentre il mondo sembrava crollarle addosso. Poi alzò lo sguardo, e lo vide.

Un'ombra si stava avvicinando, grande e decisa, indossava un mantello che lei conosceva fin troppo bene.

«Carlotta!»

La voce di Giorgio squarciò il frastuono della tempesta: la percepì profonda e sicura, un faro che si accende in mezzo al buio. Alzò appena la testa, il viso rigato dalla pioggia, e lo vide emergere dall'oscurità come una figura impossibile.

21

Non poteva essere lì. Non lui. Eppure c'era. Si chinò accanto a lei, il mantello fradicio che si allungava in un'ombra sul terreno fangoso, le tese la mano e la sollevò con delicatezza. Le sue dita erano calde, un contrasto così violento con la pioggia gelida che fece sobbalzare Carlotta involontariamente. Il calore del suo tocco fece aumentare i suoi brividi, tutto il freddo accumulato stava esplodendo improvvisamente dentro di lei. «Sto sognando» mormorò Carlotta, senza guardarlo negli occhi. «Sono in un sogno, vero?» Si sentiva scossa da brividi violenti.

«Carlotta» ripeté Giorgio, sfiorandole il viso. Quel tocco le fece capire che no, non era un sogno. Era tutto reale. La corsa fuori dalla sua stanza, la pioggia, la bambina spettro. E ora lui.

Carlotta cercò di rispondere, ma le parole non arrivarono. Lo guardava come se fosse un enigma, il pezzo di un mosaico che non sapeva collocare. Non era la prima volta che lo trovava nella villa, in momenti in cui nessuno avrebbe dovuto comparire. Come faceva ad arrivare sempre nel momento giusto? Perché sembrava sapere cose che lei stessa non comprendeva? E se l'uomo di cui era follemente innamorata nascondeva davvero qualcosa di troppo oscuro da accettare? Aveva davvero bevuto troppo, la testa vorticava.

«Giorgio… tu… cosa ci fai qui?» balbettò infine, la voce appena un sussurro, sommersa dal frastuono che li circondava.

Lui non rispose subito. Il suo sguardo era fisso su di lei, ma non nei suoi occhi. Guardava oltre, come se cercasse di capire qualcosa, o forse di nascondere ciò che già sapeva.

«Carlotta, non è il momento per le domande.» La sua voce era ferma, ma c'era una nota di dolcezza, il tentativo di rassicurarla senza darle una vera spiegazione. «Devi alzarti. Rischi di prendere un malanno.»

Lei strinse le labbra, una parte incline a obbedire, l'altra furiosa per quel tono protettivo che sembrava negarle il diritto di sapere. Chi era lui per decidere? E perché ogni volta che era accanto a lui si sentiva trascinata in qualcosa di più grande, qualcosa che non capiva ma che la riguardava intimamente?

Carlotta continuava a tenergli la mano, il contatto che la ancorava a una realtà che in quel momento sembrava frantumarsi. E mentre lo guardava, con la pioggia che scivolava sul suo viso serio, si rese conto di quanto fosse turbata.

Non era solo la tempesta o la bambina che aveva visto nel giardino. Era Giorgio. Era la sua presenza, il modo in cui il suo volto sembrava scolpito da qualcosa di antico, segnato da un dolore che non era mai stato raccontato. Era la contraddizione di tutto ciò che rappresentava: protezione e mistero, conforto e pericolo.

«No. Devi rispondermi. Perché ti trovi qui?» gli chiese, e questa volta la sua voce era più ferma, più sicura. Una domanda che non poteva essere ignorata.

Lui si irrigidì appena, ma non lasciò le sue braccia. «Carlotta… so più di quello che pensi. Accidenti, ma sei ubriaca?»

Carlotta si liberò dalle sue mani con un gesto rapido, non perché volesse davvero allontanarsi, ma perché doveva. Doveva mettere spazio tra lei e quelle emozioni che non riusciva più a controllare.

«Forse ho esagerato con il vino, sì. Ma non sono una bambina» disse. «Se sai qualcosa, dimmelo. Se hai qualcosa da nascondere, almeno sii onesto.»

Di nuovo quella richiesta antica di potersi fidare. Temeva le sue risposte, ma aveva bisogno di sentirsele dire una volta per tutte.

Giorgio la fissò per un lungo istante. La pioggia continuava a cadere, scorrendo sui loro volti, come lacrime che nessuno dei due poteva permettersi di versare. Poi lui sospirò, un suono che sembrava contenere il peso di anni di segreti.

«Non posso dirti tutto.» Le sue parole erano quasi un bisbiglio, ma Carlotta le avvertì chiaramente, come se fossero state pronunciate direttamente dentro di lei. «Non ancora.»

E in quel momento, lei comprese qualcosa. Forse non era la bambina nel giardino che la tormentava. Forse non erano nemmeno i segreti della villa o del passato. Era sempre stato lui. Giorgio. Fin dal momento del loro primo incontro, al debutto, aveva sentito un'attrazione irresistibile per quell'uomo, qualcosa da cui non sarebbe fuggita neanche se fosse andata all'altro capo del mondo.

Era il mistero che lei non riusciva a risolvere, l'enigma che la attirava e la respingeva allo stesso tempo. E non sapeva se la spaventava di più quello che non diceva o quello che lei stessa cominciava a provare per lui.

«Andiamo» disse Giorgio, spezzando il silenzio. La prese per mano, questa volta senza alcuna esitazione, e la condusse sotto il portico riparato.

«Ho scorto una bambina» mormorò Carlotta, la voce spezzata, quasi inudibile. «Era lì, nel giardino. Non l'hai vista?»

Giorgio si fermò. Lo sguardo che le rivolse era carico di qualcosa che non riusciva a decifrare: paura, forse, o tristezza, o entrambe le cose. Poi sospirò e scosse la testa.

«No. Non vedo quello che vedi tu. Però forse ci sono cose che dovresti sapere.»

Le porse una coperta che stranamente aveva portato con sé, e lei ci si avvolse tremante, gli occhi fissi su di lui.

«Adesso vuoi parlare con me? Ti faccio pena?» lo incalzò. L'ultimo residuo di orgoglio che le veniva dalla gola e le faceva pronunciare quelle parole. I capelli bagnati le incorniciavano malamente il viso, ma non le importava.

«Pena? Stai scherzando, vero? Io proverei pena per te?»

«Mi eviti da giorni, sei cambiato dopo la seduta spiritica e quello che è successo tra noi. Pensavo che avessimo instaurato un rapporto speciale, che mi avresti corteggiato. Non sto giocando. Poi ti ho visto con Miranda e da lì è cambiato tutto. Sarò anche una principessa, Giorgio, ma prima di tutto sono una donna. Ed è a quella donna che ti sto chiedendo di rendere conto.»

Le parve di scorgere tenerezza nello sguardo che lui le rivolse.

«Alla donna e alla principessa» rispose, «sono qui per cercare di dire la verità.»

Niente più misteri, si disse Carlotta. *Niente più segreti.* Fece un respiro profondo, per cercare di calmare l'agitazione che si era impossessata di lei.

«Quella bambina che hai visto abita a casa mia, ero venuto a riprenderla e adesso sarà nel suo solito posto nella serra» iniziò Giorgio, la voce bassa, quasi un sussurro. «Avevo portato per lei la coperta. Si chiama Alba. E non è un fantasma.»

Carlotta lo fissò, confusa. Cercava di seguire il suo discorso, mentre nella mente continuava a ripetersi il nome: Alba. Improvvisamente la scosse un brivido. Era lo stesso nome della sorellina di Elena. Dunque era proprio lei? Tutto quel tempo a chiedersi che fine avesse fatto, e alla fine era sempre rimasta lì, con Giorgio. La persona più amata da Elena, la sua sorellina.

«Cosa vuoi dire?» balbettò.

Giorgio si passò una mano tra i capelli bagnati.

«Anni fa, dopo una tempesta come questa, trovai Alba nel giardino della villa. Era mattino presto, doveva essersi nascosta nella serra per tutta la notte. Io spesso passeggiavo da queste parti, valutavo di comprare questa villa, prima che arrivasse Marianne con un'offerta superiore. Mi informai con il custode, che mi disse che i suoi genitori lavoravano per i Valsecchi. Erano pescatori, e quella notte, non si sa bene il motivo, erano usciti sul lago nonostante il maltempo. La barca non tornò mai.»

«I Valsecchi...»

Carlotta sentì il respiro bloccarsi. L'immagine di una bambina sola, sotto la pioggia, che aspettava invano i suoi genitori, si fece strada nella sua mente come una lama. *Gira in tondo, la bambina che non dorme. Gira e cade a fondo...* Non era successo anche a lei, dopotutto? Solo che non si trovava sotto la pioggia, ma in un palazzo, a Potsdam. Perché ci si può sentire abbandonati anche dentro a un castello regale.

«La bambina era rimasta lì, ad aspettare. Non sapeva che i suoi genitori non sarebbero mai tornati. Mi dissero che c'era una brutta storia dietro, una di quelle che non vorremmo mai sentire. La sorella di questa piccolina era fuggita, forse era morta anche lei nelle acque insieme ai genitori, che tentavano di metterla in salvo dal padrone. Il corpo non venne mai trovato. Nessuno della famiglia Valsecchi si prese cura di lei, anzi, se ne andarono, ricoperti dalle chiacchiere di paese, visti come maledetti e io...» Giorgio fece una pausa, il volto si addolcì in un modo che Carlotta non gli aveva mai visto.

«Mi chiesi cosa potessi fare. Pensai che potevo portarla in un orfanotrofio, ma i primi giorni era così terrorizzata da tutto, che decisi di rimandare a quando si fosse calmata. Intanto chiamai una balia che potesse prendersene cura, e lei sembrò più tranquilla. Le piaceva scorrazzare nel giardino della villa e a me piaceva averla intorno, mi dava allegria. Non sono mai stato avvezzo alle carezze, e quando lei mi sfiorava la guancia con le sue piccole dita, non resistevo. Quando è venuto il momento di lasciarla andare, mi sono chiesto: perché? Devo davvero separarmi da lei? Dove sta scritto? Mi ero affezionato. Ho deciso di tenerla con me.»

«Un gesto nobile» sussurrò Carlotta.

«Un gesto anche egoistico. L'ho fatto per me, non per lei.»

Carlotta lo guardò. Era talmente severo con se stesso, che riusciva a scambiare la propria generosità per egoismo. La tenerezza per interesse personale.

«Cosa intendi dire?» chiese lei. «Sono certa che non sarà niente di terribile.»

Giorgio abbassò lo sguardo e restò per un attimo in silenzio, come indeciso se parlare o no.

«Vedi» disse alla fine. «Io… avevo una sorella, un tempo.»

Carlotta sentì che la voce gli si incrinava.

«Alba le somiglia moltissimo. O forse sono io che ho voluto vedere questa somiglianza, perché avevo bisogno di…» Giorgio fece un sospiro. «Di redimermi.»

«Redimerti? Da cosa?»

Lo sapeva. Sospettava da sempre che ci fosse dell'altro.

«Ero piccolo, molto piccolo. Ma l'età conta poco, quando si provano certe sensazioni.»

Carlotta rimase in silenzio, aspettando che continuasse.

«Susanna, si chiamava mia sorella» disse Giorgio, la voce

spezzata. «Era la mia sorellina, e io la adoravo. Aveva un anno in meno di me. All'epoca io avevo poco più dell'età di Alba, invece. Sei? Sette? Eravamo in visita a Villa Serbelloni, dagli amici di papà. Io stavo giocando con lei e altri bambini, ho visto che si arrampicava su un platano ma non vi ho dato importanza. E… è caduta. Era salita per prendere qualcosa, una sciocchezza, ma io avrei dovuto fermarla. O salvarla.»

«Ecco perché quel giorno, sulla barca, guardavi con insistenza quella villa…»

«Non mi ci sono più recato, e vederla anche solo da lontano…»

«Ma eri appena un bambino. Non è stata colpa tua» provò a consolarlo Carlotta. Gli accarezzò un braccio. Gli occhi di Giorgio si riempirono di lacrime.

«Sì, invece» replicò. «Avrei dovuto essere un fratello più attento.»

Si asciugò il viso.

«Nessuno mi incolpò mai direttamente, ma da quel giorno cambiò tutto. La vedevo, in ogni angolo. Lei c'era e si chiedeva perché non l'avessi protetta. Lasciò un vuoto enorme, nella casa e in tutta la famiglia. Mi porterò sempre dietro questo dolore. È la prima volta che lo racconto a qualcuno. Riesci a tirarmi fuori anche queste cose… Da quel momento, anche se ero piccolo, ho sempre temuto di avere la responsabilità di qualcuno. Poi è arrivata Alba e ho creato un muro intorno a noi. Sarei diventato pazzo se le fosse successo un incidente simile.»

«Giorgio» mormorò Carlotta, prendendogli la mano. «Non puoi continuare a vivere con questo peso. Non puoi lasciare che ti ponga dei limiti.»

Lo fissò, incapace di distogliere lo sguardo. Le sue parole

sembravano cadere nello spazio tra di loro, erano pietre che infrangevano la superficie calma del lago, increspandola fino a renderla irriconoscibile.

Da quando lo conosceva, Giorgio aveva sempre emanato un'aura di controllo, una compostezza che nascondeva ogni emozione più profonda. Ma ora, davanti a lei, sembrava diverso. La sua vera natura stava emergendo, e Carlotta, invece di esserne spaventata, si sentiva attratta da quella scoperta.

L'idea che lui avesse nascosto qualcosa, che ci fosse un lato di Giorgio che nessuno conosceva, l'aveva sempre sfiorata. Ma aveva cercato di ignorarla, di non lasciarsi trasportare da quell'intuizione che sembrava più una fantasia che la realtà. Aveva creduto di essersi illusa, di aver intravisto qualcosa sotto una maschera. Poi si era ricreduta.

Ora che quella verità si stava rivelando, però, provava una strana felicità, come se una parte di lei avesse sempre saputo che Giorgio era più di quello che lasciava trasparire. Ma la felicità era mescolata allo stupore. Non era preparata alla tenerezza che stava provando, né a quanto quel gesto, prendersi cura di una bambina abbandonata, nasconderla dal mondo, le facesse battere il cuore in modo doloroso. Non avrebbe saputo dire se fosse amore, ma c'era qualcosa di profondo, qualcosa che le faceva desiderare di essere più vicina a lui, di sapere tutto, anche ciò che lui non voleva raccontare.

«Qualunque fossero le ragioni, hai fatto una cosa straordinaria, tenendo Alba con te» mormorò infine, la voce più debole di quanto avrebbe voluto. Le parole sembravano infinitamente piccole rispetto a ciò che provava, rispetto alla complessità del gesto di Giorgio.

«Può darsi» disse. «Ma quel che è certo, è che ha cambiato molto, nella mia vita.»

«Cosa intendi?»

«Sono certo che tu lo sappia: la mia famiglia non attende altro che io mi sposi, per perpetrare la dinastia e avere un erede. Sono l'unico figlio, del resto…»

«Ne sono a conoscenza, sì» ammise lei.

«Pochi mesi dopo la decisione di tenere Alba sotto la mia protezione, i miei genitori mi convinsero a fidanzarmi con una nobildonna, Teresa Eskeles d'Austria. Era già tutto stabilito, anche il giorno delle nozze. Quando ci incontrammo per la prima volta, però, lei si rese conto dell'affetto che provavo per Alba. Disse che era sconveniente, che si sentiva offesa. Le spiegai che era una trovatella, ma lei non mi credette. Pensava che la bambina fosse mia e mi pregò di mandarla in un istituto. La odiò così tanto, fin da subito, che decisi di rompere il fidanzamento, con la disapprovazione dei miei.»

«Come biasimarti?» mormorò Carlotta.

«Questo mi portò ad allontanarmi dai miei genitori, che premevano perché mi liberassi di Alba. E a chiudermi in me stesso: mi dissi che nessuna donna avrebbe accettato la piccola. Ma per me lei era diventata la cosa più importante. Non volevo pettegolezzi, così iniziai a fare vita piuttosto ritirata. Rinunciai ai ricevimenti a Villa Sola, che del resto non sono la mia passione. Finché non accettai, su insistenza di tua madre, l'invito al ballo in maschera…»

Carlotta sentì un'ondata di emozioni sommergerla. Si rese conto che era questo il motivo per cui non riusciva a staccarsi da lui, nonostante tutto: quella miscela di forza e vulnerabilità, di altruismo nascosto sotto una corazza di indifferenza. Ma non poteva dirglielo, non poteva nemmeno ammetterlo a se stessa. Era troppo presto, e troppo intenso.

«Giorgio…» iniziò, ma non sapeva che parole usare. Lui rimase in silenzio, ma i suoi occhi sembravano aspettare, scrutandola con un'intensità che le fece distogliere lo sguardo.

E, in quel momento, capì che Giorgio era entrato nel suo cuore in un modo che non avrebbe mai potuto spiegare ad altri, nemmeno a se stessa. Non era un amore urlato, dichiarato con parole romantiche, ma qualcosa di più profondo, più sottile, una melodia suonata sottovoce che solo lei poteva sentire. Pensò ai ritocchi silenziosi del pittore dopo che l'opera è stata abbozzata.

«Devo chiederti ancora una cosa, se posso» trovò infine la forza di dire.

«Certo.»

«Che cosa ci facevi alla seduta spiritica con mia nonna, quella notte?»

Giorgio sorrise.

«Era sempre colpa della piccola Alba. Ha imparato la strada che collega le nostre due ville e appena la balia si distrae, lei viene qui. Le piace la serra della villa. Da lì riesce a vedere il lago e aspetta sempre, come se sperasse ancora di vedere la barca dei suoi genitori e della sorella tornare.»

Carlotta sentì le lacrime bruciarle gli occhi.

«Insomma, anche quella sera era scappata. Io ero corso a cercarla, e quando tua nonna ha visto che stavi per scoprirla, mi ha aiutato a nasconderla.»

Carlotta scosse la testa, sorpresa, e ripensò alla voce che aveva sentito quella notte e che chiamava mamma, almeno così le era parso. Aveva pensato a uno spirito o alla forte suggestione. Si trattava dunque della sorellina di Elena e la cara contessa Luisa era a conoscenza del segreto di Giorgio. Ma non fino in fondo: senz'altro pensava che fosse una figlia illegittima, o chissà cosa. Forse era questo il motivo per cui aveva tentato di tenerla lontana da lui.

«Allora tua nonna mi ha coinvolto nella seduta spiritica. Senza volerlo, quella sera ha risvegliato qualcosa in me. Qualcosa che ho cercato di dimenticare per anni. Ma è giusto che tu sappia che non credo nei fantasmi e tantomeno penso che lei abbia capacità soprannaturali.»

Carlotta esitò per un istante

Ora tutto aveva un senso. Le apparizioni, i canti, persino la sensazione che la villa fosse viva e piena di segreti. Anche durante la seduta spiritica la bambina era nei paraggi e l'interesse di Giorgio era solo una copertura per proteggerla. Dietro di lei, c'era sempre stato lui. Si spiegava anche il perché delle misteriose uscite solitarie di Giorgio nel cuore della notte e soprattutto il motivo per cui non volesse tenere ricevimenti a Villa Sola.

Il cuore mancò un battito per l'emozione di quella scoperta.

«Vorrei vederla» disse infine.

Giorgio la fissò a lungo, poi annuì. «Va bene. Ma solo se prometti di mantenere il segreto.»

Carlotta promise, sapendo che quella notte avrebbe cambiato tutto. La villa, Giorgio, Alba, ogni tassello sembrava incastrarsi in un mosaico che ancora non riusciva a comprendere appieno. Ma una cosa era certa: non sarebbe più tornata indietro.

22

«Così sei tu quella che gironzola alla villa» scherzò Carlotta con un sorriso, cercando di nascondere il suo impaccio. Si chinò leggermente, portandosi alla stessa altezza della bambina, ma senza avvicinarsi troppo. Alba rimaneva aggrappata a Giorgio, stringendo con forza la stoffa del suo mantello, come se fosse l'unica cosa che le impedisse di svanire. La sorella di Elena. Chissà se si somigliavano, se anche lei avesse l'iride color caramello e quei capelli castani scompigliati che sembravano morbidissimi.

Giorgio si chinò e le sussurrò qualcosa all'orecchio. La sua voce era così bassa che Carlotta non riuscì a capire le parole. Alba esitò, guardando prima Giorgio e poi Carlotta con occhi grandi, pieni di diffidenza e curiosità. Infine, con un cenno appena percettibile, acconsentì a lasciare la presa e staccarsi da Giorgio.

Carlotta rimase immobile, lasciando che fosse Alba a decidere il passo successivo. La bambina non si avvicinò subito, ma rimase accanto a Giorgio, le mani che si stringevano nervosamente dietro la schiena.

«Ciao, Alba» disse Carlotta, come se stesse parlando a un uccellino che temeva potesse volare via. «Sai che la villa è stata costruita molto tempo fa? Ti piace esplorarla?»

Alba non rispose. Scrutava Carlotta con una concentrazione

che la mise a disagio. Ebbe l'impressione che la bambina stesse cercando di capire chi fosse, se potesse fidarsi di lei. *I bambini hanno la capacità di leggerci dentro*, pensò.

«Non parla molto con gli sconosciuti» intervenne Giorgio, che non era mai stato così rilassato «Ma, se le piaci, forse ti farà vedere i suoi posti preferiti nella villa.»

Alba sollevò lo sguardo verso di lui, cercava conferma, poi tornò a fissare Carlotta. Fece un passo incerto verso di lei, ma rimase ancora vicina a Giorgio, come se avesse paura di allontanarsi troppo.

«Hai un posto speciale qui, Alba?» chiese Carlotta, accovacciandosi completamente. Le sue mani rimasero sul grembo, in una posizione che non voleva essere per nulla invadente. «Anche io ne avevo uno, quando ero piccola. Una finestra nella mia stanza da cui potevo vedere tutto il giardino. Mi piaceva immaginare che fosse un posto magico, solo mio.»

Gli occhi di Alba si illuminarono, come se quelle parole avessero trovato un eco dentro di lei. Si avvicinò di un altro passo, e Carlotta sentì il cuore battere più forte.

«Ce l'ho un posto» disse infine Alba, la voce appena un sussurro, ma chiara abbastanza da farsi sentire sopra il rumore del vento. «Nella serra. Da lì vedo il lago.»

Carlotta sorrise. «La serra? Dev'essere bellissimo.»

Alba annuì, i capelli scuri che ondeggiavano intorno al viso minuto. «Vedo le barche» mormorò, e i suoi occhi si abbassarono per un momento.

Giorgio, dietro di lei, rimase in silenzio, ma Carlotta poteva percepire la preoccupazione e lo strazio per quelle ultime parole. Alba guardò di nuovo Carlotta, questa volta con uno sguardo più aperto, quasi fiducioso.

«Non vedi l'ora di essere lì, vero?» disse Giorgio, chinandosi accanto alla bambina e posando una mano sulla sua spalla. «Ma ricorda, è il nostro segreto.»

Alba annuì velocemente, poi tornò a guardare Carlotta. «Tu… tu lo sai mantenere un segreto?»

La domanda colpì Carlotta. Non era solo una curiosità infantile, ma una prova. Alba non voleva sapere se poteva fidarsi. Le stava chiedendo qualcosa di più grande: se poteva permettersi di sperare, di essere al sicuro con lei nella sua vita.

Mi hanno già abbandonata, non farlo anche tu, sembrava voler dire.

«Sono bravissima a mantenere i segreti» rispose Carlotta, con una serietà che non lasciava spazio a dubbi. «Il tuo sarà al sicuro con me.»

Per la prima volta, Alba sorrise davvero. Non era un sorriso ampio o sicuro, ma un accenno, una piccola apertura che la fece sembrare meno una bambina persa e più una bambina che stava cercando di ritrovarsi.

Giorgio le osservava, e Carlotta si accorse che il suo sguardo era diverso. C'era qualcosa di più morbido, di più vulnerabile nei suoi occhi, come se vedere Alba fidarsi di qualcun altro lo avesse in qualche modo commosso.

Ma c'era anche qualcos'altro. Una tensione appena percettibile, un'ombra che si muoveva nei suoi lineamenti. Un segreto che era ancora suo, che non aveva condiviso, e che forse non avrebbe mai lasciato andare del tutto.

«Bene» disse Giorgio, interrompendo il momento con un tono più leggero. «Ora che avete fatto amicizia, Alba, che ne dici di mostrare a Carlotta il tuo posto segreto, la prossima volta?»

La bambina annuì lentamente, e Carlotta sentì una fitta al cuore. Non era solo una bambina. Era un legame tra lei e Giorgio, una porta verso qualcosa di più profondo.

«Devo portarla dalla balia, a casa» sussurrò Giorgio.

«Poi torna» lo pregò lei. «Devo parlarti.»

Lui si limitò ad annuire. Carlotta posò una mano sulla testa della bambina, poi li guardò allontanarsi. La domanda di Alba continuava a riecheggiare nella sua testa: "Sai mantenere un segreto?". S'incamminò verso la sala di Hayez. Forse era stanca di tenersi tutto dentro.

Quando Giorgio sarebbe tornato, Carlotta gli avrebbe parlato di Elena e del diario. Aveva deciso. Era la cosa giusta da fare, soprattutto nei confronti di Alba.

La luce delle candele tremolava sulle pareti, disegnando ombre instabili intorno alla figura del dipinto. *L'ultimo bacio di Giulietta e Romeo*, con i suoi toni intensi e il pathos struggente, sembrava quasi prendere vita nel silenzio. Carlotta si trovava lì, in piedi, lo sguardo fisso sul quadro, le braccia incrociate come a proteggersi da qualcosa che non riusciva a nominare.

Le sembrò che fossero passati pochi minuti, quando sentì i passi del duca che la raggiungevano nella stanza.

«Eccomi, la balia l'ha portata in camera sua» mormorò Giorgio.

Quando Carlotta si voltò verso di lui, i loro sguardi si incrociarono, e per un attimo il tempo sembrò sospeso.

Lui fece un passo avanti, e poi un altro. C'era qualcosa nel modo in cui la guardava, nella tensione che si era accumulata tra di loro in quelle settimane, che sembrava sul punto di esplodere. Carlotta non riuscì a muoversi, nemmeno quando lui si avvicinò così tanto che poteva sentire il calore del suo respiro. Aveva una tremenda voglia di baciare di nuovo le sue labbra, di abbandonarsi nelle sue braccia e sentirsi finalmente al sicuro.

Lui aveva frainteso. O forse no. Giorgio si chinò leggermente, il viso a pochi centimetri dal suo, gli occhi che cercavano nei suoi una risposta che lei non era pronta a dare. *Solo un bacio*, pensò. *Che male può farmi, che male può fare a lui, in questo momento?* Poi si ritrasse.

«Giorgio» sussurrò, con una fermezza che sorprese perfino lei stessa, rompendo l'incanto del momento. «Non sono qui per questo. Volevo parlare dei Valsecchi.»

Lui si fermò, il viso che si scostò appena, ma non del tutto. La sua espressione cambiò, divenne più cupa. Fece un passo indietro, portandosi una mano alla nuca per sciogliere la tensione.

«Va bene» disse infine, il tono più duro di prima, come se cercasse di difendersi da qualcosa che non aveva il coraggio di affrontare fino in fondo.

E Carlotta, per la prima volta, capì che quello che stava per dire avrebbe potuto cambiare tutto. Ma non si tirò indietro.

«Ho trovato un diario alla villa» iniziò. «Sembrava che qualcuno volesse farmelo scoprire. Parla anche di Alba, è datato tre anni fa...»

Giorgio spalancò la bocca.

«Lo so, è tutto così strano. L'ha scritto Elena, la ragazza sparita insieme ai genitori. La sorella di Alba.»

«Cosa dice? Potrebbe essere ancora viva?»

«Non lo so, ma questo diario sembra legare tutto: la villa, il lago...»

Giorgio si irrigidì, la schiena si fece più dritta e le mani smisero di muoversi.

«Elena» ripeté. «Quando trovai Alba, continuava a ripetere solo due parole: mamma e nena.»

«Sì» continuò Carlotta, il cuore che le martellava nel petto. «Non so molto di lei, ma... il diario parla di molte cose. Di

Alba, naturalmente, e della sua vita e… di quella famiglia. I Valsecchi.»

Giorgio si sporse leggermente in avanti, il volto adombrato da un'emozione che Carlotta non riusciva a decifrare.

«Lei è viva?» chiese, la voce più tesa. «Questa è la cosa più importante.»

Carlotta non rispose subito. Si alzò e spostò il quadro, poi mostrò a Giorgio il diario. Quando glielo porse, Giorgio lo prese con esitazione, come se avesse paura di toccarlo, sembrava un oggetto che potesse scottare. Lo fissò per un istante. Le sue dita sfioravano appena la copertina consunta, il cuoio logoro intriso di segreti e di tempo.

Poi, lentamente, lo aprì. Le pagine scricchiolarono sotto il peso delle sue mani, e lui iniziò a sfogliarle con una lentezza che fece venire a Carlotta voglia di afferrarlo e leggerlo tutto d'un fiato. Ma si trattenne, rimanendo in piedi accanto a lui, il cuore che batteva forte mentre lo guardava scorrere i ricordi di una donna che non aveva mai conosciuto.

Si fermò su una delle ultime pagine, gli occhi che si stringevano. Carlotta notò come la mascella di Giorgio si serrasse appena, una contrazione nervosa che tradiva la tensione che cercava di nascondere.

«Leggiamo insieme» propose Carlotta, rompendo il silenzio. Giorgio annuì, ma non parlò. La sua voce sembrava essere sparita, lasciandolo in balìa delle parole scritte nel diario.

Scrivo queste righe con la consapevolezza che potrebbero essere le ultime. La penna sembra tremare tra le dita, o forse sono le mani che avvertono il peso della paura. Il silenzio della notte è spezzato solo dal battito del mio cuore, che sembra più rumoroso del vento che ulula fuori. La mamma mi ha detto di non voltarmi mai indietro. Di non guardare la villa, di non pensare a ciò che lascio. Ma come si fa? A dimenticare la casa dove hai imparato a camminare, il lago che ha specchiato i tuoi sogni e le persone che sono diventate parte di te, nel bene e nel male? Pensavo che lasciarsi il proprio passato alle spalle sarebbe stato più semplice, ma al solito mi sbagliavo. Non vedrò mia sorella crescere. Non rivedrò più Tano.

Lorena mi ha avvertita stasera. Il suo viso era teso, i suoi occhi spalancati, pieni di una paura che non avevo mai visto in lei prima d'ora.

«Non puoi aspettare ancora» mi ha detto. «Mio padre sa. Non sono sicura come, ma sa che stai per andare. È furioso. Ha assoldato alcune persone che hanno il compito di sorvegliarti.» Le sue parole mi hanno scosso, ma non quanto il suo tono: intriso di urgenza e dolore, sapeva che non ci saremmo mai più riviste.

La mamma e il papà hanno preparato tutto. Stasera mi accompagneranno a Bellagio. Un vecchio pescatore, amico di famiglia, mi aspetterà per portarmi in un posto sicuro. Ma c'è un prezzo. Dovrò dimenticare tutto. Dimenticare Elena, dimenticare chi sono stata, chi avrei potuto essere. Mi hanno detto che è l'unico modo per essere davvero libera. Ma posso davvero dimenticare il mio nome? Come si fa a cancellare i ricordi che ti hanno plasmata?

Non si può, penso. Non si può davvero. Ma si può scegliere di nascondere, di sotterrare, di lasciare tracce per chi, un giorno, possa comprendere e ricordare al tuo posto.

Il diario è una parte di me. Non voglio portarlo con me, ma non posso nemmeno distruggerlo. Ogni parola che ho scritto contiene un frammento di ciò che sono, di ciò che ho vissuto. È il mio grido nel buio, il mio modo di dire: «Sono stata qui. Questo è accaduto. Io esisto». Se lo lascio dietro, non è per paura o debolezza, ma

perché voglio che qualcun altro lo trovi. Qualcuno che possa leggere queste righe e capire.
Per questo ho deciso di lasciarlo nel baule, insieme al libro di leggende giapponesi. Vorrei portarle con me, ma non devo avere niente della mia vecchia vita, tanto meno un libro con la dedica e gli altri regali: la scatola con la chiave, così bizzarra e il minuscolo carillon.
Sono tutti regali dello zio, un uomo che mi ha sempre protetta, anche quando nessun altro lo faceva. Il carillon è forse l'oggetto più prezioso che possiedo. La chiave non è solo un simbolo, ma un avvertimento. Forse è solo un grido di aiuto in ritardo. Vorrei solo che ciò che è accaduto a me non accada a qualcun'altra. Forse chi troverà questa chiave troverà anche il coraggio di non fuggire, di affrontare ciò che io non ho potuto affrontare.
Sento dei passi. Forse gli scagnozzi che ha assunto Alfonso sono già qui.
Scrivo queste righe come se parlassi a qualcuno che non conosco, che forse non conoscerò mai. Ma sento che ci sei, che troverai queste parole e capirai che non sono solo carta e inchiostro. Sono memoria. Sono resistenza. Sono ciò che resta di me, di Elena, in questo mondo che voleva cancellarmi.

Quando Carlotta chiuse il diario, il silenzio sembrò colmare la stanza. Le parole di Elena avevano lasciato un'eco, un sussurro che si intrecciava con il respiro della villa. La chiave, il diario, tutto cominciava ad avere senso.

«Si interrompe qui» mormorò, «con questa frase: "voleva cancellarmi".»

Giorgio annuì, ma non disse nulla.

«Dunque, Alfonso ci è riuscito» continuò Carlotta, in preda

alla disperazione. «Non poteva averla e non l'ha lasciata fuggire. Non è morta nel naufragio: l'ha ammazzata lui.»

Rabbrividì, mentre pronunciava quelle parole.

«Carlotta…» mormorò il duca.

«Eravamo amiche, in un modo che non ti so spiegare… La sentivo vicina e speravo che un giorno…»

Si mise a singhiozzare, senza più alcun ritegno.

Giorgio le accarezzò la schiena.

«Sono ciò che resta di Elena» bisbigliò Carlotta «in questo mondo che l'ha cancellata.»

23

«Forse dovrei andare» iniziò Giorgio, «se dovessero scoprirci qui a confabulare, fraintenderebbero. Ma non mi va di lasciarti qui in questo stato. Non prima di averti detto ciò che ritengo importante. Qualcosa che riguarda Miranda.»

Carlotta lo fissò.

«Sapevo che saremmo finiti a parlare anche di lei» disse, cercando di mantenere un tono neutro, ma il tremolio nella voce la tradì.

«Ascoltami, Carlotta. Io non ho mai avuto intenzione di corteggiare Miranda.»

«E allora cosa ci facevi con lei, a Villa Melzi?»

«Davvero vuoi ancora parlare di questo?» sbottò lui.

«Di cosa dovremmo parlare? Cosa voleva davvero da te?»

Lui aggrottò la fronte.

«È questo il punto: non lo so. Però è collegata in qualche modo ai Valsecchi. Ecco quello che volevo dirti.»

«Miranda...» esclamò Carlotta, incredula. «Cosa?»

«Sì. Quando ci hai sorpresi sulla riva del lago mi stava chiedendo da quanto tempo fossi a Villa Sola e se ricordassi le persone che abitavano lì. In modo particolare proprio i Valsecchi.»

«E perché voleva saperlo?

«Non me l'ha detto, ovviamente. Ma aspetta: non è la sola stranezza che ho notato in lei, in tutto questo periodo...»

«Ovvero?»

«Potrebbero essere tutte sciocche supposizioni.»

«E tu dimmele.»

«Dunque, partiamo dall'inizio. Nel diario si parla di un certo Tano. Non è la prima volta che sento questo nome.»

«Che intendi?»

«Partiamo dal principio. Dall'arrivo di Miranda. Al tuo debutto, ho visto Miranda per la prima volta. Io cercavo di scappare da quell'odioso marchese che cerca sempre di farmi organizzare le feste a Villa Sola, lei invece... Sembrava voler ficcare il naso ai piani alti della tua villa. L'ho fermata, mi sono presentato e le ho chiesto cosa stesse combinando. Lei non ha risposto, ha blaterato qualcosa sul fascino delle antiche ville. Poi ha osservato che io sembravo saperne molto, su questi luoghi.»

Carlotta non replicò.

«Ma non è tutto. Una volta l'ho incontrata per caso al mercato, indossava i panni di una donna del popolo. Mi sono avvicinato, indeciso se salutarla o no... Poi ho avuto la sensazione che si trovasse in incognito, per qualche motivo. Mi sono insospettito e l'ho seguita, e ho visto che si fermava a una bancarella, bisbigliava qualcosa alla venditrice, che scuoteva il capo. Dopo che se n'è andata, ho domandato all'ambulante cosa volesse la donna che le aveva parlato, ho dovuto anche corromperla con qualche moneta... La faccenda aveva destato tutta la mia curiosità.»

«Dunque ammetti che Miranda ti attraeva» si lasciò sfuggire Carlotta.

«Ma non in quel senso. Non fraintendermi sempre!» protestò lui.

«Dunque alla fine che cosa hai scoperto?»

«Pare che Miranda cercasse un falconiere.»

«Un falconiere?» chiese Carlotta.

«... di nome Tano.»

Carlotta trattenne il respiro, ma non lo interruppe. Giorgio continuò. «Poi c'è stata quella assurda richiesta, come ti dicevo. Mi ha domandato di parlare, di nascosto da tutti, ma abbiamo scelto il momento sbagliato e non sei stata l'unica a vederci e a fraintendere. È riuscita a dirmi poco, ma ha iniziato a raccontare che era qui per un motivo ben preciso e cercava il mio aiuto, perché era convinta che io avessi avuto a che fare con i Valsecchi...»

«Tano... I Valsecchi...» mormorò Carlotta, la sua voce un filo di seta teso tra curiosità e paura.

Giorgio abbassò lo sguardo.

«Ogni incontro con Miranda era come camminare su una corda. Mi ha fatto pensare...»

Giorgio esitò. Abbassò lo sguardo, intrecciando le mani nervosamente come se stesse lottando con qualcosa di più grande delle sue parole. Alla fine si passò una mano tra i capelli, un gesto per prendere tempo.

«I Valsecchi... Questo Tano che appare sia per Elena che per Miranda...»

«Ora stai pensando anche tu che...»

Si guardarono e Carlotta trattenne il fiato. Le parve di rivedere in un momento tutte le immagini che si era figurata nel diario, che ora si sovrapponevano a quelle di Miranda. Rivide la sua entrata in scena al ballo di debutto, le battute, la sicurezza nel danzare e l'abilità a cavallo... Ripensò a quanto era stata attratta da quella donna, tanto quanto aveva ammirato il coraggio della Elena del diario.

«Potrebbero essere la stessa persona?» chiese Carlotta.

«Temo che solo lei potrebbe confermarcelo.»

Carlotta annuì.

«Vogliamo andare da lei?»

«Ma Carlotta…»

«Sì, lo so. Non devo illudermi troppo.»

«Intendevo che è notte fonda, non pensi dovremmo aspettare domattina?»

«Oh… certo» ammise lei. Giorgio sorrise.

«Quando qualcosa ti interessa, dimentichi tutto il resto.»

La luce della luna si rifletteva sul lago, tingendo le acque di argento, mentre Carlotta e Giorgio si presero per mano.

«Non so come farò a resistere fino a domani» sospirò Carlotta.

«Io, invece, vorrei che questa notte non finisse» disse Giorgio, guardando le acque scure del lago.

«Cosa ti sta tormentando?»

«Alba è sua sorella. Ma l'ho cresciuta io. Aveva solo due anni quando Elena è scomparsa. Mi posso fidare?» Carlotta comprese. Le stava domandando qualcosa che non poteva sapere.

«Una cosa è certa» rispose. «Se Miranda è davvero Elena, ha il diritto di sapere che sua sorella è viva.»

24

Il buio stava iniziando a cedere il passo a una luce dorata, che recava con sé tutta l'aspettativa di quella mattina. Carlotta aveva insistito perché Giorgio passasse a prenderla presto. Lui aveva risposto che forse era meglio aspettare almeno l'ora del tè, ma lei non aveva voluto saperne. Aveva faticato a prendere sonno, ansiosa com'era di scoprire la verità su Miranda. Si era messa a sfogliare il diario per cercare nelle parole di Elena qualcosa che potesse farle intuire che fosse Miranda, qualcosa che doveva esserle sfuggito. Ma proprio non riusciva a dare a Elena il volto di Miranda, a figurarsela con quei lunghi capelli e gli abiti eccentrici.

Il duca si era presentato a cavallo e le aveva chiesto di montare, con un sorrisetto malizioso.

«Non ti lascerò tenere le redini, tranquilla» scherzò. Lei alzò gli occhi al cielo.

Sedeva stretta a Giorgio, il calore del suo corpo che la rassicurava più di qualsiasi parola.

Il cavallo trottava deciso sul sentiero, il suono degli zoccoli era un ritmo costante che sembrava scandire i suoi pensieri. Le mani stringevano la vita di Giorgio, forse con più forza del necessario, ma lui non sembrava farci caso. Anzi, di tanto in tanto abbassava la mano destra per coprire la sua, stringendola brevemente prima di tornare a tenere le redini. Il sentiero si snodava tra fitti boschi di faggi e larici, i cui rami ondeggiavano leggeri al primo soffio del vento. Ai lati, in mezzo alle morbide radure ancora umide di rugiada, spuntavano cespugli di ginepro e macchie di erica, i cui fiori delicati, in sfumature di viola e rosa, punteggiavano il verde intenso della vegetazione. Sullo sfondo, le Alpi svettavano contro il cielo arrossato, e il lago riproduceva fedelmente le sagome delle montagne, alla stregua di un pittore incantato.

«Va tutto bene» le disse Giorgio senza voltarsi. La sua voce era calma, profonda, come il lago nelle notti senza vento. Carlotta non rispose, ma annuì appoggiata alla sua schiena. Percepiva il battito del cuore di lui attraverso la giacca, un ritmo che la faceva sentire protetta, e per un momento si rese conto di non avere paura di nulla. Non con lui.

La strada era irregolare, ma Giorgio sembrava conoscere ogni curva. Carlotta si concentrò sul respiro del cavallo, sull'odore del cuoio della sella, sul calore delle gambe di Giorgio che si muovevano ritmicamente contro i suoi fianchi. Era una vicinanza che la turbava e la consolava allo stesso tempo. Ogni scossone del cavallo le ricordava che lui era lì, solido, reale.

«Siamo vicini» mormorò Giorgio, spezzando il silenzio. Forse la condivideva con lei, quella strana inquietudine che si mescolava all'aspettativa.

Carlotta alzò lo sguardo. Davanti a loro si ergeva una villa dall'aspetto maestoso e massiccio, con un ampio cancello che fronteggiava la vasca delle ninfee. Grandi terrazze sorrette da poderose mura sostenevano l'ampio giardino che saliva a scaglioni verso l'ingresso. Il sentiero era fiancheggiato da cipressi. Giorgio aiutò Carlotta a smontare da cavallo e percorsero il cammino mano nella mano.

«Questa è…» iniziò Carlotta, ma Giorgio la interruppe con un cenno del capo.

«Sì» confermò. «La villa di miss Grey.»

Carlotta rimase in silenzio. Si era figurata qualcosa di imponente, ma non così. La villa era una dichiarazione, un grido silenzioso di potere e ricchezza che le dava quasi le vertigini. Il pensiero che Miranda, o Elena, avesse vissuto lì mentre lei leggeva il suo diario e intanto la invidiava, la fece sentire piccola, inadeguata, come un frammento di una storia che non comprendeva del tutto.

«Pronta?» chiese lui, lanciandole una delle sue occhiate profonde.

Carlotta annuì, ma dentro di sé sapeva di non esserlo. C'erano troppe domande, troppe zone d'ombra che aspettavano di essere illuminate. Eppure, con lui accanto, il timore sembrava qualcosa di lontano, un sussurro che non poteva più raggiungerla.

Quando Giorgio bussò con forza al portone, il suono sembrò riecheggiare nel silenzio.

Il maggiordomo aprì poco dopo, inarcando un sopracciglio con disappunto. «A quest'ora? Mi dispiace, ma la signora e i suoi ospiti non ricevono visite la mattina presto.»

«È urgente» lo pregò Giorgio.

«Deve sapere che siamo qui. Chiamatela» aggiunse Carlotta, con un tono che non ammetteva repliche.

Il maggiordomo li fissò per un momento, esitante. Sembrava voler opporre resistenza, ma alla fine annuì con un cenno rigido. «Aspettate qui.»

Lì, sulla soglia, Carlotta intrecciò le mani, cercando di calmarsi. Quando finalmente la porta si riaprì, una figura apparve nell'ombra.

Miranda, o forse Elena. Poteva essere entrambe, ma Carlotta non riusciva ancora a sovrapporre le due figure. C'era la ragazza che andava a pesca, che era cresciuta sul lago, che aveva lavorato a servizio per gran parte della sua vita. E poi c'era la debuttante, quella che aveva fatto girare la testa a tutti con il suo accento inglese, il fare brillante, l'abilità nello svolgere qualsiasi cosa. Davanti a lei ora c'era una donna che sembrava non essere nessuna delle due. Aveva il viso pallido, i capelli raccolti in una treccia disordinata e gli occhi gonfi. Indossava un semplice abito da viaggio, e vicino a lei c'era lady Margaret, la madre di Miranda, che la osservava con lo stesso sguardo pieno di affetto che aveva già notato la volta che le aveva viste insieme. Carlotta sbirciò l'austera figura della donna che aveva preso sotto la sua ala Miranda, e si sentì intimorita.

«Cosa fate qui? Non vi pare un orario poco conveniente?» chiese Miranda, la voce bassa, quasi un sussurro. I suoi occhi cercavano quelli di Giorgio, poi si mossero su Carlotta.

Lei non rispose, e senza più esitare le mostrò il diario. Nel vederlo, Miranda ebbe un sussulto e in quel momento lei ne fu certa: era Elena. Non si erano sbagliati.

«Questo… ti dice qualcosa?»

Miranda si irrigidì, il respiro si fece più veloce. Lady Margaret la guardò con preoccupazione, ma non disse nulla. Sembrava aspettare una decisione da parte sua.

«Venite» disse infine Miranda, facendo un passo indietro per lasciarli entrare. La sua voce era rotta, sembrava una criminale sul punto di rilasciare la confessione che l'avrebbe portata al patibolo. «Se siamo arrivati a questo punto, allora è giusto che sappiate tutto.»

Passarono dalla massiccia porta in legno in un ingresso solenne, intriso di una luce tremula che filtrava da ampie vetrate colorate. Il pavimento in marmo, lucido per il passaggio dei secoli, rifletteva l'eleganza austera dell'architettura, mentre alle pareti si stagliavano arazzi e quadri di fanciulle dall'aria severa e conti con la spada in mano. L'aria era pregna di un silenzio rispettoso, quasi reverenziale, e un profumo dolciastro arrivava da un vaso di fiori freschi, che parevano appena colti. Si sedettero in un salottino illuminato da lampadari di cristallo che diffondevano una luce morbida e avvolgente. Il mobilio in legno intagliato e le sedute rivestite di velluto pregiato ricordarono a Carlotta i salottini dei café di Berlino.

Miranda chiese al maggiordomo di far servire del tè, mentre le mani stringevano un piccolo scialle. Per un momento non disse nulla, poi alzò lo sguardo verso di loro.

«A quanto pare sapete già chi sono davvero» iniziò, il tono basso ma carico di emozione.

Carlotta e Giorgio rimasero in silenzio, aspettando. Carlotta trepidava per raccontarle tutto, ma si fidava di Giorgio, che conosceva meglio Miranda. Se non aveva ancora nominato Alba, era senz'altro perché voleva proteggerla fino alla fine.

Lady Margaret si avvicinò a Miranda, posandole una mano sulla spalla, ma lei si scostò dolcemente. «Mi chiamo Elena, e non Miranda» ammise. «Sono nata qui, sulle sponde di questo lago. Mio padre e mia madre lavoravano per i Valsecchi, e vivevamo in una piccola casa vicino alla villa. Avevo una sorella, Alba. Era tutto per me.»

Giorgio trattenne il respiro al sentire quel nome, e Carlotta lo notò. Gli sfiorò il braccio.

«Ma se avete letto il mio diario» continuò Miranda, «tutte queste cose già le sapete. Non sapete, però, cosa accadde quella notte, quando scappai.»

Carlotta annuì.

«Fuori infuriava la tempesta. Dopo che Alfonso, il padrone, aveva cercato di violentarmi, mia madre e mio padre avevano deciso di farmi fuggire, a costo di sacrificare il loro posto di lavoro.»

Lady Margaret sospirò. Le fece segno di proseguire.

«Quella fu una notte terribile. Gli scagnozzi di Alfonso mi seguirono, qualcuno ci aveva visti preparare le barche. I miei genitori mi accompagnarono al porticciolo, lasciai che scappassero e cercai di remare più veloce e siccome mi videro allontanarmi, lanciarono le torce sulla barca, che prese fuoco. Quello stesso fuoco che mi ha bruciato la pelle. Voi avete visto le cicatrici che mi sono rimaste. Credevo sarei morta. Furono attimi difficili, non mi buttai subito in acqua perché temevo mi avrebbero presa. Loro gridarono di fermarmi, che lo ordinava Alfonso. Mi lasciai cadere nel lago, pensarono che fossi annegata, la corrente mi trascinò lontano.»

Carlotta trattenne il fiato.

«Che i miei erano morti, me lo scrisse la cuoca, che conosceva il pescatore che mi stava nascondendo: tutto ciò che mi rimaneva era Alba. Non è chiaro come abbiano perso la vita, quella maledetta notte, ma considerando che quasi subito Alfonso Valsecchi se ne andò dalla villa, temo che possa essere stato lui il colpevole. I corpi furono ritrovati sulla riva, i gendarmi dissero che erano morti annegati. Volevo tornare alla villa, ma il pescatore che mi aveva nascosto disse che non avrei risolto nulla, anzi: se possibile avrei messo a rischio la vita di mia sorella. La cuoca era dovuta partire con la famiglia Valsecchi, per Milano. Prima di andare via cercò la bambina dappertutto, ma era sparita. I Valsecchi, nel frattempo, sembravano aver fretta di scappare via. Non erano ben visti, a Tremezzo. La gente aveva iniziato a chiacchierare.»

«Poi che successe?» la incitò Carlotta.

«Incontrai lady Margaret. Per caso, o forse per destino. Era in visita al lago, cercava una guida che parlasse italiano. Mi disse che amava la nostra lingua, che voleva impararla. Quando mi chiese se fossi stata disposta a seguirla a Londra, esitai. Stavo vivendo nella soffitta del vecchio pescatore, in attesa di sapere quale sarebbe stato il mio destino. Ma non potevo smettere di cercare Alba. La cuoca, prima di lasciare la villa, mi aveva garantito che della piccola non c'era più traccia e mi aveva consigliato di sparire per un po', perché Alfonso Valsecchi se n'era andato, sì, ma non i suoi uomini, che erano stati ben pagati per avvertirlo nel caso fossi miracolosamente sopravvissuta. Io... mi convinsi che non c'era più nulla che potessi fare... Però partire non fu una decisione semplice: era come se la stessi abbandonando anch'io.»

Elena serrò le labbra: il senso di colpa la stava divorando.

Lady Margaret si schiarì la voce.

«Non sapevo cosa fosse successo a Elena» spiegò «ma percepivo la sua sofferenza e vedevo che si guardava sempre intorno con occhi spaventati. Mi pareva stesse cercando una via di fuga. E io ero una donna sola. Ho pensato che mi avrebbe tenuto compagnia.»

Guardò Elena sorridendo.

«Quello che non immaginavo è che tra noi si sarebbe instaurato questo rapporto. Per me Elena è come la figlia che non ho mai avuto.»

Elena le strinse una mano.

«Lady Margaret ha preparato un unguento speciale per le mie bruciature, funziona soprattutto quando ho le crisi e mi sembra di essere ancora avvolta dal fuoco.»

«È ciò che ti è successo a Villa Camelia?» domandò Carlotta.

Elena annuì.

«Così per qualche anno rimasi a Londra. Frequentai una scuola, ebbi modo di curare le ferite, quelle interiori e quelle che avete visto sul mio corpo. Diventai un'altra persona giorno dopo giorno, tra prove di ballo e letture. Amo quella città, mi ha permesso di rinascere, ma avevo lasciato troppo qui, sul Lago di Como. Mi serviva solo del tempo.»

«Cambiasti nome da subito?» domandò Carlotta. Ancora non riusciva a pensare che Elena e Miranda fossero la stessa persona. Ci aveva riflettuto tutta la notte, cercando parallelismi tra ciò che aveva letto nel diario e la figura che aveva davanti. Ma era stato difficile trovarli.

«No, la decisione avvenne molto dopo. Fu merito di lady Margaret. Da sola non ce l'avrei mai fatta a costruire un'altra identità. Non mi sarebbe proprio venuto in mente. Ero più ingenua, allora, e credevo che sarebbe bastato tornare e chiedere. Ma chi avrebbe dato retta a una serva?»

«Leggevo nel suo sguardo la malinconia di chi ha dei conti in sospeso e mi decisi a chiederle cosa fosse successo prima di conoscerci» spiegò lady Margaret.

«Così le raccontai di Alfonso, di quello che avevo subito. Le dissi che avevo una sorellina, che non sapevo che fine avesse fatto. Ogni notte, quando chiudevo gli occhi, vedevo il suo viso. Piccola, con quei capelli morbidi che la mamma le pettinava sempre due volte al giorno. La sentivo chiamarmi, Nena, Nena, ma la sua voce si perdeva nel rumore del fiume, nei vicoli di Londra, nella mia mente che non trovava pace. Volevo tornare. Volevo sapere cosa le era successo.»

Carlotta strinse la mano a Giorgio, che fremeva.

«Da tempo» mormorò lady Margaret «avevo questa idea di trasferirmi in Italia, per la bella stagione. Pensai che tornare nei posti dove era cresciuta Elena forse ci avrebbe permesso di sapere cosa fosse successo a quella bambina. Sapevo da una mia amica che tutta la nobiltà si riuniva per combinare affari e matrimoni proprio sul lago, così cercai una villa da acquistare e proposi a Elena, che aveva l'età perfetta, di presentarsi come mia figlia. C'è qualcosa che un buon vestito non possa fare per convincere gli altri?»

«In effetti» mormorò Carlotta «sembravi solo un po' eccentrica. Nessuno ha sospettato riguardo le tue origini.»

«Questo perché abbiamo fatto le cose per bene» spiegò Elena. «Lady Margaret aveva partecipato come costumista alle prove di una compagnia teatrale, un tempo. Conosceva ancora il direttore di scena. Mi portò da lui e imparai a recitare. Non dovevo solo dimostrare di essere brava a cavallo e nelle danze, dovevo anche convincere tutti che ero Miranda. Quella fu la parte più difficile. Le bruciature sul collo non mi permettevano di acconciarmi i capelli come la maggior parte delle nobili, così creammo le trecce. Ma insieme alle trecce, doveva crescere il mio carattere anticonformista… Fu estenuante.»

«E quel coltello?» domandò Giorgio.

«Non me ne separo mai, da quando ho subito l'aggressione del signor Valsecchi. La paura ti fa alzare le difese.»

Carlotta era allibita. Da un lato provava ammirazione, dall'altro pensò di essere stata una sciocca per non essersi mai accorta di nulla.

«Quando fui pronta, lasciai Elena a Londra e partii come Miranda. Riuscimmo a preparare il mio debutto lo stesso giorno tuo, Carlotta, perché volevo entrare alla villa. Iniziare da lì la mia ricerca.»

«Quando ti conobbi…» intervenne Giorgio.

«Sì.»

«Non eri davvero interessata a sposarti, dunque?» chiese Carlotta. Non riusciva a guardarla negli occhi.

Elena esitò.

«Non ci pensavo proprio, per la verità. Sono già stata innamorata in passato e non è finita bene.»

«Hai mai valutato di dirci la verità e basta?» chiese Giorgio.

«Nessuno avrebbe accettato la verità. Nessuno avrebbe creduto a una serva che tornava per reclamare la sorella dopo essere fuggita, e io temevo che chi l'avesse fatto mi avrebbe collegata ai Valsecchi. Sono ancora terrorizzata da quell'uomo. Così mi sono avvicinata a te, Giorgio, perché sapevo che eri legato alla villa, al lago. In molti nobili hanno iniziato a dire che non ero la figlia di lady Margaret Grey, ma solo la sua pupilla, una poveretta raccattata in giro. E sappiamo benissimo che differenza può fare nella nostra società.»

«Il sangue reale…» mormorò Carlotta, ripensando alle conversazioni con Francesco.

«Lady Margaret mi ha aiutato come ha sempre fatto con le fanciulle orfane da quando è rimasta vedova. Era compiaciuta del fatto che mio zio avesse provveduto alla mia istruzione, le ho tenuto compagnia, ma…» Miranda fece una pausa. «Ero così certa che avrei ritrovato Alba» mormorò. «Mi chiedo spesso dove sia ora, cosa stia facendo. Mi chiedo se si ricorda di me, se sente ancora la mia assenza come io sento la sua.»

Il silenzio che seguì fu pesante. Giorgio si alzò, andò alla finestra, scostò le tende di velluto rosso, tornò sui suoi passi. Carlotta non lo aveva mai visto così teso.

«La sola parola che mi disse, all'inizio, fu Nena» disse infine, con la voce tremante.

Elena lo fissò, incredula. «Cosa?»

Giorgio annuì.

«Disse anche mamma, per la verità.»

«Non è uno scherzo, vero?» fece Elena, che sembrava aver ripreso colore nelle guance.

«L'ho trovata io» ammise Giorgio, il volto segnato da una strana dolcezza. «Dopo quella tempesta, l'ho scoperta sola nel giardino della villa. Era spaventata. Non c'era nessuno per lei, così, dopo aver chiesto al custode se ne sapesse qualcosa, l'ho presa con me.»

Elena si alzò in piedi di scatto, le mani che tremavano. «Dove... dov'è? La voglio vedere.»

Sembrava non credergli. Carlotta la osservò e capì quanto dovesse essere stato difficile per lei mascherarsi da Miranda, fingere di essere interessata ai balli e ai corteggiamenti, mentre in realtà il suo scopo era tutt'altro. Si convinse che lei in effetti, anche senza sangue reale, era più nobile di tutti loro. L'affinità che aveva percepito con quella ragazza, in fondo, era autentica: entrambe non erano interessate alle mode, ai balli, ai corteggiamenti. Pur avendo obiettivi diversi, si erano ritrovate e c'era stato un rapporto autentico, tra loro. Molto più che con tante donne nobili e arriviste, con cui non aveva mai avuto argomenti di discussione.

Giorgio si girò verso Carlotta, come per trovare in lei la forza. «È con me, Elena. È al sicuro.»

Carlotta strinse con dolcezza la mano di Miranda, cercando di trasmetterle un filo di rassicurazione. Non poteva credere che in realtà stesse stringendo la mano a Elena, la sua Elena, quella che aveva sentito amica quando nessuno sembrava aver capito i suoi desideri e la sua vera vocazione. Poi prese il diario, che aveva appoggiato sul tavolino da tè.

«Miranda, questo è tuo. Te lo restituisco» disse, la voce bassa ma intensa.

«Quando l'hai trovato?» domandò Miranda.

«Quasi subito, appena arrivata alla villa. Non sapevo cosa aspettarmi. Era come spiare nella vita di un'altra persona, qualcuno che conoscevo appena ma che sembrava gridare per essere ascoltato.»

«In quelle pagine c'è tanta verità… C'è la mia vita.»

«Sì. E ogni pagina mi chiamava, ogni parola sembrava… necessaria. E poi, c'era il tuo coraggio. Ho capito quanto fosse importante per te lasciare una traccia, un segnale per chiunque venisse dopo. Forse anche per me.»

Miranda abbassò lo sguardo, il suo volto segnato da emozioni contrastanti.

«Non era solo un segnale» mormorò. «Era tutto ciò che potevo fare. Una sorta di… grido di aiuto. Sapevo che lasciando quel diario, qualcuno, un giorno, avrebbe conosciuto la mia storia.»

Carlotta rimase in silenzio per un attimo, poi si fece più vicina. «Perché hai lasciato anche la chiave? Era un invito? O una trappola?»

Miranda aggrottò la fronte.

«Quale chiave?» replicò. «Non ho lasciato nessuna chiave, di che stai parlando?»

Carlotta serrò le labbra e si sentì una sciocca. Scosse la testa. «Devo essermi confusa» rispose. Non era né il tempo né il momento di complicare le cose, aggiungere variabili a una situazione già tanto intricata.

«Dopo aver letto le tue pagine mi sembra di esserti amica da sempre» aggiunse Carlotta.

Miranda annuì, gli occhi fissi su di lei. «Ti sento vicina anche io e ho avuto questa sensazione per tutta l'estate.» La sua voce era colma di gratitudine e malinconia. «Sei andata avanti a leggere quelle pagine, senza sapere dove ti avrebbero portato. Hai seguito i miei passi anche quando tutto sembrava oscuro.»

Lady Margaret le interruppe. Il suo volto era sereno, ma gli occhi tradivano un'inquietudine che Carlotta notò immediatamente.

«Dunque, è tutto deciso?» chiese Margaret, rivolgendo uno sguardo affettuoso a Miranda. «Sei pronta per incontrarla?»

Miranda annuì, stringendo ancora la mano di Carlotta. «Sì, ma solo grazie a loro. Senza Carlotta e Giorgio... non avrei avuto il coraggio.»

Margaret sorrise. «Allora andate, non c'è tempo da perdere. Io vi aspetterò qui. Sono ansiosa di conoscere Alba. Sono sicura che è magnifica, proprio come sua sorella.»

Carlotta sentì l'emozione stringerle il petto. Margaret sembrava capire tutto senza bisogno di spiegazioni, come se la sua presenza stessa fosse un filo che cuciva insieme i frammenti spezzati delle loro vite.

Miranda si alzò, per un attimo perse l'equilibrio. Doveva essere stata davvero un'impresa immane per lei fingere tutto quel tempo. Sembrava un'altra persona.

«Andiamo» disse, la voce che tremava leggermente. «Non voglio farla aspettare oltre.»

Mentre si avviavano verso l'uscita, Carlotta si voltò per un momento a guardare Margaret e il pensiero volò a sua madre, libertina, che un tempo era stata, forse, comprensiva a generosa come quella donna e che ora sembrava essersi chiusa nel suo piccolo mondo.

«Grazie» sussurrò. Miranda e Carlotta salirono nella carrozza, Giorgio le seguì a cavallo.

Villa Sola si trovava proprio sul lago, non lontana da quella di Carlotta. Sorpassato il cancello in ferro battuto, Carlotta si ritrovò in un giardino dove i profumi dei fiori la attorniarono: rose, allori e oleandro. Infine, riconobbe la nota pungente di gelsomino, quella che caratterizzava l'essenza di Giorgio.

Ecco da dove viene quel profumo, si disse soddisfatta.

Non avrebbe mai immaginato che Giorgio, a Villa Sola, avesse piante così curate e rigogliose. Il giardiniere doveva essere molto esperto.

Non appena giunsero, Giorgio avvisò la servitù e la balia andò a chiamare Alba, che stava dormendo. «Potete accomodarvi nella sala rossa» disse Giorgio, «mentre preparo Alba per scendere.»

Il salone d'onore, rosso per il colore degli arazzi alle pareti, sfoggiava un grande camino e affreschi risalenti al Cinquecento, che raffiguravano scene medievali.

La cameriera portò loro altro tè caldo e Carlotta sedette sulla poltroncina di velluto, al tavolino, mentre Elena rimase in piedi accanto alla finestra. Le lanterne vennero accese e la loro luce disegnò ombre di fiamma sui ritratti della famiglia reale di Sassonia. Carlotta si perse a guardare quei volti austeri, riconobbe in alcuni l'espressione fiera di Giorgio, ma in nessuno la tenerezza del suo sguardo.

«Forse avremmo dovuto aspettare» fece Miranda, confusa. I panni della nobile, in quel momento, le stavano stretti. Si mise a mordersi le unghie.

«Non dirlo neanche per scherzo, saresti morta nell'attesa» commentò Carlotta. «Abbiamo fatto bene.»

Miranda annuì, ma non sembrava convinta. I capelli spettinati le davano un'aria ancor meno elegante, e a Carlotta parve di conoscerla da sempre. Voleva dirle quanto la stimava per essersi difesa dal padrone, per aver lottato per la propria libertà, ma non riuscì a dire niente.

Giorgio tossicchiò ed entrò nella stanza tenendo Alba per mano. La piccola aveva i capelli scompigliati e gli occhi ancora mezzi chiusi per il sonno.

«Oh mio Dio» fece Elena, perdendo del tutto quel minimo di contegno che le era rimasto. «Come sei cresciuta. E come sei diventata bella.»

Alba la osservò, confusa.

«Sei una principessa?» chiese.

Quella domanda smorzò la tensione. Carlotta ridacchiò e si accorse di essere nervosa perché stava per scoppiare in lacrime. Non voleva farlo davanti a Giorgio, non era consono... Al diavolo, si disse poi, mentre Miranda si chinava su Alba e le sfiorava le guance. *Al diavolo tutte le dannate convenzioni in cui deve vivere una principessa.* Si mise a singhiozzare silenziosamente, mettendosi una mano sulla bocca perché era pur sempre una di famiglia reale ed era stata educata così. Giorgio la guardò, forse anche lui stava cercando di trattenere la commozione. Elena abbracciò la sorellina, che le mise subito le piccole braccia intorno al collo. «No, tesoro, sono tua sorella» le sussurrò a un orecchio «e adesso che ti ho trovata non ti lascerò più.»

La prese in braccio, poi chiese: «Ti ricordi di me? Eri così piccola... Sono la tua Nena».

«Nena» ripeté Alba, appoggiando la guancia sulla spalla di Elena.

Giorgio si spostò verso Carlotta e le strinse la mano. Sarebbe stato un momento perfetto per ricambiare quel gesto affettuoso, ma il maggiordomo bussò alla porta ed entrò ancora prima che Giorgio facesse in tempo a rispondere *avanti*.

«Mi duole disturbarvi, duca» disse il maggiordomo, «ma è

appena arrivato un messo; sta facendo il giro di tutta la Tremezzina e oltre.»

«Che notizia porta?» chiese Giorgio, seccato. «Siamo entrati in guerra, forse?»

Il maggiordomo si strinse le mani l'una con l'altra.

«Parlate, per l'amor del cielo» lo pregò Carlotta.

«Si tratta di una principessa» rispose il maggiordomo «È scomparsa.»

«E chi è?» domandò il duca.

«La principessa Maria Alessandrina Albrecht.»

Carlotta sentì le gambe cederle.

25

La villa sembrava immersa in un silenzio irreale quando Carlotta varcò la soglia. Si diresse subito nel salone d'onore, le mani che sudavano e il vestito che sembrava stringerla in una morsa.

Giorgio aveva preferito accompagnarla, la stava aspettando fuori perché non era appropriato impicciarsi di faccende famigliari.

Sua madre la aspettava in salotto, il viso tirato e pallido, le mani che stringevano nervosamente un fazzoletto.

«Mamma? Ma cosa è successo?» chiese Carlotta.

Annette le faceva aria con un ventaglio, mentre i domestici rumoreggiavano, in completo panico.

Marianne si alzò, le labbra che tremavano mentre cercava di parlare.

«Maria...» iniziò, ma si fermò, come se le mancassero le parole. «Maria è scappata.»

Carlotta sentì il cuore fermarsi per un istante. Era quello che aveva detto il messo, ma fino all'ultimo aveva sperato che si fossero sbagliati. «Perché? Con chi?»

Marianne si alzò di scatto, con un impeto tale da ridurre a brandelli il fazzoletto che aveva nelle mani.

«Ha lasciato un biglietto, dice solo di non preoccuparsi per lei, che andrà a stare meglio, che sarà felice. Non dice dove, però. Ho fatto diramare un annuncio non appena ho trovato la breve lettera di addio.»

Carlotta lesse brevemente il messaggio, che sembrava scritto in fretta e furia.

«Se sai qualcosa, parla» disse Marianne.

«Ne so quanto te, madre. Maria era strana da giorni.»

Luisa tamburellava sul vetro della finestra.

Carlotta pensò al dialogo che aveva avuto con la sorella, al suo amore per il giardiniere. Era plausibile che fosse scappata con lui, ma dove?

«Una cosa è certa: non staremo qui con le mani in mano. Vado col duca a cercarla» disse Carlotta.

«Ma non sarà pericoloso? Si sono già mobilitati anche i gendarmi…» protestò debolmente Marianne.

«Non posso stare ad aspettare, madre. Voi rimanete qui: se dovesse tornare, troverà qualcuno ad accoglierla.»

Non attese risposta, si precipitò fuori, sperando che Giorgio fosse disposto ad accompagnarla.

Il duca era ancora nel giardino della villa e stava per salire in carrozza.

«Cosa succede?» chiese, lasciando il cavallo e andando verso di lei.

Carlotta gli raccontò tutto, la voce tremante mentre parlava di Maria, del giardiniere. Giorgio rimase immobile per un momento, poi le prese le mani tra le sue.

«Un giardiniere e una nobildonna» mormorò il duca. «Riflettiamo: dove potrebbero essere andati?»

«So solo che lei è innamorata, che hanno già… Insomma, lei si è concessa a lui. Lo ama.»

«Se è così» disse Giorgio «c'è solo un posto dove potrebbero voler andare: a Como, da dove partono tutte le diligenze.»

Carlotta aggrottò la fronte.

«Dobbiamo fare presto» insistette il duca. «Se ho ragione, si staranno recando lì per prendere una diligenza che li porti verso Genova.»

«Mi auguro che sia come dici tu» mormorò Carlotta, che sentiva già le forze venire meno.

«La troveremo» disse lui. «Ti prometto che la troveremo.»

Decisero di scandagliare Como, i porti e le pensioni lungo le rive del lago. Carlotta avanzava con il cuore in gola, scrutando ogni angolo, ogni ombra, ogni volto sconosciuto.

Non era ancora stata in città e si era ripromessa di visitarla. La bellezza di quel gioiello incastonato tra le sponde del lago le parve una violenza in confronto a ciò che stava provando. Le vie acciottolate, costellate di palazzi nobiliari e bordate da alberi secolari, si aprivano su scorci suggestivi, dove il tempo sembrava scorrere con lentezza e cozzava con la frenesia della loro ricerca.

Attraversarono con ansia febbricitante il cuore pulsante della città, la piazza del Duomo, dominata da una cattedrale imponente, con le sue guglie e i raffinati dettagli gotici. Di Maria nessuna traccia. Raggiunsero anche piazza Cavour, dove le chiacchiere degli abitanti si mescolavano al brusio delle attività quotidiane, e dove artisti e intellettuali trovavano l'ispirazione per dare vita a vivaci discussioni. Qui, Carlotta abbozzò un ritratto di Maria e chiese a un pittore di strada di farlo circolare il più possibile e di rivolgersi alle guardie nel caso di un eventuale avvistamento. Giorgio la osservava senza nascondere la sua ammirazione, mentre lei tracciava con mano decisa, a matita, il volto della sorella.

Si avvicinarono poi ad alcuni uomini che scaricavano casse, e alle donne che sbrigavano le faccende prima di pranzo.

«Avete visto una ragazza alta, elegante, con i capelli biondi e un giovane uomo?» chiedeva. La voce tradiva l'ansia nonostante cercasse di reprimerla. Alcuni si limitavano a scuotere la testa, altri rispondevano con un distratto «No, milady» prima di tornare ai loro affari.

Giorgio le stava sempre accanto, il passo rapido, lo sguardo attento che non si posava mai troppo a lungo su un solo punto. Era come se fosse in uno stato di allerta costante, pronto a reagire a qualsiasi indizio, anche il più piccolo.

Si addentrarono anche lungo le strade strette e acciottolate di Como, poi nelle pensioni e nelle locande che costeggiavano il lago. Ogni struttura sembrava più cupa e trasandata della precedente, con porte che cigolavano e finestre coperte da tende sbiadite. In ogni locanda ripetevano le stesse domande, ricevendo sempre le stesse risposte negative.

A un certo punto, mentre si trovavano su un pontile deserto, Carlotta si fermò, il respiro affannoso e la fronte imperlata di sudore. Le sue mani tremavano leggermente, e Giorgio se ne accorse subito.

«Basta, Carlotta» disse, avvicinandosi a lei. «Devi riposarti un attimo. Non possiamo continuare così.»

Carlotta scosse la testa con veemenza, i capelli che le scivolavano sulle spalle. «Non voglio tornare» rispose, la voce rotta dall'angoscia. «Qui mi sento vicina a lei. Ogni minuto che perdiamo potrebbe portarli più lontano.»

Giorgio le posò una mano sulla spalla, costringendola a guardarlo. «Non sarai di nessun aiuto a tua sorella se crollerai per lo sfinimento. Tutti i nostri domestici sono in allerta. La stanno cercando ovunque e sai che hanno i loro agganci. Ti prego, lascia che ti aiuti. Fermiamoci un momento. Riprenderemo la ricerca tra poco.»

Carlotta lo fissò, il viso pallido e gli occhi cerchiati di stanchezza. C'era qualcosa nel tono, nella calma che trasmetteva, che riuscì a penetrare il muro della sua agitazione. Annuì lentamente, e Giorgio le fece segno di seguirlo verso una locanda poco distante, un modesto ambiente ma accogliente, con una luce calda che filtrava dalle finestre.

Entrarono, e l'odore di legno affumicato e pane fresco li avvolse immediatamente. Giorgio si rivolse all'oste e tornò con la chiave di una stanza. «Potrai stenderti per qualche ora. Io sarò sempre in allerta. Ho detto all'oste che se qualcuno ci cerca, ci raggiunga immediatamente.»

La stanza era al secondo piano. Carlotta seguì Giorgio trattenendo il fiato. Una volta dentro, lui controllò che fosse tutto a posto e le versò un bicchiere d'acqua. «La troveremo, dovessimo rivoltare tutta Como» cercò di consolarla.

«Non è tua responsabilità» mormorò lei, reprimendo le lacrime. «Maria è mia sorella. Sono io che dovrei trovarla. Io che dovrei proteggerla. Ho appena assistito al ricongiungimento di due sorelle, mentre la mia famiglia si sta disgregando...»

Giorgio scosse la testa.

«Non sei sola in questo» rispose. «Siamo in due, Carlotta. E, risolveremo la situazione, ma dobbiamo essere lucidi. Promettimi che riposerai qualche ora per ritrovare le energie. Poi ripartiremo, te lo giuro.»

Carlotta lo guardò, e per un momento il peso del mondo sembrò attenuarsi. Non era più sola, questa volta per davvero. Forse si sbagliava, ma per la prima volta le parve di avere accanto qualcuno in grado di comprenderla.

Annuì debolmente, lasciando che l'acqua fresca le calmasse la gola.

«Sarò qui fuori» disse lui, preparandosi a uscire.

«Giorgio» mormorò lei, «per stendermi devo disfarmi della crinolina.»

«Certo» rispose lui «posso chiamare…»

«Puoi farlo tu?»

Lui deglutì.

«Credo di esserne in grado, sì.»

Carlotta gli diede le spalle e lui armeggiò con i lacci del vestito.

Lei percepì il suo tocco e si morse il labbro inferiore. Quando le sollevò il vestito, sentì che la sua pelle bruciava di desiderio.

«Carlotta» sussurrò. «Ho cercato di sottrarmi, ma… Fin dal primo momento, ho capito che amavo battibeccare con te.»

«Che dichiarazione, duca» esplose Carlotta, quasi risentita. Si stava spogliando davanti a lui, e Giorgio parlava dei loro litigi.

«Lo vedi? Hai sempre la risposta pronta, con quella punta di sarcasmo odiosa…»

Carlotta sgranò gli occhi.

«Incredibile» disse, «non so come sia possibile, ma stai peggiorando la tua posizione.»

«Come sempre, quando discutiamo, no?»

«Stai dicendo tutto tu e non sarò io a negare l'evidenza.»

«Mettiamola in questo modo, allora: sei testarda, non puoi negarlo. Orgogliosa al punto da non ammettere mai quando sbagli. Ma sarei contento di bisticciare con te per tutta la vita, piuttosto che ritrovarmi in un matrimonio in cui non credo, con una donna perfetta, che si attenga a tutte le convenzioni sociali, che non mi faccia mai fare brutta figura, ma che non mi faccia provare… questo.»

«Questo…?»

«Questo… groviglio di sensazioni a cui non riesco a dare un nome, che è lì dalla prima volta in cui mi hai rubato l'albero in giardino.»

«L'hai ammesso, finalmente» sospirò lei.

«Ho detto solo che non posso fare a meno dei nostri confronti, per quanto abbia cercato di allontanarti.»

«E perché? Perché hai cercato di allontanarmi?»

«Tu lo sai, perché. Si trattava di Alba e della nostra società, che non ci vuole liberi. Solo che sei orgogliosa e…»

«Comunque, l'albero era il mio. Mi ci ero nascosta prima io.»

«Come hai detto?»

«L'albero in giardino, la prima volta che ci siamo incontrati. Hai detto poco fa che te l'ho rubato. Ma non è andata così.»

Giorgio scosse la testa, sorridendo. Carlotta si sporse per baciarlo, lui ricambiò.

«E quello che è più incredibile, è che continueremmo a farlo per tutta la notte.»

«Cosa, litigare?»

«No. Baciarci.»

Mise una mano sulla sua. Pensò a quando si era sfiorata immaginando di essere posseduta da lui e al brivido di piacere che aveva provato mentre sfiorava il suo corpo.

Gli prese il viso tra le mani e lo baciò di nuovo, sentendo le sue labbra calde che ricambiavano con un'intensità travolgente. Era in una locanda e si sentiva più libera e selvaggia di qualsiasi altro momento della sua vita.

«Stenditi anche tu con me, solo un attimo» lo pregò. Giorgio aveva gli occhi che brillavano. Lasciò che lei lo conducesse per mano sul letto. Si sdraiarono vicini, lui con ancora indosso gli stivali e la giacca, lei in sottoveste.

«Questo inizia a essere sconveniente» mormorò Giorgio. Lei gli si avvicinò, sfiorandogli una guancia con la mano. «Molto sconveniente» sussurrò «ma mi fido di te.»

Lui la guardò, poi si sforzò di distogliere gli occhi.

«Forse fai male» bisbigliò.

«Perché?»

«Perché starti accanto in questo modo mi fa diventare pazzo.»

Carlotta voleva esattamente sentire quelle parole. Si alzò su un gomito, il volto vicinissimo al suo. «Ti faccio davvero quest'effetto?»

Giorgio sorrise.

«Non hai la minima idea dell'effetto che mi fai.»

«Ho immaginato così tanto queste tue mani su di me.»

«Anche io» ammise Giorgio.

Lasciò scivolare la mano in mezzo alle sue cosce. La guardò come per avere la sua approvazione: lei annuì. «Ti prego» aggiunse. Giorgio la sfiorò lì, dove lei non si era mai sentita così calda e bagnata. La penetrò con un dito, respirandole sopra, attento a ogni espressione del viso. Carlotta era in estasi. Mise in bocca il dito che lui le stava porgendo e succhiò avidamente.

Non voleva essere schiava delle convenzioni. Proprio come la sorella, era decisa a lasciarsi andare.

I capelli di Carlotta si attaccarono alle guance di lui, come a non volerlo più mollare.

Giorgio le tolse la sottoveste, con un gesto lento.

«Forse dovremmo...» mormorò, senza distogliere lo sguardo dai suoi seni nudi. Carlotta sentiva di avere i capezzoli turgidi.

«Forse dovremmo smettere di pensare» gli disse.

Giorgio si stese sopra di lei. I suoi occhi verdi, dai mille riflessi di lago in tempesta, erano l'unica cosa che Carlotta voleva vedere in quel momento.

Mentre lui le baciava il collo, lei gli slacciò i pantaloni.

«Non oserei mai…» bisbigliò il duca, che cercava ancora di opporre una debole resistenza.

«Non oseresti mai contraddire una principessa che ti desidera» gli disse lei all'orecchio, «per quanto tu ami discutere con questa donna.»

Giorgio le prese i seni tra le mani, li baciò, facendola gemere. Si chinò sul suo ventre, infilando la lingua dentro di lei.

«Se devo smettere…»

«Non devi smettere, devi andare avanti» riuscì a dire lei, mentre ondate di piacere, come onde spumose, le attraversavano il corpo.

Lui si stese sopra di lei e iniziò a penetrarla piano, con una tale delicatezza che Carlotta fu costretta a inarcare il corpo e a chiedergli di spingere più forte.

Non aveva mai provato quella sensazione, neanche in tutte le volte che si era immaginata il momento. Il dolore aspro di qualcosa che si rompeva dentro di lei, invece di spaventarla, la fece urlare dal piacere.

«Ti ho fatto male?» sospirò lui, preoccupato.

«Sì» rispose Carlotta, «ed è il dolore più piacevole del mondo.»

Giorgio aumentò le spinte, guardandola negli occhi. Raggiunsero il culmine insieme, sussurrando i loro nomi.

Carlotta si lasciò andare sul letto, vinta da una stanchezza che le provocava una piacevole sensazione di appagamento. Si abbandonò al sonno, tenendo una mano sul petto di lui, che la stava ancora accarezzando. Pensò che la vittoria più grande, per una donna, fosse trovare piacere nelle proprie scelte e assecondare le spinte di libertà dell'anima. Rise per quel pensiero tanto profondo, quanto dettato dall'inconscio, e si disse che avrebbe dipinto presto la scena in cui una dea si concedeva il lusso dell'amore con un druido del lago, per la sua prima volta.

«Carlotta» sussurrò Giorgio, quando vide che stava riaprendo gli occhi.

Lei si tirò a sedere di scatto.

«Quanto ho dormito?»

«Un'ora, all'incirca» rispose lui.

«E tu sei stato sempre sveglio?» chiese Carlotta.

«Guardarti dormire è bello tanto quanto fare l'amore.»

Lei sorrise.

«Almeno, nel sonno, non posso contraddirti.»

Lui la strinse a sé, accarezzandole i capelli. Carlotta guardò fuori dalla finestra.

«Se nessuno ci ha svegliato, vuol dire che di Maria ancora non ci sono tracce.»

«Ci daremo una sistemata e riprenderemo la ricerca.»

Carlotta annuì. Fece per alzarsi, ma lui la trattenne.

«Prima dammi un bacio.»

«Solo se me lo chiedi con gentilezza» ribatté lei.

Carlotta stava per baciarlo, quando la porta della stanza si spalancò di colpo e davanti a loro si precipitò un giovane messaggero dai capelli scompigliati.

«Lady Carlotta! Conte Giorgio!» esclamò, ansimando. «Li hanno visti. Al porto di Como. Una diligenza sta per partire.»

Carlotta si alzò così in fretta che rovesciò il bicchiere d'acqua sul tavolino. Si rese conto che la stanchezza e la passione, unite, avevano prevalso su tutto. Giorgio era già scattato in piedi, rosso in viso.

«Maria?» chiese, carica di speranza e paura. «Sei sicuro?»

Il ragazzo annuì freneticamente. «No, ma la descrizione che ci avete fatto corrisponde. Un uomo e una ragazza bionda, molto elegante.»

Giorgio afferrò il mantello e lo gettò sulle spalle di Carlotta. «Andiamo» disse. «Non abbiamo tempo da perdere.»

Si presero per mano, e si precipitarono fuori. Carlotta era tesa per la sorella, ma al tempo stesso non riusciva a scordarsi quello che era appena successo; le pareva di fluttuare su una nuvola, mentre correvano verso il porto.

Al loro arrivo furono avvolti dall'odore salmastro del lago e dal rumore delle onde che si infrangevano contro le banchine. Le barche ondeggiavano sull'acqua limpida. Era un caos di voci e rumori: marinai che urlavano ordini, funi che venivano tirate, e il suono sordo dei carichi che venivano trascinati verso le imbarcazioni. Dalle barche, alcune nobildonne accompagnate dai loro signori, stavano scendendo e si recavano verso le diligenze, a passo svelto.

Carlotta scrutò freneticamente tra la folla.

«Maria!» chiamò, ma la sua voce si perse nel tumulto.

Fu Giorgio a vederla per primo. «Là» disse, indicando una figura femminile accanto a un uomo alto e robusto. Erano vicini a una carrozza su cui stavano caricando i bagagli. Il vento scompigliava i capelli della ragazza, sorretta dal giardiniere.

Maria e Giovanni. *Un amore impossibile*, si disse Carlotta, ammirando il coraggio e la spudoratezza della sorella.

Carlotta corse verso di loro senza pensare.

«Maria!» gridò di nuovo, e questa volta la sorella si voltò.

Era in lacrime. I suoi occhi erano rossi, le guance rigate da rivoli che si confondevano con la pioggia sottile. Giovanni le stringeva il braccio, cercando di convincerla a salire sulla carrozza. I suoi occhi erano infervorati, come la prima volta che lo avevano visto, mentre maltrattava il cavallo. Quegli attacchi di collera dovevano essere più frequenti di quanto Maria avesse immaginato, perché lei aveva l'aria sconvolta.

Carlotta li raggiunse, affannata.

«Non so più se sia la cosa giusta» sentì che stava dicendo Maria, la voce spezzata. «Non posso farlo, Giovanni. Non posso lasciare tutto.»

«Dove intendete andare?» chiese Carlotta, che temeva qualunque risposta.

«Gretna Green» rispose Giovanni, deciso.

«Cos'è Gretna Green?» chiese Giorgio.

«Un'illusione di felicità» rispose Carlotta, guardando la sorella. «In Sassonia è molto conosciuto: è situato nel Dumfriesshire, è considerato il primo villaggio in Scozia, dopo il confine. Lì i giovani minorenni possono sposarsi in libertà, senza il consenso delle famiglie, perché non segue le leggi del Parlamento inglese. Il primo edificio che si incontra a Gretna Green è proprio la bottega del fabbro, che è il simbolo di questa città. Il fabbro depone i suoi arnesi, chiama i testimoni e con un colpo di incudine dichiara marito e moglie i giovani amanti, prima che arrivino i genitori della sposa.»

Maria annuì. «Come in *Orgoglio e pregiudizio*, che abbiamo letto insieme» aggiunse, rivolta a Carlotta.

Giorgio la guardò stupito.

«Sì, l'ho letto» ammise Carlotta. «Ci trovate qualcosa di male?»

«No, Carlotta» rispose lui, sulla difensiva. «Solo che non credevo…»

«Che leggessi Jane Austen?»

Giorgio annuì, senza ribattere niente.

Carlotta afferrò la sorella per l'altro braccio, costringendola a guardarla negli occhi.

«Maria, ascoltami» disse, il fiato corto. «So cosa stai provando. Credimi, adesso ti sembra di non avere scelta, il cuore ti scoppia di passione, ma… Non puoi rovinarti la vita così.»

Giovanni fece un passo indietro, lo sguardo che passava nervoso da Carlotta a Maria. «Non stiamo fuggendo» la rassicurò Maria, ma la sua voce era debole, insicura. «Stiamo cercando un futuro migliore.»

«Un futuro migliore non si costruisce scappando» intervenne Giorgio. «Né lasciando dietro di te le persone che ti amano.»

Maria guardò Carlotta, poi Giovanni, poi di nuovo Carlotta. «Io… io non volevo che finisse così» mormorò. «Volevo solo essere felice.»

Carlotta le strinse le mani, ignorando il vento che le gelava le dita.

«E puoi esserlo» disse con la voce piena di una dolcezza che non sapeva di avere. «Ma non così, Maria. Non in questo modo. Vieni con me. Torniamo a casa, insieme.»

Maria tremava, Carlotta lesse tutta l'indecisione sul suo volto. Lei era sempre stata impulsiva, ma non si era mai spinta a tal punto. Da un lato l'ammirava, aveva davvero pensato di poter partire da sola, lasciandosi il fardello degli Albrecht alle spalle. Per un attimo si chiese se non fosse il caso di lasciarla andare, libera, a inseguire il suo destino. Chi era lei per trattenerla, dopo tutto?

Maria lasciò andare la presa di Giovanni e si avvicinò a Carlotta.

«Va bene» sussurrò, crollando tra le braccia della sorella.

Giorgio fece un cenno a Giovanni, che sembrava sul punto di replicare, ma poi si voltò senza dire nulla, rimanendo fermo a guardare la carrozza. Si sporse a prendere i bagagli di Maria, rassegnato.

«Non puoi tornare alla villa» lo avvertì Carlotta. «Sai che non puoi.»

Lui annuì. Maria iniziò a singhiozzare forte, mentre lui saliva e faceva segno al cocchiere che poteva partire.

«Stai facendo la cosa giusta» cercò di consolarla Carlotta. «Se è vero amore troverete il modo.»

Disse quelle parole guardando Giorgio, il quale si stava assicurando che Giovanni si stesse davvero allontanando.

Carlotta tenne Maria stretta, mentre il frastuono intorno a loro sembrava svanire.

26

Quando Maria varcò la soglia della villa, il cuore di Carlotta si strinse. Marianne e nonna Luisa l'aspettavano nella grande sala d'ingresso. La madre era in lacrime, e non appena vide Maria corse verso di lei, stringendola in un abbraccio che sembrava volerla proteggere da tutto il dolore del mondo.

«Maria, grazie al cielo!» esclamò Marianne, i singhiozzi che le scuotevano il corpo. «Non sai quanto mi hai fatta preoccupare.»

Maria, ancora sconvolta, nascose il viso nella spalla della madre. «Mi dispiace, mamma. Mi dispiace davvero. Non volevo... non volevo farvi stare male.»

«Ora non importa» intervenne nonna Luisa. «Sei tornata, ed è tutto ciò che conta. Al resto penseremo domani.»

Carlotta rimase un passo indietro, osservando la scena con sollievo e anche un po' di frustrazione. Maria era salva, era tornata, ma tutto il peso delle loro vite irrisolte sembrava incombere su di lei come un macigno.

Maria si scusò ancora sottovoce, poi chiese di ritirarsi in camera.

Marianne l'accompagnò fino alla scala, accarezzandole i capelli. Carlotta restò in piedi accanto alla nonna, le braccia incrociate, il viso teso.

«Avresti potuto evitarlo, mamma» iniziò Carlotta, il tono pieno di amarezza. «Se solo fossi stata più presente.»

Marianne rimase in silenzio per un momento, il viso che si contorceva in un'espressione di dolore e rabbia. Prima che potesse rispondere, nonna Luisa intervenne, fissando Carlotta con uno sguardo severo. «Non puoi parlare così a tua madre. Non sai quanto ha sacrificato per te e tua sorella.»

Carlotta si voltò verso di lei, il viso che si infiammava di rabbia. «Sacrificato? Non la capisco, non capisco nessuna di voi! Come potete parlare di sacrifici quando tutto intorno a noi sta crollando?»

Il silenzio che seguì fu pesante. Carlotta sentì un capogiro improvviso, come se tutto il mondo le stesse sfuggendo di mano. Per un attimo, davanti ai suoi occhi apparve l'immagine di Marianne che piangeva, il viso nascosto tra le mani. Sembrava più giovane, vulnerabile; Carlotta non l'aveva mai vista così.

Quando riaprì gli occhi Marianne era lì, in piedi, ma non riuscì a sostenere il suo sguardo. Scosse la testa, cercando di scacciare il pensiero, e fece un passo indietro.

«Se ci fosse papà, qui, adesso...»

«Se ci fosse papà, ti direbbe che faresti meglio a tornare a Potsdam» replicò Marianne, esasperata.

«Che stai dicendo? Perché tiri fuori tutta questa cattiveria?»

«Carlotta» intervenne Luisa, «ascolta tua madre, per favore.»

Suocera e nuora si fissarono, l'una incoraggiò l'altra a parlare. «Tuo padre scrive delle lettere a me, è vero. Ma sono minacciose. Dice che non mi permetterà più di vederti, se non concludi il matrimonio che lui si aspetta, per riparare allo scandalo che ho creato. Io a corte non ci posso tornare, ma tu ora puoi tornarci solo da fidanzata... Ed è colpa mia.» Quelle parole colpirono Carlotta come pugnalate.

«Non può essere vero» sussurrò. «Nonna, è la verità?»

Luisa annuì in silenzio.

«Io ho fatto del mio meglio per voi» insistette Marianne. «Ma tu non lo capisci. Non hai mai voluto capirlo.»

«È abbastanza!» intervenne Luisa, sollevando una mano per mettere fine alla discussione. «Carlotta, lasciala in pace.»

Carlotta sbottò. «Non posso lasciarla in pace, non questa volta! Lei si è sempre nascosta dietro alle sue lacrime, alla sua... *libertà*, mentre noi dovevamo gestire tutto. Non è mai stata veramente una madre!»

Luisa rimase in silenzio per un momento, osservando le due donne. Poi sospirò. Il volto era segnato da una stanchezza che non aveva nulla a che fare con l'età. «Forse è il momento di parlare» disse infine, fissando Carlotta. «Marianne, siediti. Carlotta, ascolta.»

Marianne si sedette con riluttanza, lo sguardo basso. Carlotta si girò verso la nonna, incrociando le braccia. «Che cos'è che devo ascoltare?»

La nonna le porse una busta con il sigillo degli Albrecht aperto.

«Questa è arrivata ieri, ma tua madre non voleva mostrartela. Io invece credo sia ora che tu sappia, Carlotta. Tutto quanto.»

Lei l'aprì e riconobbe la grafia del padre.

Rispettabilissima madre, cara consorte, vengo a sapere dai miei informatori che mia figlia Carlotta ha rifiutato l'unica proposta di matrimonio giuntale dopo il debutto. E che proposta. Il nipote dei duchi di Pavia, il conte Francesco Melzi. Non serve che esprima quanto ciò mi rammarichi e che vi ricordi le condizioni della mia promessa: se Carlotta non concluderà entro la fine dell'estate un buon matrimonio, che porti stima e rispetto alla nostra famiglia e che risani la situazione di scandalo attuale in cui siamo precipitati, dovrà per forza sposare il primo partito che avevo trovato, ovvero l'anziano duca di Wellington, sempre se nel frattempo non abbia concluso un matrimonio più vantaggioso. Esigo quindi che torni presto a Potsdam per sposarsi. Lady Marianne, la tua scelta ricadrà sull'onore della famiglia e dei nostri figli e non permetterò che a corte si parli ancora di questo. Mi avete chiesto un'estate per far sì che Carlotta trovasse marito, ebbene quel tempo vi è stato concesso e sta per scadere. Confido nella tua capacità di giudizio e attendo il ritorno a casa di Maria, che verrà affidata alle amorevoli cure di mia zia, nella nostra casa di campagna, mentre io organizzerò il mio prossimo matrimonio, quello con Rosalia Von Rauch. Certo che comprendiate le mie decisioni e la mia delusione, affettuosamente vi saluto.

Albert Einrich di Prussia

Carlotta si rigirò la lettera tra le mani, in preda al panico. Le orecchie le fischiavano e si sentì sul punto di svenire.

«Ma Rosalia…» balbettò, incredula.

«La mia damigella d'onore» confermò Marianne.

Luisa guardò Marianne con una sorta di dolcezza che la fece sembrare, per un momento, vulnerabile. «Carlotta» iniziò Marianne, a voce bassa. «Non volevo che tu sapessi. Non volevo che tu ricordassi. Ma se è questo che serve per chiarire… allora devo dirlo. Tuo padre mi ha tradita. Molte volte. Rosalia non è la prima, e sicuramente non è stata nemmeno l'ultima.»

Allora Carlotta ricordò. Lasciò che le sovvenisse quella scena che da anni si sforzava di dimenticare, perché tollerarla era troppo doloroso.

Quelle immagini non erano frutto di un sogno, come le era

parso a tratti, ma erano vere. La lussuria che aveva scorto negli occhi del padre, mentre Marianne piangeva, non era un'immagine che apparteneva al mondo onirico, ma la realtà che era tornata a tormentarla.

«Io… io credo di saperlo» sussurrò. «L'ho visto. Ero una bambina, ma l'ho visto.»

Marianne la guardò, sorpresa. «L'hai visto?»

Carlotta annuì, i ricordi le affiorarono alla mente in un'ondata travolgente. La vestaglia del padre. La donna accanto a lui, che nascondeva il corpo nudo sotto le lenzuola.

«Una notte mi sono svegliata. Ero assetata e mi sono alzata per cercarti, riuscendo a sfuggire alla balia e alla governante. Ho percorso il corridoio verso la tua stanza, la vostra stanza… E lui… lui era lì, nel letto che condividevate di solito, ma con un'altra donna. Ridevano, come se fosse tutto normale. Lui non mi ha visto, ma io ricordo quella risata.»

«E li hai interrotti?»

«Oh, no, sono scappata via. Ho visto che eri sulle scale, stavi piangendo, ma volevo solo dimenticare. Credo che fossi troppo piccola per accettare la realtà. Il tuo viso, però, mi è rimasto impresso. Era così sofferente…»

Si interruppe, cercando di respirare. «Sono corsa nella stanza di Maria. Mi sono infilata nel suo letto e ho pianto tutta la notte. Da allora, non ho mai smesso di pensare che fosse colpa tua. Perché non riuscivi a fermarlo?»

Le lacrime rigarono il viso di Marianne.

«Quella è stata la prima volta. Non potevo fermarlo, Carlotta» disse, la voce spezzata. «Ho provato. Ho sopportato, per voi. Dopo quella prima volta lui mi giurò che non sarebbe mai più successo; disse che mi voleva bene e teneva al nostro matrimonio. Però, già dopo poche settimane, quando ero incinta di Albert, mi accorsi che tornava sempre più tardi e non faceva più visita alle mie stanze. Allora lo feci seguire da un mio fidato consigliere che mi giurò di averlo visto trastullarsi con una baronessa... A poco a poco, mio malgrado, mi resi conto di chi avevo sposato. Non gli bastava mai ed erano sempre più giovani. Tentai di perdonarlo perché non volevo che i miei figli crescessero senza un padre, poi mi resi conto che tutti sapevano quello che accadeva a corte e io ero lo zimbello. Non aveva alcun rispetto. Né di me né del vincolo del matrimonio. Allora sono andata dai miei genitori, ho raccontato loro cosa stava succedendo in casa mia e non sono rimasti neanche sorpresi. Figuriamoci dispiaciuti. Per loro era normale che l'uomo avesse delle amanti e che la moglie dovesse sopportare tutto senza dire una parola. Ma c'è un limite a ciò che si può sopportare. Tutte le mie damigelle passavano per il suo letto. E quando non ce l'ho più fatta, sono stata io la colpevole. Io la traditrice. Mi sono comprata la libertà con i soldi di mio padre e sono fuggita. Ho lasciato che credeste anche voi che il mio fosse solo egoismo, perché non volevo che ce l'aveste con vostro padre e che il vostro futuro fosse rovinato. Ho insistito per il matrimonio, perché è la condizione che lui ha posto. Volevo che fossi tu a scegliere chi sposare. Non voglio che vi tolga tutto. Ma come hai letto, il tempo sta per scadere.»

«Carlotta, tua madre ha sofferto più di quanto tu possa immaginare» intervenne la nonna. «E, nonostante tutto, è rimasta per voi. Io ho avuto un amore grande, lo sai, ho avuto la fortuna di innamorarmi subito di mio marito. Ma non sempre accade. E quando non va così, chi ne paga le conseguenze è sempre la donna.»

Carlotta cercò di rispondere, ma le parole le si fermarono in gola. C'era troppa verità in ciò che aveva sentito, troppo dolore che non poteva più ignorare.

La casa era silenziosa ora, e quel silenzio sembrava quasi un sollievo, come un respiro dopo una tempesta. Ma nella sua mente c'era ancora caos, un vortice di immagini e parole che non riusciva a mettere a tacere.

Le visioni.

Quelle figure sfuggenti, quelle ombre nei corridoi e nei giardini che spesso aveva sospettato essere soprannaturali, quel canto lontano che sembrava sempre evocare qualcosa di dimenticato. Ora tutto aveva un senso. Non erano fantasmi, non erano presenze soprannaturali. Erano i suoi ricordi, imprigionati nella mente di bambina e che ora tornavano a tormentarla. Alba non era l'unico essere umano in cerca di risposte nel cuore della notte. C'era anche lei, che vagava per la villa cercando una verità che non voleva vedere.

«Questa è la verità, Carlotta. Mi spiace che tu l'abbia scoperta così, ma forse era il momento» disse Marianne.

Carlotta non disse nulla. Si limitò a guardare il lago, le onde che accarezzavano la darsena, ed ebbe l'impressione che stessero cercando di consolare entrambe. Due donne che erano state ferite dallo stesso uomo. Mentre la madre si allontanava e la nonna la seguiva, Carlotta lasciò che le immagini dei suoi ricordi si fondessero con le acque del lago che diventavano più scure, e mentre il sole calava si concesse di piangere.

27

La mattina seguente, il sole filtrò tra le tende pesanti della villa, illuminando la stanza di Carlotta con una luce dorata. Lei stava ripercorrendo con la mente tutta la giornata passata. Aveva dormito tutta la notte stretta a Maria, come quando erano piccole, e aveva ascoltato le sue confidenze.

«Non riesco a smettere di pensare a quello che ho fatto» aveva detto la sorella. «Ho deluso tutti. Ma soprattutto me stessa. Sono scappata lasciandomi convincere da un impeto, ma già quando ci siamo fermati a Como, dai suoi parenti, ho iniziato ad avere dei dubbi su ciò che provavo.»

Carlotta l'aveva stretta tra le braccia.

«Ti sei lasciata trasportare dalle emozioni. Non sei deludente per questo.»

«La notte che ho passato fuori di qui» aveva continuato lei «mi è servita solo per riempirmi di nuovi dubbi. Giovanni parlava di famiglia, di figli, di responsabilità. Mi sono sentita soffocare. Era bello finché era proibito, ma quando l'ho visto così determinato… E quando provavo a esporgli i miei dubbi, si arrabbiava, dava pugni al muro. Mi sono spaventata. Mi sono chiesta se fosse quello che volevo davvero. Ho sbagliato tutto?»

«No, a volte serve sbattere la testa, per comprendere. Se tornassi indietro, c'è qualcosa che faresti in maniera diversa?»

Maria l'aveva guardata con occhi luccicanti.

«Non c'è scelta che non rifarei, sorella.»

«Allora tutto si sistemerà.»

Maria aveva esitato.

«Non potrò più debuttare, vero? Sarò marchiata per sempre?»

Carlotta aveva scosso la testa.

«Non ci pensare neanche. Ci inventeremo qualcosa di molto convincente, se vorrai percorrere la strada del "mercato matrimoniale". Ma ricordati che sei più libera di quello che pensi. Qualunque cosa accada, io sarò sempre qui per te.»

Era contenta di aver detto quelle parole a Maria: se avesse avuto una sorella maggiore, avrebbe voluto sentirsi dire esattamente questo. Sei libera. La via la scegli solo tu. Era il primo passo per cambiare davvero i loro destini già scritti.

Carlotta si alzò, chiamò Annette per vestirsi, poi si recò nella camera di sua madre. Johannes stava uscendo e per la prima volta lei lo salutò con affabilità.

Marianne era in piedi, alla finestra, guardava il lago. Aveva l'aria di una che non aveva chiuso occhio per tutta la notte.

«Buongiorno, Carlotta» le disse, senza voltarsi.

Carlotta non rispose nulla. Si avvicinò, rimase impacciata un attimo soltanto, poi l'abbracciò da dietro, per coglierla di sorpresa.

Marianne tremò.

«Carlotta…» mormorò, la voce incrinata.

«Mi dispiace» sussurrò Carlotta, stringendola più forte. «Mi dispiace di averti giudicata. Di non aver capito. E soprattutto mi dispiace che tu non abbia mai conosciuto il vero amore.»

Marianne si voltò e la strinse a sua volta, come se temesse che lasciandola andare, tutto potesse svanire. Era il loro primo abbraccio dopo anni, ed entrambe si sentivano un po' fuori posto.

«Anche a me dispiace» rispose. «Avrei voluto essere più forte. Avrei voluto proteggervi da tutto questo. E in quanto al vero amore, cui accennavi ieri... Un giorno te ne parlerò.»

«Non mi sposerò solo per far felice mio padre» disse, sentendo montare la rabbia.

«Sei la fiera figlia di tua madre» commentò Marianne, orgogliosa. «Ma sai che non possiamo contrastare le sue decisioni. Ne parleremo ancora. Ora vai, ho visto la carrozza di Patrizia che percorreva il vialetto.»

Carlotta annuì, staccandosi da lei con fatica. Scese le scale con passo veloce. Continuava a pensare al padre, a quelle parole dure, al fatto che senza marito non sarebbe più potuta tornare nel luogo dove era cresciuta. In quella che considerava casa.

Neanche il tempo di accomodarsi in salottino, che il maggiordomo le annunciò che aveva una visita.

«Fai pure entrare lady Von Alten» disse Carlotta, godendosi la sua espressione stupita. «La stavo aspettando.»

Patrizia la raggiunse nella stanza, il viso segnato da un'espressione che Carlotta non le aveva mai visto prima: una strana combinazione di imbarazzo e determinazione.

«Patti» disse Carlotta, sorpresa. «Non mi aspettavo di vederti così presto. Credevo che fino al fidanzamento non avresti avuto tempo per me.»

Patti chiuse la porta dietro di sé e avanzò a passi incerti, le mani che giocherellavano con i guanti. «Carlotta, devo parlarti. E voglio farlo subito, prima che cambi idea.»

Carlotta rimase in silenzio, indicandole una sedia vicino a lei.

«Siediti» disse dolcemente. «Di cosa si tratta?»

Patti si sedette, le mani ancora strette attorno ai guanti, come se fossero l'unico appiglio in quel momento. «Devo chiederti scusa» iniziò. «Per tutto. Per non averti ascoltata, per averti accusata di essere invidiosa... ero così presa dall'idea di un futuro con Filippo che non volevo vedere la verità.»

Carlotta sospirò. Filippo aveva ancora i suoi disegni ma, dopo tutto quello che era successo, forse era la cosa di minore importanza.

«Patti, cosa stai cercando di dirmi?»

Patrizia prese un profondo respiro, sembrava stesse per immergersi in acque fredde. «Avevi ragione. Filippo... non mi ama davvero. Non ha usato la cambiale per organizzare la festa, ma se l'è giocata a poker. Mio padre aveva dei sospetti e l'ha fatto seguire. Mi vuole sposare sì, ma solo per i soldi. Sta scialacquando tutti i beni di famiglia. E sospetto anche che vada con altre donne...»

La voce di Patti si spezzò, e Carlotta le si avvicinò, prendendole le mani nelle sue.

«Patti. Mi dispiace tanto che tu abbia dovuto scoprirlo così. Ma sono felice che tu l'abbia capito prima che fosse troppo tardi.»

Patrizia annuì, le lacrime che le brillavano negli occhi ma che tratteneva.

«Non voglio vivere una vita di apparenze, Carlotta. Non voglio essere solo un altro ornamento nella collezione di Filippo. Ho deciso di ritirare la promessa.»

Tremava. Se un uomo ritirava la promessa, la donna era coperta di vergogna, perché la colpa doveva per forza essere sua. Ma se accadeva il contrario, lo scandalo era senza fine.

«Non ho ancora avuto il coraggio di dirglielo» ammise.

Carlotta le strinse le mani più forte. «Io ti aiuterò» disse con fermezza. «Qualunque cosa serva, Patti. Ti prometto che non sarai sola.»

«C'è dell'altro» ammise Patrizia, guardandosi intorno, come per sincerarsi che fossero davvero sole. «Qualcosa che non ho il coraggio di dire a nessuno...»

Di nuovo segreti. Carlotta rabbrividì. Pensò che le mura di quella villa erano così spesse perché dovevano contenerli tutti.

«Sai che di me ti puoi fidare.»

Patrizia si morse il labbro inferiore.

«Con Filippo, abbiamo consumato quasi subito. Mi sembrava attratto da Miranda, io avevo il terrore di perdere il mio unico corteggiatore... e che corteggiatore. Solo che...»

Patrizia trasse un lungo respiro.

«Solo che?» la incitò Carlotta.

«Sono in un tremendo ritardo. Non ho le mestruazioni da più di un mese, ormai. Temo...»

La voce le si incrinò. Carlotta serrò i pugni. Prima Maria, ora Patrizia. Solo qualche tempo prima le avrebbe giudicate, ma ora capiva cosa le aveva indotte a quelle leggerezze.

Il desiderio. Lo aveva temuto, e al tempo stesso ne era stata attratta vedendo quello che faceva agli uomini e alle donne. Ora che l'aveva provato sulla sua pelle, poteva dire che era una forza inarrestabile.

Patrizia stava per scoppiare in lacrime. Carlotta la strinse a sé. «Forse c'è una soluzione» la consolò. «Non disperarti, niente è ancora perduto. Tu non sei perduta, solo per aver ceduto a un attimo di piacere.»

Patti la ringraziò con lo sguardo, senza riuscire a parlare. Carlotta le accarezzò i capelli.

Non mi riconosco più, si disse, *non mi riconosco proprio più.*

Quella sera, dopo aver passeggiato in giardino, Giorgio condusse Carlotta dentro la villa. I loro passi riecheggiavano nel silenzio e lui aveva un'espressione che non permetteva domande e che la lasciava incerta, ma curiosa.

«Cosa mi stai nascondendo ancora?» scherzò lei. Giorgio non rispose, ma si limitò a sorridere e a tenerla per mano.

Attraversarono stanze che Carlotta conosceva bene, eppure quella notte sembravano diverse, cariche di una tensione nuova.

Giunsero finalmente davanti al dipinto della *Madonna del latte*, che Carlotta aveva amato fin da bambina. Adesso era stato spostato in corridoio. Le luci soffuse delle lampade a olio ne illuminavano i colori con una grazia delicata. Giorgio si fermò, indicando il quadro, ma senza guardarlo.

«Lo riconosci, Carlotta?» chiese.

Lei annuì, avvicinandosi lentamente. «Certo che lo riconosco. Questo quadro mi ha sempre affascinata. È... è il mio preferito.»

Lui sorrise in modo lieve, quasi impercettibile. «Ti ricordi quando ci incontrammo e io ti dissi che avevo un certo affare in sospeso?»

«Speravo mi stessi corteggiando, poi non ho più ritrovato quel pacco. Vuoi dirmi che avevi in serbo questo fin da allora?»

«In realtà, fu tua nonna a vederlo in casa mia, quando mi portò Alba insieme alla balia e mi disse che la bambina si aggirava nella villa chiamando la sua mamma. Fu la notte in cui, mi disse, Alba ti aveva svegliato e tu avevi iniziato a credere che nella villa ci fosse un fantasma. Io temevo che lei parlasse a tutti del mio segreto, così la supplicai di tacere. Lei vide... una cosa che poteva interessare a te. Scambiò il suo silenzio per questo. L'altra parte del quadro. Mi disse che ne eri ossessionata. Il punto è che anche io da sempre cercavo l'altra metà… Fu difficile separarmene.»

«Non capisco» disse Carlotta, «perché non me lo donò subito?»

Giorgio sorrise.

«Aspettava l'occasione giusta. Come quella di… un regalo di future nozze, per esempio. In fondo hai debuttato per questo.»

«Già» constatò Carlotta, malinconica, ripensando alla lettera del padre. La nonna aveva conservato per lei un regalo di nozze, senza sapere chi avrebbe sposato, ma con la certezza che avrebbe dovuto farlo.

Giorgio si avviò verso il quadro appoggiato alla parete, coperto da un lenzuolo bianco. «Aprilo tu» la pregò.

Si avvicinò all'involucro e lo aprì. Conosceva bene ciò che raffigurava: Etienne Chevalier in ginocchio presentato da Santo Stefano alla Vergine. La scena dei due personaggi era ambientata in una chiesa, con specchiature marmoree che richiamavano l'architettura rinascimentale italiana.

«Sono così diversi l'uno dall'altro» mormorò Carlotta, «eppure stanno benissimo insieme, si completano. La contemplazione e il lasciarsi contemplare…»

«Un po' come me e te» rispose lui.

«Giorgio» disse piano, voltandosi a guardarlo. Aveva intuito quale domanda stava per farle e non voleva sentirla. Non così in fretta. Non in quel modo. Era difficile da spiegare persino a se stessa, ma le mani iniziarono a sudarle e sentì le pareti intorno a lei farsi opprimenti. Ma lui aveva già incominciato e lei non ebbe il tempo di fermarlo.

Si inginocchiò davanti a lei, con un gesto che era al tempo stesso antico e pieno di sincerità. Estrasse una piccola scatola di velluto e l'aprì.

«Carlotta» disse, la voce ferma ma colma di emozione. «Voglio passare la mia vita con te. Ora che Alba ha ritrovato sua sorella, le cose mi sembrano più chiare. So che devo andare a Potsdam e chiedere la tua mano a tuo padre, ma per ora...» Si fermò, guardandola negli occhi. «Lo chiedo a te. Mi sposerai?»

Carlotta non riusciva a concentrarsi su di lui. Si guardò intorno, come per cercare un appiglio per prendere tempo. Scorse Maria che attraversava la stanza senza neanche vederli, pallida come un fantasma.

«Maria» mormorò. Giorgio corrugò la fronte.

«Come?»

Carlotta esitò. Era innamorata di lui, certo che lo era, aveva passato tutta l'estate a pensarci. Ma la parola matrimonio, l'idea di appartenere a qualcuno, il fatto che suo padre sarebbe stato felice, che Giorgio era il partito che lui sperava, la fecero esitare. Non poteva permettere che Alberto di Prussia l'avesse vinta. Non dopo quello che era venuta a sapere di recente. Dopo tutto il dolore che aveva causato a sua madre. E c'era anche dell'altro: Carlotta aveva appena appreso il vero significato della parola libertà. Lo sentiva sulla sua pelle. Si domandava: che fretta c'è di sposarsi? Non riusciva a darsi una risposta soddisfacente. Si amavano, certo. A lei bastava questo. Avrebbe voluto renderlo partecipe dei suoi pensieri, ma le parole non uscirono dalla sua bocca.

Attese quell'attimo di troppo perché Giorgio si rialzasse in piedi.

«Ho capito» concluse. «Non so cosa ti stia passando per la testa ma... Credevo che...»

Le parole gli si smorzarono in gola. Carlotta voleva aggrapparsi al suo petto, spiegarsi e spiegargli, ma rimase immobile, ferma davanti al quadro, sentendosi una sciocca.

«Ti lascio a riflettere da sola, ho frainteso tutto» concluse lui.

Si avviò verso la porta, Carlotta aprì la bocca per fermarlo e richiamarlo indietro, ma non riuscì ad emettere alcun suono.

Aveva davvero rifiutato la sua proposta? Cercò di sentirsi fiera, libertina, di immaginarsi come una donna che avrebbe portato la sua pittura in Francia, e poi in America… Ma si rese conto che senza di lui quei pensieri le parevano privi di senso.

In quel momento, sulla soglia comparve la nonna. I suoi grandi occhi azzurri erano spalancati, increduli. «Bambina mia» mormorò «ma che hai combinato a quell'uomo? Se n'è andato come un cane bastonato, non ci ha neanche salutato. Cosa è successo?»

Carlotta le indicò il quadro. «Credo di aver rifiutato la sua proposta di matrimonio, nonna.»

Calò un pesante silenzio. Carlotta guardò Luisa: aveva l'aria sconvolta. Fissava il dittico riunito, incapace di parlare.

Infine chiese: «E, di grazia, posso sapere perché? Va bene che anch'io avevo qualche dubbio sull'affidabilità del duca, ma…».

Carlotta si passò una mano sulla fronte imperlata di sudore. «Temo… di non averne un'idea chiara. Mi sembrava la cosa giusta da fare. Se lo sposo, è esattamente quello che mio padre si aspetta da me. Patrizia è in difficoltà, Maria sta soffrendo e io…»

Scosse la testa. «Bambina mia, ti rendi conto, sì, che ti stai trincerando dietro a una marea di scuse? Che stai dicendo sciocchezze?»

Carlotta non rispose.

«La vera domanda che devi fare al tuo cuore è: amo quell'uomo o lo sposerei solo per convenzione?» Carlotta ammutolì. Passò una mano sul dipinto.

«Due che si sono ritrovati» mormorò.

«Certo» proseguì la contessa Luisa, con una certa ironia nella voce, «rifiutare qualcuno che comprende così bene le tue stesse passioni, che addirittura possiede l'altra metà del quadro...»

«Mi domando se sia stato lui a regalarmi anche quel quaderno per dipingere...»

«No, quello era il regalo di questa povera vecchia, che non ti voleva vedere così annoiata da tutti quei mazzi di rose.»

«Dunque sei stata tu?» la accusò Carlotta incredula.

«Non volevo che ti fermassi al primo cesto di fiori. Volevo che cercassi quello... che poi hai trovato» si giustificò la nonna.

«La strada era quella giusta» mormorò Carlotta «prima che rovinassi tutto...»

«Non ci posso credere» strillò Maria, entrando come una furia dentro la stanza. «Gli hai detto di no? Ti ha dato di volta il cervello?»

«L'ho combinata grossa» ammise alla fine Carlotta, guardando sorella e nonna. I suoi occhi si spostarono al dipinto, alla loro prima lite sotto l'albero. Si rivide davanti alla fontana, dopo che lui l'aveva presa in giro perché voleva fare la pittrice. L'Artemisia Gentileschi dei nostri tempi, così aveva detto. Avevano sempre bisticciato, ma avevano anche fatto l'amore, si erano protetti a vicenda. Loro erano così. E non avrebbe più conosciuto nessuno come lui.

Si rese conto che la paura di cedere alle convenzioni l'aveva portata a dire di no all'uomo che amava.

«E adesso?»

Maria sbuffò. «E adesso, principessa Carlotta, vado a chiamare la carrozza.»

28

Il maggiordomo di Villa Sola disse che Giorgio era partito.

«Come partito?» protestò Carlotta, in preda allo smarrimento. Quello allargò le braccia. «Sarà già al porto di Montemezzo, ora. So che voleva andare a Como, ma non sono certo dei suoi piani, milady. A dire la verità mi è parso sconvolto.»

Carlotta serrò i pugni e corse alla carrozza. Maria l'aspettava dentro, in trepidazione.

«Dunque?» chiese.

«Non c'è. Secondo il maggiordomo sta prendendo una barca per andare chi sa dove.»

«Allora dobbiamo raggiungerlo, no? Non vorrai permettergli di partire così?»

Carlotta lasciò che la sorella desse istruzioni al cocchiere.

«Non lo so, Maria» disse, mentre i cavalli ripartivano. «Se vuole andare, chi sono io per fermarlo?»

«Chi sei? Sei la donna che lui ama» la rimbrottò la sorella. «E non è il momento di piangersi addosso, ma di agire.»

Quando la carrozza raggiunse il porto, Carlotta individuò subito la gondola su cui si era imbarcato, da solo, Giorgio.

«Corri!» la esortò Maria, spingendola fuori con tale veemenza da farla quasi cadere. Lei si affrettò verso la spiaggia, ma la gondola aveva già lasciato il porticciolo, ed era lontana. Giorgio stava partendo, forse per sempre, ed era solo colpa sua. Certo, anche l'orgoglio faceva la sua parte, ma in quel caso non poteva biasimarlo. Erano entrambi testardi e pieni di colpe.

Ma lei l'aveva rifiutato.

«Giorgio!» urlò.

Ma lui non riusciva a sentirla. Carlotta gridò con tutto il fiato che aveva in gola, attirando l'attenzione dei passanti.

«Giorgio! Duca!»

Qualcuno la additò, ma non le importava.

«Non mi sente» commentò, esasperata. Si guardò intorno e vide un pescatore che tirava su le reti, su una piccola barchetta a remi che sembrava reggere a malapena il peso di una persona.

«Quanto volete per portarmi fino a lì?» gli chiese.

Indicò la gondola di Giorgio. Il pescatore la guardò, esterrefatto.

«Avanti, posso darvi anche due monete, vi potrete compare una barca nuova, per favore è urgente!»

L'anziano annuì, allungando la mano.

Carlotta non si portava dietro denaro, ma staccò dal collo una delle catenine d'oro.

«Questa basterà, ne sono certa.»

Lui la aiutò a salire sulla barca.

«Remi più veloce che può» chiese Carlotta.

Si voltò verso la sorella, che la stava incitando dalla riva.

«Giorgio» urlò ancora Carlotta.

Questa volta lui si voltò, la vide, alzò la mano in segno di saluto. Lei non riuscì a indovinare l'espressione sul suo volto, ma di sicuro non stava fermando la gondola.

«Aspetta» gridò ancora.

Nessuna risposta. Non la sentiva, o forse non voleva proprio più sentirla.

«Maledizione» mormorò Carlotta e si sporse, sbracciandosi.

La barca traballò.

«Fate attenzione» si raccomandò il pescatore, «non è molto stabile.»

Maria la richiamò indietro. Il lago era insidioso, lei lo sapeva, ma che aveva da perdere in quel momento? Se lui se ne fosse andato, lei sarebbe rimasta l'albero spoglio che non fiorisce mai.

«Carlotta, non sai nuotare!» strillò Maria alle sue spalle. Forse, invece, il vero amore era capace di sostenere anche il peso del suo abito e delle sue bracciate incerte. Questo pensò, fiduciosa, prima di chiudere gli occhi e tuffarsi.

Invece no. L'acqua le andò subito alla gola. L'ultima cosa che vide fu il cielo azzurro, Giorgio che si tuffava, Maria che si avvicinava alla riva. E pensare che non voleva fare nulla per un uomo, nemmeno sposarsi, figuriamoci morire.

Quando le braccia forti di Giorgio l'afferrarono, era talmente sgomenta che si mise ad annaspare. *Andremo a fondo entrambi,* pensò, pentendosi del suo gesto avventato.

«No, devi stare calma» protestò lui. «Respira, fidati per una volta. Fidati, maledizione, testarda di una Albrecht!»

Carlotta ammutolì, cercò di calmarsi, sentì le mani di Giorgio sotto la sua schiena.

«Immagina di essere una stella marina, allarga le braccia e le gambe» sussurrò lui, che ansimava nel tentativo di portare in salvo lei e se stesso.

Carlotta non riusciva a parlare. Fece come lui le aveva ordinato. Salvata da un delfino tra le onde. Questo era il destino che la villa le aveva sussurrato fin dai primi giorni.

Quando riuscì a calmarsi, Giorgio la prese per le braccia e nuotò trascinandola fino alla riva. Nell'attimo in cui era diventata una stella marina, Carlotta capì che nessuna ribellione alle convenzioni sociali poteva tenerla lontana da quello che provava per lui, che nemmeno il suo indomabile orgoglio ci sarebbe riuscito.

«Ti amo» gli sussurrò, mentre la aiutava a stare in equilibrio sui sassi, il vestito fradicio e la dignità sul fondo del lago.

«Lo so» disse lui. «Come ero certo che non mi avresti lasciato partire.»

«Il solito presuntuoso» rispose lei. «Quindi lo hai fatto apposta?»

«Sarò libero o no di farmi un giro in barca?» ribatté lui.

«Se mi hai salvato dall'annegamento per ricominciare a bisticciare, io...»

Carlotta si fermò. Guardò Giorgio, fradicio dalla testa ai piedi ed entrambi cominciarono a ridere.

«Sei impossibile» ripeté lui.

«Chiedimelo ancora» disse lei.

«Qui, quasi dentro il lago?» protestò lui. Lei sorrise.

«È il posto perfetto. È questo lago che ci ha fatti conoscere e innamorare.»

Giorgio si inginocchiò sui sassi. Qualche pescatore ridacchiò. Lui fece una smorfia, non sopportava di non essere impeccabile.

«Carlotta Albrecht, mi sposerai?»

Lei rimase in silenzio. Giorgio scosse la testa, attonito.

«Guarda che non te lo chiederò una terza volta» commentò, esasperato.

«Scommettiamo?»

Carlotta si avvicinò, lo prese per la camicia zuppa e lo baciò sulle labbra. Maria, dalla banchina, applaudì.

«Era un sì?» domandò lui.

«Devi chiedermelo per la terza volta» lo sfidò lei.

Giorgio si voltò verso Maria e qualche curioso che si era avvicinato.

«Ha detto sì» urlò.

«Non ancora» scherzò lei, dandogli una spinta «non ho sentito bene la domanda.»

«Mi vuoi sposare?» fece lui, ormai gridando.

«Sì» urlò Carlotta, con tutto il fiato che aveva in corpo.

Epilogo

Quella sera stessa si ritrovarono tutti insieme, con il cielo che si vestiva di stelle e il Lago di Como scintillante che lo ammirava, dal basso. La villa, illuminata da centinaia di candele e lanterne, sembrava quasi sospesa tra sogno e realtà. La musica di un quartetto d'archi riempiva l'aria, e gli ospiti, vestiti con abiti raffinati, si muovevano tra i saloni e il giardino, immergendosi nell'atmosfera di quella che sarebbe stata ricordata come la festa di addio, almeno per quell'estate.

Al centro della sala c'erano Miranda, Alba e lady Margaret.

Miranda indossava un abito di seta di un verde acceso, che le cadeva perfettamente addosso, mettendo in risalto la sua figura elegante. Alba, accanto a lei, sembrava una piccola fata, con un vestitino bianco semplice ma grazioso, e i capelli raccolti in morbidi ricci. Lady Margaret, sempre impeccabile, si distingueva per il portamento regale e un abito color lavanda che sembrava cucito su misura per la sua figura.

Carlotta osservava la scena dal margine del giardino, accanto a Giorgio.

«Non sembra quasi irreale?» chiese Carlotta, la voce sommessa. «Tutto sta cambiando così in fretta.»

Giorgio la guardò, prendendole la mano con delicatezza.

«Forse è proprio questo il segreto della vita» disse, con un sorriso appena accennato. «Accettare i cambiamenti della corrente e trovare qualcuno a cui nuotare accanto.»

Carlotta raccolse l'immancabile allusione, mentre la nonna, dall'altra parte della sala, le rivolgeva un sorriso colmo di approvazione. Dopo l'avventura sul lago, le aveva parlato. Nonna Luisa le aveva spiegato che era stata lei, nel vederla così amareggiata per l'ennesimo trasferimento, a provare a ravvivare le cose e a distrarla. Avendo letto il diario di Elena quando aveva ispezionato la villa, la prima volta che ci era stata, aveva deciso che quella storia poteva appassionare Carlotta e forse, con un po' di fortuna, darle quel coraggio che a inizio stagione sembrava le mancasse.

«Perché tu potessi trovarlo e renderti conto che la vita non gira tutta intorno a noi» le aveva detto. «E anche perché confidavo che avresti aiutato due sorelle a ritrovarsi.»

Le aveva anche detto che durante la seduta spiritica, organizzata solo per loro due, aveva protetto Giorgio e la bambina.

«Ma quindi tu non credi negli spiriti?» aveva domandato Carlotta. «Volevi solo provare qualcosa di nuovo? Dunque Eleanor stava manovrando la tavoletta?»

La nonna aveva socchiuso gli occhi. «Credo ci sia molto di più rispetto a quello che vediamo» aveva sussurrato «e a certe domande non so rispondere nemmeno io.»

In quel momento, Carlotta vide una carrozza fermarsi di fronte alla grande cancellata. Ne uscì una coppia. Riconobbe subito Filippo insieme a Patrizia.

«Oh, no» si disse.

Intuì che lei non gli avesse ancora parlato. I due si avvicinarono, sorridenti ed elegantissimi.

«I miei migliori auguri per la vostra unione» esclamò Filippo, ammiccando a Carlotta. «Un uomo fortunato, Giorgio di Sassonia.»

Carlotta si sentì avvampare e guardò il duca, che ignaro di tutto stava alzando il calice in onore della loro unione. Filippo baciò Patrizia su una guancia e si allontanò. Carlotta lo fissò a lungo e si rese conto che lo detestava. Non per i disegni, ma perché pensava di essere intoccabile. Lui e la sua spocchia se ne andavano in giro indisturbati. Ma lei si ripromise che non sarebbe sempre andata così.

«Non abbiamo ancora parlato» mormorò Patrizia. «Non so proprio come fare.»

Carlotta avrebbe voluto svergognarlo quella sera davanti a tutti, da quanto la faceva irritare e per quanto grande era lo sdegno.

«Troveremo il modo giusto» assicurò all'amica. Giorgio si avvicinò a loro.

«Cosa voleva Filippo? Ti guardava con un'aria strana. Direi indecifrabile.»

Patrizia si scostò per lasciarli parlare.

«E se ti dicessi che la mia penna d'artista ti ha ritratto senza veli e quei disegni appartengono ora al marchese?»

Giorgio si strozzò con il vino. Quando si riprese, con stupore di Carlotta, sorrise.

«Io credo che non mi annoierò mai con te, Carlotta Albrecht. Questa me la racconti più tardi, quando saremo soli. Sembra una vicenda da cui prendere spunto.»

Lady Margaret si avvicinò a Carlotta.

«Che meraviglia essere qui» iniziò con voce ferma ma piena di grazia. «Questa sera celebriamo non solo un matrimonio ma anche nuovi inizi. Alba e Miranda rimarranno con me, prenderanno il cognome dei Grey. E Alba a Como avrà l'opportunità di ricevere un'educazione e crescere in un ambiente che spero possa darle tutto ciò che merita.»

Carlotta guardò la bambina, che si nascose timidamente dietro Miranda, il viso arrossato per l'improvvisa attenzione.

Poi fu Miranda a parlare. «E io» disse, con un sorriso incerto ma pieno di determinazione «intendo inseguire qualcosa che ho rimandato per troppo tempo. Andrò alla ricerca di qualcuno, un ragazzo che ho perso tanto tempo fa, ma che non ho mai dimenticato. Non so se lo troverò, ma so che devo provarci.»

Carlotta si sentì stringere il cuore. Era incredibile vedere Miranda, sempre così enigmatica, rivelarsi ora per quello che davvero era. Senza più maschere o sotterfugi. Le strinse la mano e Miranda le sorrise, grata.

Infine, con sorpresa di tutti, Marianne si alzò.

«Prima che la serata finisca» annunciò con voce carica di emozione, «vorrei dire qualcosa a mia figlia Carlotta.»

Carlotta la guardò, sorpresa, mentre gli ospiti si voltavano verso di lei con curiosità.

«Questa villa» continuò Marianne «è stata un rifugio, un luogo di gioie e dolori, di segreti e verità. Ma è anche un simbolo di famiglia, di amore, di futuro. Per questo, ho deciso che prenderà il tuo nome, Carlotta. Sarà il tuo dono di nozze. Villa Carlotta sarà tua, rappresenterà il simbolo di ciò che hai costruito e continuerai a costruire.»

Carlotta si portò una mano alla bocca, colpita dall'emozione. Non si aspettava un gesto così immenso, e denso di significato.

«Mamma…» mormorò con gli occhi lucidi, mentre Marianne le sorrideva.

Gli ospiti applaudirono, e Carlotta sentì Giorgio stringerle la mano. Tutto stava trovando il proprio posto, come se le trame della vita si intrecciassero perfettamente in quella serata indimenticabile.

La villa era immersa nel silenzio della notte quando Carlotta varcò la soglia. Il peso delle emozioni della serata, l'annuncio di sua madre, il futuro che si delineava davanti a lei la tenevano sveglia, incapace di trovare riposo. Ormai era abituata a essere insonne. Si affacciò a una delle finestre che davano sul giardino, osservando la facciata della villa illuminata dalla luna.

Villa Carlotta.

Il suono del nome le riempiva la mente. Immaginò la sua iniziale incisa sul cancello davanti alla porta principale: "C." Una mezza luna. Pensò che sarebbe stata perfetta, un simbolo del legame profondo che aveva con quel luogo, non solo perché ne era proprietaria, ma anche come custode di storie e misteri.

Si voltò e si lasciò cadere sul letto, ma il sonno non arrivava.

Il carillon sul comò catturò il suo sguardo. Era lì, muto e immobile, da quando aveva riposto la chiave al suo interno, ma ora le sembrava diverso, quasi vivo. Pensò al passato, ai ricordi che la villa custodiva, ai segreti che aveva rivelato. Non aveva più paura di quello che poteva nascondere.

Ma mentre cercava di addormentarsi, un suono lieve, quasi impercettibile, la fece sobbalzare. Il carillon.

Era partito da solo.

La melodia, dolce e malinconica, si sparse nella stanza, accarezzando le pareti con le sue note. Carlotta si alzò lentamente, i piedi nudi sul pavimento freddo, e si avvicinò al comò. Lo guardò senza toccarlo, con il cuore che batteva forte. Non c'era nessuno nella stanza, eppure la musica continuava.

«Nonna, sei tu, vero?» domandò. Ma nessuno le rispose.

Fuori, il lago era un tappeto d'argento sotto la luce della luna.

Attratta da un impulso che non sapeva spiegare, si avvolse in uno scialle e aprì la finestra. L'aria era fresca, carica del profumo dell'acqua e del terreno umido. E fu allora che la vide.

Una figura bianca, eterea camminava lungo la riva. Non si muoveva come un essere umano, ma sembrava fluttuare, ogni passo un sussurro sull'acqua. Carlotta rimase immobile, il respiro trattenuto. Sembrava metà umana, metà immateriale, quasi fosforescente sotto il chiarore della luna.

Questa volta, però, non provò paura. Non era più la giovane donna insicura e spaventata arrivata da Potsdam piena di rancori e remore. Era cambiata, e con lei era cambiato il modo in cui vedeva il mondo.

La figura si voltò, per un istante sembrò guardarla, o forse era solo un gioco di luce. Poi si girò di nuovo e scomparve lentamente, dissolvendosi nel riflesso del lago. La melodia del carillon svanì con lei, lasciando solo il silenzio.

Carlotta chiuse la finestra, con un senso di calma che non aveva mai provato prima. Si coricò di nuovo, gli occhi chiusi, e questa volta il sonno la trovò facilmente. Perché ora sapeva che i segreti del lago, della villa, della sua stessa vita, non erano lì per tormentarla, ma per essere svelati.

Nota dell'autrice

È risaputo che nell'Ottocento le ville sul Lago di Como divennero veri e propri teatri di bellezza, tanto che Villa Melzi era in competizione con Villa Carlotta (allora Villa Sommariva) per decretare quale delle due fosse l'edificio più bello, con il giardino più curato. È noto anche come i nobili di tutta Europa si ritrovassero per la villeggiatura sul Lago di Como, a volte combinando matrimoni, andando in giro in barca, organizzando feste e balli.

La storia d'amore di Giorgio di Sassonia Meiningen e Carlotta Albrecht di Prussia è reale, come reale è la meravigliosa villa dedicata a lei, a Tremezzo, sul Lago di Como. La prima volta che ho visto la villa mi sono chiesta chi avesse creato quel meraviglioso giardino, l'aranceto, le mille varietà di camelie. È così che mi sono imbattuta nella storia di Carlotta.

Frugando nell'archivio di Villa Carlotta, sono venuta a conoscere la storia della principessa Carlotta, figlia di Albert Einrich di Prussia, fratello del re Federico Guglielmo.

Carlotta ha effettivamente avuto una sorella, Alessandrina, e un fratello, Alberto.

Ho scoperto che il suo amore per l'arte era sincero e reale: si racconta che spesso rimanesse incantata davanti ai quadri e questo anche grazie alla madre, Marianne, famosa libertina e mecenate di diversi artisti. Su di lei molti storici stanno ancora conducendo ricerche, essendo stata la prima donna nobile a richiedere il divorzio dal marito. Controverso e ancora discusso è se il suo amante fosse già con lei in Prussia, oppure se lo conobbe quando se ne andò, ottenuta l'eredità del padre, e lo incontrò quindi in Italia.

La scelta di Marianne di partire e di divorziare portò la conseguenza di essere bandita dalla corte prussiana e di non poter rivedere i suoi figli, che furono affidati a una sorella del marito. A lei non fu concesso di vederli in territorio prussiano, ma al matrimonio della figlia, le regalò la Villa sul Lago di Como che porta ancora il suo nome, Villa Carlotta, appunto. Ho trovato tutto estremamente moderno, al limite dell'inverosimile per quell'epoca: le motivazioni per il divorzio, la scelta di Marianne di partire per l'Europa e il suo carattere indomito. Non potevo ignorarlo, ho deciso di metterlo nella trama, perché questa donna ha precorso in maniera incredibile i tempi.

La parte del corteggiamento tra Carlotta e Giorgio, invece, come tutta la storyline di Maria, è frutto della mia fantasia.

Diversa, purtroppo, è la storia dell'amatissima nonna Luisa, altro personaggio storico molto conosciuto, che morì giovanissima, all'età di trentaquattro anni. Ho deciso di omaggiarla regalandole, almeno nella storia, la dolcezza della vecchiaia e la saggezza.

Ringraziamenti

Nella mia professione di writer coach, dico sempre che siamo i primi a dover credere nella nostra storia. Se ho potuto scrivere il segreto di Villa Carlotta, però, è perché qualcuno ci ha creduto ancora più forte di me, mi ha spinto a raccontare senza riserve.

Devo ringraziare per questa enorme considerazione la mia agente Loredana Rotundo, a cui è anche dedicato il romanzo. Loredana ha compreso fin da subito il potenziale delle *Ville sul Lago di Como* e senza di lei questa serie non esisterebbe. Non credevo potesse instaurarsi un tale rapporto tra agente e scrittrice, nonostante lo avessi cercato a lungo. Grazie a tutta la squadra Giunti che ha accolto il segreto di Carlotta con entusiasmo. In particolare grazie al lavoro dell'impareggiabile Nicoletta Verna, che oltre a essere una editor pazzesca è anche una delle mie autrici preferite. Immaginatevi cosa abbia significato per me lavorare con lei! Desidero ringraziare mio fratello Paolo, che a Natale mi ha fatto un regalo immenso accompagnato da parole che desideravo sentirmi dire da una vita: dici sempre che nessuno crede in te, io ci credo. Grazie alle amiche Sara, Silvia e Giada, che hanno accompagnato ciascuna a proprio modo la storia verso la destinazione finale. Grazie ai miei genitori, soprattutto alla mamma Emanuela, mia prima lettrice.

Grazie a tutti gli autori della mia scuola di scrittura, che si affidano a me per i loro testi e seguono con entusiasmo tutte le dirette e le lezioni. Siete un gruppo straordinario e vi auguro di realizzare i vostri sogni.

Ringrazio sentitamente per l'aiuto e il materiale fornitomi il conservatore del museo e del giardino botanico di Villa Carlotta, Alberto Corvi, nonché la direttrice Mariangela Previtera.

Il grazie più sentito va a mio marito Roberto, che mi sostiene davvero mentre scrivo. Avere qualcuno che ti ascolta per ore mentre parli del tuo romanzo, è qualcosa di prezioso. Ti amo per tutto quello che sei.

Grazie ai librai, che stavano aspettando la mia prossima storia e grazie a chi, nel mare magnum di scelte, deciderà di dedicare il suo tempo alle *Ville sul Lago di Como*.

Che questa storia possa cullare le vostre giornate, farvi sognare, trasportarvi altrove.